Ulrich Henze

Das fünfte Bild

Roman

Texte: © Copyright by Ulrich Henze

Umschlaggestaltung: © Copyright by epubli

Ulrich Henze, Kardinalstr. 30, 48165 Münster
www.facebook.com/autorulrichhenze

Korrektorat: Friedhelm Zühr

Ohne Einverständnis des Autors darf das Werk nicht kopiert werden, auch nicht auszugsweise.

selfpublishing by: epubli – ein Service der neopubli GmbH, Berlin

2024

Druck: epubli – ein Service der neopubli GmbH, Berlin

Für alle Künstlerinnen und Künstler, deren Werke während der nationalsozialistischen Herrschaft in Deutschland als „entartet" verfemt waren.

Liebe Kika,
als Viel-Leserin magst Du vielleicht in dieser kleinen Gabe schmökern. Sie kommt von Herzen!
Zum 60. alles, alles Liebe!

000
I

1

Es würde ziemlich voll werden.

Dr. Bernd Groga strich sich das Haar aus der Stirn und ließ seinen Blick über den Schreibtisch schweifen, an dem er stand. Am Vorabend hatte er noch aufgeräumt: Notizen und Papiere sortiert; weggeworfen, was er nicht mehr benötigte; Bücher und Aufsatzbände zurück in das Regal gestellt oder gleich in die die angrenzende Bibliothek gebracht. Einzig ein dünner Stoß eng beschriebener Karteikarten befand sich noch auf der leicht staubigen Holzplatte des Schreibtisches, deren warmer Ton durch das weiche Licht der großen Lampe, die darauf stand, noch verstärkt wurde.

Groga mochte die fast heimelig zu nennende Atmosphäre. Um diese Uhrzeit und zu dieser Jahreszeit – es war 16 Uhr 15 an einem Samstag Ende Januar – fühlte er sich im beginnenden Dämmerlicht und angesichts der eisigen Temperaturen, die draußen herrschten, in seinem Büro sehr geborgen, fast wie zu Hause. Hier war er sicher, geschützt – das Gefühl, dass ihm nichts passieren könne, war sehr stark an diesem Nachmittag. Dabei hätte er allen Grund gehabt, nervös zu sein. In wenigen Minuten würde er unten im großen Vortragssaal am Rednerpult stehen und vor einer erwartungsvollen Menge mehr oder weniger gespannt dasitzender Frauen und Männer sprechen. Nein, nicht vor ihnen – er würde zu ihnen sprechen, ihnen etwas erklären, mit auf den Weg geben, etwas Wichtiges und ganz Besonderes ...

Aber er war nicht nervös, jedenfalls nicht sehr. Schließlich hatte er derartige Situationen schon mehrfach erlebt und glänzend gemeistert. Allerdings: Groga konnte mit Fug und Recht behaupten, dass ihm an diesem Januartag des Jahres 1967 der bisher wichtigste öffentliche Auftritt in seiner noch jungen Karriere bevorstand.

Groga blickte auf seine Armbanduhr: Gleich halb fünf, es war Zeit, nach unten zu gehen. Er atmete noch einmal tief durch, griff nach dem Stapel Karteikarten und ging zur Tür. Bevor er sie öffnete, drehte er sich noch einmal um und schaute von links nach rechts durch sein Büro. Alles war gut. Mit einem Gefühl der Zufriedenheit, das nur ein momentaner und gleich wieder verschwundener Anflug von Anspannung begleitete, löschte er mit dem Schalter an der Wand das Licht der Deckenlampe, ging hinaus auf den Gang und schloss die Tür. Niemand war zu sehen, der kleine Bürotrakt des Museums war verlassen. Groga wandte sich der Herrentoilette zu und trat ein; auch hier kein Mensch. Alle mussten schon unten sein, die beiden Kollegen, Frau Hartmann, die Sekretärin, die beiden Restauratoren, Mellenkamp und Dresen, und natürlich die Kassiererinnen, der Hausmeister und die Ehrenamtlichen. Und Dr. Meier-Kempf, sein Chef, der Direktor des Westfälischen Kunstmuseums in Münster.

Im Spiegel prüfte er sein Aussehen: Haare, Kragen, Krawatte ... alles perfekt, so, wie es sein sollte. Dr. Bernd Groga, der aufstrebende Kunsthistoriker und aktuell die gefragteste

Person am Museum, wischte ein Stäubchen vom Revers seines nicht besonders gutsitzenden grauen Anzugjackets und verließ die Toilette. Draußen wandte er sich nach rechts, wo das Treppenhaus lag.

Ja, es würde voll werden. Es war schon voll; bereits jetzt, eine halbe Stunde vor Beginn der Eröffnungsveranstaltung, standen unten im Foyer zahlreiche Menschen, meist in Grüppchen zu dritt oder viert, auch zu zweit; einige Gäste standen alleine herum, manche mit einem Glas in der Hand, und warteten auf jemand oder suchten bekannte Gesichter in der Menge. Das Stimmengewirr drang bis hier hinauf in den ersten Stock. Am Treppenabsatz blieb Groga kurz stehen und sah hinauf zu dem großen Transparent, das unübersehbar oben an der Südwand des Foyers angebracht war und mit seinen – man möchte fast sagen, monumentalen – Buchstaben das Kunstereignis des Winters 1967 ankündigte: „Arnold Stollberg – Retrospektive. Münster, Westfälisches Kunstmuseum. 21. Januar bis 14. April 1967" stand dort in schwarzer Schrift auf blassem, farblich changierendem Untergrund. Der knappe Ausstellungstitel war Grogas Idee gewesen, die er gegen den anfänglichen Widerstand seines Chefs durchgesetzt hatte. Ewald Meier-Kempf hatte etwas Blumigeres vorgeschwebt, zum Beispiel „Form, Farbe, Fortschritt" oder „Pionier der Moderne" – etwas in der Art. Doch Groga blieb hart. Er argumentierte, dass sich Stollberg Zeit seines Lebens in kein stilistisches oder künstlerisch dogmatisches Korsett gezwängt hatte und dass alle plakativen Beschreibungsversuche seiner Kunst vor den Werken kapitulieren mussten. Meier-Kempf, den man wahrlich nicht als Fachmann für Stollberg bezeichnen konnte, war klug genug und – in diesem speziellen Fall – auch mit dem gehörigen Maß an Demut gesegnet, um seinem Mitarbeiter Recht zu geben. Schließlich war es Groga, der die Ausstellung konzipiert und organisiert hatte und sich dafür zwei Jahre lang mit dem Werk des eigenwilligen Künstlers Arnold Stollberg auseinandersetzen musste. Schwer fiel das Groga nicht, schließlich hatte er drei Jahre zuvor an der Universität Hamburg über ein Thema promoviert, in dem Stollberg zwar nicht im Mittelpunkt stand, das aber sehr wohl die Kunst der Zeit Stollbergs in den Blick nahm: „Tendenzen der Neuen Sachlichkeit in Weimar und Dresden" lautete der Titel der Dissertation. Grogas Doktorvater in Hamburg hatte für seinen talentierten Doktoranden sogar eine Einreiserlaubnis in die DDR erwirkt, damit er Museen und Archive in Weimar, Ost-Berlin und Dresden aufsuchen und dort vorhandene Quellen studieren konnte. Das Ergebnis war schließlich eine fundierte Untersuchung, die den Namen ihres Verfassers in Kreisen der Kunsthistoriker, die sich an Universitäten und Museen mit der Klassischen Moderne befassten, schnell bekannt machten. Zwei Aufsätze in renommierten Fachzeitschriften später sah sich Groga schließlich mit dem Angebot der Stelle als wissenschaftlicher Mitarbeiter am Westfälischen Kunstmuseum konfrontiert – eine Gelegenheit, die er nur zu gerne wahrgenommen hatte.

Und jetzt war es soweit, die offizielle Eröffnung der Ausstellung stand unmittelbar bevor. Ein Gefühl der Stärke und der Souveränität ergriff Besitz von ihm: Von jetzt an würde die Fachwelt nicht mehr an ihm vorbeikommen. Seine

Meinung, seine Forschungen würden künftig Aufmerksamkeit wecken, und man würde auf seine fachliche Meinung hören. Der Aufsatz, den Groga im Katalog zur Ausstellung veröffentlicht hatte, war ein gelungener Mosaikstein in seiner weiteren Laufbahn, der er gelassen und erwartungsvoll entgegensah.

Während Groga langsam die Stufen ins Erdgeschoss hinabstieg, musterte er die Anwesenden im Foyer. Das konnte er unbemerkt tun, denn die schmale Treppe schmiegte sich ganz unauffällig, fast ein wenig verschämt an die Längswand der großen Eingangshalle – niemand schaute dorthin. Groga lächelte: sie waren alle gekommen, wie erwartet. Zuerst erkannte er den Oberbürgermeister, der es sich nicht nehmen ließ, an diesem für Münsters kulturellen Ruf so wichtigen Ereignis teilzunehmen. Das Stadtoberhaupt sprach angeregt mit einem älteren, klein gewachsenen und fast kahlköpfigen Mann und einer Frau Mitte vierzig; sie trug eine Brille, dauergewelltes Haar und ein unvorteilhaftes, dunkelgrünes Kleid. Groga kannte die beiden nicht. Etwas weiter entfernt sah er Jens Büsmann - Dr. Jens Büsmann -, seinen Kollegen von der Staatlichen Kunsthalle Bamberg. Der Kunsthistoriker fuhr sich gerade mit der Linken durch seinen blonden Haarschopf, während er in der Rechten ein Sektglas hielt – oder war es ein Wasserglas? Büsmann wirkte nervös und fahrig, sein Kopf wandte sich unruhig von links nach rechts, und er schien nicht recht zu wissen, ob er stehen bleiben oder ein Stück weiter durch die Menge gehen sollte. Büsmann war Anfang dreißig, also ungefähr in Grogas Alter, und beide hatten sich auf Anhieb verstanden, damals, vor einem halben Jahr, als Groga erstmals wegen der gewünschten Leihgaben in Bamberg vorstellig wurde.

Jetzt sah er auch seine Kollegen: Rolf Wattauer, der Mann für die Mittelalter-Sammlung, und Sebastian Trifft, zuständig für die kleine, aber feine Abteilung Renaissance, Barock und 19. Jahrhundert, lachten herzhaft, offensichtlich über einen Scherz, den ein groß gewachsener Mittfünfziger gerade gemacht hatte; Groga erkannte den Mann als Professor Harald Sass, Direktor des Instituts für Kunstgeschichte an der Münsteraner Universität.

Noch immer strömten Menschen von draußen ins Eingangshalle, und jedes Mal, wenn sich die großen Türen am Domplatz öffneten, wehte ein Schwall kalter Luft von draußen ins Foyer. Die für die Eröffnungsveranstaltung engagierten Studentinnen, die hinter der Garderobentheke standen, hatten buchstäblich alle Hände voll mit abgegebenen dicken Mänteln, Schals und Jacken zu tun.

Langsam, aber sicher leerte sich die Eingangshalle, die Menschen begaben sich munter weiter plaudernd und gemessenen Schritts nach und nach in den großen Vortragssaal. Bernd Groga war nun unten angekommen, grüßte kurz hier herüber, schüttelte dort eine Hand, wechselte ein paar Worte mit diesem und jenem und blickte dann kurz in den Saal. Meier-Kempf stand schon vorne, in der Nähe des Rednerpults, und sprach mit jemandem, den Groga nicht kannte. Dann sah er die Kamera, groß und klobig stand sie wie ein Fremdkörper links von den Stuhlreihen. „WDR" stand in großen Buchstaben daran, zwei Männer machten sich mit Kabeln an dem Ungetüm zu schaffen. Die Presse war eigentlich bereits am Tag zuvor schon eingeladen gewesen, aber das Fernsehen wollte ein paar Eindrücke von der Eröffnung einfangen, deshalb hatte Groga in Absprache mit Meier-Kempf dem Sender die Erlaubnis erteilt, unauffällig ein paar Aufnahmen während der Veranstaltung zu machen.

In dem Moment kam Gisela Hartmann auf ihn zu – geschäftig und ein wenig aufgedreht wie immer. „Da sind Sie ja, Herr Dr. Groga", sagte die Sekretärin leicht atemlos und mit einem ganz leichten, aber unüberhörbaren Vorwurf in der hellen Stimme. „Ich habe Sie schon gesucht. Ist der junge Herr Stollberg denn irgendwo? Die Fernsehleute wollen ihm gerne ein paar Fragen stellen."

„Nein, ich habe ihn noch nicht gesehen."

Kaum hatte er es ausgesprochen, fiel sein Blick auf den blassen, etwas hageren Mann, der gerade an ihm vorbei gehen wollte.

„Herr Stollberg", sagte Groga mit einem Lächeln, „wie schön, dass Sie da sind!"

Der Angesprochene wandte sich dem Kunsthistoriker zu und nickte nebenbei Frau Hartmann kurz und teilnahmslos zu.

„Ach, Groga, ich hab´ Sie gar nicht bemerkt ... Ja, ich bin eben erst gekommen. Wie geht es Ihnen? Na, nervös?" Bei dem letzten Wort lachte Stollberg kurz und drückte Groga fest die Hand. Bevor dieser reagieren konnte, antwortete der blasse Mann selbst auf seine Frage: „Dazu gibt es natürlich keinerlei Grund! Sie haben eine wunderbare Ausstellung auf die Beine gestellt, mein Vater wäre stolz auf Sie! Und diese Eröffnung hier – das schaffen Sie doch mit links!" Er lachte erneut, entschuldigte sich dann mit einem „Bis nachher" und ging zur vorderen Sitzreihe, um Meier-Kempf zu begrüßen, ohne dass Groga oder Gisela Hartmann Gelegenheit hatten, ihn wegen des gewünschten Interviews anzusprechen. „Ich erledige das gleich, Frau Hartmann, versprochen!" raunte er der Sekretärin zu. Er ließ sie stehen und ging nun ebenfalls nach vorn. Nach einem kurzen Nicken in Richtung Meier-Kempf begrüßte er Jens Büsmann herzlich, winkte kurz einem weiteren Bekannten zu und setzte sich dann in die erste Reihe neben seinen Bamberger Kollegen, nachdem er noch ganz kurz aus den Augenwinkeln schemenhaft und unscharf zwei weitere Personen wahrgenommen hatte, die gerade den Saal betraten und die er schon vermisst hatte. Groga schaute kurz auf die Karteikarten in seiner Hand, schloss die Augen und atmete tief ein. Von mir aus kann es losgehen, dachte er.

2

Jan-Josef Stollberg hatte ein paar Stühle weiter links Platz genommen und ebenfalls die Augen geschlossen. Ganz plötzlich war das Bedürfnis in ihm geweckt, alles um sich herum auszublenden: Die vielen Leute, die mittlerweile in seinem Rücken saßen und deren Gemurmel allmählich erstarb, Meier-Kempf, der ein wenig schwer atmend den Stuhl neben ihm besetzt hatte, die irgendwie schlechte Luft im Saal, das helle Licht der Deckenstrahler ... all das war ihm plötzlich zu viel, so wie auch diese gespannte Erwartung, die in der Luft lag und die er deutlich, fast körperlich spüren konnte. Ein Gefühl der Unwirklichkeit, des Unechten breitete sich in ihm aus und er musste sich zwingen, dass seine Stimmung nicht kippte. Was hatte er eben zu Groga gesagt? Dass sein Vater stolz auf diese Ausstellung gewesen wäre? Er unterdrückte ein Seufzen. Nein, das hier war nichts, was der Alte gutgeheißen hätte. Dieses Provinzmuseum nicht, diese besserwisserischen und wichtigtuerischen Museumsleute nicht und dieses Bildungsbürgertum in den Stuhlreihen hinter ihm, zum Großteil gutsituierte Beamte, Lehrer und Professorenwitwen, schon gar nicht.

Eine Bewegung an seiner Seite ließ Stollberg die Augen öffnen. Meier-Kempf hatte sich schwerfällig erhoben und ging nun die paar Schritte zum Rednerpult, auf dem neben einer schmalen, beschirmten Leseleuchte und dem Mikrofon ein einsames Glas Wasser stand – vermutlich von Frau Hartmann dorthin gestellt. Das Licht im Saal wurde etwas gedämpft, was eine Wohltat für die Augen war. Der Direktor ordnete kurz seine Papiere, die er in der Hand hielt, räusperte sich und begann zu reden:

„Sehr geehrter Herr Oberbürgermeister, sehr geehrter Herr Direktor, lieber, verehrter Herr Stollberg …"

Jan-Josef Stollberg hörte nicht richtig zu, er schloss erneut die Augen und fiel wieder in seinen vorherigen Zustand, indem er seinen eigenen Gedanken nachhing. Im Geiste ging er durch die Ausstellung, die er bereits vor ein paar Tagen in ihrem fast fertigen Aufbau bei einer kleinen Führung durch Bernd Groga gesehen hatte. Groga war das nicht recht gewesen, das hatte Stollberg sehr wohl bemerkt; er hatte sich kontrolliert gefühlt und ein Stück seiner sonst zur Schau getragenen Sicherheit eingebüßt. Vor Stollbergs inneren Augen erschienen die fünf Säle im Obergeschoss, an deren Wänden die Gemälde hingen, geordnet nach Themen, nicht chronologisch. Er sah die menschenleeren Räume vor sich und stellte sich vor, sie ganz allein langsam zu durchschreiten, auch den letzten, das kleinere Kabinett mit den Zeichnungen und Druckgraphiken seines Vaters. In einer Stunde würde es aus und vorbei sein mit der Stille, die jetzt noch dort oben herrschte; dann würden die Eröffnungsgäste die Säle stürmen, überall ausschwärmen und vor den Bildern stehen, dumme Bemerkungen voller Halbwissen und pseudo-bewundernde Kommentare von sich geben, ohne auch nur ansatzweise etwas von der Kunst seines Vaters zu verstehen. Und ab morgen würden dann bis April Menschen aus der ganzen Bundesrepublik nach Münster pilgern, um „Arnold Stollberg – Retrospektive" zu sehen und zu Hause damit zu prahlen, wie „wundervoll" und „phantastisch" doch die Bilder seien.

„... für unser Haus eine besondere Ehre, diese Ausstellung – und ich möchte sagen, diese GROSSE Ausstellung, die sowohl Sie, verehrte Gäste, als auch die Fachwelt begeistern wird ..."

Meier-Kempf sprach in seiner gewohnt routinierten Tonlage, bemühte sich aber, so etwas wie Leidenschaft in seine Stimme zu legen. Während er das Leben Arnold Stollbergs vor dem Eröffnungspublikum entrollte, merkte Jan-Josef nur zu deutlich, dass etwas fehlte – etwas Wichtiges, Elementares – und ging in Gedanken zurück in die Zeit, als sein Vater noch lebte. Das war nicht ungewöhnlich für ihn: Die Erinnerung an seine Kindheit, die gemeinsame Zeit mit den Eltern, vor allem dem Vater, überkam ihn oft. Dabei war er länger mit seiner Mutter zusammen, aber sie blieb ihm immer ein wenig unbedeutend, fremd und fern. Die Zeit mit Arnold war intensiver, dichter, farbiger und gefährlicher. Nicht nur wegen der Flucht aus Deutschland mit all ihren Problemen – von denen hatte Jan-Josef nicht viel mitbekommen, schließlich war er erst sechs Jahre alt, als die Familie Deutschland verließ. Nein, es war die Art, wie sein Vater mit ihm umging, die ihm gefährlich vorkam. Er weihte ihn in Geheimnisse ein, Geheimnisse, die der kleine Jan-Josef nicht im Ansatz verstand, die ihn aber faszinierten. Es war, als würde er Verbotenes tun, wobei der Vater die Erlaubnis erteilt hatte, das Verbot zu übertreten. Arnold Stollberg ermöglichte seinem Sohn, Blicke in Abgründe zu werfen: Gedanken, in denen der Kampf zwischen Leben und Tod eine wichtige Rolle spielte; er zeigte ihm Dämonen, die überall lauerten und über Wohl und Wehe eines Lebens entscheiden konnten; sprach von Dingen, die Jan-Josef nicht im geringsten verstand, von denen er aber in seiner kindlichen Intuition spürte, dass sie wichtig waren. Und der Vater ließ ihn beim Arbeiten zusehen, was der Junge besonders spannend fand. Das undurchschaubare Chaos in den wechselnden Ateliers zog ihn magisch an, ebenso die tausend Farbtöpfe und -tuben, Stifte, Spachtel und sonstigen Werkzeuge seines Vaters. Und er liebte es, ihn beim Malen oder Zeichnen zuzusehen, wie er den Kopf auf besondere Weise schief legte, sich zeitlupenartig und ganz geschmeidig bewegte, dabei kein Wort sprach und Jan-Josef in andächtiger Stille verharrte, fest davon überzeugt, dass sein Vater in diesen Momenten in Wirklichkeit gar nicht anwesend war, um im nächsten Augenblick ganz sicher zu sein, dass er so real und manifest wie sonst nichts auf der Welt vor ihm agierte.

Als Jan-Josef Stollberg an diesem Punkt in seiner Erinnerung ankam, spürte er oft ein Ziehen in der Brust und in der Bauchgegend - so wie jetzt, als er mit geschlossenen Augen im Saal des Museums saß. Diese körperliche Reaktion auf seine inneren Rückblenden verursachten ein Unwohlsein, verbunden mit einer Nervosität, die sich in seinen Beinen niederschlug. Am liebsten wäre er jetzt aufgestanden und herumgelaufen. Stattdessen schlug er die Augen auf.

„ … erstmalig eine Retrospektive widmen, die der Bedeutung dieses Künstlers für die Entwicklung der Klassischen

Moderne in Deutschland, ja, in Europa und zum Teil darüber hinaus, gerecht wird …"

Die Stimme des Direktors holte ihn zurück in die Gegenwart. Um seine Unruhe zu überspielen, zog er ein Taschentuch aus seiner Hosentasche und putzte sich diskret die Nase. Ihm fiel auf, dass andere Personen auf den Stühlen hinter ihm ebenfalls ihre Taschentücher benutzten, sich räusperten oder leise husteten. Ein Nieser war auch dabei. Und jetzt hörte er, wie – ganz leise nur – weit hinter ihm die Tür zum Saal geöffnet und gleich wieder geschlossen wurde. Stollberg konnte nicht anders, er wandte sich auf seinem Stuhl um. Ein Mann und eine Frau schlichen auf Zehenspitzen zur hintersten Sitzreihe und glitten dort mehr oder weniger lautlos auf zwei noch leere Stühle. Auch einige andere aus dem Publikum hatten sich nach rückwärts gewandt, um zu schauen, wer denn da zu spät kam. Stollberg hatte sie erkannt: Dagmar und Gregor Bellheim, die natürlich an diesem Tag, zu diesem Ereignis nicht fehlen konnten, nicht fehlen durften. Er schaute nach rechts: Groga und sein Bamberger Kollege hatte die beiden auch bemerkt. Jan-Josef musste lächeln: Dann waren ja jetzt alle zusammen, war sein spontaner Gedanke.

„… dass man mit Fug und Recht behaupten kann, dass die Kunst eines Ernst Wilhelm Nay oder die figurativen bis abstrakten Werke eines Jackson Pollock ohne Stollberg gar nicht denkbar sind…"

Meier-Kempf sprach jetzt schon rund fünfzehn Minuten und schien noch nicht zum Ende zu kommen. Dabei sollte er nach den Absprachen mit Groga nur einleitende Worte an die Gäste richten, kurz das Leben Stollbergs referieren und auf die Bedeutung der Ausstellung für das Museum, für die Stadt Münster und den Kunststandort Nordrhein-Westfalen hinweisen, während sein Mitarbeiter im Anschluss näher auf die Werke und das Konzept der Ausstellung eingehen sollte.

Stollbergs Gedanken schweiften wieder ab, doch diesmal nicht in die Vergangenheit zu seinem Vater, sondern zu den beiden Bellheims, die eben gekommen waren und hinten Platz genommen hatten. Er mochte sie. Er kannte sie zwar nicht besonders gut, doch die paar Male, mit denen er mit dem Geschwisterpaar bisher zusammengekommen war, hatten sich sehr angenehm, fast einvernehmlich und seltsam vertraut gestaltet. Das lag vermutlich an der langen Geschichte, die die Bellheims mit Arnold Stollberg verband – gab es so etwas wie eine mentale Verbindung zwischen Menschen, über eine Generation hinweg?

„… deshalb besonders dankbar, dass die Staatliche Kunsthalle Bamberg uns die beiden Werke für die Dauer der Ausstellung überlassen hat …"

Ja, nun kam der Museumschef ans Ende seines Vortrags, er war bei den Danksagungen angelangt. Dank an die Kunsthalle Bamberg … Damit war der Höhepunkt der Ausstellung angesprochen, das „absolute Highlight", wie die Presse bereits im Vorfeld gemeldet hatte. Es war die Serie, die Meier-Kempf ansprach: *Metaphysisches Theorem*, vier Bilder von Arnold Stollberg, von denen das Museum in Münster zwei, die Kunsthalle in Bamberg zwei weitere besaß. Nun hingen sie alle vier vereint oben unübersehbar an prominenter Stelle, gleich im ersten Raum und schon vom

Vestibül in ihrer perfekten Ausleuchtung zu sehen. Als Stollberg vor ein paar Tagen mit Groga durch die noch unfertige Ausstellung ging, hingen sie bereits dort, und als er vor ihnen stand, musste er tief ein- und ausatmen. Es war ein besonderer Moment! Er war berührt – nein, mehr als das, er war getroffen. Die Kraft der vier Bilder, ihre Farben und ihr Formenkanon, deutlich aufeinander abgestimmt und in perfekt restauriertem Zustand, ließen ihn für einen Moment schwindeln. Darauf hatte Jan-Josef gewartet, für diese vier Gemälde lohnte sich dieser ganze Ausstellungsaufwand, für den er ansonsten kein großes Verständnis hatte. Aber dies – die *Metaphysisches Theorem*-Serie hier im Museum – das war einfach gut, das war großartig. Und ein Triumph.

Inzwischen war Bernd Groga ans Rednerpult getreten. Er sprach konzentriert und rhetorisch ziemlich gut: Man hörte ihm gerne zu, und was er sagte, war klug und nachvollziehbar. Nur hin und wieder fiel sein Blick auf die Karteikarten, die er diskret in den Händen hielt und ihm das eine oder andere Stichwort lieferte. Groga ging näher auf die Serie ein und ließ auch deren bewegte Geschichte nicht aus, in der der Name Bellheim ebenso auftauchte wie zwei weitere Protagonisten – bei der Nennung der Namen blickte Groga kurz nickend in die Richtung, in der die Genannten Platz genommen hatten – und erwähnte natürlich auch das fünfte Bild. Das verschollene Bild. Und dann, ganz abrupt, war er mit seiner Rede zu Ende und schloss:

„Die Ausstellung ist hiermit eröffnet. Wir laden Sie nun herzlich zu einem ersten Rundgang ein. Wie Sie vielleicht vorhin schon sehen konnten, haben wir im Foyer haben wir ein paar Erfrischungen für Sie vorbereitet, bitte bedienen Sie sich!"

Applaus brandete auf, das Deckenlicht wurde wieder hell. Frau Hartmann klatschte strahlend in die Hände, die Leute vom WDR stellten sich mit ihrer Kamera in Position. Meier-Kempf und Jens Büsmann erhoben sich mit zufrieden wirkenden Mienen von ihren Stühlen und wandten sich dem Oberbürgermeister und seiner Gattin zu.

3

„Und wie bekommt Ihnen der Ruhestand?"

Jan-Josef Stollberg richtete die Frage an seine Tischnachbarin, eine kleine, zierliche Frau mit einem Hauch Violett in ihren kurz geschnittenen grauen Haaren, die sie zu einer strengen Frisur geordnet hatte. Dorothee Suhl war Mitte sechzig und trotz ihrer zarten Körperformen eine beeindruckende Person, was an ihrer stets überlegenen, aber nicht arrogant wirkenden Miene lag, mit der sie auch jetzt den Fragenden durch ihre goldgeränderte Brille ansah.

„Oh, bestens, Herr Stollberg, ich genieße jeden Tag", sagte sie, wobei sie ihre dezent geschminkten Lippen zu einem Lächeln verzog, „und ich vermisse gar nichts, das kann ich Ihnen versichern."

„Das freut mich – nun, so soll es ja auch sein, nicht wahr? Schließlich haben Sie lange genug hinter dem Katheder gestanden und Generationen von Kindern das Einmaleins des Lebens beigebracht."

Stollberg hob sein Weinglas und prostete Dorothee Suhl freundlich zu. Sie lächelte erneut. „Danke, ja… ja, Sie haben Recht. Es wurde Zeit, damit aufzuhören."

Sie hatte den Satz gerade beendet, als sich Dr. Meier-Kempf, der an ihrer linken Seite saß, mit einer Bemerkung an sie wandte: „Verehrteste, ich bin so froh, Sie heute, an diesem denkwürdigen Tag, hier bei uns zu haben!"

Fräulein Suhl blickte leicht verlegen auf den Tisch und machte mit ihrer Rechten eine abwehrende Bewegung.

„… ist doch selbstverständlich, ich freue mich …", murmelte sie und errötete leicht, was aber im gedämpften Licht über dem Tisch niemand bemerkte.

Es war zwanzig Uhr dreißig. Sie saßen alle gemeinsam auf Einladung von Meier-Kempf im Restaurant „Alte Stube Brinkmüller" am Prinzipalmarkt, nur wenige Meter vom Museum entfernt. Der Direktor hatte einen großen Tisch in einem abgeteilten Raum des Restaurants reservieren lassen, um auf die Eröffnung der Stollberg-Ausstellung mit einigen ausgewählten Gästen und Mitarbeitern anzustoßen.

Da waren sie nun versammelt, an einer weiß gedeckten Tafel und beobachtet von fünf bis zur Unkenntlichkeit nachgedunkelten Porträts, nur noch schemenhaft ernst dreinblickende ältere Herren – Oberhäupter der Familie Brinkmüller, die das Gasthaus Ende des 19. Jahrhunderts gegründet hatten und das sich später mit guter, bodenständiger Küche und exzellentem Service den Ruf der „ersten Adresse" in Münster erarbeitet hatte. Über dem Tisch sorgten rustikale Hängelampen für heimeliges Licht, das hell genug war, um Speise- und Getränkekarten mühelos lesen zu können, sich aber zugleich so unauffällig ausbreitete, dass es nicht störend oder grell wirkte. Die Einrichtung war knorrig und gediegen, viel dunkles Holz, teurer Zinn-Nippes an den Wänden, auf Podesten und Absätzen. Schwere Stoffe säumten die mit Butzenscheiben ausgestatteten Fenster, hinter denen sich die beginnende kalte Januarnacht ausbreitete; durch das Glas konnte man vom Tisch aus direkt auf die angestrahlte Fassade des Domes blicken. Jedes Mal, wenn sich die Bedienung näherte, um nach weiteren

Wünschen zu fragen oder etwas Bestelltes zu bringen, knarrten die alten Dielen des Fußbodens. Der Geräuschpegel war angenehm: Gepflegte und unaufgeregte Unterhaltung im Hauptraum des Restaurants mischte sich mit dem musikalisch klingenden Klirren von Gläsern und Porzellan, das leise und angenehm in den Nebenraum drang.

Sie hatten alle zugesagt – oder fast alle, denn Wattauer und Trifft hatten sich gegen sieben nach dem Ausstellungsrundgang wortreich bei Meier-Kempf entschuldigt und sich umständlich verabschiedet – ob gerne oder eher aus Höflichkeit, war schwer zu sagen. Nun saß Meier-Kempf, eingerahmt von Fräulein Suhl auf der einen, von Gregor Bellheim auf der anderen Seite, an der Längsseite des Tisches. Gegenüber hatten Bernd Groga, Jens Büsmann und Dagmar Bellheim Platz genommen, während an der anderen Schmalseite Gerhard Meininger – ja, man muss sagen: thronte. Die für Trifft und Wattauer vorgesehenen Stühle und Gedecke waren abgeräumt worden.

Das Gespräch am Tisch verlief wenig angeregt. Nachdem sich alle gesetzt, die Getränkekarten studiert und ihre Bestellungen aufgegeben hatten, drohte ein Schweigen einzutreten, das mit Floskeln einigermaßen geschickt überspielt wurde. Schließlich besaßen mehr oder wenige alle am Tisch Sitzenden genügend gesellschaftlichen Schliff, um mit dem Ritual von Allgemeinplätzen vertraut zu sein und Gesprächspausen gar nicht erst eintreten zu lassen. So drehte sich die Unterhaltung zunächst um Fragen der Gesundheit, um den Austausch von mehr oder weniger belanglosen Neuigkeiten aus West-Berlin, dem Wohnort der Bellheims, oder um Berufliches. Meier-Kempf steuerte öffentlichkeitstaugliche Anekdoten aus dem Museumsalltag bei, assistiert von Bernd Groga und Jens Büsmann, der Ergänzendes aus dem Bamberger Haus einflocht.

Als schließlich doch eine Pause einsetzte, schaute Gerhard Meininger ruhig und entspannt in die Runde, so, als wolle er die leicht aufgekratzte Stimmung für beendet erklären, bevor er leise zu sprechen begann. Sein rundes Gesicht zeigte, wie immer, eine rötliche Färbung, die sich vom Kinn über die vollen Wangen bis zum Ansatz der ergrauten und bereits schwindenden Haare auf dem Kopf ausbreitete. Mit seinen beiden gepflegt wirkenden Händen umfasste er das vor ihm auf dem Tisch stehende Weinglas und drehte es sacht hin und her.

„Diese Serie – es schmerzt nun doch …" murmelte er in die Stille am Tisch hinein.

„Sie meinen …?" fragte Fräulein Suhl und beugte sich ein wenig vor.

„Ja, ich meine das fehlende Bild. Das fünfte Bild." Meininger atmete einmal kurz und tief ein. „Es fällt doch sehr auf, dass es nicht da ist. Es ist ein Makel. Die Serie ist einfach nicht vollständig, und das schmerzt. Jedenfalls … " er schaute kurz auf, „geht es mir so."

Dagmar Bellheim wiegte ihren Kopf sacht hin und her, wobei ihr pechschwarzes, madonnenhaft in der Mitte gescheiteltes und hinten zu einem Knoten zusammengebundenes Haar im Schein der Lampe glänzend schimmerte. „Ich denke, es ist für immer verloren. Sonst wäre es längst aufgetaucht. Wir müssen uns damit abfinden."

Ihr Bruder Gregor nickte zustimmend, sagte aber nichts. Als zurückhaltender und eher schweigsamer Mensch war er es gewohnt, seiner Schwester das Reden zu überlassen.

„Ich vermute, Sie haben auch nichts Neues gehört?" wandte sich Dorothee Suhl an Ewald Meier-Kempf und Bernd Groga gleichzeitig, wobei sie auch Jens Büsmann mit einem kurzen Blick bedachte.

„Nein, natürlich nicht, Verehrteste", ließ sich der Museumsdirektor mit einem leicht missfallenden Ton vernehmen, „wenn es so wäre, hätte ich es Ihnen allen doch längst mitgeteilt. Oder", und damit wandte er sich an den neben Fräulein Suhl sitzenden Jan-Josef, „zumindest Ihnen, lieber Herr Stollberg."

Der Angesprochene lächelte leicht. „Sicher, Herr Dr. Meier-Kempf, sicher …"

Bernd Groga räusperte sich und schaute zu Meininger herüber: „Wenn das fünfte Bild jemand findet, dann Sie, Herr Meininger!"

Meininger lachte laut auf. „Das ist gut! Danke für Ihr Vertrauen, lieber Doktor! Aber nein, nein …" er nahm einen Schluck aus seinem Glas, „da schätzen Sie mich falsch ein. Ich bin auf Möbel spezialisiert, wie Sie wissen, nicht auf Gemälde. Es wäre schon ein toller Zufall, wenn ich etwas über den Verbleib des Bildes erfahren würde."

Büsmann verzog die Mundwinkel: „Zufälle passieren. Und bei uns in Bamberg sowieso!"

Meininger lachte erneut. „Ja, allerdings, da haben Sie Recht!"

Die beiden kannten sich von verschiedenen Begegnungen, denn auch Gerhard Meininger lebte in Bamberg. Er führte dort ein gut gehendes Antiquitätengeschäft in bester Lage. Meininger war ein Liebhaber von Möbeln aus dem frühen 19. Jahrhundert. Empire und Biedermeier waren seine bevorzugten Stilrichtungen, und in diesem Segment war er auch als Händler tätig. Und das sehr erfolgreich: Bamberg war ein gutes Pflaster für Antiquitäten, und Meininger hatte sich einen solventen Stamm gut situierter Kundschaft erarbeitet. Seine Käufer kamen sogar aus München und Niederbayern. Dank seines Gespürs für Qualität und erlesene Objekte und eines funktionierenden Netzwerks mit Restauratoren, Gutachtern und Händlern gehörte er mit seinen knapp fünfzig Jahren mittlerweile zu den führenden Antiquitätenhändlern in Franken, wobei ihm die Verbindungen seines Vaters nach dessen Tod 1948 durchaus von Nutzen waren. Auch Heinrich Meininger hatte mit Möbeln zu tun, allerdings nicht mit antiken: Gerhards Vater war Inhaber eines seit Generationen in Familienbesitz befindlichen Handels mit Möbeln und Tischlereierzeugnissen in Kronach gewesen; erst sein Sohn hatte sich nach einer Ausbildung zum Tischler und einem abgebrochenen Studium der Kunstgeschichte auf den Handel mit kostbaren Schränken, Kommoden und Schreib-Bureaus vergangener Epochen verlegt.

„Nun", fuhr Meininger fort, „natürlich habe ich hin und wieder auch mal ein Gemälde im Laden, aber doch eher selten. Und Klassische Moderne…? Nein, nie, so gut, wie nie." Dabei schüttelte er den Kopf.

Stollberg stimmte seinem Nachbar zur Rechten zu: „Es wäre eine Sensation, wenn das Bild irgendwo wieder zum Vorschein käme. Und sicher kaum im Handel." Er schaute Meininger nun direkt an. „Ich vermute, es ist entweder damals in den letzten Kriegstagen zerstört worden, oder es hat sich jemand unter den Nagel gerissen und hängt jetzt unerkannt in irgendeiner Privatsammlung. Weiß der Himmel, wo!" Plötzlich wurde er ärgerlich und winkte ab. „Aber das haben wir doch alles schon zigmal durchgesprochen." Sein Gesicht wirkte plötzlich verschlossen, als seine linke Hand fahrig über das Tischtuch vor ihm strich.

Dorothee Suhl wandte sich an Dagmar:

„Haben Sie das Foto dabei?" fragte sie neugierig.

Dagmar lachte: „Natürlich! Sogar beide. Ich dachte mir, dass Sie sie heute, bei diesem Anlass, noch mal sehen wollen."

Mit diesen Worten nahm sie ihre Lederhandtasche, die sie über die Stuhllehne gehängt hatte, öffnete sie und entnahm ihr mit ihrer beringten Rechten eine schmale Mappe. Als sie sie öffnete, lagen zwei Fotografien darin, mit Seidenpapier voneinander getrennt. Vorsichtig wickelte Dagmar Bellheim das Papier ab und legte die Schwarz-Weiß-Abzüge auf den Tisch. Beide waren eher kleinen Formats, mit weißen gezackten Rändern und hochglänzend, aber leicht abgerieben und stellenweise brüchig, was auf ihr Alter zurückzuführen war.

Andererseits waren die Fotos gestochen scharf. Obwohl die am Tisch Sitzenden – außer Jens Büsmann – die Fotos kannten, beugten sich alle vor, um sie zu betrachten, nachdem Dagmar sie in die Mitte des Tisches gelegt hatte, und zwar beide in jeweils entgegengesetzter Blickrichtung.

Sie zeigten mehr oder weniger dasselbe: Ein großer Raum mit hoher Decke füllte die Bilder aus. Es handelte sich um einen Wohnraum, vollgestellt mit Möbeln: An einer Wand stand eine Kredenz, an einer anderen ein ausladender Schreibtisch mit Stuhl, daneben eine Stehlampe. Im Vordergrund war angeschnitten ein runder Esstisch mit Tischdecke zu sehen, um den mehrere Stühle herum gruppiert waren. Hinter einem der Stühle stand ein Mann von Mitte vierzig, elegant gekleidet im Stil einer längst vergangenen Mode, und blickte direkt in die Kamera. Obwohl auf beiden Fotos sowohl das Interieur als auch der Mann zu sehen waren, zeigten sie den Raum aus jeweils unterschiedlichen Blickwinkeln. Der Fotograf hatte offensichtlich zweimal auf den Auslöser gedrückt und hatte dabei seinen Standort leicht verändert.

Der Mann auf dem Foto hatte dichtes, gescheiteltes Haar und ein völlig ausdrucksloses Gesicht. Er zeigte keinerlei Regung, nichts gab einen Hinweis darauf, ob er vom Fotografen überrascht worden war, ob er sich in Positur gestellt hatte, ja nicht einmal, ob er die Aufnahme guthieß oder missbilligte. Er stand einfach nur da in seinem gut geschnittenen Anzug und fügte sich perfekt in den Raum ein.

An seiner linken Hand war gerade eben noch ein auffälliger Ring mit einem großen, dunklen Stein zu erkennen.

Auf der Kredenz an der Wand des Zimmers stand ein großer, verzierter siebenarmiger Leuchter, und darüber hingen, dicht an dicht, fünf gerahmte Bilder, offenbar Gemälde. Auf den ersten Blick war nur schwer zu erkennen, was die Bilder zeigten, aber beim näheren Hinsehen konnte man sehen, dass es sich um gegenstandslose – oder fast gegenstandslose – Darstellungen handelte, bestehend aus unregelmäßigen geometrischen Formen: Dunkle und helle Gebilde, changierend zwischen Oval und Kreis, ausgefranste Rechtecke, schiefe Parallelogramme wie sich verkürzende Straßen, scheinbar wahllos verlaufende Linien auf wolkig verschatteten Gründen. Vier der Gemälde waren zu einem Block angeordnet, das fünfte hing als Solitär mittig genau darunter. Es war ein wenig anders: insgesamt schien es heller zu sein, zudem wirkte die Darstellung geschlossener – soweit das auf der Aufnahme überhaupt zu erkennen war.

Gregor Bellheim streckte seine rechte Hand nach einem der Fotos aus und zog es ein Stück zu sich heran. Der große polierte Stein von opaker roter Farbe, der den breiten Goldring an seinem Finger schmückte, schimmerte kurz im Licht, als er mit der Hand genau die Stelle berührte, an der der Ring an der Hand des Mannes auf dem Foto zu sehen war: Für einen kurzen Moment verschwammen Vergangenheit und Gegenwart, der Mann auf dem schwarz-weißen Abzug und Gregor Bellheim zu einer Einheit, denn es handelte sich bei dem Ring um ein und dasselbe Schmuckstück.

Metaphysisches Theorem ... murmelte Gregor leise, „... hier noch vereint." Und fügte ärgerlich hinzu: „Ohne Nummer fünf ist das alles nichts."

„Das würde ich nicht sagen", widersprach Meier-Kempf. „Allein, dass wir die vier erhaltenen Bilder heute noch bewundern dürfen, ist ein großes Glück."

„Und das", ergänzte Bernd Groga, hob sein Glas und lächelte Meininger und Fräulein Suhl an, „verdanken wir Ihnen!" Jens Büsmann stimmte eifrig zu: „Ja, ja, genau, das stimmt ... ohne Sie ..." Er brach ab.

Die frisch pensionierte Lehrerin aus Münster und der Bamberger Antiquitätenhändler sahen sich kurz an.

„Na ja", sagte Dorothee Suhl bescheiden, „wenn wir die Werke damals nicht ausfindig gemacht hätten, hätten es andere getan."

„Na, wer weiß", sagte Meier-Kempf, „das ist nicht sicher. Tatsache ist, dass wir es Ihnen beiden verdanken, dass die vier Bilder aus der *Theorem*-Serie Ihres Vaters", und damit nickte er Stollberg zu, „erhalten sind – und dazu noch zugänglich für die Öffentlichkeit! Das ist ja nun das Verdienst IHRER Großzügigkeit", wandte er sich herzlich an Dagmar und Gregor Bellheim. Und ja", dabei erhob er den rechten Zeigefinger und zog die Brauen hoch, „ich darf sagen, dass die Bilder mittlerweile zu den größten Schätzen unseres wie auch Ihres Hauses gehören", womit er seinen Finger in einer spitzen Geste auf Jens Büsmann richtete.

„Selbstverständlich", eilte Büsmann zu versichern, „die beiden Bilder sind die Stars in der Kunsthalle. Wir haben viele Besucher, die allein deshalb zu uns kommen."

Jan-Josef hob die Hände in einer beschwörenden Geste.

„Wie auch immer", sagte er, und es klang wie eine Ermutigung, wie eine trotzige Reaktion auf eine nicht zu leugnende Tatsache, „ist es doch einfach wunderbar, dass die vier Bilder jetzt erstmals wieder seit – ja, seit 1937, nicht wahr? – zusammen zu sehen sind. Einfach phantastisch!" Stollberg trank einen weiteren Schluck Wein und fuhr fort: „Tolle Arbeit, Herr Doktor, wirklich ein ganz großes Verdienst!" Damit prostete er Bernd Groga zu, der bescheiden abwinkte. „Ohne das Wohlwollen der Bamberger Kollegen hätte das nicht geklappt, Herr Stollberg. Immerhin haben sie sich für die Dauer von mehreren Monaten von ihren wichtigsten Schätzen getrennt!" Damit sah er den neben ihm sitzenden Büsmann an.

„Oh, das haben wir gerne gemacht! Auch für uns ist es wichtig zu wissen, dass die vier Bilder wenigstens temporär wieder vereint sind – auch wenn das fünfte fehlt. Unsere beiden Leihgaben kommen von Herzen."

Die Bedienung erschien. Jan-Josef und Meininger bestellten jeder ein weiteres Glas Wein, während Fräulein Suhl zu Mineralwasser wechselte. Meier-Kempf entschied sich für einen Cognac und bat anschließend höflich um die Erlaubnis, rauchen zu dürfen. Das wurde ihm gewährt.

„Herr Stollberg", sagte Dagmar Bellheim leise, „haben Sie Ihr Foto auch dabei?"

„Nein, das habe ich zu Hause gelassen", lautete die Antwort. Er log. Das Foto, das Dagmar angesprochen hatte, befand sich in der Innentasche seines Sakkos. Stollberg verspürte keine Lust, es herauszuholen und es neben die beiden anderen Fotos zu legen, wo seine Tischgenossen es begaffen konnten – erneut begaffen, denn er hatte es in der Runde im Lauf der Jahre schon mehrmals gezeigt. Diesmal nicht, dachte er, aber warum eigentlich? Er wusste es nicht, und dann ging seine Erinnerung wenige Tage zurück: Als er mit Groga die so gut wie fertig aufgebaute Ausstellung besucht und eine kurze Zeit allein vor den vier Bildern der Serie gestanden hatte, war er der Versuchung erlegen, verstohlen das gerade von Dagmar erwähnte Foto aus der Tasche zu holen und es gemeinsam mit den vier Gemälden zu betrachten: Darauf zu sehen war das fünfte Bild, das die Serie komplett machte, ein Schwarzweißfoto, das sein Vater irgendwann gemacht hatte, wohl noch im Atelier. Welch ein Moment! Fast war es ihm, als wären alle fünf Bilder tatsächlich wieder zusammen, als wäre eine Wunde geschlossen, eine Narbe verheilt. Er hatte die Präsenz seines Vaters heraufbeschworen und gehofft und ersehnt, dass der schon vor so langer Zeit Verstorbene die Besonderheit, ja Erhabenheit dieses Augenblicks ebenso hatte spüren können wie er selbst. Das Gefühl der Verbundenheit mit seinem Vater, des Glücks über die Zusammenführung der Gemälde eins bis fünf aus der Reihe *Metaphysisches Theorem* war für Sekunden so überwältigend gewesen, dass Jan-Josef nicht an sich halten konnte und lautlos in Tränen ausgebrochen war.

Das sollte ihm hier jetzt nicht passieren, und er wollte auch nicht über seine Gefühle von vor ein paar Tagen sprechen. Stattdessen zündete er sich auch eine Zigarette an.

Die Bedienung kam und brachte die bestellten Getränke. Nachdem die Frau den Raum verlassen hatte, kam die Sprache erneut auf die beiden Fotos, die immer noch auf dem Tisch lagen.

„Ich habe es vergessen …" sagte Dorothee Suhl entschuldigend in Richtung Dagmar Bellheim, „aber wann genau sind die Fotos entstanden?"

Die madonnenhaft frisierte Frau zögerte einen Moment, bevor sie antwortete: „Das war im Frühjahr 37, ganz kurz, bevor wir Deutschland verließen."

„Und der Herr auf dem Foto ist ...?" Die Frage kam - eine Spur zu neugierig - von Jens Büsmann.

Gregor kam seiner Schwester diesmal mit einer Antwort zuvor: „Unser Vater. Das Foto ist bei uns zu Hause aufgenommen, in seinem Arbeitszimmer."

„Ja, das war in unserer Wohnung in Berlin", sagte Dagmar nachdenklich, „in der Knesebeckstraße. Ich kann mich aber nicht daran erinnern, ich war da noch nicht einmal drei Jahre alt, und mein Bruder noch ein Baby." Dabei blickte sie Gregor kurz an.

Büsmann beugte sich noch einmal über die Fotos.

„Es ging bei den Aufnahmen aber nicht darum, die Stollberg-Serie zu fotografieren, oder?"

„Nein", antwortete Dagmar und zuckte mit den Schultern, „purer Zufall, dass die Bilder darauf so prominent zu sehen sind, soweit wir wissen. Der Fotograf war ein Kollege unseres Vaters aus dem Institut. Keine Ahnung, warum die Fotos entstanden sind."

Meininger sagte: „Ihr Vater sieht aus wie – wie ertappt, oder überrascht."

Gregor Bellheim fuhr sich durchs Haar und deutete auf den Mann auf dem Foto: „Vater ließ sich nicht gern fotografieren, schon gar nicht zu Hause." Er machte eine kleine Pause und fuhr fort: „Das Foto ist… na ja, mag pathetisch klingen, aber es ist wie ein Vermächtnis aus unserer Zeit in Deutschland vor unserer Emigration. Es ist das letzte, das dort entstand, bevor …" Er brach ab und drehte an dem prächtigen Ring, der seine Hand schmückte.

Alle schwiegen kurz, leicht verlegen. Fräulein Suhl beendete die eingetretene Pause mit dem Versuch, der Situation die Schwere zu nehmen, die sich in den letzten Minuten über die Tischgesellschaft gelegt hatte: „Aber es ist so schön, dass Sie diese Fotos gerettet haben. Nicht nur, weil es eine Erinnerung an Ihre Zeit in Deutschland ist, sondern auch, weil die fünf Bilder der Serie darauf zu sehen sind, nicht wahr, Herr Stollberg?"

Der Angesprochene nickte kurz. Meier-Kempf nahm einen Schluck Cognac und wandte sich an Jan-Josef:

„Diese Hängung der Bilder hier auf dem Foto … Hat Ihr Vater das angeregt?"

Stollberg schüttelte den Kopf. „Nein, nein, die Bilder hingen ja zunächst woanders und waren anders platziert. Und wir sind ja dann schon 1933 weg."

„Die Serie kam erst 1936 in das Arbeitszimmer, wie hier zu sehen", pflichtete Dagmar bei und wies auf die Fotos. „Warum sie in dieser Zusammenstellung gehängt wurden, weiß ich auch nicht." Sie holte eins der Fotos zu sich heran und betrachtete es eingehend, als sähe sie es zum ersten Mal.

„Jedenfalls eine gute Entscheidung", sagte Meier-Kempf, und Bernd Groga nickte anerkennend.

„Ja", sagte er zustimmend, „wäre das fünfte Bild noch da, hätten wir uns für dieselbe Hängung entschieden: Vier *en bloc*, und darunter das fünfte Bild, quasi als Abschluss."

Stollberg zog die Stirn kraus und schien zu überlegen. „Möglicherweise war Reim für die Hängung zuständig. Der war ja 1936 noch in Berlin."

Groga beugte sich leicht nach vorn und hätte dabei um ein Haar sein Glas umgestoßen, was er geschickt kaschierte. „Ich wollte Ihnen noch einmal danken, Herr Stollberg, dass Sie uns Ihr Foto für den Katalog zur Verfügung gestellt haben."

„Oh, bitte, nichts zu danken …" antwortete Stollberg und winkte mit der Hand ab. „War mir ein Vergnügen."

Dagmar Bellheim meldete sich zögernd zu Wort. Ihr Gesicht war rot angelaufen. „Ja … entschuldigen Sie nochmals, Herr Dr. Groga, dass Sie unsere Fotos nicht verwerten konnten, aber wir brachten es nicht über´s Herz …"

„Es ging nicht", unterbrach sie ihr Bruder trotzig mit etwas zu lauter Stimme, „unmöglich. Der Schmerz sitzt noch zu tief. Vielleicht… vielleicht zur nächsten Ausstellung."

„Sicher", beeilte sich Groga zu beschwichtigen und knüpfte an den vorherigen Gedankengang an: „Herbert Reim war `36 noch in Berlin, sagten Sie gerade, Herr Stollberg? Das war bestimmt nicht ganz ungefährlich für ihn …"

4

Herbert Reim. Der gebürtige Rheinländer hatte 1928 eine Galerie in Berlin eröffnet, die mit dem Modernsten handelte, was damals auf dem Kunstmarkt zu haben war. Reim spielte zeitweise mit Namen wie Herwarth Walden, Paul Cassirer, Grete Ring und Alfred Flechtheim in einer Liga, Galeristen, die Berlins Ruf als führenden Motor der Avantgarde während der Weimarer Zeit begründeten. Er stammte aus einer Düsseldorfer Kaufmannsfamilie und wurde aus Liebe zur Kunst Galerist, darin seinem Kollegen Flechtheim nicht unähnlich. Genaugenommen war es die Moderne, die Reim in ihren Bann zog und die in ihm den Ehrgeiz entfachte, avantagardistische Kunst aus Deutschland und Frankreich zu zeigen – und zu verkaufen. Er war der erste, der in der Reichshauptadt Arbeiten von Sonia Delaunay anbot; ebenso gehörte Dada mit Max Ernst und Hannah Höch zu seinem Repertoire. Unvergessen war aber Reims Präsentation von Readymades, die Marcel Duchamps in den frühen zwanziger Jahren geschaffen hatte. Die Ausstellung war ein Skandal und eine Sensation zugleich und brachte dem Galeristen großen Ruhm ein, der sich zunächst auch in pekuniärem Erfolg niederschlug.

Herbert Reim gehörte in den wenigen Jahren von 1929 bis 1933 zu den schillernden Figuren, die damals auf allen Bällen, in Theatern und Nachtlokalen, aber auch beim illegalen Glücksspiel zu finden waren und regelmäßig die Gesellschaftsseiten und Klatschspalten der Zeitungen füllten. Er war Stammgast im Romanischen Café, und es hieß, er sei mit vielen Berühmtheiten aus Kunst und Literatur befreundet gewesen. Dabei zeichnete er sich durch äußerste Diskretion aus: Über seine Freunde und *Liaisons* wusste man so gut wie nichts. Da er sich häufig in Paris aufhielt – bisweilen nur für ein verlängertes Wochenende –, ging man davon aus, dass er dort eine Affäre hatte; es wurde gemunkelt, Herbert Reim sei mit einer Sängerin liiert, die in verschiedenen zweitklassigen Nachtlokalen am Montmartre auftrat. Ob das stimmte, wusste niemand, aber der Hauch eines Geheimnisses, der den Mann umgab, passte vorzüglich zu seinem Image, und er selbst genoss die mit ihm verbundenen Gerüchte am meisten.

Reims Galerie unweit des Tiergartens, im feinen Westen der Stadt, war Treffpunkt von Menschen unterschiedlichster sozialer Schichten. Hier gingen sowohl großbürgerliche Kunstliebhaber, Mäzene, Bohémiens aller Couleur, Künstler mit und ohne Erfolg, Emporkömmlinge, Filmsternchen, Journalisten als auch einfach nur neugierige Kunstbegeisterte ein und aus. Die Räume lagen in beiden Geschossen eines für die Gegend typischen großzügigen Gründerzeithauses, mit einem marmornen Treppenaufgang, Wandmosaiken im Vestibül und kunstvoll geschnitzten Doppeltüren, die in die dahinterliegenden Säle führten. Gut zweihundertfünfzig Quadratmeter einer ehemaligen großbürgerlichen Wohnung hatte Herbert Reim zu einer Galerie umgestaltet, die zum wilhelminischen Pomp des Treppenhauses nicht widersprüchlicher sein konnte: Spartanisch und funktional präsentierten sich die Räume im strahlenden Weiß, kein Plüsch, kein Nippes, nicht mal Textilien duldete Reim in diesen heiligen Hallen der Kunst. Eine Ausnahme dieses puristischen Konzepts bildete der erste Saal im Erdgeschoss, den er mit einem großen, dekorativen Wandbild hatte schmücken lassen. Reims Büro im hinteren Teil der Galerie, das auch von seinen zwei Angestellten genutzt wurde, befand sich permanent in einem chaotischen Zustand: Übersät mit Büchern, Fotos, Zetteln und Papieren war sein Schreibtisch trotz dessen beträchtlicher Größe kaum zu sehen. An den Wänden standen teilweise wacklige Regale, vollgestopft mit Büchern, Mappen, Kästchen, und dazwischen konnte man bei genauem Hinsehen erlesenste Glaskunst von Lalique und Gallé erkennen. 1930 schmückten noch zwei Gemälde das Arbeitszimmer, ein abstraktes Meisterwerk von Wassily Kandinsky und ein Bild des russischen Avantgardisten Malewitsch, das im Umfeld seiner Studien zum *Schwarzen Quadrat* entstanden war – weiß der Himmel, woher Reim das Bild hatte. Doch ein Jahr später hängte er es ab zu Gunsten eines anderen Bildes: *Gelber Mohn*, das Arnold Stollberg ein Jahr zuvor gemalt hatte.

Herbert Reim traf Arnold Stollberg zum ersten Mal in der Hochschule der Bildenden Kunst in Berlin, wo Stollberg seit 1926 studierte und Meisterschüler von Wilhelm Schleiermacher war. Reim war häufiger Gast in der Akademie, eng befreundet mit Professor Saalfeld, dem langjährigen Direktor, und dessen Frau Gerda. Der Galerist kam regelmäßig in die Hochschule, da er stets auf der Suche nach Neuigkeiten aus der Talentschmiede und nach vielversprechenden kommenden Künstlerpersönlichkeiten war. Und immer, wenn der stattliche Mittvierziger mit seinem auffälligen Benz SSK in der Hardenbergstraße vorfuhr, gab es zahlreiche Studenten, die hofften, dass sein Besuch diesmal ihnen galt.

Als er Stollberg erstmals bewusst wahrnahm, wusste der Galerist sofort, dass er es mit einem besonderen Menschen zu tun hatte, der sehr besondere Kunstwerke schuf. Arnold Stollberg war gerade mit seiner Abschlussarbeit an der Hochschule beschäftigt, die für Reim eine Offenbarung war und die Freundschaft zwischen den beiden Männern besiegelte. Für seine Prüfung hatte der junge Künstler eine kleinformatige Leinwand gewählt – 140 x 80 Zentimeter – und eine Komposition darauf entworfen, die Reim noch im Entstehungsprozess in seinen Bann zog. Rein sachlich gesehen konnte man sagen, dass eine Menge Paul Klee und August Macke in diesem Werk steckte, und tatsächlich gehörten diese beiden Künstler zu Stollbergs erklärten Vorbildern. Und dennoch entstand auf der Leinwand in seinem Hochschulatelier etwas völlig Neues. Kompakte Farbflächen formten sich zu Objekten, die stilllebenhaft das Bild füllten und schillernd zwischen Gegenständlichem und Abstraktem changierten. Dabei hatten seine Farbflächen nichts Dekoratives wie bei Macke, und auch nichts von Klees verrätselten, piktogrammartigen Bildelementen. Bei Stollberg waren die Farben reine Energie, deren innere Kraft durch die Struktur, die der Künstler ihnen verlieh, verstärkt wurden, sodass der Eindruck entstand, nur so und nicht anders könne diese oder jene Farbe verwendet werden. Das sah so einfach und stringent aus, dass der enorme geistige und experimentelle Aufwand dahinter nicht zu erkennen war. Hellrote kompakte Körper, die sich scheinbar dreidimensional über das Bild verteilten, wurden von filigranen Linien und Gerüsten aus safrangelben Tönen begleitet und bildeten gemeinsam eine Landschaft, die zwischen Traum und Wirklichkeit schwankte. Der enormen Suggestionskraft von „Konstruiertes Feld am Dorf" – so der Titel des Bildes, das nach dem Krieg in die Mannheimer Kunsthalle gelangte – konnte sich niemand entziehen, Reim nicht und auch nicht die Prüfungskommission, die Stollberg mit der Höchstnote aus seinen akademischen Lehren entließ. Von dem Augenblick an war Reim sein Mentor, sein Förderer und sein Galerist.

Zu dem Zeitpunkt, als Arnold Stollberg sein Abschlusszeugnis frisch in der Tasche hatte, war er 29 Jahre alt, seit knapp fünf Jahren verheiratet und Vater eines dreijährigen Sohnes, den er und seine Frau im launigen Andenken an entfernte böhmische Vorfahren mit dem damals nicht gerade gebräuchlichen Namen Jan-Josef bedachten. Die Begeisterung, die Herbert Reim dem Künstler entgegenbrachte, traf Arnold wie ein Schlag: Er konnte sein Glück gar nicht fassen und kaum glauben, dass die finanziellen Probleme der kleinen Familie mit einem Schlag gelöst sein sollten. Aber so war es. Herbert Reim trat als wahrer Mäzen auf. Woher er das Geld trotz aufziehender Wirtschaftskrise hatte, wusste niemand. Doch nicht wenigen Galeristen ging es zu Beginn der dreißiger Jahre gut, viele Betuchte legten ihr verbliebenes Geld in Kunst an. Reim verschaffte der jungen Familie nicht nur eine ausreichend große Wohnung, er mietete auch ein den Anforderungen des Künstlers genügendes Atelier und – wohl die wichtigste

Investition in die Zukunft – nahm Stollberg in das Portfolio seiner Galerie auf. Nachdem Reim bereits 1931 eine kleine Schau Stollbergscher Zeichnungen und Aquarelle gemeinsam mit Grafiken von Matisse und Picasso gezeigt hatte, war es 1932 so weit: Arnold Stollberg sollte mit einer ersten großen Einzelausstellung seiner Gemälde in der Galerie Reim vertreten sein.

So hilfreich und relativ sorgenfrei die äußeren Umstände Dank Reims Unterstützung auch waren: Der Weg zur Verwirklichung des Plans gestaltete sich steinig. Ab Juni 1931 stürzte sich der Künstler in die Arbeit, die sich in einen wahren Schaffensrausch steigerte. Arnold war von Kindheit an ein ernster Mensch gewesen, tiefgründig und eher introvertiert. Er glaubte an das Gute in der Kunst im Allgemeinen und in den von ihm geschaffenen Werken im Besonderen. Seine Bilder mussten stets einen von ihm definierten Grad an Perfektion aufweisen, und die, die er bei Reim zeigen wollte, im allerhöchsten Maß. Er gönnte sich keine Ruhe mehr, verbrachte oft Tag und Nacht in seinem Atelier und rang wie seinerzeit Michelangelo mit dem richtigen Farbton, der richtigen Form, der richtigen Perspektive und der, wie er es nannte, „inneren Thematik" seiner Gemälde.

In der Ausstellung wollte er keine alten Bilder zeigen, sondern nur neue, extra für diesen Anlass angefertigte. Bei seinen häufigen Besuchen im Atelier in Friedrichshain hatte Herbert Reim immer wieder Gelegenheit, Einblick in den Schaffensprozess des Künstlers zu bekommen. Im Herbst 1931, an einem sonnigen Oktobertag, wurde er Zeuge eines denkwürdigen Bekenntnisses. Als Reim gegen halb vier im Atelier erschien, fand er Stollberg bei einem Glas Wein an einem der beiden ausladenden Tische sitzend; Marion, seine Frau, war ebenfalls anwesend. Das Kind war nicht zu sehen.

„Komm rein", rief Stollberg dem Galeristen zu.

Es war das erste Mal, dass Reim seinen Schützling nicht bei der Arbeit sah. Stollberg trug seinen fleckigen Malerkittel, hatte Farbe im Gesicht und war offensichtlich in erregter Stimmung. In dem großen Raum herrschte die übliche penible Aufgeräumtheit: Zahlreiche bemalte Leinwände lehnten, nach Größe sortiert und mit Tüchern geschützt, an den Wänden neben der Eingangstür. Zu den Fenstern hin folgten mehrere, bis fast zur Decke reichenden Holzregale, die mit aller Art von Malerutensilien gefüllt waren – zig Büchsen und Gefäße voller Pinsel, Spachteln, Metallstiften, Punziergeräten, Schabeisen und vieles mehr. In einem anderen Fach waren alle möglichen Zeichengeräte wie Kohle, Rötel, Blei- und Pastellstifte untergebracht, dazu eine große Menge unterschiedlicher Tuschen und Aquarallfarben mit Pinseln, Paletten, Töpfen und Dosen verschiedenster Größe. Darunter waren mehrere Reihen mit Papier aller Größen und Art belegt, vom teuren Bütten bis hin zu Skizzenbögen und -blöcken zum Abreißen. Im Regal gegenüber drängelten sich Chemikalien zum Anrühren der Farben, Verdünnen und Fixieren, und daneben standen Dutzende noch unberührte oder halbfertig bemalte Leinwände.

Die Bilder, an denen Stollberg gerade arbeitete – es waren aktuell zwei –, standen auf Staffeleien frei mitten im Raum;

ein hoher Stuhl und mehrere kleine, wackelige Tische, beladen mit zahlreichen Utensilien, befanden sich daneben. Schließlich gab es noch eine Menge Textilien, von großen Tüchern über Kittel und Schürzen bis hin zu Putzlappen, alles sorgfältig geordnet und verstaut.

Der Maler stand auf und nahm das Weinglas in die Hand.

„Gut, dass du kommst", sagte er leise, „es geht ans Eingemachte."

Herbert Reim stand regungslos an der Tür. Er sagte nichts, zog fragend die rechte Augenbraue hoch und sah abwechselnd Stollberg und seine Frau an, die mit einer Zigarette in der Hand als dunkle Silhouette vor einem der großflächigen Fenster stand.

Niemand sprach. Reim setzte sich langsam in Bewegung, ging in die Mitte des Ateliers und zog seinen dünnen Mantel aus, den er achtlos über einen Stuhl warf. Aus seinem Jackett zog er ein silbernes Etui, entnahm ihm eine Zigarette und zündete sie an. Nachdem er den ersten Zug gemacht hatte, setzte er sich auf den Stuhl.

„Was ist los?", fragte er mit gespielter Teilnahmslosigkeit.

„Marion will weg", stieß Stollberg zischend zwischen den Zähnen hervor.

„Wie?" Jetzt blickte Reim mit gespannter Aufmerksamkeit auf Stollbergs Frau.

„Ach!" Marion seufzte verärgert und löste sich von dem Fenster. Mit nervöser Handbewegung drückte sie ihre

Zigarette in einem leeren Farbtopf aus. Bevor sie etwas sagen konnte, fuhr Stollberg fort: „Es wird ihr zu gefährlich."

Die junge Frau mit dem kastanienbraunen Haar schaute die beiden Männer nacheinander an. In ihrer dunklen langen Hose, dem schlichten, grauen Oberteil und mit ihrer kurzgeschnittenen Frisur entsprach sie genau dem Image, das sie verkörperte: eine „moderne", emanzipierte Frau. Als Schauspielerin und vor allem als Fotografin hatte sie sich in der Berliner Künstlerszene bereits einen Namen gemacht und war auf dem besten Weg, ihrer Karriere mit einem lukrativen Auftrag weiteren Aufschwung zu verleihen. Ein Berliner Magazin hatte Marion Stollberg gebeten, für eine große Reportage über Land und Leute in Nordafrika eine Fotostrecke zu erstellen. Geplant war eine dreiwöchige Reise im kommenden Winter nach Tanger, Tunis und Alexandria, alle Reisekosten und Spesen natürlich inbegriffen und dazu ein stattliches Honorar. Ruhm und Ehre gab es gratis obendrauf.

Marion blickte Reim herausfordernd an. „Schau dich doch um, Herbert. Es wird von Tag zu Tag schlimmer. Die Nazis nehmen sich immer mehr heraus, und das ganz unbehelligt!"

Sie schüttelte langsam den Kopf und fuhr leise fort: „Mir macht das zu schaffen, und ich fürchte – nein, ich weiß! -, dass es nicht aufhören wird. Diese Gewaltexzesse und dieses … dieses nationale Blut- und Boden-Gerede – unerträglich! Wenn das so weitergeht – und ich bin sicher, dass es so weitergeht – schlittern wir hier in eine furchtbare Zukunft."

Damit wandte sie den Kopf wieder zum Fenster und sah hinaus auf die Straße. Außer ein paar Kindern, die mit einem Ball spielten, war nichts zu sehen.

Als sie wieder zu sprechen begann, klang ihre Stimme verändert. „Und deshalb will ich, dass wir weg gehen. Weg aus Deutschland. Unser Sohn soll nicht in dieser Atmosphäre aufwachsen."

Marion drehte sich mit einer entschlossenen Geste ihrer rechten Hand, die ihre Armbänder am Gelenk klirren ließen, wieder zu den beiden Männern.

Reim und Stollberg schwiegen noch immer. Der Galerist zog an seiner Zigarette und sagte endlich:

„Und ... wo wollt ihr hin?" Dabei sah er Stollberg an. Der sagte immer noch nichts.

„Keine Ahnung", stieß Marion hervor, „es ist ja erst einmal nur eine Idee. Ich weiß nicht, wohin!"

Erneutes Schweigen.

„Marion ..." Herbert Reim wählte einen sanften, beruhigenden Tonfall, stand auf und ging einen Schritt auf sie zu. „Meinst du nicht, du übertreibst ein wenig?"

„Übertreiben?" Marion lachte freudlos. „Die jüngste Kabinettsumbildung Hindenburgs von vor ein paar Tagen und diese neue `Harzburger Front´ lassen nichts Gutes ahnen. Und dann diese SA! Das sind verrückte Gewalttäter, nichts anderes!"

Reim machte ein betroffenes Gesicht. Offensichtlich war es Marion ernst mit ihrem Vorhaben, auch wenn das scheinbar noch sehr vage war. Ihn interessierte es, endlich die Meinung Arnolds zu hören.

„Was sagst du denn dazu?", wandte er sich an den Maler.

Der hatte inzwischen noch einmal sein Glas Wein gefüllt und ein paar Schlucke davon getrunken. Er sah jetzt elend aus und verzog sein Gesicht.

„Ich kann darüber nicht nachdenken", presste er gequält hervor. „Seit Wochen lese ich keine Zeitungen mehr – ich will diese ganzen Horrornachrichten nicht hören. Ich kann sie nicht ertragen! Marion hat natürlich recht", dabei bedeckte er sein Gesicht mit beiden Händen. „Es braut sich etwas zusammen." Und, nachdem er ruckartig aufgestanden war: „Aber wir können jetzt nicht weg! Ich kann nicht weg! Ich bin momentan in einer guten Phase, was die Arbeit betrifft, und ich will unter allen Umständen, dass die Ausstellung stattfindet." Er öffnete wie beschwörend beide Arme und drehte sich zu seiner Frau: „Und du hast deinen Auftrag in der Tasche … willst du das einfach durch die Lappen gehen lassen?"

„Einfach?" Marion war jetzt in Rage. „Meinst du, es ist einfach? Dass es mir leichtfällt? Natürlich nicht!" Sie atmete tief ein und wieder aus. Leiser fuhr sie fort: „Und ganz sicher tut es mir leid für die Ausstellung … für euch beide. Aber ich sehe keine andere Möglichkeit … Ich habe schlicht Angst!"

„Aber wovor, Marion?" warf Reim ein, „Ihr habt doch nichts zu befürchten. Ihr seid weder Rote noch Juden … auf die schießen sie sich ein. Ihr seid Künstler … politisch nicht aktiv! Du bist eine geachtete Fotografin, und du", damit zeigte er auf Arnold, „ein aufstrebender Maler, dem alle Möglichkeiten offenstehen. Euch kann nichts passieren!"

Wieder schwiegen alle. Marion schaute immer noch aus dem Fenster.

„Das kann mich nicht beruhigen", flüsterte sie schließlich, laut genug, dass die beiden Männer es hören konnten.

„Ich … ich muss hier weitermachen", sagte Stollberg mit einem unerbittlichen Unterton, „ich habe es euch noch nicht gesagt, aber ich arbeite gerade an etwas Wichtigem …" Er brach ab.

„Was ist es?" fragte Reim.

Der Maler schaute Herbert Reim an. „Es ist eine Reihe … mehrere Bilder, die zusammen gehören … ein Zyklus vielleicht, ich weiß es noch nicht. Bis jetzt gibt es zwei, aber es werden am Schluss mehr sein … vier oder fünf …"

Stollberg stand auf und ging zu der Wand, an der die vielen Leinwände hintereinander aufgereiht standen. Er zog erst eines, dann noch eines heraus und befreite sie vorsichtig von den weichen Tüchern, in die sie gewickelt waren. Dann stellte er sie auf den Boden, angelehnt an die beiden im Raum stehenden Staffeleien, sodass das noch helle Tageslicht die Bilder beschien.

Marion drehte sich um und schaute auf die beiden bemalten Flächen. Sofort wusste sie, dass sie etwas Bedeutendes sah. Von einem Moment zum anderen waren ihre Sorgen und Pläne, das Land zu verlassen, verschwunden. Eine große

Bewunderung erfüllte sie, gleichzeitig erfasste sie eine Welle der Zuneigung zu ihrem Mann.

„Arnold, das ist fantastisch", murmelte sie und konnte ihren Blick nicht von den beiden Bildern lösen.

Herbert Reim schien ebenfalls hingerissen zu sein, auch wenn er bemüht war, sich nichts anmerken zu lassen.

„Was ist das"?, fragte er knapp.

Die beiden an die Staffeleien gestellten Leinwände waren querformatig und nicht besonders groß. Schon beim allerersten Hinsehen fiel die meisterhafte Verwendung der Farben auf. Während das links stehende Gemälde in einem Akkord aus Rot-, Gelb- und Brauntönen erstrahlte, waren es im rechten Bild vor allem die Farben Grün, Violett und Grau. Aber in welcher Intensität! Die einzelnen Farbflächen zeichneten sich durch eine makellose Oberfläche aus, die vollkommen glatt und glänzend schimmerte und das durch die Fenster eindringende Licht wie ein Spiegel zurückwarf. Nahezu geblendet waren sowohl Marion als auch Herbert Reim hin- und hergerissen zwischen dem Bedürfnis, die Augen vor den fast schmerzhaft schönen Farbklängen zu schließen und dem Verlangen, sich an der vollendeten Kunst zu berauschen und nie wieder etwas anderes anzuschauen. Wie kein Künstler der Moderne vor ihm hatte Arnold Stollberg es geschafft, altmeisterliche Techniken mit zeitgenössischen Bildideen zu verbinden. Indem er in dünnster Lasur Ölfarbeschicht über Ölfarbschicht gelegt hatte, war es ihm gelungen, den Bildern eine samtig-glatte, wie poliert wirkende Oberfläche zu verleihen, die an Bilder von Jan van Eyck und seiner Zeitgenossen aus dem 15. Jahrhundert erinnerten, ja, ihnen darin gleichkam. Die glänzenden Inseln aus Farbe, die sich über die Leinwände zogen, hatte Stollberg dabei durch allerfeinste Nuancierungen mit Volumen versehen, die gänzlich ohne harte Linien greifbare Konturen besaßen. Kreise, ovale und prismatische Formen, aber auch amorphe Flecken, erhielten dadurch eine Dreidimensionalität, die sie vor der als Hintergrund empfundenen Bildfläche wie schwebend, gleichsam zitternd und lebendig erscheinen ließen.

Mochte die Technik auch altmeisterlich sein, die Darstellungen waren es nicht – im Gegenteil. In seinen autodidaktischen Anfängen hatte Stollberg sich der künstlerischen Richtung der Neuen Sachlichkeit zugewandt und im Stil eines Christian Schad zu malen begonnen: schlichte Figuren in einem alltäglichen, schnörkellosen Ambiente, ernst dreinblickende, verschlossene Gesichter und nüchtern beobachtete Industriearchitektur. Bei diesen Experimenten eignete er sich die Akkuratesse und Präzision eines Malers an, der genau hinsah, mit Modellen arbeitete und dem die Anschauung der „Wirklichkeit" besonders wichtig war. Doch diese Phase hielt nicht lange an, denn er begann, sich für das Faszinosum abstrakter Malerei zu begeistern. Fortan waren Künstler wie Kandinsky, aber auch Malewitsch oder Hans Arp seine Götter. Reine Form und reine Farbe – das war Stollbergs neues Credo. Später dann, auf der Hochschule, gelang es ihm, beide Strömungen zu vereinen und damit einen ganz eigenen Stil zu schaffen. Ein großes Vorbild wurde der „Weltenschöpfer" Paul Klee, den er Zeit seines Lebens bewunderte. Aber er kopierte nicht Klees Stil, sondern fand den Weg zu seinen ganz eigenen Interpretationen und Visualisierungen, die ihn – Jahre später und erst nach seinem Tod – in den Augen der Kritiker zu einer zentralen Figur der Moderne werden lassen sollten.

Und hier, in diesen beiden Bildern, die Stollberg an diesem denkwürdigen Oktobertag des Jahres 1931 in seinem Berliner Atelier seiner Frau und seinem Mäzen präsentierte, war dieser spätere Ruhm schon abzulesen. Sie waren unvergleichlich besser als alles, was er bisher auf die Leinwand gebracht hatte. Und anders: Das Abstrakte war zwar da, aber nicht pur; die Bilder „lebten" geradezu, von ihnen ging etwas Lebendiges aus. Sie wirkten wie atmende Organismen, bestehend aus Molekülen oder Amöben, und Marion musste ein paar Mal blinzeln, weil sie tatsächlich glaubte, die Formen und Strukturen auf den Bildern würden sich bewegen.

Und sie schienen miteinander zu kommunizieren! So, wie die Gemälde jetzt an den beiden Staffeleien lehnten, traten sie zueinander in Beziehung. Das dominierende Rot auf dem linken Bild korrespondierte perfekt mit dem Ton des intensiven Violett auf dem rechten; so wie hier und nicht anderes mussten sie nebeneinander einen Platz finden, um ihre ganze Wucht und Schönheit zur Geltung zu bringen.

„Was das ist?", wiederholte Arnold Herbert Reims Frage und zuckte mit den Achseln. „Ist mir so eingefallen. Ich weiß auch nicht, was es ist." Dabei verzog er die Mundwinkel in einem ratlos wirkenden Mienenspiel. „Ich nenne es

Metaphysisches Theorem, und es ist noch nicht fertig. Es werden mindestens vier, vielleicht fünf Bilder."

„*Metaphysisches Theorem?*", fragte Reim interessiert, der noch immer den Blick nicht von den Gemälden abwenden konnte.

Stollberg machte eine wegwerfende Handbewegung.

„Ach, ja …", zischte er gespielt verächtlich, „ist so ein Name … weiß auch nicht. Ich kam darauf, weil es eine … ja, eine Art Vision war. Vor ein paar Wochen. Muss ja einen Namen haben, so etwas, oder?"

Plötzlich drehte er sich zu seiner Frau.

„Marion", sagte er fast flehend und er schaute sie direkt und ganz offen an, „ich kann jetzt nicht weg. Nicht jetzt! Bitte, ich muss das fertig machen – ich muss!" -

Marion Stollberg sagte nichts. Dann nickte sie, ganz zart.

„Ja, ich verstehe dich. Du kannst jetzt nicht weg. Arnold, es ist" – sie stockte und rang nach Worten. „Es ist unglaublich, was du da gemalt hast, ein … ein Wunder!" stieß sie schließlich hervor und hielt sich die Rechte vor den Mund.

Sie lief die wenigen Meter zu ihrem Mann und umarmte ihn. Herbert Reim blickte wieder auf die beiden Bilder unten an der Staffelei.

„Eine Sensation", flüsterte er, „das wird eine Sensation in der Ausstellung!"

5

Im „Brinkmüller" erschien die Bedienung erschien erneut, um zu fragen, ob die Gäste noch einen Wunsch hatten. Aber die junge Frau sah schon von der Tür aus, dass die Gläser noch gefüllt waren und spürte auch, dass sie jetzt nur stören würde. Leise zog sie sich wieder in den vorderen Gastraum zurück, aus dem nach wie vor leises Stimmengemurmel in den Nebenraum drang. Beim Blick durch das Fenster konnte man sehen, dass es aufgehört hatte zu schneien.

Das Gespräch am Tisch war wieder ins Stocken geraten und wandte sich schließlich unverbindlichen Themen zu. Dorothee Suhl hatte bereits einmal verstohlen auf ihre kleine goldene Armbanduhr geblickt. Sie war müde. Die pensionierte Lehrerin war es nicht gewohnt, Tage wie diesen zu verbringen: Erst die aufgeregte Stimmung, in der sie sich seit dem Aufstehen befunden hatte, dann die Ausstellungseröffnung und das Sitzen auf einem harten Stuhl während der Ansprachen und Vorträge, und schließlich der nahtlos anschließende Aufenthalt im Restaurant mit der Konzentration auf Gespräche und auf Menschen, die sie zwar kannte und in gewisser Weise schätzte, aber nur äußerst selten sah und keineswegs zu ihren Freunden zählte. Auch die heimelige Stimmung des Restaurants und die Tatsache, dass Meier-Kempf die Rechnung bezahlen würde, konnten nicht verhindern, dass sich hinter Fräulein Suhls Stirn ein dumpfer Kopfschmerz ausbreitete. Sie musste bald nach Hause.

Doch ihre gute Erziehung verbot ihr, einfach aufzustehen und zu gehen. Außerdem war der Museumsdirektor mittlerweile nach einem weiteren Cognac in bester Laune und bestritt zum Großteil die Unterhaltung, in die er auch Dorothee Suhl einzubeziehen versuchte.

„Tja, ja", murmelte er gerade, „an der Uni gärt es ganz schön. Ich habe eben noch mit Sass darüber gesprochen." Er stutzte und lachte kurz auf. „Na ja, nicht am Institut für Kunstgeschichte natürlich, die sind ja alle ganz brav", kicherte er, bevor er sich wieder um Ernsthaftigkeit bemühte. „Aber bei den Soziologen und Publizisten sieht das anders aus, sogar bei den Psychologen, wie ich gehört habe. Keine Frage: Die Sozialisten sind auf dem Vormarsch, da haben wir noch etwas zu erwarten."

„Dieser schreckliche Vietnam-Krieg, er ist schuld an all diesen Unruhen", flüsterte Dagmar Bellheim laut genug, dass alle am Tisch es hören konnten und schloss kurz die Augen.

Meininger schaltete sich ein: „Ja, schon, Krieg ist immer schlimm – wem sage ich das? Aber die Kommunisten sind eine Gefahr, dort in Vietnam wie hier an unseren Universitäten. Also, ich bin froh, dass die Amis da konsequent eingreifen."

„Die Menschen sollten sich einfach verstehen", seufzte Gregor Bellheim und war sich der Naivität seiner Äußerung scheinbar nicht im Geringsten bewusst.

Der Museumsdirektor wandte sich ihm mit leichter Ironie zu: „Ja, sicher, aber das ist doch wohl ein sehr frommer Wunsch, lieber Herr Bellheim, oder?" Erneut nahm er einen Schluck Cognac.

„Und was hat der Krieg in … in Vietnam mit den Studenten in Deutschland zu tun?" warf Jens Büsmann missmutig in die Runde. „Ich glaube, denen geht es um was ganz anderes …"

„Stimmt genau, um eine Hochschulreform", bestätigte Bernd Groga nickend. „Jedenfalls kann man das den Flugblättern entnehmen, die der SDS überall verteilt." Dass er eine Reform der Universitäten, der Lehre, des Professoren-Apparats und ganzer Studiengänge für eine ziemlich gute Idee hielt, sagte Groga lieber nicht. Es war noch nicht sehr lange her, dass er selber ein Student war – und anders als sein Chef war er der Meinung, dass die Kunstgeschichtsstudenten keineswegs zu brav seien, um sich nicht auch grundsätzliche Gedanken über ihr Studium zu machen, vor allem, was die Inhalte betraf. Aber auch das behielt er lieber für sich.

„SDS?", fragte Meininger.

„Sozialistischer Deutscher Studentenbund", belehrte ihn Jan-Josef Stollberg mit einer leichten Ungeduld in der Stimme. Der Antiquitätenhändler aus Bamberg ging ihm auf die Nerven, aber im selben Moment schämte sich Stollberg für sein Gefühl. Er hatte Gerhard Meininger einiges zu verdanken, genau wie Dorothee Suhl. Ohne die beiden hätte es vermutlich keine Ausstellung gegeben, an deren feierlicher Eröffnung er vor ein paar Stunden teilgenommen hatte. Zumindest wäre es viel schwieriger gewesen, und ob die vier *Theorem*-Bilder als Glanzstücke Teil der Stollberg-Retrospektive gewesen wären, war mehr als fraglich.

Dorothee Suhl behagte das Thema nicht. „Die Studenten sollten lieber öfter ins Museum gehen", sagte sie mit gespielter Munterkeit und schlug einen versöhnlichen Ton an. „Zum Beispiel hier, in Ihr schönes Haus, Herr Doktor." Damit wandte sie sich an Meier-Kempf. Der Angesprochene lächelte der älteren Dame freundlich zu und wiegte den Kopf; damit wollte er ihr zeigen, dass er sich geschmeichelt fühlte und verlegen war, was aber gar nicht stimmte. Oberflächliche Komplimente war er gewohnt, sie gehörten zu seinem Alltag.

„Oh, zu uns in Bamberg kommen immer eine Menge Studenten … überhaupt viele junge Leute", beeilte sich Jens Büsmann zu versichern.

Jan-Josef Stollberg beachtete den Einwurf nicht und wandte sich direkt an die ehemalige Lehrerin. „Ja, Fräulein Suhl, Sie haben recht, das Münsteraner Museum ist wirklich schön, sehr schön sogar … das liegt auch daran, dass unser verehrter Direktor allem, was irgendwie schwierig oder unbequem ist, gern aus dem Weg geht, nicht wahr, lieber Herr Meier-Kempf?" Er trank einen kleinen Schluck und setzte dann hinzu: „Und das gelingt Ihnen ja auch sehr gut!"

Meier-Kempf schaute leicht irritiert in die Runde und blickte dann verdutzt den Künstlersohn an.

„Ich … was meinen Sie, lieber Herr Stollberg?"

Nun schauten alle auf Jan-Josef, mit Ausnahme von Gregor Bellheim, der in sein Glas stierte.

„Ich meine", sagte Stollberg mit einer ganz leichten Schärfe in der Stimme, „dass Sie gerne auch mal etwas vergessen, was nicht in das Konzept Ihres Kunstverständnisses passt."

Stille. Niemand bewegte sich. Der Museumsdirektor räusperte sich, nippte an seinem Cognac. „Ich? Wieso? Was habe ich vergessen?"

Stollberg lehnte sich zurück und nahm dabei eine neue Zigarette aus seinem Etui. „Vorhin", sagte er. „Vorhin, während Ihrer Rede, in der Sie so eloquent und geistreich über meinen Vater gesprochen haben, über seine Kunst, seine Verdienste und so weiter … da haben Sie etwas ganz Wesentliches vergessen, oder besser: ausgeblendet."

Pause. Stille.

Nun beugte sich Jan-Josef wieder vor, sein Gesicht wurde direkt von der Leuchte über dem Tisch beschienen. Er streckte seinen rechten Arm aus und hob den Daumen der Hand, als ob er zählen wollte. „Ein Satz. Ein einziger Satz. Mehr war es Ihnen nicht wert, darüber zu berichten, dass meine Eltern 1933 Deutschland verlassen mussten."

Meier-Kempf hob beschwichtigend die Hände. „Lieber Herr Stollberg …" begann er. Doch Stollberg unterbrach ihn, lächelte und bewegte nun den Zeigefinger der rechten Hand in einer verneinenden Geste hin und her: „Nein, nein, lieber Herr Direktor, da gibt es nichts zu beschönigen. Sie haben … ja, Sie haben es einfach verschwiegen: Dass mein Vater vor den Nazis geflohen ist und was das bedeutet hat – für ihn, für meine Mutter und letztendlich auch für mich. Wobei meine Person dabei ganz unwichtig ist."

Dorothee Suhl, die zwischen den beiden Männern saß, machte sich unwillkürlich klein und rückte kaum merklich mit ihrem Stuhl etwas nach hinten, eine Idee weiter weg vom Tisch.

„Aber ich habe doch…" versuchte Meier-Kempf zu beschwichtigen.

„Ja, ja", unterbrach ihn Stollberg, „Sie haben erwähnt, dass mein Vater nach 1933 als `entartet´ gegolten hat." Er lachte höhnisch. „Das mussten Sie ja, das ist ja heute quasi ein Qualitätsmerkmal, nicht wahr?" Sein Blick wanderte zu Groga, Büsmann und schließlich zu Bellheim, bei dem er hängenblieb. Er zog an seiner Zigarette und blies den Rauch nach oben.

„Das Leben meines Vaters war – zerstört, Herr Meier-Kempf", fuhr er fort. „Er war nach unserer Flucht nicht mehr derselbe, auch wenn er weiterhin gearbeitet hat. Die Nazis haben ihm alles genommen: seine Kunst, seine Selbstachtung, seinen Mut, seine Liebe – und letztendlich sein Leben."

Mit einer ruckartigen Bewegung drehte er sich nach hinten, um sofort wieder nach vorn zu schwenken.

„Und das, lieber Herr Direktor, haben Sie verschwiegen."

Dagmar Bellheim rutschte unruhig auf ihrem Stuhl hin und her und schaute Jan-Josef direkt an.

„Aber doch nicht … bewusst oder mit einem Hintersinn, Herr Stollberg", versuchte sie zu intervenieren. Meininger nickte zustimmend, ebenso Jens Büsmann.

Jan-Josef schaute zu Dagmar hinüber: „Es ist allerdings viel bequemer, nicht allzuviel… nun ja, Negatives zu berichten. Nazi-Zeit, Verfolgung, Flucht… das ist alles unbequem, störend… wirft nur unangenehme Fragen auf, passt nicht zu den `Schönen Künsten´, und auch nicht zu einer Ausstellung, oder?"

Sein Ton wurde ironisch. Er merkte, dass er aufpassen musste, damit das Zusammensein im „Brinkmüller" an diesem Abend, am Ende des Tages der Eröffnung einer großen – nein, DER großen Retrospektive zum Werk seines Vaters nicht aus dem Ruder lief.

„Nun, sei´s drum", lenkt er ein, „ich meine es nicht persönlich." Dabei schaute er Meier-Kempf teilnahmslos an. „Überall dasselbe. Wenn es um die Vergangenheit unserer großen Künstler dieses Jahrhunderts geht, legt sich ein Mantel des Schweigens über ihre Geschichte. Niemand will sie hören." Er lachte erneut auf. „Ist wohl zu peinlich."

„Die Leute wollen sich wohl nicht damit belasten", versuchte Meininger zu erklären. „Man will das nicht mehr hören – was gewesen ist, ist gewesen. Punkt und Schluss! Mag bedauerlich sein, gewiss, aber ich glaube, das muss man akzeptieren."

Ohne auf Meiningers Einwurf zu achten, sprach Stollberg leise weiter: „Ich habe vor einem Jahr einen Artikel zu dem Thema verfasst, er war in den Bielefelder Nachrichten zu lesen. Die unter den Nazis verfolgten Künstler… sie werden zwar heute gefeiert, aber ihre Schicksale in den dreißiger und vierziger Jahren werden gerne totgeschwiegen. Ihre

Erniedrigungen, ihre Verzweiflung und die vielen Selbstmorde – keiner will es wissen."

Er leerte sein Glas mit einem letzten Schluck und sah sich nach der Bedienung um, aber die war nirgends zu sehen. Plötzlich fühlte er sich unbehaglich, seine Laune sank. Warum hatte er das Thema berührt und über seinen Artikel gesprochen? Dass er neben seinen fotografischen Gehversuchen auch bescheidene journalistische Ambitionen pflegte, wusste kaum jemand. Dieser lächerliche Text war überhaupt nicht der Rede wert. Stollberg kam sich mit einem Mal klein und völlig unbedeutend vor. Was saß er hier, in diesem gediegenen Restaurant voller selbstzufriedener, erfolgreicher Leute? Seine Tischnachbarn gehörten auch dazu: Erfolgreiche Bildungsbürger und Akademiker, davon einer ein reicher Antiquitätenhändler und einer ein Museumsdirektor; eine pensionierte Lehrerin mit dem Aussehen und der arroganten Ausstrahlung einer Gräfin; schließlich eine Frau Mitte dreißig, wie er selbst vom Leben gezeichnet, aber im Gegensatz zu ihm ohne Geldsorgen und in einer seltsamen Beziehung mit ihrem Bruder zusammenlebend, dem stillen Gregor.

Plötzlich befand er sich gedanklich weit weg. War der Alkohol schuld? Vor seinen inneren Augen spazierten die Bilder des *Metaphysischen Theorems* vorbei, die Gesichter seines Vaters, seiner Mutter...

Wie von weit her hörte er Fräulein Suhl etwas über eine Ausstellung in Köln erzählen... und dann fiel sein Blick auf eins der beiden Fotos, die Dagmar vorher aus ihrer Tasche gezogen hatte und die noch immer auf dem weißen

Tischtuch lagen. Die *Theorem*-Bilder an der Wand, davor Joseph Bellheim mit dem auffallenden Ring an seinem Finger. Jan-Josefs Blick wanderte weiter, verstohlen blickte er zu Gregor, der nun den Ring seines Vaters trug – demonstrativ geradezu, wie es schien. Stollberg sah den dunkelhaarigen Mittdreißiger diskret aus den Augenwinkeln an. Dr. Gregor Bellheim... ein sonderbarer Mensch. Wie Büsmann, Groga und Meier-Kempf war er auch Kunsthistoriker, aber er hatte sich während des ganzen Nachmittags und Abends fachlich überhaupt nicht geäußert, weder zur Ausstellung noch zum *Metaphysischen Theorem* noch zu verfolgten Künstlern während der Nazi-Zeit. Dabei arbeitete er in einer bedeutenden Institution, dem Museum für die Kunst der Moderne der Staatlichen Museen in Berlin-Dahlem; nach seiner und seiner Schwester Rückkehr aus England hatte er das neu gegründete Haus Anfang der Sechziger mit aufgebaut und war dort geblieben.

Gregors und Dagmars Vater, der auf den Fotos in so einer unbestimmten Haltung in die Kamera blickte, sah seinem Sohn sehr ähnlich: Dieselben dunklen Augen, ähnlich ausgeformte Wangenknochen und bei beiden der hohe Haaransatz über der Stirn. Doch sah Joseph Bellheim auf den Fotos wesentlich reifer, erfahrener aus als sein Sohn, was auch daran liegen mochte, dass er zum Zeitpunkt der Aufnahme erheblich älter war als Gregor an diesem Abend. Seitdem war viel geschehen. Als Juden waren die Bellheims dem Nazi-Terror ausgesetzt gewesen, dessen letzter Konsequenz sie sich noch gerade rechtzeitig durch Emigration entziehen konnten. So viel gelebtes Leben, so viel gestorbene Tode, und ganz viel Chaos, Leid, Brüche und schicksalhafte Wendungen – gab es Schicksal? Stollberg hatte sich das so oft gefragt und wusste es doch nicht. Wenn das totale Verschwinden und Wiedergeborenwerden der Kunst etwas mit der Unzulänglichkeit und dem kompletten Versagens menschlichen Daseins zu tun hatte, dann konnte er darin nichts Vorherbestimmtes entdecken. Und doch half es ihm manchmal, zu glauben, dass alles einen Sinn hatte, haben musste.

Sein Blick fiel auf Dagmar, die gerade etwas sagte. Ihre madonnenhafte, gleichwohl energische Sanftheit, die sie nach außen verströmte, stammte wohl von ihrer Mutter. Vom Vater hatte sie wenig geerbt, und entsprechend hielt sich die Ähnlichkeit mit ihrem Bruder in Grenzen.

Jan-Josef spürte eine Bewegung an seiner linken Seite und wurde aus seinen Gedanken gerissen. Dorothee Suhl hatte ihren Stuhl wieder direkt an den Tisch gerückt und sich vernehmlich geräuspert.

„Ich glaube, ich muss jetzt langsam…", begann sie zögerlich und wurde sofort von Meier-Kempf unterbrochen. „Ja, es ist spät", sagte er mit einem Blick in die Runde, dem zustimmende, den nahenden Aufbruch begrüßende Floskeln folgten. Der Museumsdirektor erhob sich, rückte lautstark den Stuhl nach hinten und nestelte nach seiner Brieftasche suchend an seinem Jackett.

„Ich gehe dann mal zahlen", verkündete er und verschwand im Schankraum des Restaurants.

II

1

„Bin ich besessen?"

Arnold Stollberg legte Pinsel und Farbpalette auf den Tisch neben der Staffelei und erhob sich von seinem Hochstuhl, der ihm beim Malen als Stütze diente und gegen stets drohende Rückenschmerzen eine dankbare Hilfe war. Mit einem fleckigen Lappen wischte er sich die Hände ab, trat ein wenig zurück und legte den Kopf schief. Eine Minute lang betrachtete er die Leinwand auf der Staffelei vor ihm, dann zündete er sich eine Zigarette an. Er wandte sich ab, ging zum Fenster hinüber und schaute auf die Straße. Nichts los draußen.

Nein, er war nicht besessen, dachte er, und bei dem Gedanken musste er kurz und trocken auflachen. Stollberg wusste, dass einige seiner wenigen Freunde das anders sahen – allesamt keine Künstler, oder nur sehr wenige: Zwei, drei erfolglose. Sie konnten ihn nicht verstehen, aber sie konnten auch nicht mitreden, so viel war Stollberg klar. Niemand, nicht einmal Marion, war wirklich in der Lage, den Druck nachzuvollziehen, unter dem er seit Monaten stand.

Es lag nicht nur an Herbert Reim, der auf seine stille und unaufdringliche Art in immer kürzeren Abständen im Atelier auftauchte und nach dem Fortgang der Arbeiten fragte, stets ganz unaufgeregt und sanft, dafür aber umso beunruhigender für Arnold. Er spürte: Je näher die Ausstellung rückte, desto nervöser wurde Reim. Sie redeten nicht darüber, als gäbe es eine geheime Absprache zwischen ihnen: Du erzählst mir nichts von deinen Schwierigkeiten, ich dir nichts von meinen. Dabei wusste Stollberg nur zu gut von den Problemen, die Reim hatte. Die Anfeindungen der Rechtsnationalen und der Nazis wurden immer unverschämter, lauter und aggressiver. Im „Stürmer" war die Galerie Reim bereits einmal Ziel eines widerlichen Artikels gewesen, in dem der Galerist wegen seiner Liebe zu „Schmierereien", wie es hieß, und seines Glaubens übel als „Kunstjude" diffamiert wurde – ein Schimpfwort, das in den folgenden Jahren Konjunktur haben sollte. Das hatte zwar keine direkten negativen Auswirkungen gehabt, im Gegenteil, es hagelte danach Solidaritätsbekundungen, und Reims Verkaufszahlen erlitten keinen Einbruch. Aber Stollberg wusste, dass die Anfeindungen und zunehmenden Verunglimpfungen Reims und der Kunst, die er liebte, dem Galeristen zu schaffen machten. Und anstatt in Ruhe und mit professioneller Besonnenheit die kommende Stollberg-Ausstellung zu organisieren, sah Reim dem Ereignis mit gemischten Gefühlen entgegen. Seine gewohnte Zuversicht, sein Optimismus, der ihn jahrelang getragen und zu dem erfolgreichen Kunstkenner und Mäzen gemacht hatte, der er war, waren zwar nicht dahin, hatten aber arg gelitten. Und das merkte Stollberg nur zu gut, das bekam er zu spüren, auch wenn sie nie darüber redeten.

Außer Reim waren noch andere für den steigenden Druck auf Arnold Stollberg verantwortlich: Er selbst. Und Marion und der Junge, seine Familie. Seit dem Gespräch im Atelier, in dem es um eine Ausreise, um eine – so musste man es wohl nennen – Flucht aus Deutschland ging, waren Monate vergangen. Monate, in denen das Thema zwischen Arnold und seiner Frau kaum mehr angeschnitten wurde, und wenn, dann nur sehr zögerlich, unbestimmt und merkwürdig unehrlich – so, als trauten sie sich beide nicht, darüber zu reden. Es stimmte, seit diesem Nachmittag im Atelier war etwas verrückt: Die Aufrichtigkeit, das Vertrauen, auch das Verstehen zwischen ihnen beiden hatten gelitten. Nicht zerstört, nein, aber verändert, irgendwie ins Unverbindliche abgeglitten.

Und auch Marion war verändert. Sie hatte begonnen, ihre künstlerische Tätigkeit zu vernachlässigen. Aus der geplanten Fotostrecke für die Nordafrika-Story war nichts geworden, neue Aufträge waren nicht in Sicht. Es war, als sei mit Arnolds steigendem Arbeitseifer und entfesselter Arbeitskraft ein Schwinden von Marions Kreativität einhergegangen. Dabei war sie ganz bei Arnold, bei seiner Malerei, sie unterstützte ihn nach Kräften, und er suchte ihren Rat. Aber an ihrer eigenen Arbeit schien sie nahezu jedes Interesse verloren zu haben. Mit ihr darüber zu sprechen, war sinnlos, sie entzog sich jeder Diskussion und war höchstens dazu bereit, eine „kreative Pause" zuzugeben, wie sie es nannte. Also hörte Stollberg auf, das Thema anzuschneiden.

Stattdessen hatte Marion ein neues Betätigungsfeld gefunden: die Politik. Im Winter hatte sie sich zunächst der USPD, dann der KPD zugewandt – ein Engagement, das Arnold mit Argwohn beobachtete. Bei den Kommunisten war Marion nicht lange geblieben, sie hatte inzwischen politische Zuflucht bei obskuren sozialistischen Zirkeln gefunden, von denen es haufenweise in Berlin gab. Um was es dabei genau ging, wusste Arnold nicht, und er wollte es auch gar nicht wissen. Sie erzählte nicht viel von ihren wöchentlichen Treffen irgendwo im Wedding, offenbar wollte Marion ihren Mann auch nicht dazu bewegen, sie einmal zu begleiten oder an ihrer neuen Leidenschaft teilzuhaben. Sie hatte keine missionarischen Ambitionen, und Arnold ließ sie in Ruhe. Seltsamerweise bedeutete die Entwicklung keine Entfremdung zwischen beiden. Arnold Stollberg argwöhnte keineswegs, dass seine Frau die politischen Treffen nur als Vorwand für eine Liebesaffäre benutzte – eine absurde Idee für den Künstler. Und auch für Marion bedeutete ihr gesteigertes Interesse für Politik keine Abkehr von Arnold. Sie war immer schon politisch interessiert gewesen und stets als Verfechterin der Gleichberechtigung in Erscheinung getreten. Vor ihrer Heirat mit Arnold war sie bisweilen mit provokanten Auftritten in der Öffentlichkeit aufgefallen, die für harmlose kleine Aufreger gesorgt hatten. Auch nach ihrer Eheschließung war sie für manche Aktionen zu haben gewesen, die für ein gewisses Aufsehen gesorgt hatten. So hatte sie einmal gemeinsam mit zwei Freundinnen eine Lesung des deutschnationalen Autors Viktor Schorba gesprengt, als dieser seine rassistischen, in kitschige Romane gegossenen Phrasen einem ihm wohlgesonnenen Publikum – meist Frauen – zum Besten geben wollte. Ein anderes Mal veröffentlichte „Die Freundin" eine kleine Story über Marion als Fotografin inklusive ein paar Fotos, auf denen sie in UFA-Optik mal als Vamp, mal als emanzipierte Frau mit

Kurzhaarschnitt, Pilotenbrille und in Hosen vor einem Flugzeug posierte – Inbegriff der emanzipierten, unabhängigen Großstädterin. In der Berliner Kulturszene der späten zwanziger Jahre gehörte Marion zu den einschlägig bekannten Protagonistinnen eines antibürgerlichen Milieus, als deren Hauptvertreterinnen Else Neuländer oder mehr noch Elisabeth Köhler – bekannt unter dem Namen *Speedy* - , Muse und Ehefrau des mit Stollberg bekannten Künstlers Rudolf Schlichter, immer wieder für Skandale sorgten.

Eine Folge des neu erwachten politischen Interesses seiner Frau bestand für Arnold Stollberg darin, dass sie weniger Zeit mit Jan-Josef verbrachte. Es war nicht so, dass sie den Jungen vernachlässigte, dafür liebte sie den vierjährigen Knirps viel zu sehr. Der Kleine schien auch nicht darunter zu leiden, dass seine Mutter weniger Zeit als früher für ihn übrig hatte, zumal die Stollbergs Dank der großzügigen Unterstützung durch Herbert Reim in der glücklichen Lage waren, stundenweise eine Kinderfrau zu beschäftigen, mit der sich Jan-Josef bestens verstand. Doch seit einiger Zeit häuften sich die Stunden, die der Junge in Arnolds Atelier verbrachte und der Obhut des Vaters überlassen war. Arnold war in Sachen Erziehung altmodisch; er war der Ansicht, dass ein Kind vor allem seine Mutter brauchte und spürte durch die neue Entwicklung eine diffuse Sorge, die zu seinem eh schon bestehenden Gefühl der Unruhe angesichts der bevorstehenden Ausstellung hinzukam. Er machte Marion keine Vorwürfe, dazu war er viel zu klug und weitsichtig; er wusste genau, dass seine Frau mit ihren sensiblen Reaktionen auf die problematischen gesellschaftlichen Umstände in Deutschland ein Ventil brauchte, das ihr half, mit der sich täglich und scheinbar unaufhaltsam zuspitzenden Gefahr aus der rasant wachsenden deutschnationalen Ecke zu leben.

Dabei ging es ihnen gut. Objektiv gesehen, war die kleine Familie Stollberg keiner akuten Bedrohung ausgesetzt, was sich Arnold immer wieder selbst vor Augen hielt. Auch materiell standen sie besser da als viele seiner oder Marions Kollegen, die oft nicht wussten, wie sie ihre Miete aufbringen sollten und für jeden Job als Aushilfszeichner bei einer der zahlreich erscheinenden Illustrierten oder Komparse in Babelsberg dankbar waren.

Was Arnold so rastlos machte und ihn stundenlang im Atelier festhielt, war diese Unbestimmtheit ihrer Situation. Ihn bedrückten die zig Arbeitslosen auf den Straßen, die vor Suppenküchen Schlange standen und von der Hand in den Mund lebten. Alles schien im Fluss zu sein, aber die Richtung war ungewiss. Überall lauerten Fallstricke, und es schienen immer mehr zu werden. Die Unfähigkeit, mit seiner Frau oder mit Herbert Reim zu sprechen, machte alles viel schlimmer. Aber er konnte nicht anders – sie alle konnten nicht anders. Mit einer bleiernen Schwere deckten sie die ungemütliche Gegenwart zu, und die Zukunft lag wie eine Bedrohung und krankmachend wie Mehltau vor ihnen. Das Schweigen über all das schien die einzige Möglichkeit zu sein, mit den Ängsten und schlechten Träumen fertig zu werden – das Schweigen und die Arbeit. Jedenfalls galt das für Arnold.

Deshalb wirkte er auf die Menschen seiner Umgebung wie besessen. Er schien nur noch ans Malen zu denken, machte das Atelier zu seinem zweiten Zuhause und blieb immer öfter sogar nachts dort, obwohl er in den dunklen Stunden natürlich nicht an der Staffelei stehen konnte. Schlaflos grübelte er dann über Kompositionen und Strukturen, machte im Schein einer Lampe hunderte Skizzen und Detailstudien und schrieb in hastigen, nervösen Stichpunkten auf, was er tags darauf auf die Leinwand bannen wollte. Und in diesen letzten Wochen vor Eröffnung der Ausstellung – seiner Ausstellung – in der Galerie Reim hatte er nur noch einen einzigen Werkkomplex im Sinn, der die Krönung der Schau werden sollte: Das *Metaphysische Theorem*.

2

Die Serie war fast vollendet, vier Bilder waren komplett fertiggestellt, das fünfte und letzte stand auf der Staffelei und sah den finalen Pinselstrichen entgegen. Damit tat sich Arnold Stollberg allerdings noch schwer. Das finale Bild sollte der Höhepunkt der Serie werden, ein triumphaler Schlussakkord, ohne den die vier anderen Gemälde keinen Sinn ergaben und der das ganze Werk zusammenfasste und erklärte.

Es war ein Meisterwerk. Schon die ersten Bilder zeichnete diese gestalterische Kraft aus, die Arnold Stollbergs Markenzeichen war und die jeden Betrachter auf Anhieb faszinierte. Niemand konnte sich der Sogkraft der Stollbergschen Kunst entziehen, aber das *Metaphysische Theorem* war der bisherige Gipfel seines Könnens.

Und über allem stand das fünfte Bild. Es hatte dieselben Maße wie die vier anderen und beherrschte das Atelier, so wie es auf der Staffelei in der Mitte des Raumes stand, gleichsam erhöht, während die übrigen sichtbar auf dem Fußboden an die Atelierwand gelehnt waren.

„Nummer fünf…", murmelte Stollberg vor sich hin und betrachtete die Leinwand mit kritischem Blick. Was er sah, stimmte ihn weitgehend zufrieden – er war auf dem richtigen Weg, der Endspurt lag in greifbarer Nähe. Vor seinen Augen entfaltete sich eine Art Landschaft, wenn man denn diese Analogie bemühen wollte. Es handelte sich allerdings nicht um die Darstellung einer realen Landschaft, sondern um ein Gebilde aus unterschiedlichsten Formen: Wellen, Rhomben,

Ellipsen in allen Abwandlungen, scharfe, nadeldünne Striche und weich verlaufende, scheinbar plastisch wirkende Körper und Strukturen bevölkerten wie lebende Organismen das Bild. Die Formgebilde waren mal weich, mal scharf konturiert, im besten Sinne auffallend blitzten die spitzen, zackigen Haken auf, die auch auf den vier andern Bildern markant ins Auge fielen. Senkrechte, waagerechte, diagonale Farbschlieren banden das Ganze zu einem großen Gefüge zusammen. Über allem lag eine als unabdingbar zwingend empfundene Stimmigkeit und Harmonie, die das Gemälde zu einer perfekten Vision machten – einer Vision von Schöpfung, Endzustand und – ja, Glück. Dieses Empfinden erhielt seine ultimative Steigerung in der Zusammenschau mit den anderen vier Bildern: Wie von selbst nahm „Nummer fünf" Bezug auf das bildnerische Gefüge der restlichen Gemälde, indem sie deren „Geschichte" weitererzählte. Was auf den Bildern eins bis vier noch als schwebend, wie zitternd und leicht erschien, nahm das fünfte Bild auf, indem es deren Formen und Farben abwandelte und festigte, gleichsam für endgültig und unveränderbar erklärte. Damit berücksichtigte das *Metaphysische Theorem* auch eine zeitliche Komponente, denn es existierte ein Vorher und ein Nachher. Mit dem fünften Bild gab es ein Finale, einen endgültigen Schlusspunkt, nach dem nichts mehr möglich war. Das *Theorem* war unumstößlich, irreversibel, ewig und für alle Zeiten bindend.

Der Künstler trat ganz nahe an das Bild heran. Sein kritischer Blick verwandelte sich, zuerst in einen zufriedenen, dann in einen liebevollen. Arnold Stollbergs Augen glitten zärtlich über die Leinwand, blieben kurz an diesem oder jenem Punkt hängen und tasteten weiter die Oberfläche ab. Jede Form, jede Farbnuance, jeder Pinselstrich schien ihm perfekt – oder fast perfekt. Hier und da war noch eine winzige Korrektur nötig, aber das bedeutete nur, kleinste Änderungen vorzunehmen und betraf lediglich Elemente im Bild, die nur er wahrnahm und nur für ihn wichtig waren, für einen Betrachter würde das keine Rolle spielen. Das *Metaphysische Theorem* war bereit, vor die Augen der Welt gestellt zu werden!

Der Titel – er war kein Zufall. Arnold Stollberg schloss die Augen und sprach die Worte ganz langsam, fast flüsternd, dabei pronounciert aus, wie ein Schauspieler, der einen Text deklamiert:

„Metaphysisches Theorem."

Der Name war Herbert Reim eingefallen („eingegeben", wie er Marion gegenüber stets behauptete), bevor er einen einzigen Entwurf zu der Serie zu Papier gebracht hatte, ja, bevor er überhaupt eine Vorstellung davon hatte, was er da machen wollte. Und bevor er wusste, was ein metaphysisches Theorem eigentlich war. Stollberg hatte nur eine vage Ahnung gehabt: Irgendetwas Starkes, etwas Wichtiges, so etwas wie ein Fundament der Welt aus Formen und Farben. Erst später, als er schon an der Arbeit für das erste Bild saß und es für ihn feststand, dass es um eine Serie von mehreren Gemälden gehen würde, kam ihm in den Sinn, weiter nachzuforschen. Natürlich war der Begriff „Metaphysik" kein Fremdwort für Stollberg, und ein „Theorem" war ihm ebenfalls bereits begegnet. Aber sein Wissen darüber war oberflächlich, und schon gar nicht ahnte er, was eine Zusammenstellung beider Begriffe bedeuten könnte.

Ein Blick in Meyers Konversationslexikon, das ehrfurchtgebietend mit seinen zahlreichen Bänden in Reims Galerie stand, half ihm weiter. Im 11. Band wurde er auf der Seite 532 fündig, dort stand:

„Metaphysik (griech.) bedeutet (…) nach dem wörtlichen Ausdruck die Wissenschaft von dem, was hinter (meta) der Natur ist, deren Sein, Wesen, Ursache und Zweck ausmacht. (…) Da die Fragen nach Ursprung, Wesen und Zweck der umgebenden Natur sich dem betrachtenden Denker nicht nur am frühsten, sondern auch am lebhaftesten aufzudrängen pflegen, so erscheint die M. nicht nur als die am frühsten (bei Chinesen, Indern, Griechen vor der Logik und Ethik) ausgebildete, sondern auch als die grundlegende philosophische Wissenschaft (Aristoteles bezeichnet sie als "erste" oder Fundamentalphilosophie), und es fällt ihre Geschichte nahezu mit jener der Philosophie selbst zusammen."

Und in Band 10 stand auf Seite 643 zum Begriff „Theorem":

„Lehrsatz (griech. T h e o r e m), in dem System der Erkenntnisse ein Satz, welcher aus den Grundsätzen einer Wissenschaft bewiesen, d.h. durch Schlüsse abgeleitet, ist. So sind z.B. alle Sätze der Arithmetik und Geometrie (…) Lehrsätze, weil sie sich durch Folgerungen und Beweise aus diesen letzteren ableiten lassen. In den empirischen Wissenschaften pflegt man Lehrsätze auch solche Sätze zu

nennen, die sich durch eine hinlängliche Anzahl von übereinstimmenden Thatsachen belegen lassen."

Ein „metaphysisches Theorem" wurde hier zwar nicht erwähnt, aber das war nicht von Bedeutung. Es ging, soviel stand für Stollberg fest, um das Wahrhaftige, um die Wahrheit selbst, die einzige, universale und grundlegende Wahrheit, deren Grundlage aus metaphysischen, also nicht empirisch nachweisbaren Erkenntnissen bestand. Arnold war sich bewusst, dass er es mit einem Widerspruch zu tun hatte: Einerseits war ein Theorem ein durch logische Folgerungen und Beweise ableitbarer Lehrsatz, andererseits waren mit der Metaphysik gerade die nicht nachweisbaren, der Naturwissenschaft verborgenen „Kräfte" gemeint, die letztlich für das Dasein verantwortlich seien… so etwas wie - Gott?

Die Frage nach Gott und dem Göttlichen nahm in Stollbergs Auseinandersetzung mit der Serie immer größeren Raum ein und beschäftigte ihn mehr und mehr. Er war nicht gläubig im herkömmlichen Sinn. Obwohl er aus einem katholischen Elternhaus stammte, hatte er sich schon früh von allem, was mit dem Christentum und anderen Religionen zu tun hatte, verabschiedet. Er mochte das Scheinheilige und das Vordergründige nicht, das er vor allem in den Ritualen und Dogmen der Kirche sah. Es entsprach seinem melancholischen Wesen, dass Arnold Stollberg sich schon als Jugendlicher atheistischen Ideen zuwandte und in Nietzsche einen adäquaten Autor fand, den er geradezu verschlang, auch wenn er beileibe nicht alles verstand, was er da nächtelang las. Aber das war auch nicht so wichtig;

faszinierend für Stollberg war vor allem die Tatsache, dass da jemand so radikal schrieb und sich so befreit von allem – so jedenfalls kam es Arnold vor – über scheinbar unverrückbare Grundsätze und Tabus auszulassen wagte.

Arnold nahm einen tiefen Atemzug, setzte sich wieder auf seinen Hochstuhl und mischte noch einmal eine winzige Menge Farbe an – zinnoberrot mit einer Spur Ocker. Dann setzte er die letzten Pinselstriche auf das fünfte Bild.

3

Am Rand des Tiergartens, unweit zahlreicher Botschaften und der renommierten Galerie Cassirer, lagen die Räume des Kunstsalons Herbert Reim. Unten, im Erdgeschoss, empfingen drei große Säle die Besucher. Von besonderem Reiz war der erste Raum: Die hohe Decke war leicht gewölbt und am Übergang zu den Wänden von einem mäandernden, aus mehreren Profilen bestehenden, breiten und hochglänzenden Metallband eingefasst, hinter dem sich eine indirekte Beleuchtung verbarg. Glanzstück der Ausstattung war ein großflächiges Fresko an der rückwärtigen Wand, das eine Berliner Straßenszene zeigte. Zu sehen waren elegant nach neuester Mode gekleidete Damen und Herren, Flaneure, die an Cafétischen vorbeidefilierten und offensichtlich miteinander flirteten. Nicht zu übersehen war, dass sich einige der Frauen wissende Blicke zuwarfen und offensichtlich die Oberhand in diesem Spiel behielten. Das Gemälde war hinreißend opulent in seinen pastelligen Farben und der Monumentalität der graziösen Figuren. Reim hatte sich das Bild von Dodo – so ihr Künstlername, eigentlich hieß sie Dörte Clara Wolff – malen lassen, der bekanntesten und exzentrischsten Künstlerin, die Berlin um 1930 zu bieten hatte. Anders als Arnold Stollberg und die an der Akademie geschulten Maler verfolgte sie einen bewusst dekorativen und ästhetisierten Stil, wie er gerade in Mode war, und sparte nicht mit einem bis in die verwendeten Materialien luxuriösen Erscheinungsbild. Jeder Besucher, der erstmalig die Galerie Reim betrat, war hingerissen von der Wucht und der Noblesse der Darstellung und fühlte sich in einen heiligen Tempel der Kunst versetzt, was ganz in Reims Sinn war.

Ansonsten strahlten die Räume eine kristallklare Nüchternheit aus. Herbert Reim hatte extra zur Stollberg-Ausstellung gründlich renoviert und sich nicht lumpen lassen: Die vorherrschende Farbe war das Weiß der Wände, und kein Accessoire oder Möbel lenkte den Blick von der Kunst ab. Der hintere Saal, der sich in einem Anbau befand, verfügte über ein großflächiges Oberlicht, das für eine perfekte Ausleuchtung der Stollberg-Bilder sorgte. Alles wirkte äußerst nobel, ohne aufdringlich zu sein und verriet den erlesenen Geschmack des Galeriechefs. Lediglich in den für die Besucher nicht zugänglichen Räumen, in Reims Büro und den Sanitärräumen für die Angestellten herrschte das gewohnte Durcheinander in charmant-schäbigem Ambiente.

Im Obergeschoss gab es außer dem Flur, einem Raum für Besucher mit Sitzgruppe und Kredenz sowie einem weiteren Büro nur noch einen Saal, der durch seine ausgewogenen Proportionen von besonderem Reiz war; das große Fenster im Erker, der fast die ganze Breite der Nordwand einnahm, gewährte einen fantastischen Blick auf den Tiergarten und verlieh dem Saal eine heitere und lässige Atmosphäre, ohne die Wirkung der Kunstwerke an den Wänden zu beeinträchtigen.

Vier Wochen nach Eröffnung der Arnold-Stollberg-Schau Ende August 1932 zeichnete sich ab, dass sie ein Erfolg war. Bereits jetzt waren etliche der Gemälde verkauft – keineswegs nur die günstigsten, und das trotz der anhaltenden Wirtschaftskrise -, und der Strom der Besucher, die neugierig mal mit, mal ohne Kennerblick durch die Räume streiften, riss nicht ab. Die Berliner Tageszeitungen hatten wohlwollend über die Ausstellung berichtet, mit Ausnahme der „Deutschen Tageszeitung", des „Völkischen Beobachters" und des „Angriff", aber das war zu erwarten und wenig überraschend gewesen. Öffentliche Boykottaufrufe gegen Stollbergs Werke oder gar Aktionen wie noch vor kurzem gegen die „Novembergruppe" und andere Künstlervereinigungen, die kommunistischen oder anarchistischen Zielen folgten, hatte es glücklicherweise bisher nicht gegeben. Herbert Reim hoffte, dass es so blieb. Es schmerzte ihn, dass die Kollegen der einst revolutionären Vereinigung meist junger politischer Heißsporne schlimmen Anfeindungen ausgesetzt waren. Eine Zeit lang hatte Arnold Stollberg mit ihnen sympathisiert, sich aber dann doch von ihnen abgewendet. Teils, weil sie ihm zu radikal in ihren künstlerischen Ansichten schienen, teils, weil er eben im Grunde seines Herzens ein Einzelgänger war und sein wollte. Zu viel Vereinnahmung, von wem auch immer, war ihm suspekt. Hinzu kam, dass ihm auch die politischen Überzeugungen der „Novembergruppe"-Mitglieder nicht wirklich passten. Stollbergs vorsichtige, auf Ausgleich zielende Haltung passte nicht zu revolutionär angehauchten ideologischen Zielen, wie sie von nicht wenigen der Künstler vertreten wurden. Er fragte sich manchmal, ob Marion irgendeine Verbindung zu der Gruppe pflegte. Sie sprachen beide nicht darüber, und Arnold beließ es dabei, in der Hoffnung, dass seine Frau nichts mit den „November"-Leuten zu tun hatte. Sicher war er sich nicht.

Nach Eröffnung der Ausstellung hatte Stollberg auch ganz andere Dinge im Kopf. Als die ersten Tage mit den überwiegend positiven Pressestimmen vorüber waren, geriet er in einen euphorischen Zustand. Er hatte es geschafft! Die wohlwollende öffentliche Anerkennung seines Werks bedeutete einen nicht zu unterschätzenden Aufstieg in der Hierarchie der Berliner, ja, der deutschen Künstler. Nach Jahren des Zweifels, der Desillusion, des Suchens und Wartens, vor allem auch der immer am Horizont drohenden finanziellen Probleme hatte Arnold zum ersten Mal das Gefühl, ein Gewinner zu sein. Nun war er mit seiner Familie über den Berg, es würde von jetzt an nur noch bergauf gehen, davon war er überzeugt. In seiner optimistischen Stimmung glaubte er fest daran, dass mit seinem Erfolg auch seine Beziehung zu Marion wieder ins Lot kam – aber war sie denn überhaupt aus dem Lot? Nein, nein, sagte er sich selbst, das war sie nicht, nur ein wenig erlahmt, ohne Schwung, und genau das würde sich jetzt ändern!

In dieser Hochstimmung kam er eines Abends im Oktober mit einer Flasche Champagner nach Hause, den Kopf voller positiver Gedanken: Heute war Joseph Bellheim in der Ausstellung gewesen, das hatte ihm Herbert Reim erzählt, als Arnold gegen sechs von seinem Atelier aus noch kurz in der Galerie vorbeigeschaut hatte. Der Mann war eine lebende Legende. Mit zweiundfünfzig Jahren gehörte er zu den führenden Köpfen am Archäologischen Institut der Friedrich-Wilhelm-Universität in Berlin, gerade erst war er zum Zweiten Vorsitzenden der Archäologischen Gesellschaft in Berlin gewählt worden. Er war eine Koryphäe für großgriechische rotfigurige Vasenmalerei und hatte bereits unmittelbar nach seiner Habilitation einen Lehrstuhl an der Hochschule inne. Mittlerweile war der bei Kollegen und Studenten beliebte Bellheim Ordinarius am Institut. Aber noch weit über seine wissenschaftliche Reputation hinaus war Joseph Bellheim der Öffentlichkeit wegen seines Rangs in der „guten" Gesellschaft der Reichshauptstadt bekannt. Seine Auftritte bei offiziellen Anlässen erregten stets Aufsehen und wurden in den Klatschblättern und „vermischten Nachrichten" der Tageszeitungen entsprechend kommentiert. Dabei wurde er fast immer von seiner fast zwanzig Jahre jüngeren Frau Sarah begleitet, die für ihre elegante Erscheinung berühmt war. Zusammen gaben die Bellheims ein glanzvolles Paar ab, das sich geschickt zwischen Hochschule, Politik, Wirtschaft und Kultur bewegte. Natürlich war eine Menge Geld im Spiel: Joseph Bellheim war einziger Erbe seines Vaters Daniel, eines gut betuchten Juristen in Süddeutschland, und verfügte über ein beträchtliches Vermögen, und auch Sarahs finanzielle Mittel schienen unerschöpflich; sie entstammte einer traditionsreichen Textilhändlerfamilie in Buxtehude. Ihren späteren Mann hatte sie während einer Theateraufführung in Hamburg kennengelernt. Beide, Joseph und Sarah, waren jüdischen Glaubens, aber sie praktizierten ihn nicht. In Berlin hatten sie mit der jüdischen Gemeinde nichts zu tun, statt die Synagoge zu besuchen gingen sie lieber in die Oper oder gaben rauschende Soireen und Partys in ihrer eleganten Wohnung in der Charlottenburger Bleibtreustraße, wo sich die Berliner Gesellschaft die Klinke in die Hand gab.

In der Stadt war allgemein bekannt, dass Bellheims Leidenschaft der Kunst galt – und zwar nicht nur der antiken, die Gegenstand seiner beruflichen Arbeit war, sondern auch der zeitgenössischen, mit der er sich privat beschäftigte. Im Laufe der Jahre hatte Bellheim eine bedeutende Sammlung von Gemälden und Kleinplastiken zusammengetragen, in der so erlesene Namen wie Wassily Kandinsky, Franz Marc, Theo van Doesburg und Wilhelm Lehmbruck vertreten waren und deren glanzvollsten Stücke die Wohnung in der Bleibtreustraße zierten. Kein Wunder also, dass Arnold Stollberg vor Aufregung ins Stottern geriet, als ihm Reim von Bellheims Besuch in der Galerie berichtete.

„W-w-w-was??" rief er aus und fasste Reim an den Schultern. „Bellheim war hier?? Wann? Was hat er gesagt…??"

Reim lachte. „Nun beruhige dich mal, mein Lieber. Ja, er war da, heute Nachmittag. Relativ spontan, ein Anruf von seinem Büro mit der Bitte um einen kurzen Exklusivbesuch, und schon stand er hier, wo du jetzt stehst."

„Das ist ja – das ist ja unglaublich! War er allein? Was wollte er denn? Nun red´ schon, Mensch!"

„Immer langsam, Arnold, setz dich hin und reg´ dich ab – so, und jetzt gibt es erst mal einen Cognac." Herbert Reim holte eine Flasche und zwei Gläser aus einem Schrank seines Büros und schenkte beiden ein. Sie prosteten sich zu und tranken einen Schluck.

„Also", begann Reim, „er kam mit seinem Sekretär, ein arroganter Affe, um ehrlich zu sein. Bellheim selbst benahm sich natürlich tadellos. Ich kannte ihn ja schon, wenn auch nicht gut, wir sind uns ein paar Mal begegnet und irgendwann auch mal vorgestellt worden." Reim nahm einen weiteren Schluck. „Und ja, er wollte deine Bilder sehen, Arnold, deshalb war er hier!" Er kicherte leise wie ein Schuljunge.

Stollberg trank sein Glas in einem Zug aus. „Und? Was dann? Spann mich nicht so auf die Folter!" Energisch stellte er das leere Glas auf Reims Schreibtisch.

„Er blieb nicht lang, ging relativ schnell durch die Räume. War niemand da sonst, ich hatte abgeschlossen – exklusiv, wie Bellheim es gewünscht hatte. Ich hinter ihm her, immer in gebührendem Abstand. Ab und zu sagte er etwas zu seinem Sekretär, konnte aber nichts verstehen. Und dann rauschten sie wieder ab."

Der Maler machte ein enttäuschtes Gesicht. „Wie… Weiter nichts?"

Reim grinste. „Doch, mein Lieber. Er will dich sehen. Hier in der Galerie. Am kommenden Dienstag um drei. Ich soll auch dabei sein. Ach ja, und bis dahin soll nichts reserviert oder verkauft werden. Darum hat er gebeten, klang aber eher wie ein Befehl."

Nun war Stollberg sprachlos. Er brauchte ein paar Sekunden, um die Nachricht zu verdauen.

„Herbert", stieß er hervor, „weißt du, was das heißt? Er will etwas kaufen… er will ganz bestimmt etwas kaufen!"

Reim legte Stollberg eine Hand auf die Schulter. „Ja, mein Lieber", sagte er leise, „das heißt es wohl…"

Als der Maler seiner Frau abends von der Neuigkeit berichtete, war Marion eher reserviert und misstrauisch. Das ärgerte Arnold. Er verstand Marion nicht und zeigte seine Enttäuschung über ihre Reaktion deutlich. Er trank sein Glas des mitgebrachten Champagners ohne Genuss in einem Zug aus; Marion hatte aus ihrem Glas nur ganz knapp genippt, als ihr Mann mit ihr angestoßen hatte. Sie gab sich wortkarg und war mit ihren Augen mehr bei dem kleinen Jan-Josef, der noch nicht im Bett war und hingebungsvoll auf dem Teppich mit einem Brummkreisel spielte.

„Arnold", sagte Marion leise, wobei der sphärisch sirrende Ton des sich drehenden Kreisels einen melancholischen Unterton beisteuerte, „ich gönn dir den Erfolg, und wenn Bellheim wirklich etwas von dir kaufen sollte, ist das sicher ein großer Erfolg für dich... Aber mir macht es einfach nur Angst." Mit ihren schlanken Fingern nahm sie eine Zigarette aus dem Lederetui, das vor ihr auf dem Tisch lag, und zündete sie mit ihrem Feuerzeug an.

Stollberg verzog das Gesicht. „Angst!", stieß er ungehalten hervor, „wovor denn, Marion?"

„Du weißt so gut wie ich, dass Bellheim Jude ist und im Visier einiger - " hier zögerte sie und lachte verächtlich auf – „Zeitgenossen steht", vollendete sie ihren Satz. Dann wandte sie sich direkt an ihren Mann. „Dass ausgerechnet er sich für Deine Bilder interessiert! Wenn Bellheim etwas kauft, wird es die Presse schnell erfahren. Und dann haben wir gleich die ganze braune Bagage am Hals. Meinst du, die werden sich damit zufriedengeben, nur weiter gegen Bellheim zu schießen? Nein, mein Lieber, du wirst mit ihm zum Abschuss freigegeben, als Judenfreund und als einer, der vom Elend der Massen noch profitiert – mit jüdischem Geld! So wirst du geschlachtet werden, und wir mit dir!" Bei den letzten Worten schaute sie auf den Kleinen, der hingebungsvoll dem rotierenden Kreisel zusah.

Arnold schwieg. Die Worte seiner Frau verletzten ihn, aber sie machten ihn auch sprachlos, im wahrsten Wortsinn. Er wusste nicht, was er sagen sollte. Insgeheim gestand er sich ein, dass sie Recht hatte, aber er wollte den Tatsachen nicht ins Auge sehen. Die letzten Wochen hatte er in einer Hochstimmung gelebt, die Ausstellung lief so gut, er glaubte endlich an eine Zukunft für sich, für Marion und für Jan-Josef. Was um ihn herum geschah, hatte er weitgehend verdrängt. Und es gab ja auch hoffnungsvolle Zeichen! Die unsägliche Wirtschaftskrise schien sich abzuschwächen, Brüning war drauf und dran, den Karren aus dem Dreck ziehen zu können – und wenn es ihm gelänge, würde sich alles zum Guten wenden, die Rechten wieder in ihren Löchern verschwinden und alles wäre gut. Marions Befürchtungen waren übertrieben, sagte er sich, wusste aber tief im Innern genau, dass das nicht stimmte. Die hoffnungsvollen Zeichen – sie waren heiße Luft. Marion sprach aus, was er nicht wahrhaben wollte, was aber der Realität entsprach. Doch Stollberg konnte diese Realität nicht an sich heranlassen. Sein Traum war es, als Künstler anerkannt und ernstgenommen zu werden. Er hatte etwas zu sagen, und vor seinen Augen erschienen die fünf Bilder des *Metaphysischen Theorems*, die seine bisherige Offenbarung dessen war, was er unter Kunst verstand, in seiner Zeit, in seiner Generation, in seiner Stadt. Er konnte, nein, er wollte das nicht aufs Spiel setzen. Nicht jetzt, nicht in dieser Erfolgsphase, in der er gerade steckte. Bellheim war ein Glücksfall; sollte der stadtbekannte Archäologieprofessor tatsächlich eins seiner Werke aus der Ausstellung kaufen, wäre das ein absoluter Höhepunkt seiner bisherigen Laufbahn.

„Marion", sagte er mit leiser Stimme und rückte nahe an seine Frau heran, ihre beiden Hände umfassend, „sei nicht ängstlich, sei zuversichtlich... Ich bitte dich. Wenn Joseph Bellheim etwas kauft, werden wir finanziell davon profitieren... es wird erst der Anfang sein. Und finanzielle Unabhängigkeit wird uns sicherer machen – weniger angreifbar. Und es werden andere Käufer auf den Plan treten, wir werden mehr und mehr Fürsprecher bekommen, Leute, die uns schützen können – wer weiß, vielleicht sogar bis in die Politik hinein..." Er redete sich in Rage, seine Stimme war immer lauter geworden.

Seine Frau nahm einen letzten tiefen Zug aus ihrer Zigarette, bevor sie sie im Aschenbecher ausdrückte. Mit ihren warmen Augen blickte sie ihren Mann an. „Wir werden sehen", sagte sie mit tonloser Stimme, nahm das Champagnerglas und lehnte sich in ihren Sessel, „schauen wir, was passieren wird."

4

Am darauffolgenden Dienstag litt Arnold Stollberg schon am Morgen unter nervösen Magenschmerzen, die er versuchte, mit Aspirin unter Kontrolle zu bekommen – vergeblich. Gemeinsam mit Marion suchte er seine Kleidung aus, die er bei dem denkwürdigen Termin am Nachmittag tragen wollte. Nach einigem Hin und Her entschieden sie sich schließlich für eine Mischung aus gediegen und frech, extravagant und klassisch. Stollberg wollte nicht spießig wirken, aber auch nicht für revolutionär gehalten werden. So fiel die Wahl also auf den guten Anzug – den einzigen, den Arnold besaß –, wobei er ein Hemd ohne Krawatte, dafür mit dandyhaftem Halstuch trug. Statt Hut entschied er sich für die modische Schiebermütze, die seinem Aussehen einen kecken Zug verlieh, der eigentlich gar nicht seinem Naturell entsprach. Marion fand ihn verkleidet, sagte aber nichts, da sie ihn nicht noch unsicherer machen wollte, als er eh schon war.

Sie hatte sich entschieden, nicht mitzukommen. Stollberg war zuerst gekränkt, doch dann sah er ein, dass es besser war. In ihrer Gegenwart hätte er sich befangen gefühlt. Mit einem Schreck hatte er bemerkt, dass er sogar Angst davor hatte, sie könnte das Treffen verderben – womöglich mit einer unpassenden Bemerkung, die Bellheim verärgern und alle Hoffnungen auf ein gutes Geschäft zunichtemachen könnte. Er schämte sich sofort für diese Gedanken und konnte sie doch nicht zurückhalten. Beides verstärkte nur seine Unsicherheit, die sich zu der Gewissheit steigerte, dass aus dem Treffen eh nichts würde und er drauf und dran war,

Reim anzurufen und die Verabredung mit Bellheim abzusagen.

Gegen Mittag jedoch hatte er sich wieder weitgehend gefangen und machte sich schließlich um halb zwei auf den Weg in die Galerie, nicht ohne sich vorher stürmisch von Marion zu verabschieden und sie fest an sich zu drücken – eine stumme Entschuldigung für seine vormittäglichen Verdächtigungen und finsteren Ahnungen. Sie hingegen erwiderte seine Umarmung, wünschte ihm Glück und fügte nach Schauspielerart „toi, toi, toi" hinzu.

Als Stollberg im Kunsthaus ankam, war Reim noch gar nicht da. Mechthild Sievers, seine Sekretärin, empfing Arnold überschwänglich, indem sie sein Aussehen bewunderte und munter über die derzeitige Herrenmode im Allgemeinen und die Farbe seines Halstuches im Speziellen plapperte. Im Übrigen bemerkte Stollberg, dass sich die Sievers ebenfalls in Schale geschmissen hatte. Statt ihres gewöhnlich eher legeren Aufzugs trug sie ein cremefarbenes, dünnes Wollkleid und sehr sparsamen, aber durchaus teuren Schmuck. Außerdem hatte sie ein Parfüm aufgelegt, das Arnold noch nie an ihr bemerkt hatte.

Der Chef des Hauses kam erst kurz vor drei, als Arnold bereits wieder anfing, nervös zu werden, und brachte jede Menge guter Stimmung mit. „Ahh, da ist ja unser neuer Stern am Künstlerhimmel", begrüßte er Arnold launig und umarmte ihn kurz. Darauf folgten einige letzte Anweisungen an die Sievers – ihre Aufgabe an diesem Nachmittag hatte Reim bereits am Tag zuvor mit ihr besprochen – und ein kurzer Gang mit kritischem Blick durch die

Ausstellungsräume. Draußen hatte die Sekretärin ein akkurat mit der Maschine beschriftetes Schild angebracht: „Geschlossene Gesellschaft." Alles war bereit. Die Show konnte beginnen.

Plötzlich waren sie da. Arnold Stollberg hatte das Gefühl, als wären sie quasi aus dem Nichts in der Galerie erschienen, so wie sie jetzt dastanden und freundliche Begrüßungsworte mit Herbert Reim wechselten: Joseph Bellheim – „Professor Doktor Bellheim", wie Arnold sich selbst in Gedanken korrigierte – , seine Frau Sarah und ein junger Mann, in dem unschwer der Privatsekretär des Professors zu erkennen war, den Reim einige Tage zuvor als „arroganten Affen" bezeichnet hatte und der auf den Namen Jakob Freiwald hörte.

Während der zwei, drei Minuten, in denen Reim und die Bellheims Konversation machten, musterte Arnold die Ankömmlinge aus einer gewissen Entfernung; er hörte kaum, was gesprochen wurde, und die Minuten dehnten sich nach seinem Empfinden zu einer halben Ewigkeit.

Joseph Bellheim war eine imposante Erscheinung. Arnold kannte ihn natürlich von diversen Fotos in Zeitungen und Illustrierten, doch war es etwas anderes, ihm jetzt persönlich gegenüberzustehen. Der Archäologieprofessor war nicht übermäßig groß, beherrschte aber durch seine gespannte Körperhaltung und seine nonchalante Art, einfach dazustehen, die Szene. Sein großes Gesicht war ebenmäßig, wenn auch etwas breit, und wurde von einem dünnen Schnurrbart akzentuiert. Die dunklen Augen waren überaus wach und beweglich, während er mit leiser, angenehm klingender Stimme sprach. Bellheim trug einen perfekt sitzenden, dunkelbraunen Anzug und handgefertigte Schuhe. Über den angewinkelten linken Arm hatte er lässig einen leichten Sommermantel gelegt, während er mit der Rechten sparsame Gesten vollführte, die ihn als jemanden auswiesen, der es gewohnt war, Anordnungen zu geben. Das Auffälligste an ihm aber war ein Schmuckstück: An seiner linken Hand trug er einen Goldring, der mit einem dunkelroten Stein besetzt war – offensichtlich ein Rubin.

Obwohl von elegantester Erscheinung, konnte seine Frau Sarah den Professor in puncto Distinktion doch nicht ausstechen. Sie war erheblich jünger als ihr Mann – erst Anfang zwanzig – und dezent geschminkt, sodass gewisse unschöne Kleinigkeiten in ihrem Gesicht geschickt kaschiert waren. Sarah Bellheim trug ein hellgelbes Nachmittags-Ensemble mit farblich abgestimmten Handschuhen, dazu einen kleinen, modischen roten Hut mit dazu passender Tasche. Im Gegensatz zu ihrem Mann zeigte sie ein wesentlich lebhafteres und lauteres Wesen – in den wenigen Minuten, die Arnold wie eine Ewigkeit erschienen, ließ sie zweimal ein helles Lachen ertönen, das in den ehrwürdigen Galerieräumen irgendwie unpassend klang.

Während Arnold die Professorengattin musterte, verglich er sie mit Marion und musste innerlich lächeln: Welch ein Unterschied! Hier, direkt vor ihm, die aus bestem Hause stammende, gutsituierte Dame, Gastgeberin der feinen Berliner Gesellschaft, und bei ihm zu Hause die skeptische, politisch engagierte Künstlerin mit hohen Idealen, die sich wenig um gesellschaftliche Normen kümmerte. Seine Frau!

Die Mutter seines Sohnes! Während er das dachte, durchströmte ihn ein Gefühl der Liebe für Marion, das so heftig war, dass ihn ein kurzer, heftiger Schmerz in der Magengegend durchzuckte.

Spürte er Neid? Wäre er gerne selbst der bedeutende Professor mit besten Verbindungen und gänzlich ohne Geldsorgen? Wie viele andere Gutsituierte in ähnlichen Positionen waren die Bellheims relativ unbeschadet durch die Wirtschaftskrise gekommen, was auch daran lag, dass ihr Vermögen überwiegend in Kunstgegenstände angelegt und in Form von Goldbarren in einer Bank in Zürich deponiert war; viele andere, vor allem gutgläubige Aktienanleger aus der Mittelschicht, hatten hingegen alles verloren und standen vor dem Nichts. Doch nein, Arnold spürte keinen Neid, zu fremd war ihm dieses Leben, dass die Bellheims führten: Die akademischen Zirkel, die gelehrsame Atmosphäre der Universität, der gesellschaftliche Anspruch – all das war nichts für den jungen Künstler, der doch nur malen wollte. Und zudem war da Marions Skepsis… Die Bellheims mochten ein angenehmes, sorgloses Leben führen, doch wie lange noch? Sie waren Juden, und für Juden war das Klima stetig rauer geworden in den letzten Monaten … Zu Recht? War an den Vorwürfen der Völkischen und Braunen etwas dran, lag ein Körnchen Wahrheit in den Vorwürfen, „die Juden" planten eine Weltverschwörung und seien überhaupt an allem Schuld …? Joseph Bellheim jedenfalls war geradezu der Prototyp des bestens situierten, einflussreichen Juden …

Arnold erschrak. „Um Gottes Willen", sagte er sich und legte unwillkürlich seine rechte Hand an den Mund, „was tue ich da! Was ist nur in mich gefahren!" Er schämte sich zutiefst für seine Gedanken, die er kopfschüttelnd und mit geschlossenen Augen verjagte. Stattdessen erschien ihm wie eine Anklage Marions Gesicht, die ihn mahnend und vorwurfsvoll anstarrte.

Das Bild verschwand. Herbert Reim kam aufgeräumt die paar Schritte auf ihn zu, hinter ihm die Bellheims und der stille Sekretär, der ein verschlossenes Gesicht zeigte. Den Schluss bildete, in gebührendem Abstand, Mechthild Sievers.

„Darf ich Ihnen nun die Hauptperson des heutigen Nachmittags vorstellen, den neuen Star der Berliner Kunstwelt? Dies ist Arnold Stollberg", sagte der Galeriebesitzer strahlend.

Nach der Begrüßung und ein paar höflichen Worten ging es zügig durch die Ausstellung. Joseph Bellheim und Reim nahmen Arnold in die Mitte. Der Maler war beeindruckt von der Präsenz, die der Professor ausstrahlte und die er fast physisch spüren konnte. Sarah Bellheim blieb etwas zurück und hielt hin und wieder kurz vor einem Bild inne, um einen kaum mehr als flüchtigen Blick darauf zu werfen. Freiwald und die Sievers machten wortlos die Nachhut.

Arnold hätte gerne von sich gesprochen, von den Bildern, die in der Ausstellung versammelt waren, von der Auswahl, die er gemeinsam mit Herbert Reim getroffen hatte, von seiner Meinung über die Kunst in Deutschland und Europa und überhaupt, und manches mehr. Er hatte sich sorgfältig zurechtgelegt, was alles er dem berühmten Kunstsammler sagen wollte, doch er kam nicht dazu. Mit festem Schritt gab

Bellheim das Tempo vor, er schaute kaum nach links und rechts und schien weder den knappen Bemerkungen Arnolds noch den Ausführungen Reims zuzuhören, der im Plauderton über die jüngsten Stilentwicklungen in der Malerei schwadronierte und einige Anekdoten aus Künstlerkreisen zum Besten gab.

Schnell war das Erdgeschoss besichtigt, und die kleine Gesellschaft stieg zielstrebig die Treppe hinauf in das obere Stockwerk. Sie durchquerten den Flur und betraten den Saal, dessen Flügeltüren weit geöffnet waren und der durch das große Erkerfenster in ein gleichmäßiges, sanftes Licht getaucht war. Entschlossen drückte der Professor seinem Sekretär den Mantel in die Hand und schritt bis in die Mitte des Raumes, drehte sich um und winkte seine Frau zu sich. „Sarah, komm her, hier ist es…" sagte er ungeduldig und bedeutete ihr mit seiner Linken, zu ihm zu kommen. Der Rubin an seinem Finger funkelte leuchtend rot.

Sarah trat gehorsam zu ihm. So standen sie nebeneinander und schauten andächtig auf die fünf Bilder des *Theorems*, die Reim effektvoll um die breite Flügeltür inszeniert hatte: Zwei links, zwei rechts, jeweils übereinander, und das fünfte Bild als Krönung über der Tür. Leise wurden ein paar Worte gewechselt, die Reim und Stollberg nicht verstehen konnten; der Galerist und der Künstler waren am Eingang stehen geblieben. Arnolds Nervosität stieg wieder. Was hatte das Verhalten der Bellheims zu bedeuten? Er schaute hilfesuchend Reim an, doch der blickte völlig ungerührt zum Fenster, durch den die Bäume des Tiergartens zu sehen waren.

Bellheim schaute abermals intensiv auf die Gemälde. Seine Augen verengten sich dabei zuweilen, wurden wieder weiter, und die Pupillen bewegten sich hin und her. Sein Gesicht wirkte, als hörte er Musik – eine besonders schöne, vielleicht betörend empfindsame, auf jeden Fall bedeutende Musik. Nachdem er sich lang hinziehende Sekunden so verharrt hatte, räusperte er sich, sah kurz seine Frau an und wandte sich dann an Stollberg: „Glückwunsch, Herr Stollberg, da haben Sie etwas ganz Besonderes geschaffen. Ich kaufe das *Theorem*. Ich will es haben. Alle fünf Bilder."

5

Alle fünf Bilder…

Alle fünf Bilder, deutlich erkennbar auf zwei Fotos. Das war alles, was Joseph Bellheim vom *Metaphysischen Theorem* geblieben war. Da war außerdem er selbst, merkwürdig unbestimmt in seiner Körperhaltung und Gestik, wie er fand. Auf den seltenen früheren privaten Aufnahmen, die es von ihm gab, hatte er stets anders ausgesehen. Souverän zum Beispiel. Autoritär. Weltmännisch auch. Und natürlich intellektuell, ein Gelehrter durch und durch; aus jeder Pose, aus jedem Gesichtsausdruck, den Fotografen festgehalten hatten, sprach der klassisch Gebildete, der Ordinarius, der Autor zahlreicher Bücher und Artikel über die verschiedensten Themen griechischer und zuweilen auch römischer Kunst.

Auf diesen Fotos, die Bellheim in der Hand hielt – in der leicht zitternden Hand –, war nicht viel davon zu spüren. Auf beiden war er in dem großen Raum zu sehen, den er stets so geliebt hatte, wie hineingestellt, wie am falschen Platz. Seine Miene war angespannt, die Augen merkwürdig verschattet, die Haltung bedrückend indifferent und bemüht. Wäre nicht der auffällige Ring am Finger so deutlich zu erkennen, wüsste man auf dem ersten Blick gar nicht, wer denn da zu sehen ist.

Die Fotos waren neu, Joseph Bellheim hatte sie eben erst aus dem Briefumschlag genommen, der vorhin mit der Post gekommen war. Außer den beiden Fotos waren noch weitere Bilder sowie ein Brief in dem Umschlag gewesen, kurz nur, handgeschrieben. Der Archäologe nahm das Papier, dessen Inhalt er überflog:

„Charlottenburg, 17. April 1937

Lieber, verehrter Herr Professor Bellheim,

wie versprochen sende ich Ihnen mit diesem Brief die Abzüge der Photos, die ich vor einigen Tagen aufgenommen habe; ich hoffe sehr, sie sind zu Ihrer Zufriedenheit ausgefallen.

Gleichzeitig möchte ich die Gelegenheit ergreifen, Ihnen noch einmal zu versichern, wie sehr ich Ihre Entscheidung bedaure, obwohl ich sie voll und ganz verstehe – seien Sie dessen gewiss. Niemals werde ich unsere gemeinsame Zeit vergessen, auch wenn es in den letzten Jahren zunehmend schwierig wurde, angemessen zu arbeiten.

Ich wünsche Ihnen, Ihrer verehrter Gattin und Ihren reizenden Kindern alles Gute für die Zukunft. Vielleicht gibt es ein Wiedersehen.

Mit großer Hochachtung und kollegialen Grüßen

Ihr

Dr. Manfred Sommer"

Manfred Sommer.... Bellheim stellte sich einen Moment lang das Gesicht seines langjährigen Mitarbeiters im Institut vor – blass, sommersprossig und immer irgendwie sorgenvoll - , und einen kurzen Augenblick lang dachte er erschrocken, ob es nicht gefährlich war, einen solchen Brief zu schreiben. Instinktiv untersuchte er den Umschlag, der vor ihm auf dem Tisch lag, konnte aber keine Spuren entdecken, aus denen sich schließen ließe, er sei bereits von jemand anders als ihm geöffnet worden.

Er sah sich im Zimmer um. Es kam ihm jetzt sehr groß vor, viel zu groß. Einige Möbel waren noch da, die Kredenz zum Beispiel, und die Beistelltische aus Cremona, die er immer so geliebt hatte. Doch sie wirkten jetzt, anders noch als auf den Fotos von Manfred Sommer, wie tot, obszön entblößt und leer. Die kleinen Renaissance-Bronzen aus der Giambologna-Nachfolge, die die Tische geschmückt und ihnen Charakter gegeben hatten, waren fort. Leer waren auch die Wände: Es fehlten sowohl der Kandinsky als auch die kleine Skizze von Otto Dix. Und es fehlten die fünf Bilder des *Theorems*, die dem Raum ihren Stempel aufgedrückt hatten. Gleich nachdem die Gemälde in die Wohnung in der Knesebeckstraße eingezogen waren, hatten sie Besitz von ihr ergriffen, und erst vor einem Jahr hatte Bellheim sie hier, im Arbeitszimmer, anbringen lassen, wo sie noch viel besser zur Geltung kamen als an ihrem vorherigen Ort, dem großen Salon. Sarah hatte sie dort geliebt, auch gerne den Gästen präsentiert, die freilich immer spärlicher gekommen und bis auf wenige Ausnahmen schließlich ganz ausgeblieben waren.

Aus und vorbei, dachte Bellheim bitter, gestern noch Gegenwart, heute Vergangenheit. Am Vortag war alles abtransportiert worden: die allermeisten Möbel, das Silber, das Meißner Porzellan, Sarahs Schmuck, selbst die Tischwäsche wurde nicht verschont. Und natürlich die Bilder: Das *Metaphysische Theorem* und alle anderen Werke, die Gemälde und Grafiken sowie die kleinen Plastiken, das Lehmbruck-Tonmodell und der Bellheim-Kopf – alles weg, gestern abgeholt, fort und verloren, wohl für immer. Einzig seinen Ring hatte er gerettet, den schönen Rubinring, den ihm sein Vater hinterlassen hatte und den er nicht verkaufen wollte. Er war klein genug, um ihn unauffällig zwischen allerlei Toilettenartikeln im Bad zu verstecken.

Der Archäologe schloss die Augen und zwang sich innerlich zur Ruhe. Das Überleben retten – nein, das Leben! - , darum ging es jetzt. Er zwang sich, nicht an den materiellen Verlust zu denken. Sarah, die beiden Kinder: Sie waren jetzt allein wichtig, alles andere trat in den Hintergrund und würde sich finden, wenn sie endlich dieses Land, diesen verfluchten Staat verlassen hatten. Seit drei Jahren konnte Bellheim an nichts anderes mehr denken. Zunächst, nachdem die Nationalsozialisten an die Macht gekommen waren, hatte noch ein vorsichtiger Optimismus die Oberhand: Es würde schon nicht so schlimm werden, Propagandagetöse und pragmatische Politik waren schließlich zwei Paar Schuhe. Außerdem hatte Bellheim eine unangefochtene Position als Ordinarius und war zudem gut bekannt mit einflussreichen Männern beim Reichsministerium für Wissenschaft, Erziehung und Volksbildung. Man konnte also die weitere Entwicklung sorgfältig beobachten und ansonsten in Ruhe abwarten, was passierte.

Was passierte, war, dass der anerkannte Archäologe seinen Posten als Institutsdirektor schon im Sommer 1933 verlor. Nur Dank der Fürsprache des Direktors des Deutschen Archäologischen Instituts, Leopold Weigand, der ein persönlicher Freund von Bellheim war, konnte er sich zunächst an der Universität halten und als „Privatdozent" weiter tätig sein. Doch es war eine Farce: Joseph Bellheim war es zwar gestattet, seiner Forschungstätigkeit weiter nachzugehen, aber als Lehrender war er kaltgestellt. Keine Vorlesungen, keine Seminare, keine Arbeit mit Studenten – es war deprimierend. Hinzu kam eine empfindliche Reduzierung seiner Bezüge, die das Leben zusätzlich belastete. Außerdem wurde das Klima am Institut immer schlechter. Auch wenn die Kollegen davor scheuten, ihn direkt zu attackieren, so war er doch täglichen subtilen Demütigungen ausgesetzt. Eine Zeitlang konnte er dem deprimierenden Alltag entfliehen, indem er seine Dienste als Gutachter für einige Museen in Deutschland anbot, doch auch das ging nur eine kurze Weile gut. Die Zeiten wurden schwierig, es ließ sich nicht mehr schönreden. Im Januar 1936 wurden die „Nürnberger Gesetze" erlassen, da war dann auf einmal Schluss mit allem: Keine Arbeit mehr, kein Einkommen. Die Bellheims begannen, ihr Vermögen zu veräußern, um finanziell über die Runden zu kommen. Doch das erwies sich als schwierig, denn die Erlöse für zwei Grundstücke in Berliner Bestlage fielen lächerlich gering aus.

Einziger Lichtblick in diesen düsteren Monaten und Jahren waren die beiden Kinder: Dagmar und Gregor waren im Dezember 1933 und im März 1936 zur Welt gekommen und den Eltern einerseits ein großer Halt, andererseits ein stets wachsender Anlass zur Sorge, denn das Leben in Deutschland wurde für die Familie immer bedrohlicher. Als im Herbst 1936 Gerüchte über Pläne der Regierung für den Erlass einer Sonderabgabepflicht für Juden die Runde machten, reichte es Joseph und Sarah Bellheim. Sie fassten den Entschluss, das Land zu verlassen. Doch dafür waren zwei wichtige Dinge nötig: Geld und vertrauenswürdige

Helfer im Ausland. Letzteres fand sich schnell: Joseph Bellheim hatte gute Verbindungen zum Britischen Museum in London, die er ohne Bedenken zu nutzen wusste. Anfängliche Skrupel lösten sich in nichts auf, als sich herausstellte, dass das Museum seine Übersiedlung nach England ausdrücklich begrüßte und man jenseits des Kanals alles unternahm, um den Umzug möglichst rasch und ohne allzu viele bürokratische Hürden unter Einschaltung der britischen Botschaft in Berlin auf den Weg zu bringen. Sarah war es recht. Das Leben in der Reichshauptstadt war ihr in den letzten Jahren gründlich verleidet worden, und London schien ihr eine gute Basis für einen kompletten Neuanfang zu sein. Keine Anfeindungen mehr, keine ständige Angst vor weiteren Demütigungen, irgendwelchen Repressalien, gar einer drohenden Verhaftung, und vor allem: keine Sorgen mehr um die Kinder und ihre Zukunft.

Die Finanzen waren das schwierigere Problem. Zwar gab es Vermögenswerte in Gold, doch die waren in Zürich deponiert und unmöglich zu Geld zu machen – jedenfalls nicht sofort und in ausreichender Menge, und ob es überhaupt jemals gelingen würde, war mehr als zweifelhaft. Seit Monaten lebten die Bellheims von erspartem Bargeld, von dem die Behörden nichts wussten, sowie von den sporadischen Zuwendungen einiger weniger treuer Freunde, die ihnen geblieben waren und die wegen ihrer heimlich den Bellheims zugesteckten Geldbeträge unangenehme Fragen der Gestapo riskierten. Doch das reichte nicht für eine Passage nach England, für die Besorgung notwendiger Papiere, die Bestechung einiger Botschaftsmitarbeiter, für die

Reichsfluchtsteuer der Nazis und schon gar nicht für einen Neuanfang im Vereinigten Königreich. Da sie eh nichts mitnehmen durften, blieb nur noch ein Weg: Die umfangreiche und hochkarätige Kunstsammlung musste verkauft werden, auch wenn Joseph Bellheim bewusst war, dass er nur einen lächerlich geringen Preis für die Schätze erzielen würde – von der Trauer über den Verlust seiner geliebten Kunstwerke ganz zu schweigen. Aber es war die einzige, vielleicht die letzte Möglichkeit, dem Terror in Berlin zu entfliehen. Und mit großer Bitterkeit realisierte Bellheim, dass die Sammlung sowieso verloren war: Mitnehmen konnten sie nichts, und eine Enteignung war über kurz oder lang eh nicht zu verhindern. Also verkaufen.

Schließlich ging alles sehr schnell. In Berlin – wie in ganz Deutschland – gab es keinen Kunsthandel mehr, wie man ihn vor 1933 kannte. Alle jüdischen Galeristen waren fort: Verjagt, enteignet oder in den Selbstmord getrieben. Die renommierten Galerien in der Stadt, die mit der Moderne beste Geschäfte gemacht hatten, waren geschlossen oder von „arischen" Händlern übernommen worden – meist ohne oder mit kaum nennenswerter Entschädigung. Die Kunstwerke der Avantgarde, die noch vor wenigen Jahren sichere Garanten für Skandale und öffentliche Debatten in Berlin gewesen waren, die die Kultur der Stadt und des Landes befruchtet und mit wichtigen, innovativen Ideen versorgt hatten, waren verschwunden – fort, weggefegt, als hätte es sie nie gegeben. Die Spätimpressionisten, die Expressionisten, die *Fauves* und die Maler der Neuen Sachlichkeit: nicht mehr vorhanden, niemand schien sie zu vermissen – jedenfalls offiziell –, und fast war es so, als würde man sich nicht einmal an sie erinnern. Als dekadent, entartet, „jüdisch" und irgendwie „undeutsch" hatte man die Werke der Größten unter den modernen Künstlern aus Museen und Galerien entfernt: Kandinsky und Marc, Picasso und Matisse, Schad und Sintenis – sie alle waren aus den Häusern der Kunst gezerrt und auf den Scheiterhaufen geworfen worden, den die Diktatur für die Zeugnisse einer freien Kultur, eines freien Denkens errichtet hatte. Dort landeten sie, die Gemälde und Bücher, die Gedichte und Skulpturen, die Gedanken und Forschungen, die dem „Führer" und seiner Entourage in der Reichskanzlei in der Wilhelmstraße verhasst waren – verhasst, weil sie von Freiheit und Gerechtigkeit, von Menschlichkeit und Selbstbestimmung erzählten – Werte, die unter Hitler mit Füßen getreten wurden.

Fünf Tage lang hatten Mitarbeiter des Auktionshauses Rademacher und Herten die Sammlung Bellheim besichtigt und katalogisiert. Für den Archäologieprofessor waren diese Stunden eine einzige Qual, die blasierte Herablassung und offensichtliche Feindseligkeit, mit der die Männer auftraten, waren kaum zu ertragen. Seiner Frau hatte Bellheim strikt verboten, sich oder die Kinder blicken zu lassen, solange die Leute in der Wohnung waren und die dort befindlichen Objekte inspizierten und Inventarlisten durchgingen. Als es ans *Theorem* ging, wurde dem Archäologen das Herz schwer.

„Was ist denn das für ein Geschmier?", fragte einer der Angestellten des Auktionshauses beim Betrachten der Gemälde betont provokativ. "Dafür gibt es noch weniger als für das ganze andere Zeug, was hier rumsteht, Professorchen!", feixte er und zwinkerte seinem Kollegen zu, der mit Block und Stift neben ihm stand und grinste. „Wie heißt denn der Herr Künstler? Jude, was? Also, Dürer ist es sicher nicht", fuhr er mit seinen Sticheleien fort. „Und dann gleich fünf Bilder mit diesem abscheulichen Gekrakel! Also, ich finde es abstoßend ..." Der Mann verzog angewidert das Gesicht und blickte dann Joseph Bellheim an, in Erwartung einer Antwort auf seine Frage: Wer war der Künstler?

Wer war der Künstler? Für einen Moment schloss Bellheim die Lider. Vor seinen inneren Augen sah er plötzlich Arnold Stollberg vor sich, wie er ihn zum letzten Mal gesehen hatte. Er konnte sich genau erinnern, es war an einem Sonntag im Mai 1933, und die Welt war noch einigermaßen in Ordnung, jedenfalls glaubte man das im Hause Bellheim noch. Im Hause Stollberg war man schon damals nicht mehr dieser Ansicht. Sarah hatte zu einer Matinee geladen, es waren etwa zwanzig Gäste gekommen, und Mara Johanssen, die dänische Pianistin, hatte ein paar Stücke auf dem Flügel gespielt. Arnold und Marion Bellheim waren der Einladung mit gemischten Gefühlen gefolgt und verhielten sich den ganzen Vormittag in der Bellheimschen Wohnung entsprechend zurückhaltend und distanziert. Marion war blass gewesen, sehr dünn – sie hatte schlecht ausgesehen, daran konnte sich Bellheim genau erinnern; er hatte sie bis dahin erst zweimal gesehen, und schon die ersten Male kam sie ihm – ja, wie? unglücklich? vor, beunruhigt, fast ängstlich, und dieser Eindruck wurde von Marions Erscheinung bei dieser Matinee noch verstärkt. Auch Arnold wirkte verändert, vorsichtig, dauernd schaute er sich um, als fürchtete er, jemand könnte neben ihm stehen und ihn durchschauen oder etwas von dem aufschnappen, was er sagte.

Bis heute hatte Bellheim nicht verstanden, warum der Künstler ihn – ausgerechnet ihn – ins Vertrauen gezogen hatte. Sie kannten sich schließlich nur flüchtig, gehörten ganz unterschiedlichen gesellschaftlichen Schichten an und ihre Wege kreuzten sich kaum. Vor allem Marion und Sarah waren völlig verschieden: Hier die intellektuelle Künstlerin mit – soweit Bellheim wusste – subversiven politischen Ansichten und einem Hang zu Skandalen, dort die distinguierte *Grande Dame* aus bester Familie, mit viel Geld, guter Erziehung in einem Schweizer Internat und großbürgerlichem Hintergrund gesegnet.

Was auch immer Stollberg und seine Frau bewogen haben mochte: An diesem Sonntagvormittag hatten sie Bellheim bei einer passenden Gelegenheit beiseite genommen. Arnold hatte sich kurz umgesehen und dann mit leiser Stimme schnell gesagt: „Wir gehen weg. Es ist alles geplant und organisiert. Wollte ich Ihnen nur schnell mitteilen." Bellheim war verblüfft gewesen, damit hatte er nicht gerechnet.

„Was? Wieso …? Wohin?" Seine Gedanken rasten, Bilder wirbelten durch seinen Kopf.

„England", hatte Marion knapp hervorgestoßen und ihr Glas Sekt mit einem Schluck geleert. „Sie sollten das auch tun…."

Bellheim hatte geschwiegen. Er war betroffen.

Arnold sprach eindringlich weiter: „Was auch immer passiert… Bitte passen Sie gut auf meine Bilder auf… äh, ich meine natürlich nicht meine, es sind ja Ihre…" Er stammelte, wurde rot und brach ab. Bellheim wusste, dass der Künstler das *Metaphysische Theorem* meinte, andere Stollbergs besaß er ja nicht. Und zum ersten Mal, seitdem er die Bilder erworben hatte, wurde ihm bewusst, was sie dem Künstler bedeuteten – und was sie ihm selbst bedeuteten. Ein merkwürdiges, unbekanntes Gefühl war in diesem Moment in ihm aufgestiegen. Joseph Bellheim kam sich plötzlich vor wie ein Dieb, der einem anderen etwas sehr Wertvolles und Wichtiges weggenommen hatte. Und gleichzeitig wurde ihm schlagartig bewusst, dass er dieses Wertvolle freiwillig niemals wieder hergeben würde.

Danach war Stollberg samt seiner Frau und den Kindern verschwunden, aus Berlin, aus Deutschland und aus Bellheims Leben, wie Monate darauf übrigens auch Herbert Reim: Der Kunsthändler war plötzlich weg, von einem Tag auf den anderen, wie Bellheim zufällig erfuhr. Die Galerie stand wochenlang leer, kein Kunstwerk konnte dort mehr besichtigt und gekauft werden, bis Ende 1934 neues Leben in die Räumlichkeiten einzog: Ein anderer Name prangte über dem Eingang, „Deutsche Kunst" wurde nun in den ehrwürdigen Räumen der Reim´schen Galerie angeboten, die in ihrer ersten Ausstellung eine viel gelobte und bestens besprochene Ausstellung von Werken Adolf Zieglers zeigte.

Und nun stand er hier, bei diesen Männern des verdammten Auktionshauses, die dabei waren, seine Werke, seine geliebte

Kunst an sich zu reißen und zu verhökern, darunter sein Wertvollstes, das *Theorem*. Er öffnete die Augen wieder.

„Stollberg", sagte er knapp, „der Künstler heißt Arnold Stollberg", worauf der Mann den Namen pflichtbewusst und diesmal ohne Kommentar in seine Liste eintrug.

Als Bellheim am Abend der Matinee seiner Frau von dem kurzen, aber bedeutungsschweren Gespräch mit den Stollbergs am Vormittag erzählt hatte, war Sarah nachdenklich geworden. In ihrer unnachahmlichen Art hatte sie den Kopf in den Nacken geworfen und gesagt: „Aber wir bleiben, nicht wahr? Es gibt doch gar keinen Grund... oder?" Sie verstummte abrupt und stellte dann, das Thema wechselnd, mit leiser Stimme die Frage: „Joseph, wieso bist du eigentlich nicht Künstler geworden?"

6

„Achtung, Mann, dit kippt jleich… Pass doch uff!"

Mit aller Kraft presste der Arbeiter seine rechte Schulter gegen einen Stapel rechteckiger, dick in Packpapier und Decken gewickelter flacher Pakete, die von der offenen Ladefläche des Magirus zu rutschen drohten. Vor Anstrengung war sein Gesicht ganz verzerrt, denn die Pakete waren zum Teil von beachtlicher Größe und alles andere als leichtgewichtig. Von der gegenüberliegenden Seite des Lastwagens kam sein Kollege eilig zu Hilfe und half mit, der Ladung wieder einen sicheren Stand zu geben. Als das geschafft war, wuchteten die beiden das vorderste der Pakete von der Ladefläche und blickten in Richtung des imposanten schlossartigen Baus, vor dessen Eingangsportal der Magirus stand.

„Bitte etwas mehr Vorsicht, meine Herren, Sie haben da wertvolle Fracht", ließ sich der gut gekleidete Mann in den Vierzigern vernehmen, der mit einer Zigarette in der Hand lässig neben dem Magirus stand und den Anstrengungen der beiden Männer mit unverhohlenem Spott zusah. Der eine der beiden Arbeiter knurrte etwas Unverständliches als Antwort und schnauzte seinen Kollegen an, gefälligst nicht zu träumen.

Dr. Werner Sebald – so der Name des Zuschauers – zog an seiner Zigarette und trat zur Seite, um den Männern den Weg zur weit offenen Tür des prachtvollen, rosa angestrichenen Gebäudes hinter ihm frei zu machen. Aus dem Inneren kamen jetzt zwei weitere Männer, die zu dem Lastwagen eilten, um beim Abladen der großen Pakete zu helfen. Hinter ihnen erschien eine blonde Frau von Anfang fünfzig, die neben der Tür stehen blieb, bewaffnet mit Stift und Schreibblock.

Die Szenerie hatte etwas Bizarres. Der klapprige, verschmutzte LKW; die beiden ungehobelten Träger; die dienstbeflissenen Helfer; das prächtige Schloss mit seiner rosa Fassade; der elegante Herr Sebald und die blondgelockte Sekretärin namens Roswitha Schwanke... all das mutete ganz und gar unwirklich an, wie ein groteskes Theaterstück. Die Schwanke empfand es jedenfalls für einen Augenblick so. Für drei Sekunden glaubte sie, hier werde ein UFA-Film gedreht, und gleich würde jemand eine Anweisung brüllen oder eine Klappe würde fallen – so, wie sie es einmal in der Wochenschau in einem Beitrag über die Filmstadt in Babelsberg gesehen hatte.

Roswitha Schwanke fröstelte. Ein kalter Wind pfiff um das Schloss Schönhausen und wirbelte die welken Blätter hoch, die in diesen fortgeschrittenen Oktobertagen des Jahres 1938 bereits von den Bäumen gefallen waren. Die Sekretärin zog die dünne Strickjacke enger um die Schultern und dachte an die heiße Tasse Kaffee, die sie sich gerade drinnen im Büro eingeschenkt hatte, als der Lastwagen ankam.

„Kommen Sie, Fräulein Schwanke, eben durchzählen ... fünfundsechzig Bilder wurden angekündigt..", rief Werner Sebald und winkte sie herbei. Roswitha Schwanke eilte zu ihm an die Seite des Magirus. Gemeinsam zählten sie die bereits abgeladenen und die noch auf der Ladefläche liegenden Pakete und stellten nach einigen Minuten befriedigt fest, dass es tatsächlich fünfundsechzig waren. Alles in Ordnung. Die Sekretärin machte ein paar Haken auf dem Formular, dass sie in ihren Schreibblock gelegt hatte und ging dann schnellen Schrittes zurück ins Schloss. Ins Warme. Herr Sebald folgte ihr, begleitet und zur Seite gedrängt von den Männern, die ebenfalls eilig bemüht waren, ihre Last schnell in das Gebäude zu bringen.

Drinnen, im Vestibül, stapelten sich die verschnürten Pakete in einem wachsenden großen Durcheinander, und der Lärm, den die Träger bei ihrer Arbeit verursachten, passte so gar nicht zu dem Ambiente. Einst, vor fast zweihundert Jahren, war das Schloss Schönhausen der Sommersitz einer Königin gewesen, genauer gesagt, der Königin Elisabeth Christine von Preußen. Hier hatte sie, fern vom Berliner Stadtschloss und der Potsdamer Residenz ihres Gemahls Friedrich des Großen, einen eleganten Hof etabliert und es sich gut gehen lassen. Doch das war lange vorbei. Trotzdem ahnte man noch etwas vom ehemaligen Glanz, den die Architektur und die Ausstattung des Schlosses ausgezeichnet hatten. Jetzt, 1938, waren die Repräsentationssäle verlassen, die Wanddekoration verblichen, und provisorisch eingebaute Büroräume von hässlicher Zweckmäßigkeit verunstalteten die frühere barocke Noblesse des Schlosses.

Immerhin war es warm in den kleinen Büros. Fräulein Schwanke legte Stift und Block auf den Schreibtisch und griff nach ihrer Tasse, um sie mit beiden Händen zu umklammern. Mit kleinen Schlucken trank sie den noch einigermaßen heißen Kaffee. „Das tut gut", sagte sie leise zu sich selbst und schloss behaglich für einen Moment die

Augen. Dr. Sebald betrat einen Augenblick später ebenfalls das Büro, begleitet von Albert Voswinkel, dem Verwalter des Depots.

Seit wenigen Monaten war das zentrale Lager im Schloss Schönhausen unter der Leitung des Kunsthistorikers Dr. Werner Sebald eingerichtet – von der Öffentlichkeit unbemerkt und mehr oder weniger geheim. Das Reichsministerium für Volksaufklärung und Propaganda – besser bekannt unter der lapidaren Bezeichnung „Propagandaministerium" – hatte das in Vergessenheit geratene Gebäude im Norden der Reichshauptstadt auserkoren, als Depot für Kunstwerke zu dienen. Für diesen Zweck war das Schloss ideal: Ungenutzt, abgelegen und kaum beachtet, zudem ausgestattet mit großen Räumlichkeiten in mehreren Geschossen und bestens geeignet, unbemerkt von Transportfahrzeugen angefahren zu werden. Ein Schloss für die Kunst – für „entartete" Kunst, wie es im Jargon der Nazis hieß, für Kunst also, die niemand mehr besitzen oder ausstellen durfte. Zumindest nicht im Deutschen Reich. Anderswo schon. Das wussten natürlich die Strategen in Goebbels Ministerium, und so war schnell die Idee geboren, die verfemte und verachtete Kunst der Avantgarde im Ausland zu Geld zu machen, dort wo man sie zu schätzen wusste, die Künstler der Moderne: Expressionisten wie Munch, van Gogh und Gauguin, Mitglieder der Brücke und des Blauen Reiters, Dada-Protagonisten wie Hannah Höch oder Vertreter der Neuen Sachlichkeit: Christian Schad, Lotte Laserstein und all die anderen. Und viele noch nicht so bekannte Künstler, die in den frühen dreißiger Jahren von sich reden machten und bereits ein gewinnträchtiges Renommé vorweisen konnten. Zum Beispiel Bilder von Arnold Stollberg.

In einer beispiellosen Aktion hatten die Machthaber zunächst beschlossen, die „Schandkunst" im Jahr 1937 in der berüchtigten Ausstellung „Entartete Kunst" in München zu präsentieren. Hier sollte jeder sehen, wie der „jüdisch-bolschewistische" Einfluss die „deutsche Kultur" „besudelt" hatte: Gemälde und Skulpturen namhafter Künstler, noch wenige Jahre zuvor geachtet und geschätzt, wurden nun der öffentlich verordneten Lächerlichkeit preisgegeben. Damit nicht genug, beschloss man im Propagandaministerium, die Ausstellung auf Wanderschaft zu schicken. Unter den ausgestellten Werken befanden sich zunehmend solche, die nicht aus Museen, sondern aus ehemals jüdischem Privatbesitz stammten und die den Eigentümern formal abgekauft, aufgrund des lächerlich niedrigen Gegenwerts aber praktisch gestohlen worden waren.

Just in dem Moment, als Adolf Ziegler, selbst Maler und Präsident der „Reichskammer der bildenden Künste" am 19. Juli 1937 die Ausstellung „Entartete Kunst" feierlich eröffnete, ging Joseph Bellheim mit seiner Frau Sarah und den Kindern Dagmar und Gregor in Dover von Bord einer Fähre, die die Familie von Dieppe aus über den Kanal nach England gebracht hatte. Der Archäologe blieb nach dem Verlassen des Schiffs kurz stehen, die Wahrnehmung des plötzlich festen Bodens statt des stundenlangen monotonen schwankenden Untergrunds an Bord machten ihn leicht benommen, ein Schwindelgefühl ergriff ihn. Sarah packte ihren Mann fest am Arm, blickte ihn an, sagte aber nichts. Niemand sprach, auch die Kinder waren ganz ruhig. Bellheim blickte sich kurz um, sah zurück auf die Fähre, von der immer mehr Menschen auf den Kai drängten; Koffer, Taschen und Kisten stapelten sich neben den Taurollen am Anleger. Für einen Moment dachte er an sein bisheriges Leben, an alles, was er und seine Familie zurückgelassen hatten. Und für den Bruchteil einer Sekunde dachte er auch an „seine" Kunst, an die fünf Gemälde des *Metaphysischen Theorems*, von denen er nie wieder gehört hatte und die er nie wiedersehen würde. An jenem 19. Juli, einem heißen Sommertag, waren sie von fleißigen Mitarbeitern im deutschen Propagandaministerium schon für den Transport ins Schloss Schönhausen vorgesehen, sorgfältig verpackt und verschnürt in der Gewissheit, sie gewinnbringend irgendwo im Ausland verkaufen zu können.

7

Nachdem alles Organisatorische über die Lagerung der gerade angelieferten Bilder besprochen war, hatte Albert Voswinkel seinen grauen Kittel zugeknöpft und war wieder zurück ins Vestibül verschwunden, wo er sich den fünfundsechzig Neuankömmlingen widmete. Dr. Werner Sebald schloss die Tür hinter ihm.

„Ich bin froh, dass wir Voswinkel haben", sagte er zu Roswitha Schwanke und zündete sich dabei eine Zigarette an. „Er versteht was von seiner Arbeit."

Die Sekretärin machte eine zustimmende Geste, war in Gedanken aber woanders.

„Morgen sollen ja schon wieder welche kommen", sagte sie mit demonstrativer Missbilligung, „wir kommen mit dem Prüfen gar nicht hinterher, Herr Doktor."

„Na, na, Fräulein Schwanke", beschwichtigte Sebald schmunzelnd, „Sie werden schon rechtzeitig Feierabend kriegen. Wenn Sie mit der Ladung von heute nicht fertig werden, helfe ich morgen mit."

Roswitha Schwankes Gesicht hellte sich auf. „Oh, das wäre ja sehr nett von Ihnen, vielen Dank …" Sie begann, mehrere Papiere auf ihrem Schreibtisch zu ordnen und legte sich einen Stift zurecht. Auf der linken Seite platzierte sie die vom Ministerium geschickte Liste, auf der die angekündigten Kunstwerke verzeichnet waren, auf der rechten Seite hatte sie die Transportliste parat, die der Fahrer ihr gegeben hatte. Eifrig begann sie, die beiden Verzeichnisse zu vergleichen und die Übereinstimmungen mit einem großen Haken in den

Papieren des Ministeriums zu bestätigen. Da die Transportliste handgeschrieben und zudem nicht, wie die Ministeriumsliste, alphabetisch nach Künstlern geordnet war, war das eine eher langwierige Arbeit, die einiges an Konzentration erforderte. Die Sekretärin war trotzdem zum Reden aufgelegt.

„All diese vielen Bilder…" murmelte sie, während sie sich die zweite Seite ihrer Liste langsam von oben nach unten vornahm, „dass man die hier alle so stapelt… wenn das so weiter geht, ist das Schloss bald voll…"

„Na ja, etwas Platz haben wir schon noch", gab Sebald schmunzelnd zurück. Der Depotleiter war bestens gelaunt und zum Plaudern mit seiner Sekretärin aufgelegt, die er insgeheim für zwar nett, aber doch leicht unterbelichtet hielt und über die er sich immer wieder gerne lustig machte – wovon die Schwanke nichts mitbekam.

Plötzlich richtete sie sich auf ihrem Stuhl kerzengerade auf. „Hier, Max Liebermann!", rief sie, „den Namen kenn ich. Von dem hab´ ich mal ein Bild gesehen, ich erinnere mich gut!" Sie wand sich um und blickte ihren Chef fragend an.

„Tatsächlich?"

„Ja, wirklich! Meine Tante Charlotte – schon über zehn Jahre tot, Gott hab´ sie selig – hatte ein Bild von diesem Liebermann über dem Vertiko hängen… nicht sehr groß… in einem ganz tollen, goldenen Rahmen, sehr verschnörkelt." Sie lachte auf. „Wie im Museum!"

Sebald zog an seiner Zigarette. „Was war denn auf dem Bild zu sehen?", fragte er wie beiläufig.

Die Sekretärin runzelte die Stirn und dachte nach. „Ich weiß nicht genau... doch, warten Sie..." Sie schloss die Augen. „Ein Garten war es, mit einem großen Haus, einer Villa, im Hintergrund. Schöne Blumen in Beeten... Rasen... Bäume links und rechts... Vögel ... Und der Garten lag in vollem Sonnenschein, das hat mich so fasziniert, jetzt fällt es mir wieder ein... Es war ein schönes Bild!"

Sie seufzte, riss plötzlich wie ertappt die Augen auf und zuckte angstvoll zusammen.

„Oh... oh..." stieß sie erschrocken hervor, „hätte ich das jetzt nicht sagen dürfen? Herr Doktor, ich meinte das nicht so... Ich vertue mich bestimmt... da muss ich was durcheinander werfen..." Ihr Dementi mündete in ein schuldbewusstes Gestammel, das sie abrupt beendete, indem sie sich demonstrativ wieder ihrer Arbeit widmete. Ihr Gesicht war puterrot angelaufen, was Sebald nicht entging.

„Aber nein", beschwichtigte er die verängstigte Frau, „keine Sorge, Fräulein Schwanke. In der Erinnerung kommt uns manches schöner vor, als es in Wahrheit ist, nicht wahr?" Er grinste ihr bei diesen Worten entwaffnend ins Gesicht.

Die Schwanke griff nach dem Strohhalm und nickte eifrig. „Ja, da haben Sie wirklich recht... bekräftigte sie nickend, „wahrscheinlich war das Bild ganz hässlich... ja, jetzt erinnere ich mich auch, dass die Bäume in dem Bild so komisch aussahen.. so verformt.. gar nicht natürlich. Auch die Farben so seltsam..."

Der Kunsthistoriker, der mit einer Arbeit über die zersetzende Kraft jüdischer Kulturpolitik während der

Weimarer Republik promoviert worden war, machte eine zustimmende Geste und seufzte. „Sicher. Liebermann war ja Jude. Vor drei Jahren gestorben, zum Glück. Kein Verlust für die Kunstwelt, das kann ich Ihnen versichern." Er machte eine Pause und spürte Lust, die verängstigte Sekretärin noch ein wenig zu quälen. Mit Schwung setzte er sich auf die Kante ihres Schreibtischs und beugte sich zu ihr herunter. „Und wieso hatte Ihre Tante ein Bild von Liebermann in ihrem Wohnzimmer hängen?", fragte er scheinheilig-naiv.

Roswitha wich vor seinem nahen Gesicht zurück, erneut erschrocken bis ins Mark.

„Weiß ich nicht..." beeilte sie sich zu sagen, „es hing einfach da... ich war ja noch ein Kind..."

„Ihre Tante war doch keine Jüdin, oder?"

Jetzt geriet die Sekretärin in Panik. Sie sprang auf, statt rot war sie nun kreideweiß im Gesicht.

„Herr Doktor, wie können Sie das sagen! Natürlich nicht! Meine Familie ist durch und durch arisch, Sie kennen doch meine Papiere!" Ihre Hände zitterten vor Erregung.

Sebald sah sie scharf von der Seite an.

„Oder hatte sie etwa Kontakt zu Juden? Wäre ja möglich..."

„Nie, nein, niemals... so was gab es in unserer Familie nicht... wie können Sie das nur denken... „

Die Schwanke geriet nun wirklich in Panik und brach urplötzlich in Tränen aus. Sebald lachte innerlich: Er hatte sie da, wo er wollte. Jetzt, da sein Ziel erreicht war, empfand er Mitleid mit der Frau und beendete sein Spiel. Sanft glitt er von der Schreibtischkante und schlug einen versöhnlichen Ton an.

„Schon gut, schon gut, liebes Fräulein Schwanke… Ich weiß, dass bei Ihnen alles in Ordnung ist. Verzeihen Sie mir, ich wollte Ihnen und Ihrer Familie nicht zu nahetreten."

Er beugte sich zu der Liste auf dem Tisch und pochte mit dem Zeigefinger auf den Namen „Max Liebermann", der da eng geschrieben unter vielen anderen wie eine Drohung herauszustechen schien.

„Ein ganz gefährlicher Mann, subversiv und volkszersetzend…", sinnierte Sebald. Dozierend fuhr er fort: „Kein Sinn für Volk und Vaterland. Gemalt hat er nur Firlefanz.. Tand! Aus schönen, gepflegten Gärten machte er in seinen Bildern groteske Szenerien, abstoßend, mit schreienden Farben. Genau wie all die anderen Juden und Judenfreunde, die sich in Berlin in der dunklen Zeit breit gemacht haben… Wie gut, dass damit Schluss ist, Fräulein Schwanke, ein für allemal!"

Der Leiter des Schönhauser Depots hatte sich in Rage geredet, was Roswitha Gelegenheit gab, ihre Fassung zurück zu erlangen. Sie beruhigte sich wieder, die Gefahr schien gebannt. Doch innerlich sagte sie sich, dass sie vorsichtiger sein musste mit dem, was sie von sich gab, wenn sie nicht in Teufels Küche kommen wollte. Pflichtbewusst machte sie sich wieder an die Arbeit, als es an der Tür klopfte. Einer der Mitarbeiter von Voswinkel steckte den Kopf zur Tür herein.

„Entschuldigung, Herr Doktor", sagte er ehrerbietig, „der Herr Voswinkel lässt fragen, ob Sie eine Minute Zeit für ihn hätten.. Es gibt ein kleines Problem ... erster Stock ..."

„Hmm.. ich komme", brummte Sebald und verließ den Raum. Der junge, schlaksige Depotarbeiter nutzte die Gelegenheit und schlüpfte in den Raum. Aus der Tasche seines grauen Kittels nahm er ein Päckchen Zigaretten, angelte eine heraus und zündete sie an. Linkisch stellte er sich neben Roswithas Schreibtisch. Die Sekretärin war heilfroh, dass ihr Chef verschwunden war. Schnell gewann sie ihre Selbstsicherheit zurück, zumal sie sich dem jungen Mann gegenüber in jeder Hinsicht überlegen fühlte. Während sie die Kontrolle ihrer Listen wieder aufnahm, fragte sie wie nebenbei:

„Na, Woltering, sagt Ihnen der Name Liebermann was? Max Liebermann?"

Woltering zuckte die Schultern und nahm einen tiefen Zug aus seiner Zigarette.

„Nö", sagte er teilnahmslos.

„Ein jüdischer Maler, Woltering", belehrte ihn die Schwanke. „Subversiv natürlich. Furchtbares Geschmier. Eben typisch jüdisch. Hier, in unserer heutigen Sendung ist ein Bild von ihm dabei."

Woltering zuckte erneut die Schultern.

„Na und? Sind doch alles jüdische Maler, die wir hier haben."

Roswitha ging weiter die Liste durch, während der Arbeiter ihr neugierig über die Schulter blickte.

„Nein, nicht alle, es sind auch Bolschewiken und Sozialisten dabei… dieser ganze Abschaum … und was für Titel die Bilder zum Teil haben… lachhaft!" Zur Bekräftigung stieß sie einen spitzen Lacher aus. „Hier! Lesen Sie mal: *Punkt Komma Strich* heißt hier ein Bild. Was für ein Name! Ist doch furchtbar! … Oder hier: *Metaphysisches Theorem*… was soll denn das sein??" Es folgte ein spöttisches Lachen, in das Woltering einstimmte.

„Die sind alle verrückt, wenn Sie mich fragen", sagte er und drückte die Zigarette im Aschenbecher aus. Dabei las er den Namen des Künstlers, der neben dem *Theorem* aufgelistet war: Arnold Stollberg. „Und sehen Sie mal", fügte er hinzu, während er den Eintrag neben dem Namen las, „das sind sogar fünf Bilder. Die heißen alle so." Roswitha Schwanke seufzte und schüttelte missbilligend den Kopf. „Kennen Sie diesen Stollberg auch?" fragte Woltering die Sekretärin. Sie verneinte entschieden: „Nee, nie gehört. Ist auch besser so. Wer seinen Bildern einen solch lächerlichen Titel gibt, kann nicht ganz richtig im Kopf sein… entartet eben, der Herr Doktor hat völlig recht." Damit wandte sie sich an den jungen Mann. „Wir machen hier eine wichtige Arbeit, Woltering, vergessen Sie das nicht", sagte sie mit gewichtiger Mine.

Der Mann nickte zustimmend und schaute unbeteiligt zum Fenster. „Richtig, Fräulein Schwanke… ganz recht. Vergesse ich sicher nicht. Ich muss jetzt wieder nach oben."

Mit diesen Worten ging er zur Tür, öffnete sie schwungvoll und schlenderte, die Hände in den Kitteltaschen vergraben, aus dem Büro.

III

1

Brief von Dorothee Suhl an ihre Freundin Barbara Voss vom 23. Januar 1967:

„Liebe Barbara,

endlich ist hier etwas Ruhe eingekehrt; seit den Feiertagen habe ich kaum Zeit gehabt, mich um meine eigenen Angelegenheiten zu kümmern, aber jetzt komme ich endlich dazu, Dir zu schreiben und für Deine Neujahrsgrüße zu danken. Natürlich wünsche ich Dir ebenfalls alles, alles Gute für das neue Jahr! Und vor allem, dass es Deinem Rücken bald endlich besser geht.

Vorgestern war die Ausstellungseröffnung, und obwohl ich froh bin, das hinter mir zu haben, muss ich sagen: Es war grandios! Stollbergs Bilder so konzentriert an einem Ort sehen zu können, ist schon ein Geschenk. Dr. Meier-Kempf hat das großartig hingekriegt, natürlich mit Hilfe seines Assistenten, Herrn Dr. Groga. Der ist richtig gut, glaube ich, und ohne ihn stünde der gute Meier-Kempf ziemlich hilflos da. Aber sag´, wann kommst Du her? Du musst Dir die Ausstellung unbedingt ansehen, Liebes. Vielleicht hast Du demnächst mal ein Wochenende, an dem Du nach Münster kommen magst? Gib einfach Bescheid, auch kurzfristig, das ist kein Problem. Das Theorem ist natürlich der absolute Mittelpunkt, wie Du Dir denken kannst. Und „meine" beiden Bilder kommen dabei ziemlich gut zur Geltung, ich finde sie ja immer noch eine Spur besser als die beiden von Meininger. Na, ist wohl Geschmacksache. Jedenfalls ist es sehr schade, dass das fünfte Bild verschollen ist, man merkt das jetzt doch sehr deutlich. Ein Riesenverlust! Vorgestern Abend war ich nach der Eröffnung noch auf

Einladung von Dr. Meier-Kempf im Brinkmüller, Du weißt schon, am Domplatz, gleich neben dem Museum. Die anderen waren auch dabei: Stollberg junior, die Bellheim-Kinder und natürlich Meininger. Die hatte ich ja alle ewig nicht gesehen! Es war sehr nett, wir haben natürlich auch über das Theorem gesprochen. Irgendwie wirkte Stollberg aber etwas bekümmert oder melancholisch, auch ein wenig verbittert. Ich weiß nicht, was ihn bedrückte, konnte auch nicht fragen, so gut kennen wir uns ja nicht. Wortkarg war er ja immer schon. Tja, das Leben wird für ihn nicht leicht sein, mit der Vergangenheit im Gepäck. Aber wir haben ja alle eine Last, die wir mit uns herumtragen, das weißt Du ja auch sehr gut, meine liebe Barbara.

Nun was ganz anderes: Gestern erhielt ich einen Brief von Immi, der scheint es ja gar nicht gut zu gehen. Weißt Du Näheres? ..."

2

Ausstellungsbesprechung im „Münsterschen Anzeiger" vom 22. Januar 1967:

„Große Retrospektive Arnold Stollbergs eröffnet

Von heute an zeigt das Westfälische Kunstmuseum am Domplatz in Münster einen Großteil des Lebenswerks des deutsch-englischen Künstlers Arnold Stollberg (1905 bis 1943). Als Maler und Graphiker hatte sich der in Weimar geborene Stollberg im Berlin der Vorkriegszeit einen Namen gemacht und zählte zur künstlerischen Avantgarde der Weimarer Republik; aus dieser Zeit stammen auch die qualitätsvollsten Arbeiten, die nun in Münster ausgestellt sind. Nach der Machtergreifung durch die Nationalsozialisten war Stollbergs Kunst geächtet und wurde als „entartet" gebrandmarkt, was bereits 1933 zur Flucht Stollbergs nach London führte. In der englischen Hauptstadt ist der Künstler 1943 nach kurzer Krankheit gestorben.

Die Münsteraner Ausstellung verlangt den Besuchern einiges ab, aber es lohnt sich. Avantgarde-Kunst der sog. Klassischen Moderne ist in Münster rar und selten zu sehen. Man muss sich einlassen auf ein Werk, das ganz aus der Farbe lebt. Wenig Gegenständliches, viel Abstraktes erwartet den Besucher. Die Meisterschaft, mit der Stollberg über die Farbe gebot, ist in vielen Werken unübersehbar, nicht umsonst ist der Künstler ein Vorreiter des sog. Informel, d.h. der zwar abstrakten, aber nicht mit geometrischen Formen arbeitenden Malerei. In *Weiße Flächen* von 1929 zum Beispiel, eine Leihgabe aus der Bremer Kunsthalle, wird das subtile

Verhältnis Stollbergs zu monochromer Farbigkeit sehr deutlich, das die Beherrschung feinster Nuancen in der farblichen Abstufung der „Nichtfarbe" Weiß umfasst. Höhepunkt der Schau ist zweifellos das *Metaphysische Theorem*, ein 1932 entstandener Zyklus von ursprünglich fünf Gemälden, von denen aber nur vier erhalten sind; das fünfte gilt als Kriegsverlust. Die vier erhaltenen, von denen zwei im Besitz des Westfälischen Kunstmuseums sind, zwei als Leihgaben aus Bamberg nach Münster geschickt wurden, stellen auch im Gesamtwerk Stollbergs den Gipfel dar. Die ursprünglich fünf abstrakten Bilder sind farblich besonders delikat aufeinander abgestimmt und nehmen den Betrachter unmittelbar in ihren Bann, was vielleicht auch den rätselhaften Titel erklärt.

Unter den Graphiken ragen besonders die wenigen Handzeichnungen heraus, die sich erhalten haben, und die den Sinn des Künstlers auch für Gegenständliches belegen.

Aus der Emigrationszeit in London sind nur wenige Werke in Münster zu sehen, was damit zusammenhängt, dass Arnold Stollberg in England nicht mehr so produktiv war und seine dort entstandenen Werke auch qualitativ nicht an die in Berlin entstandenen heranreichen.

Noch bis zum 14. April ist die Ausstellung geöffnet."

3

Auszüge aus dem Besucherbuch des Westfälischen Kunstmuseums:

„Tolle Ausstellung! Wir sind froh, hier gewesen zu sein!

Hans und Ulrike Merfeld aus Dortmund

13. Februar 1967"

„Bin enttäuscht! Man kann nichts erkennen auf den Bildern, das finde ich sehr schade. Ich dachte, diese abstrakte Kunst von Picasso hätte es so früh in Deutschland nicht gegeben.

Maria Heilmann

17. Februar 1967"

„Gehört verboten!

Ein Kunstfreund aus Hamm

2. März 1967"

„Vielen, vielen Dank für diese Ausstellung! Es tut so gut, endlich auch mal moderne Kunst in Münster sehen zu können – und dann gleich so gute! Bin begeistert!

Harald Boll, Münster

12. März 1967"

„Hochinteressant! Vor allem das *Metaphysische Theorem* ist genial. Weiß man denn gar nichts über den Verbleib des fünften Bildes?

Theo und Klara Dellmann aus Münster

13.März 1967"

„So schöne Bilder! Warum ist denn der arme Mann nach England geflohen?

Edith Scharkötter, Everswinkel

19. März 1967"

„Ich finde die Bilder schrecklich! Würde sie zwar nicht entartet nennen, aber mein Geschmack ist es nicht.

Peter Beiers, Osnabrück

23. März 1967"

„Das Beste, was ich bisher in Münster gesehen habe!

Dr. Detlef König, Warendorf

29. März 1967"

„Ganz hervorragend. Aber was ist ein *Metaphysisches Theorem*?

Sophie Müller

2. April 1967"

„Endlich mal was Progressives. Weiter so!

Gerhard Lensinger, Münster

6. April 1967"

„Unmöglich! So schnell kommen wir nicht mehr her!

Gute Freunde des Museums

7. April 1967"

„Es wurde Zeit, dass der verstaubte Muff des Museums mal aufgewirbelt wurde. Die Stollberg-Ausstellung ist ein echter Aufbruch – vielen Dank! Und weiter so!

Hendrik, Student

9. April 1967"

Darunter der Eintrag von anderer Hand, anonym:

„Kommunisten sollten hier Hausverbot haben!"

4

Rezension der Stollberg-Ausstellung in der „Frankfurter Allgemeinen Tageszeitung" vom 29. Januar 1967:

„Ein Glücksfall

Münster zeigt das Oeuvre des Ausnahmekünstlers Arnold Stollberg

So viel Glanz ist selten. Im Westfälischen Kunstmuseum Münster ist derzeit eine Ausstellung zu sehen, die schon jetzt zu den Höhepunkten diesjähriger Kunstschauen in Deutschland zählt. Dem Museum, namentlich seinem Direktor Dr. Ewald Meier-Kempf und Mitarbeiter Dr. Bernd Groga, ist es gelungen, einen Großteil der Gemälde, Aquarelle und Zeichnungen sowie einige der wenigen druckgraphischen Werke des Künstlers Arnold Stollberg (1905 – 1943) in einer großartigen Ausstellung zu versammeln. Und ganz eindeutig ist diese Ausstellung eine Offenbarung, die erstmals den Ausnahmekünstler in dieser Retrospektive gebührend feiert. Unter Fachleuten und Kunstsachverständigen ist das Verdienst Stollbergs um die künstlerische Moderne in den zwanziger und frühen dreißiger Jahren schon länger kein Geheimnis mehr. Im In- und Ausland gilt er als einer der maßgeblichen Wegbereiter des Informel, seine wenigen noch im Kunsthandel kursierenden Werke erzielen mittlerweile Höchstpreise. Jetzt besteht zum ersten Mal für eine breite Öffentlichkeit die Gelegenheit, in die gegenstandslosen Farb- und Formwelten des Künstlers einzutauchen.

Stollberg war eine Geometrisierung seiner abstrakten Vorstellungen in jeder Phase seiner insgesamt nur kurzen Schaffensphase fremd. Ihm ging es um die Ausreizung der Farben in bisher ungeahnter Vielfalt der Valeurs, die er meisterhaft und zwingend einzusetzen wusste. Dabei verfolgte er konsequent ein Kalkül, das dem Auge des Betrachters quasi vorschreibt, wie er das jeweilige Bild zu `lesen´ hat. Das Ergebnis sind überzeugende Farbströme und -verläufe, die sowohl das ästhetische Bedürfnis als auch eine inhaltliche Komponente berücksichtigen – inhaltlich insofern, als Stollberg es verstand, Formen und Farben miteinander zu verschränken und zu einer Einheit zusammenzubinden. So entstanden in seinen Bildern erkennbare Realitäten, die es gleichwohl in der Wirklichkeit nicht gibt.

Auch wer bisher wenig Kontakt zu abstrakter Kunst hatte oder dieser Richtung generell ablehnend gegenübersteht, wird sich dem Reiz und der Sogkraft der Stollberg´schen Kunst kaum entziehen können. Zu sehen sind Werke aus der gesamten kreativen Schaffenszeit, angefangen von den frühen, mit größter Leichtigkeit hingeworfenen Farbexperimenten, entstanden unmittelbar nach dem Ende seiner Studienzeit an der Berliner Akademie, bis hin zum Höhepunkt in Stollbergs Schaffen, dem *Metaphysischen Theorem*, einem Zyklus aus ehemals fünf formatgleichen Gemälden, von denen nur vier die Kriegsjahre überdauert haben; das fünfte Bild der Serie ist verschollen. Doch auch fragmentarisch ist das *Theorem* in seiner sinnlichen, mit kalkulierter Leidenschaft gewählten Koloration unschwer als

Meisterwerk zu erkennen. Die Abstufungen der Farbnuancen, deren Gewichtung die so überzeugend wie klug gewählte Strukturierung in Flächen, wie schraffiert wirkenden Partien und Linien folgt, sind einzig und auch bei nicht minder bekannten Zeitgenossen Stollbergs wie Fritz Winter oder Ernst Wilhelm Nay in dieser Intensität und Konsequenz nicht zu finden.

Dass das *Theorem*, wenn auch nicht vollständig, erstmals wieder seit Jahrzehnten in der Ausstellung gezeigt werden kann, ist ein Glücksfall. Die vier erhaltenen Gemälde eint ein gemeinsames Schicksal: Nach 1945 galt der gesamte Zyklus als verloren, bis 1950 die vier nun in Münster ausgestellten Bilder im Kunsthandel auftauchten und in private Hände übergingen. Vier Jahre später gelangten sie in den Besitz des Westfälischen Kunstmuseums und der Bamberger Kunsthalle; beide Institutionen fungieren seit 1959 auch als Eigentümer. Erst 1954 entdeckte man in Münster, dass es sich bei allen vier Bildern um das *Metaphysische Theorem* handelt.

Die abenteuerliche Geschichte der Gemälde ist bezeichnend für den Lebens-, man möchte sagen: Leidensweg des Künstlers Arnold Stollberg, der aufgrund von Anfeindungen 1933 Deutschland verlassen musste und im englischen Exil, wo er 1943 nach kurzer, schwerer Krankheit starb, nie wieder zu seiner früheren Schaffenskraft gefunden hat. Seine Frau Marion hatte nach Kriegsende erfolglos versucht, die in Deutschland verstreuten Werke ihres Mannes ausfindig zu machen; sie starb verarmt in London bei einem Verkehrsunfall im Jahr 1949. Im selben Jahr kehrte beider

Sohn, der Photograph und Journalist Jan-Josef Stollberg, nach West-Berlin zurück und kümmerte sich fortan um den Nachlass seines Vaters.

Ursprünglicher Eigentümer des Zyklus war Joseph Bellheim (1880 – 1949), Professor für Klassische Archäologie an der Berliner Universität. Er emigrierte 1938 mit seiner Familie ebenfalls nach England. Seine bedeutende Sammlung moderner und alter Kunst wurde von den Nationalsozialisten beschlagnahmt und zumindest zum Teil im Berliner Schloss Schönhausen gelagert, das als Depot für `entartete´ Kunst diente, die man im Ausland zu Geld machen wollte. Die mit großer Wahrscheinlichkeit ebenfalls ins Schloss Schönhausen gelangten Bilder des *Theorems* sind – vielleicht mit Ausnahme des fünften – diesem Schicksal entgangen.

Der Weg nach Münster ist allein wegen des *Theorems* ein Muss für alle Kunstfreunde. Die katholisch geprägte Bischofsstadt und ihr Museum hat mit der Stollberg-Retrospektive nicht nur Weitsicht, sondern auch Mut bewiesen, indem sie qualitätvollste Kunst eines Ausnahmekünstlers zeigt, der in dunkler Zeit schlimmen Anfeindungen ausgesetzt war und dessen Gestaltungskraft alles andere als leichte Kost ist. Ästhetisch im besten Sinne ist sie allemal."

5

Tagebucheintrag von Gerhard Meininger, Datum vom 22. Januar 1967:

„Eben zurück aus Münster. Lange Zugfahrt; erschöpft, aber guter Dinge. Die Ausstellungseröffnung: Wie immer bei solchen Gelegenheiten – Reden, Reden, Reden! Immerhin gehörte ich zu den *Honneurs*, das war schon ganz in Ordnung, auch, wie sich alle um mich gekümmert haben… Tja, so kann es gehen, wenn man zufällig zwei Bilder rettet! Wobei ich mich heute nach wie vor ärgere, dass ich nicht früher deren Wert erkannt habe, das ist mir angesichts der vier *Theorem*-Bilder in der Ausstellung noch mal wieder so richtig bewusst geworden. Heute gäbe es ein hübsches Sümmchen dafür. Aber schön gehängt haben sie sie, wie überhaupt die ganze Ausstellung sehr ordentlich ist.

Abends gab es dann noch ein ´nettes´ Beisammensein. Steife Veranstaltung! Die gute Suhl ist alt geworden, hab sie ja lange nicht gesehen. Na, ich bestimmt auch, die werden sich sowieso das Maul über mich zerrissen haben! Die Bellheims: so melancholisch, irgendwie düster – immer die Opferrolle, typisch jüdisch, oder wie? Der unnahbare Gregor mit seinem vom Vater geerbten Ring… der passt überhaupt nicht zu ihm, viel zu kostbar, er steht ihm nicht. Dem Vater hat er bestimmt prächtig gestanden, aber der war ein anderes Kaliber: Zielstrebig, machtbewusst, liebte die Öffentlichkeit – zu ihm hat so ein teurer und nobler Ring gepasst!

Und dann der junge Stollberg. Wortkarg und verbissen wie jedes Mal, aber diesmal fand ich es noch eine Spur schlimmer als sonst. Merkwürdiger Mensch! Hat auch noch für einen kleinen Skandal gesorgt, indem er dem behäbigen Meier-Kempf vorgeworfen hat, in der Eröffnungsrede nicht deutlich genug auf die Emigration seines Vaters eingegangen zu sein. Immer so empfindlich, der gute Jan-Josef! Und, ich fürchte, ein Kommunistenfreund. Aber sonst ganz harmlos. Harmlos und zahnlos.

Jetzt Bettschwere, Rückenschmerzen ... Morgen Steuerberater.

6

Auszug aus dem Brief Gregor Bellheims vom 2. Februar 1967 an seinen Freund Thomas Westmoore, Rechtsanwalt in London (Übersetzung aus dem Englischen ins Deutsche):

„… Und das schlimmste, lieber Thomas, war, dass alles wieder hochkam, alles war plötzlich wieder da. Als sei es erst gestern geschehen. In dem Moment, als ich die Treppe in dem Museum hinaufgestiegen war und vor den vier Bildern stand, schien es mir so, als stünde mein Vater neben mir. Gruselig war es, das kann ich Dir versichern. Und merkwürdig, denn ich dachte und war fest davon überzeugt, dass ich mit all dem längst fertig sei – nicht vergessen, aber doch verarbeitet und als Vergangenheit abgeschlossen. Doch das ist es nicht, ganz und gar nicht. Im Gegenteil: Ich spürte das unmittelbare Verlangen, Rache zu üben, das Schicksal meines Vaters zu rächen, irgendwie wieder gut zu machen, was man ihm angetan hat. Aber wer sollte dafür büßen, frage ich Dich? Ich weiß es nicht. Noch nicht. Du weißt, ich trage seinen Ring, und mehr und mehr kommt es mir wie ein Vermächtnis vor, wie ein Auftrag. Seit den Tagen in Münster hat mich die Unruhe wieder im Griff, ich bin nervös wie früher, in meinen schlechten Zeiten.

Thomas, Du kennst mich wie kein anderer, und ich brauche Deinen Rat mehr als jemals zuvor. Unglücklicherweise muss ich bis zu den Semesterferien warten, bis ich nach London kommen kann, die Uni lässt mich vorher nicht weg. Aber vielleicht kannst Du Dir ein paar Tage frei nehmen und nach Berlin kommen? Ich muss mit Dir sprechen, es wäre wirklich wichtig.

Mit Dagmar kann ich über all das nicht reden, sie versteht es nicht oder sie versteht es falsch. Du kennst sie ja, sie ist eine Meisterin im Verdrängen (nicht, dass ich nicht auch großartig darin wäre!). Ich glaube auch nach wie vor, dass ihr der Tod unserer Mutter letztlich mehr zugesetzt hat als Vaters Tod.

Es liegt so viel Unausgesprochenes in der Luft. Und ich glaube, dass das Theorem dafür ein Symbol ist. Das von meinem Vater am meisten bewunderte Kunstwerk ist ihm nicht nur gestohlen worden, sondern es ist auch zerstört, nur noch in Fragmenten vorhanden, wird von Fremden betrachtet und verwaltet. All mein Wissen als Kunsthistoriker nutzt da nichts, überhaupt nichts. Ich kann nichts tun, fühle mich unfähig, gelähmt und stumm, nutz- und tatenlos. Und ich weiß nicht, wie lange ich das noch stellvertretend für meinen Vater aushalten kann…"

IV

1

Das Frühjahr des Jahres 1950 kam in München mit Macht. Schon der März war mit Temperaturen von über 15 Grad außergewöhnlich mild, und dieser Trend setzte sich im April fort. Die Menschen genossen das schöne Wetter und schwärmten in Scharen in den Englischen Garten und in den Hofgarten aus. Wer konnte, fuhr raus aus der Stadt, zum Starnberger See oder gleich in die Berge, in den Chiemgau oder an den Tegernsee.

In der Stadt ging das Leben seinen Gang. Fünf Jahre nach Kriegsende wurde überall am Wiederaufbau der großflächig zerstörten Stadt gearbeitet, manche Baustellen standen sogar bereits vor dem Abschluss, und das eine oder andere Gebäude erstrahlte wieder im alten, neuen Glanz. Das „rama dama", das Bürgermeister Thomas Wimmer nach dem Krieg mit Leidenschaft ausgerufen hatte, zeigte Wirkung: Die Stadt, vor allem die Innenstadt, sollte bald wieder in ihrer alten Pracht entstehen, und so gingen die Arbeiten mit enormer Geschwindigkeit voran. Wie überall in Deutschland wollte man die Spuren des Krieges so schnell wie möglich beseitigen, Normalität sollte sich einstellen, das war es, wonach sich die Menschen sehnten. Den Krieg wollte man vergessen, am liebsten ungeschehen machen, und mit ihm all das, was zu ihm geführt hatte. Das rasche Wegräumen der Trümmer und der beherzte Wiederaufbau der geschundenen

Städte waren die für alle sichtbare Maßnahme, um dieses Ziel zu erreichen. So auch in München.

An einem dieser herrlichen Apriltage saß Dorothee Suhl morgens gegen zehn Uhr im Café Bayer in der Brienner Straße und genoss einen starken Bohnenkaffee. Das Café befand sich in einem erst notdürftig wiederaufgebauten Haus, dessen ehemalige Pracht sich noch an einigen Resten der stuckverzierten Fassade ablesen ließ. Im Innern war es jedoch sehr gemütlich und geschmackvoll eingerichtet, dicke Teppiche bedeckten den Fußboden, kleine und größere Tische aus Kirschholz standen in Nischen, die Beleuchtung war dezent und das Publikum distinguiert und gut gekleidet.

Dorothee Suhl saß stocksteif auf ihrem Stuhl und sah sich um. Viel los war nicht, vier, fünf Tische waren besetzt: Ein älterer, zeitungslesender Herr; drei Damen mittleren Alters; eine sehr alte Dame mit zwei jüngeren Männern… Dorothee seufzte tief und versuchte, ruhig zu werden. Sie fühlte sich einerseits wohl, andererseits war sie nervös und etwas fahrig. War sie richtig gekleidet? Vielleicht doch etwas zu auffällig…? Doch dann schalt sie sich selber für diese Gedanken, sie war schließlich Mitte Vierzig und eine gestandene Person, Lehrerin, gebildet und belesen. Aber sie hatte Angst, dass man ihr die Herkunft aus der Provinz ansehen konnte, aus Westfalen, genau gesagt. Ihr Zuhause war in Münster, auch einer von diesen im Krieg nahezu vollständig zerstörten Städten in Deutschland. Und auch dort waren alle am Wiederaufbau beschäftigt.

Sie liebte es, in München zu sein, einmal herauszukommen aus ihrer westfälischen Heimat. München – das war die große

Welt, hier gab es Kultur, herrliche Geschäfte, in denen man nun auch wieder die schönsten Dinge kaufen konnte. Und in München gab es natürlich viel mehr Läden als in Münster, und das Angebot war ungleich größer. Am Tag zuvor hatte sie sich in der Nähe des Odeonsplatzes ein schickes, luftiges Kleid gegönnt, das sie nun, an diesem wunderbaren Frühlingstag, spazieren trug. Für den nächsten Tag hatte sie sich den Besuch im Haus der Kunst vorgenommen – vor nicht allzu langer Zeit noch Haus der Deutschen Kunst - , um dort die Hauptwerke der Malerei zu sehen, die aus den zerstörten Gebäuden der Alten und Neuen Pinakothek dorthin ausgelagert waren. Und am Tag darauf stand die Heimreise an, denn die Osterferien waren bald vorbei.

Heute aber hatte sie noch etwas Besonderes vor. Dorothee Suhl schaute auf die Uhr: Gleich viertel vor elf, es wurde Zeit, zu gehen. Sie winkte der Bedienung, zahlte und trat aus dem schummrigen Licht des Cafés Bayer in die gleißende Sonne, die die Brienner Straße beschien.

Wenig später betrat sie die Räume des Auktionshauses Gerber und Cie., das in einem vom Krieg unversehrten Jugendstilhaus zwischen Theatiner- und Frauenkirche residierte. Wie die Firma es geschafft hatte, die Wirren der Nazizeit und des Krieges mehr oder weniger unbeschadet zu überstehen und schon 1945 ihre Geschäftstätigkeit wieder aufnehmen konnte, blieb für Kunden, Konkurrenten und Künstler ein Rätsel – es wurde viel gemunkelt, auch wenig schmeichelhafte Vermutungen machten dabei die Runde, unter anderem war die Rede von Kollaboration und Opportunismus. Aber im April 1950 war das alles schon weitgehend vergessen, und Dorothee Suhl wusste überhaupt nichts davon. Hätte sie es gewusst, wäre es ihr auch relativ egal gewesen.

Im großen Saal im ersten Stock waren schon zahlreiche Menschen versammelt, ein leises Stimmengewirr erfüllte den Raum. Dorothee schaute sich kurz um und steuerte dann auf einen Sitzplatz in der fünften Reihe zu, der sich direkt am Gang befand. Von dort hatte sie eine gute Sicht auf das Podest an der Stirnseite. Gleichzeitig war sie nicht zu weit vorn und konnte sich bei Bedarf relativ unauffällig entfernen. Das war aber gar nicht ihre Absicht, im Gegenteil. Der Besuch bei Gerber und Cie. war der eigentliche Grund ihrer Reise nach München. Sie war gekommen, um etwas zu ersteigern – zum ersten Mal in ihrem Leben, und entsprechend nervös und unsicher war sie. Aber auch glücklich, denn sie fühlte sich in den gediegenen Räumlichkeiten mit den schweren Samtportieren vor den bodentiefen Fenstern, den Kristalllüstern und den großen Spiegeln in neobarocken Rahmen an den Wänden am Ziel ihrer Wünsche.

Dorothee Suhl liebte Kunst, seit sie denken konnte. Als der Erste Weltkrieg ausbrach, war sie zehn, aber schon in diesem zarten Alter kannte sie die Namen von Ernst-Ludwig Kirchner, Wassily Kandinski oder Auguste Rodin, und sie wusste, was sich hinter diesen Namen verbarg. Nach dem Krieg verbrachte sie ihre Zeit oft im damals noch jungen Museum in Münster, das zwar nicht unbedingt Künstler und Werke der allerersten Qualität in seinen Mauern beherbergte, aber doch einen Überblick über die wichtigsten Epochen der

Kunstgeschichte bot, der Dorothee voll und ganz genügte. Später, während ihrer Ausbildung zur Lehrerin, hatte sie eine zeit lang ein besonderes Faible für das Bauhaus entwickelt, das sich aber bald wieder legte. Als dann Hitler an die Macht kam, war die junge Frau schockiert über die Berufsverbote und Schikanen, denen sich sowohl junge als auch etablierte Künstler ausgesetzt sahen. Aber da sie von Natur aus eine eher ängstliche Person war, hielt sie still und verhielt sich die Jahre zwischen 1933 und 1945 unauffällig und ruhig – man könnte sagen, angepasst. Nach Kriegsende machte sie sich deswegen oft Vorwürfe, die immer zuerst in einem Gefühl der Hilflosigkeit, dann der Schuld und schließlich in Rechtfertigungsgedanken mündeten. Das waren stets schwere Momente für Dorothee, die sie – ohne es zu ahnen – mit Millionen anderen Menschen in Deutschland teilte.

Die Momente wurden für Dorothee Suhl weniger schwer, als ihr Vater im August 1949 plötzlich verstarb und ihr als einziger Erbin ein kleines, aber feines Vermögen hinterließ. Der Aktienbesitz ihres Vaters machte es möglich. In langen Jahren hatte Werner Suhl immer wieder Geld in Wertpapiere von Unternehmen gesteckt, die wie ein Wunder am Ende der Nazizeit unbelastet dastanden und sich wie Phoenix aus der Asche gleich nach Kriegsende aufrappelten, um sich erfolgreich in neue Aktivitäten zu stürzen. Unberührt von der Währungsreform sah Dorothees Vater sein finanzielles Polster weiter anwachsen, sodass seine Tochter sich nach Werner Suhls Tod einer nicht unerheblichen Summe in harter D-Mark gegenübersah, die ihr in den Schoß gefallen war. Nicht genug, um davon auf Dauer leben zu können, aber so viel, dass ihr sofort klar war, was sie damit anfangen sollte: Kunst kaufen.

Ihr erstes Objekt, das sie erstand, war eine Lithographie von Oskar Kokoschka, die sie zu Hause in einer Mappe aufbewahrte, in der bald weitere Grafiken ihren Platz finden sollten. Da sie nach und nach immer mehr Interesse an der abstrakten Vorkriegskunst entwickelte, war sie erfreut, die Einladung zur Auktion „Deutscher Künstler zwischen 1900 und 1930" des Münchner Auktionshauses Gerber und Cie. im Briefkasten zu finden. Dabei war der Katalog, der sich ebenfalls in dem Umschlag befand, zwar dünn und nur spärlich schwarzweiß bebildert, doch einige Gemälde erregten ihre Aufmerksamkeit, die unter dem Namen „Arnold Stollberg" angeboten wurden – zu einer für sie äußerst erschwinglichen Taxierung.

„Verzeihen Sie bitte!"

Dorothee Suhl erschrak kurz, als sie abrupt aus ihren Gedanken aufgeschreckt wurde. Sie blickte zu dem jungen Mann auf, der, offensichtlich leicht ungeduldig, an ihr vorbei wollte, um zu dem freien Stuhl an ihrer anderen Seite zu gelangen. Sie erhob sich, murmelte etwas Verbindliches und ließ den Mann, der zum Dank kurz nickte, passieren. Er setzte sich geräuschvoll neben sie, verstaute seine abgenutzte Aktentasche etwas umständlich unter seinem Stuhl, ruckte auf dem Sitz hin und her, räusperte sich dreimal und schien dann endlich die richtige Position gefunden zu haben.

Dorothee musterte den Neuankömmling verstohlen. Nicht sehr groß, rundes Gesicht, das eine auffällige Rötung aufwies. Wahrscheinlich Bluthochdruck, vermutete die Lehrerin. Anfang oder Mitte dreißig, schätzte sie. Der Mann war formell, aber nachlässig gekleidet. Der teure Anzug stand ihm nicht und saß schlecht, und unter dem Krawattenknoten lugte deutlich der nicht geschlossene obere Hemdenknopf hervor.

Inzwischen hatte sich der Saal gefüllt. Während der Auktionator – Herr Gerber höchstpersönlich – und einige Angestellte das Podium an der Stirnseite betraten, das Stimmengewirr erstarb und die Auktion nach den üblichen Begrüßungsfloskeln begann, nahm Dorothees Sitznachbar wieder das nervöse Hin- und Herrutschen auf dem Stuhl auf. Zudem schwitzte er, und plötzlich hielt er ein Taschentuch in der Hand, mit dem er sich fortwährend die Stirn abwischte.

Plötzlich erinnerte sich Dorothee Suhl: Sie hatte den Mann bereits am Vortag gesehen, hier im Auktionshaus, als sie zur Vorbesichtigung der zur Versteigerung vorgesehenen Kunstwerke gekommen war. Auch da war er ihr bereits durch seine fahrige Art aufgefallen. Sie erinnerte sich, dass er genau neben ihr gestanden hatte, als sie die Stollberg-Bilder, für die sie sich interessierte, in Augenschein genommen hatte. Sie dachte, leicht aufgeregt: Ein Konkurrent? Will er etwa auch bei den Stollberg-Bildern mitbieten? Nun ja, schalt sie sich, ich kann ja kaum davon ausgehen, dass ich die einzige bin, die eines dieser Bilder ersteigern möchte…

Die Auktion schritt voran, doch Dorothee langweilte sich. Herr Gerbers Stimme war von auffallender Monotonie, und die aufgerufenen Objekte waren allesamt reizlos für sie:

Einige Graphiken nichtssagender Künstler, viel Kunstgewerbe, darunter ein paar hübsche Art-Déco-Gläser, mehrere Miniaturen aus dem späten 19. Jahrhundert. Die Gebote erfolgten ebenso fad, kein einziges Mal kam so etwas wie Spannung auf. Dorothee Suhl wusste, dass es noch einige Zeit dauern würde, bis die Stollberg-Bilder zum Aufruf kamen und lehnte sich entspannt zurück. Ihr Nebenmann hatte bisher noch kein einziges Gebot abgegeben und fuhr fort, sich die Stirn zu trocknen. Die Luft in dem großen Saal wurde zunehmend stickiger und wärmer.

„Wir kommen nun zu Nummer 25, ein Hinterglasbild, das Gabriele Münter zugeschrieben und auf das Jahr 1910 datiert wird", ließ sich Valentin Gerber vernehmen, ein älterer, hagerer und sehr großer Herr im schwarzen Anzug, während seine Angestellten das kleine Objekt präsentierten und dann auf die bereit stehende Staffelei stellten. Die Gebote kamen verhalten, ohne Leidenschaft, schon nach dem dritten erfolgte der Zuschlag. Dorothee Suhl schüttelte den Kopf. Sie fand das Münter-Bild ganz schön, wie sie schon am Vortag festgestellt hatte, aber trotzdem war es nichts für sie. Die Lehrerin hatte im Laufe der Zeit eine gewisse Fähigkeit entwickelt, qualitätvolle Kunst von Allerweltsware zu unterscheiden, und zudem hatte sie eine wichtige Lektion gelernt: Nicht alles, was sie schön fand, musste sie kaufen. Beide Eigenschaften hatten sie bisher vor eklatanten Fehlkäufen und unüberlegten Entscheidungen bewahrt, sodass sie mit ihrer kleinen Sammlung bisher ganz zufrieden war.

Und nun war es soweit: Die vier Stollberg-Bilder wurden hereingebracht und nebeneinander auf einer Stellage platziert. Im Publikum war keine besondere Reaktion zu bemerken, doch Dorothee Suhl richtete sich kerzengerade in ihrem Stuhl auf, während ihr Herz ein wenig schneller schlug. Aus den Augenwinkeln nahm sie wahr, dass sich auch ihr schwitzender Nachbar plötzlich anspannte und seine nervösen Bewegungen einstellte. Mit zusammengekniffenen Augen starrte er zum Podium.

Mit leiernder Stimme begann Valentin Gerber, die Bilder vorzustellen: „Und nun die Nummern 34 bis 37, vier Gemälde, Öl auf Leinwand, mit jeweils zirka 85 mal 40 Zentimetern von nahezu identischer Größe. Es handelt sich um abstrakte Darstellungen, alle vier Bilder sind unten rechts in schwarzer Farbe signiert mit `Arnold Stollberg´. Titel gibt es nicht, auch ein Datum ist nicht angegeben. Unsere Experten haben die Gemälde in die frühen dreißiger Jahre datiert. Vermutlich gehörten sie ursprünglich zusammen, das ist aber nicht sicher. Die Einlieferung erfolgte von Privat, über die weitere Herkunft ist nichts bekannt, insbesondere nicht, ob die Bilder eine Auftragsarbeit waren und wer der erste Eigentümer gewesen ist. Zum Künstler:" An dieser Stelle holte der Auktionator tief Luft und hielt kurz inne, bevor er monoton weitersprach, jetzt einen eng beschriebenen Zettel zu Hilfe nehmend, den er aus seiner Rocktasche gezogen hatte.

„Also zum Künstler: Arnold Stollberg wurde 1905 in Weimar geboren, studierte ab 1926 an der Berliner Hochschule für Bildende Kunst, wo er zum Schluss Meisterschüler von

Wilhelm Schleiermacher war. 1930 verließ er die Hochschule mit Abschluss und ließ sich in Berlin als freier Künstler nieder. 1933 emigrierte Stollberg nach England, wo er 1943 gestorben ist." Gerber schaute von seinem Zettel hoch und blickte in die Runde des Auditoriums.

„Mehr ist eigentlich nicht über ihn bekannt. Künstlerisch gehörte Stollberg zu den wichtigsten Vertretern der abstrakten Kunst im Vorkriegsdeutschland, er – und andere natürlich – führte die gegenstandslose Malerei aus dem bis dato herrschenden Nischendasein in das Bewusstsein einer breiteren Öffentlichkeit. Geschafft hat er das mit einem für ihn typischen virtuosen Gefühl für Farben, und man kann sagen, dass er eine echte Wiederentdeckung ist." Abermals machte Gerber eine Pause.

„Nur wenige seiner Werke sind überhaupt überliefert, das meiste ist in den Kriegsereignissen verschwunden. Die allermeisten seiner Bilder kennen wir nur durch Fotografien. Am bekanntesten ist sein ebenfalls verschollener kleiner Zyklus *Metaphysisches Theorem*, der 1932 beim legendären Galeristen Herbert Reim in Berlin ausgestellt war und ein breites Echo in Rezensionen und Besprechungen fand. Leider ist über den Verbleib der Serie nichts weiter bekannt."

Gerber schien kurz verwirrt, bevor er weitersprach: „Aus seiner englischen Zeit hat sich kaum etwas erhalten, offensichtlich war er dort als Maler nicht sehr produktiv. Von Interesse sind lediglich ein paar Graphiken der späten dreißiger Jahre, die aber in ihrer Qualität nicht an seine früheren Werke heranreichen."

Damit wandte er sich den vier Gemälden zu, wobei seine Assistenten betont unterwürfig zur Seite traten, um ihm Platz zu machen. Nun begann Valentin Gerber, ausschweifend die vier Gemälde zu beschreiben und anzupreisen, indem er detailliert auf ihre Farbqualitäten und Struktur zu sprechen kam. Ihre Herkunft streifte er nur mit dem Begriff „Privatbesitz."

Dorothee Suhl hörte nicht zu. Sie war hingerissen von den Gemälden. Sie kamen ihr jetzt, in diesem feierlichen Raum, noch imposanter vor als am Vortag bei der Besichtigung. Niemals vorher hatte sie so etwas Vollendetes gesehen. Es war diese Mischung zwischen Ästhetik und Radikalität, die sie an Stollbergs Kunst schätzte und die in diesen Bildern so rein zum Ausdruck kamen. Für sie waren es Meisterwerke, obwohl ihr der Künstler gänzlich fremd gewesen war, bevor sie dessen Namen im Versteigerungskatalog von Gerber und Cie. gelesen hatte. Allein wegen der faszinierenden Abbildungen im Katalog hatte sie sich ein wenig umgehört. Ein Kunstlehrer aus dem Kreis ihrer Kollegen kannte sich oberflächlich mit abstrakter Malerei aus und hatte ihr ein paar interessante Einzelheiten über Arnold Stollberg erzählt, ihr aber merkwürdigerweise gleichzeitig das Gefühl vermittelt, dass Stollberg im Grunde ein schlechter Künstler gewesen sei – „nichts wert!", so hatte der Kollege abwertend über das spärlich erhaltene Oeuvre des Malers geurteilt.

Das sah Dorothee anders, und sie konnte sich vorstellen, dass die vier Bilder ursprünglich zusammengehörten, doch war ihr das eigentlich egal. Sie wollte sie haben. Allerdings – sie hatte ein Problem: Es gab ein finanzielles Limit. Mit einem verstohlenen Seitenblick auf ihren Sitznachbarn beschlich sie der leise Verdacht, dass die Versteigerung noch einige Überraschungen im Ärmel haben könnte.

2

„Also, ich finde, das war eine gute Lösung, Frau Suhl!"

Der Mann in den Dreißigern mit dem runden, geröteten Gesicht und der Neigung zu einer nervösen Fahrigkeit schaute die Lehrerin über sein Glas hinweg mit strahlenden Augen an.

Dorothee nickte, sagte aber nur: „Fräulein Suhl, bitte", sonst nichts. Zu frisch waren ihr noch die Ereignisse der letzten zwei Stunden im Gedächtnis, sie musste das erst einmal verdauen. Das Wichtigste und nahezu Unglaubliche: Sie war Besitzerin von zwei Stollberg-Gemälden geworden! Und ihrem Gegenüber gehörten nun die beiden anderen, die bei der Auktion zur Versteigerung gekommen waren.

Wie sie befürchtet hatte, war die Versteigerung für sie ziemlich aufregend verlaufen. Zunächst klappte alles ganz wunderbar: Die beiden ersten Bilder ersteigerte sie im Handumdrehen, es gab nur einen Mitbieter, jemand, der in den hinteren Reihen saß. Dieser Mann, den sie gar nicht zu Gesicht bekam, bot beim ersten Bild („Nummer 34") aber nur eine Runde mit, und beim zweiten war sie überhaupt die einzige, die ein Gebot abgab. Offensichtlich gab es beim Publikum gar kein Interesse an Stollberg, er schien allen völlig unbekannt zu sein. Möglicherweise war abstrakte Kunst nicht unbedingt das, weswegen die Münchner Sammler zur Auktion gekommen waren. Dorothee war es nur Recht. Doch dann begann die Aufregung. Gerade, als sie dachte, ihr Glück sei ihr hold und es gehe mit den beiden anderen Bildern so einfach wie bisher weiter, schaltete sich plötzlich ihr Nachbar ein und überbot Dorothee Suhl sowohl beim dritten als auch beim vierten Gemälde, sodass sie sich in beiden Fällen geschlagen geben musste. Auch wenn die Summen immer noch moderat waren: Ihr Budget war schnell ausgereizt, und da sonst keine Gebote abgegeben wurden, erhielt der Mann schließlich beide Male den Zuschlag.

Als die Auktion zu Ende war, schwankte die Lehrerin zwischen Niedergeschlagenheit und Euphorie. Aber dann überwog doch die Freude über den Erfolg. Mit einem Gefühl des Triumphs, für das sie sich gleichzeitig schämte, und ein wenig wie in Trance erledigte sie mit einer netten Dame des Auktionshauses Gerber und Cie. alle Formalitäten zum Kauf: Name, Adresse, Personalausweis, Modalitäten der Überweisung des Kaufpreises und was es sonst noch zu regeln gab. Als alles erledigt war, strebte sie dem Ausgang zu, als plötzlich ihr Konkurrent und Sitznachbar bei der Versteigerung vor ihr stand. Sie wollte ausweichen, aber er ließ sie nicht vorbei.

„Gestatten, gnädiges Fräulein, Gerhard Meininger", sagte er mit leicht fränkischem Akzent, zu dem die steife, kleine Verbeugung nicht recht passen wollte.

„Dorothee Suhl", erwiderte sie leise und warf einen unsicheren Blick auf die Tür, die ins Freie, in den warmen Frühlingstag hinausführte. Dorthin wollte sie, schnellstmöglich, und nicht weiter mit diesem Fremden, der ihr gerade eine Niederlage bereitet hatte, reden.

Doch der Mann, der sich als Gerhard Meininger vorgestellt hatte, ließ nicht locker.

„Verzeihen Sie, dass ich Sie so einfach anspreche", sagte er und lächelte zum ersten Mal, seit er sich vor mittlerweile fast zwei Stunden im Auktionshaus neben sie gesetzt hatte, „aber wir haben offenbar denselben Geschmack, was Kunst angeht, und wir haben gerade einen richtig guten Handel getätigt. Zudem saßen wir die ganze Zeit nebeneinander – ich finde, das können wir ein wenig feiern. Darf ich Sie auf ein Gläschen einladen? Sagen Sie nicht nein, bitte!"

Den letzten Satz brachte Meininger so flehentlich heraus, dass Dorothee lächeln musste. Sie schätzte ihn ganz kurz ab. Jetzt erst konnte sie sein Gesicht richtig sehen: Kluge und wache Augen, die Stirn so rund wie seine Wangen und der Mund eher klein, mit einem harten Zug, der Meininger einen nüchternen Charakter bescheinigte. Dorothee entschied, dass sie einen harmlosen und vernünftigen Menschen vor sich hatte und dass von ihm keine Gefahr ausging. Warum also nicht? Er schien nett zu sein. Also schüttelte sie ihre Unsicherheit ab, setzte eine heitere Mine auf und nahm die Einladung an. Und so saß Dorothee Suhl, Lehrerin aus Münster, kurze Zeit später mit einem bis dato Unbekannten zum zweiten Mal an diesem Tag in einem Café in der Münchner Innenstadt und nippte an einem Glas Cognac. Das Gespräch drehte sich natürlich um Kunst im Allgemeinen, über Arnold Stollberg im Besonderen und über sie selbst. Gerhard Meininger erzählte Dorothee Suhl, dass er in Bamberg wohne und Spross einer schon immer im Fränkischen ansässigen Familie und überdies unverheiratet sei („bin für die Ehe einfach nicht gemacht!"). Er hatte erst vor Kurzem den Gebrauchtmöbelhandel seines Vaters übernommen und war zur Zeit damit beschäftigt, daraus ein Antiquitätengeschäft zu machen – fränkische und bayerische Möbel des 18. und 19. Jahrhunderts waren sein Spezialgebiet, in das er sich als Autodidakt eingearbeitet hatte. „Aber nur allererste Qualität, das ist es, was ich verkaufen will. Ich möchte mir einen Namen machen", schwärmte er, und es lag soviel Entschlossenheit in seiner Stimme, das Dorothee überzeugt war, dass er sein Ziel erreichen würde.

Sie erzählte von sich, ihrer behüteten Kindheit in Westfalen und dem späteren Zerwürfnis mit ihren Eltern und Geschwistern. Dass sie ledig sei und ihre Arbeit als Volksschullehrerin liebte, die sie allerdings eine Spur interessanter darstellte, als sie tatsächlich für sie war. Sie schwieg beflissentlich über ihre Erbschaft und sonstigen persönlichen Verhältnisse.

Beim zweiten Glas und nachdem jeder einen Krümel Leben des jeweils anderen kennengelernt hatte, kamen sie schließlich wieder auf die gerade erfolgreich zu Ende gegangene Auktion zu sprechen.

„Ja, eine gute Lösung, Herr Meininger, ich bin jetzt auch sehr zufrieden, auch wenn ich Ihnen ein wenig böse war, als Sie plötzlich begannen, mitzubieten."

„Und ich Ihnen, nachdem Sie bereits zwei Bilder ersteigert hatten. Ich konnte es zunächst gar nicht glauben, und erst beim dritten Bild bin ich aufgewacht! Das sollten Sie nicht auch noch bekommen!" Damit drohte er ihr scherzhaft mit dem Zeigefinger. Dorothee lächelte.

„Nun, das haben Sie ja erfolgreich verhindert", entgeggnete sie.

Gerhard Meininger setzte eine nachdenkliche Mine auf.

„Ich frage mich", sagte er grübelnd, wobei seine hellen Augen ein wenig zwinkerten, „ob Sie mit Nummer 34 und Nummer 35 nicht die beiden besseren Gemälde ergattert haben."

Jetzt musste sie lachen. „Wollen wir tauschen?" fragte sie amüsiert. Dann beugte sie sich ein wenig vor. „Lieber Herr Meininger", sagte sie mit gespielt wissendem Blick, „ich glaube, Sie wollten von Anfang an die Nummern 35 und 36, die Sie ja dann auch ersteigert haben." Sie lehnte sich wieder zurück. „Sie kennen sich in der modernen Malerei viel besser aus als ich und bin sicher, dass Sie die beiden qualitätvolleren Bilder erwischt haben."

Jetzt musste auch Meininger lachen.

„Vielleicht haben Sie Recht, liebes Fräulein Suhl." Dann wurde er ernst und fuhr fort: „Aber tatsächlich sind alle vier einfach phantastisch. Ich würde zu gern mehr über die Gemälde wissen. Es ist ein Jammer, dass über Stollberg so wenig bekannt ist. Und das so viele seiner Bilder einfach verschwunden sind."

„Ja, Sie haben Recht. Vor allem wüsste man gern etwas darüber, ob `unsere´ Bilder mal zusammengehört haben. Vorstellen könnte ich es mir, sie sind doch sehr einheitlich in ihrer ganzen Machart, und dann dasselbe Format, dieselbe Datierung…"

Meininger winkte ab. „Heißt nichts, Stollberg hat diese Bildgröße sehr häufig verwandt, das ist kein Kriterium."

„Und es gibt tatsächlich kein Werkverzeichnis?" hakte Dorothee nach und nahm einen Schluck Cognac.

„Nein, nichts, leider…", antwortete Gerhard und zuckte mit den Achseln. Aus seinem Etui entnahm er eine Zigarette und zündete sie sich mit einem teuer aussehenden Feuerzeug an. „Darf ich?" fragte er, worauf Dorothee Suhl nur nickte. Meininger nahm einen tiefen Zug und blies den Rauch hoch an die Decke, wobei er den Kopf in den Nacken legte. „Nein", nahm er den Faden wieder auf, „kein Werkverzeichnis. Eigentlich gibt es nur die Liste seiner Bilder in der legendären Ausstellung bei Reim, 1932, wo auch das *Metaphysische Theorem* ausgestellt war. Das ist die einzige Arbeit, von der wir wissen, dass sie in der Berliner und überregionalen Fachpresse enthusiastisch gefeiert wurde. Leider, leider wissen wir aber nicht, wie dieser kleine Zyklus überhaupt aussah und wie die Bilder beschaffen waren, aus denen er bestand." Erneut zuckte er die Schultern.

„Fünf Bilder insgesamt, nicht wahr?"

Meininger nickte. „Ja. Aber es gibt keine Maßangaben oder sonstige Beschreibungen. Fast alle bei Reim ausgestellten Bilder hatten keine Titel, so wie unsere auch. Es ist ganz schwierig, aus diesen spärlichen Angaben überhaupt ein Werk zusammenzustellen."

Dorothee nickte zustimmend und schwieg. Sie schien nachzudenken.

„Mir würde es schon reichen, wenn ich wüsste, woher meine beiden Bilder stammen…"sagte sie nach einer Weile. „Aus Privatbesitz, hat Herr Gerber gesagt, mehr nicht."

„Nein, natürlich nicht, da schweigen die wie ein Grab", stimmte Meininger zu. „Aber wir bekommen ja noch eine ausführliche Expertise, vielleicht erfahren wir da mehr."

Dorothee nickte und trank ihr Glas auf. Das war das Zeichen zum Aufbruch, Meininger gab der Kellnerin zu verstehen, dass er zahlen wollte. Bevor die Bedienung kam, fragte Dorothee Suhl aufgeräumt: „Und? Haben Sie schon einen Platz für Ihre beiden Neuanschaffungen?"

Gerhard Meiningers Mine hellte sich auf.

„Oh ja," sagte er strahlend, „und ob! In meinem Wohnzimmer habe ich eine ganze Wand reserviert – ursprünglich natürlich für vier Bilder, aber jetzt sind es eben nur zwei!" Er lachte herzhaft und fuhr fort: „Ich kaufe ja nur gelegentlich, und meist sehr kleine Formate. Das heute ist eine Ausnahme."

Bei diesen Worten erschien die Kellnerin und kassierte ab. Dorothee Suhl dachte an ihr eigenes Wohnzimmer und wie sie die beiden Gemälde da unterbringen wollte. Zwei ältere Drucke, die sie schon immer hässlich fand, mussten weichen, das stand fest. Sie freute sich darauf.

Draußen, im warmen Sonnenlicht, verabschiedeten sich Dorothee Suhl und Gerhard Meininger voneinander und gingen in jeweils entgegengesetzte Richtung davon.

Einige Tage später, als sie wieder zu Hause in Münster war, trafen die Gemälde per Spedition bei Dorothee Suhl ein, gut und sicher verpackt und mit umfänglichen Begleitpapieren in einem großen Umschlag. Der enthielt neben dem Glückwunsch zum Erwerb und der Expertise des Auktionshauses, in der die Echtheit der Werke von Herrn Gerber persönlich bescheinigt wurde, auch noch eine lapidare Bemerkung zur Herkunft. Dorothee las: „Was die Vorbesitzer der beiden Gemälde angeht, können wir sagen, dass sie beide aus jeweils privater Hand bei uns eingeliefert wurden. Die weitere Historie der Gemälde ist uns unbekannt."

Gerhard Meininger erhielt seine Bilder ebenfalls nach Bamberg geliefert, mit denselben Begleitschreiben und wörtlich exakt derselben Formulierung zur Herkunft seiner ersteigerten Werke. Nachdem er sie gelesen hatte, faltete er den Brief zusammen, zündete sich eine Zigarette an und dachte an seinen verstorbenen Vater.

3

Im dritten Stock des Westfälischen Kunstmuseums in Münster hingen im hinteren Raum der Abteilung „Klassische Moderne" eine Handvoll Gemälde, die nur selten von Besuchern angesehen, geschweige denn bewundert wurden. Zwei der Bilder stammten von Otto Pankok, einem rheinisch-westfälischen Maler der ersten Hälfte des 20. Jahrhunderts: eine düstere Landschaft und ein spätes Selbstporträt. Ein drittes Gemälde, an der Stirnwand des Raumes gehängt, hatte Georges Vantongerloo gemalt, ein Künstler der niederländischen Gruppe *De Stijl*.

Die Wand, die den beiden Fenstern gegenüberlag, war schließlich zwei auffallend farbigen, wie Edelsteine leuchtenden Bildern vorbehalten, die zu den dunklen Pankoks und dem geometrisch-nüchternen Vantongerloo nicht recht zu passen schienen. Kleine Schilder unter den Gemälden informierten in identischer Weise: „Arnold Stollberg (Weimar 1905 – London 1943), Ohne Titel, um 1930. Leihgabe Fräulein Dorothee Suhl, Münster."

Zwei Stockwerke tiefer saß an diesem kalten Dienstagvormittag im März des Jahres 1954 Dr. Werner Liebig, im Haus zuständig für die Sammlung des 20. Jahrhunderts, an seinem Schreibtisch und paffte genüsslich seine Pfeife. Durch die großen Fenster blickte er auf die Westfassade des Domes, die nach den langjährigen Bauarbeiten zur Beseitigung der Kriegsschäden nun von den Gerüsten befreit war. Erst vor kurzem war das wiederhergestellte Gotteshaus offiziell und mit viel katholischem Pomp eingeweiht worden: Die Feierlichkeiten umfassten unter anderem eine Prozession sowie eine Messe in Anwesenheit des Erzbischofs, bei der die halbe Stadt zugegen war. Eine große Lücke im Stadtbild und im kollektiven Gedächtnis Münsters war damit wieder geschlossen.

Liebig war ein kleiner, rundlicher Mann von Mitte vierzig, und fast kahl. Sein dünner, schwarzer Schnurrbart verlieh ihm ein leicht südländisches Aussehen, was nicht widersprüchlicher zu seinem Heimatort sein konnte, denn er stammte aus einer Bauernschaft in der Nähe von Nordkirchen, knapp 25 Kilometer von Münster entfernt. Doch kaschierte er seine Herkunft aus einfachen, ja ärmlichen Verhältnissen nicht nur durch den auffallenden *moustache*, sondern auch dadurch, dass er stets eine Fliege trug. Sein auffallendstes Merkmal war neben seinem Fachwissen vor allem sein Humor, der ihn zu einem bei Kollegen und Vorgesetzten im Museum beliebten Mitarbeiter machte.

In diesen Minuten des Vormittags wanderten Liebigs Gedanken zwei Etagen hinauf, zu den beiden intensivfarbigen abstrakten Gemälden im etwas abgelegenen Raum des dritten Stockwerks. Dabei überkam ihn ein wohliges Gefühl, das sich immer einstellte, wenn herauskam, dass er gegen alle Widerstände letztendlich doch recht behalten hatte. Genauso verhielt es sich auch an diesem Morgen im März 1954. Dr. Liebig hielt einen Brief in den Händen, der schon gestern mit der Post gekommen war, aber erst an diesem Vormittag von der Sekretärin des

Museumsdirektors an ihn weitergeleitet worden war. Und das war gut und richtig so.

Er hatte den Brief bereits zweimal gelesen und las ihn nun zum dritten Mal. Das Schreiben war handschriftlich verfasst, mit kleinen Buchstaben zwar, aber gut lesbar und nicht sehr lang. Adressiert war der wenige Tage zuvor in Köln aufgegebene Brief an den Direktor und lautete wie folgt:

„Sehr geehrter Herr Direktor Dr. Kammerer,

erlauben Sie, mich kurz vorzustellen: Mein Name ist Jan-Josef Stollberg, ich bin der Sohn und Nachlassverwalter des 1943 verstorbenen Künstlers Arnold Stollberg. Wie ich kürzlich bei einem Besuch in Ihrem Haus feststellen konnte, befinden sich zwei Gemälde meines Vaters in Ihrer Obhut.

Wenn ich mich nicht sehr irre, handelt es sich bei diesen beiden Gemälden um Teile des bisher verschollen geglaubten Zyklus meines Vaters mit dem Titel Metaphysisches Theorem, das aus fünf Bildern bestand. Ich habe Belege, die die Richtigkeit meiner Annahme beweisen und würde Ihnen diese gern vorlegen, um in der Sache eine Klärung herbeizuführen. Deshalb wäre ich Ihnen sehr dankbar, wenn ich Ihnen in einem persönlichen Gespräch meine Argumente erläutern könnte. Bitte machen Sie mir einen Terminvorschlag für einen Besuch in Ihrem Museum, gerne zeitnah.

Ich bedanke mich für Ihre Aufmerksamkeit und die meinem Schreiben geschenkte Zeit.

Hochachtungsvoll

Jan-Josef Stollberg"

Werner Liebig las jede Zeile mit Bedacht, und das Triumphgefühl blieb immer noch dominant, es füllte den Kunsthistoriker komplett aus. Seine Gedanken wirbelten durcheinander. Er legte seine Pfeife beiseite, stand auf und ging ans Fenster, wo er mit hinter dem Rücken verschränkten Armen stehenblieb und hinausschaute. Draußen hasteten vereinzelt Fußgänger vorbei, die Straßenbahn der Linie 1 quälte sich gerade quietschend durch die enge Gasse vom Prinzipalmarkt zum Domplatz. Der Himmel sah nach Regen aus. Nasskaltes Vorfrühlingswetter lag in der Luft.

All das nahm Liebig kaum wahr. Ihn beschäftigten die Stollberg-Gemälde im oberen Stockwerk des Museums. Wie recht er also gehabt hatte! Seit zwei Jahren, schon als die beiden Bilder ins Museum kamen, war er überzeugt davon gewesen, dass er hier Fragmente der *Theorem*-Serie des Künstlers vor sich hatte. Zu eindeutig erschien ihm die künstlerische Qualität und die offensichtliche homogene Zusammengehörigkeit der Bilder – wie *Pendants*. Und noch überzeugter war er, als er Kenntnis davon erhielt, dass sich in Bamberg zwei weitere Bilder Stollbergs befanden, die unzweifelhaft zu den Münsteraner Gemälden passten. Nur das fünfte Bild der Serie war bisher nicht aufgetaucht, ein Umstand, der Liebig bisher davon abgehalten hatte, seine Vermutung zu publizieren. Und: Es fehlte ein Beweis. Alles, was Liebig zu bieten hatte, waren Mutmaßungen, und das reichte nicht für eine wissenschaftliche These. Die Forschung zu Stollberg war zwar seit drei Jahren ein gutes Stück vorwärts gekommen, als immer mehr Bilder von ihm auftauchten und sich auch die Quellenlage besserte. Briefe, Tagebucheintragungen, Werklisten aus seinem Atelier und das eine oder andere Foto kamen nach und nach ans Tageslicht, und da war sicher noch mehr zu erwarten. So gab es zwei, drei Aufsätze, die seit 1951 zum Stollberg´schen Werk erschienen waren. Nichts Spektakuläres, aber immerhin.

Und nun dieser Brief: Von Stollbergs Sohn Jan-Josef, der bisher in Bezug auf die Bilder seines Vaters wenig in Erscheinung getreten war und von dem man im Westfälischen Museum nur wenig wusste. Und doch schien er über interessantes Quellenmaterial zu verfügen, und zwar in Form eines Beweises für die Zugehörigkeit der Münsteraner Bilder zum *Metaphysischen Theorem*, jener kleinen, fünfteiligen Gemäldeserie, die nichts weniger als Schlüsselwerke der Zwischenkriegskunst darstellten.

Werner Liebig fühlte sich bestätigt. Er atmete tief ein und ließ die Luft langsam wieder aus seinen Lungen entweichen. Endlich! Alle Zweifler würden nun verstummen, allen voran sein Vorgesetzter Dr. Kemmerer und sein Kollege Dr. Joachim Deilmann von der Staatlichen Kunsthalle Bamberg. Beide hatten immer wieder keinen Hehl daraus gemacht, dass sie seine – Liebigs – Vermutung nicht teilten und darüber hinaus den Gemälden Stollbergs keine große Bedeutung beimaßen. Ganz im Gegenteil zu ihm. Aber Liebig hatte eine gute Erklärung dafür. Kemmerer hatte während der Nazizeit eine Professur an der Universität München inne, und einer seiner Doktoranden war niemand anders als Joachim Deilmann gewesen, der bei ihm 1938 über „Caspar David

Friedrich und das deutsche Landschaftsgefühl im Kreis der Dresdner Romantik" mit *summa cum laude* promoviert hatte. Gegenüber ungegenständlich arbeitenden Künstlern wie Arnold Stollberg, der schon früh Deutschland verlassen hatte und dessen Werke als „entartet" galten, gab es in diesem Umfeld wenig Sympathie oder auch nur eine unvoreingenommene Betrachtung seines Schaffens. Daran hatte sich bis heute nichts geändert.

Und das würde es auch in Zukunft nicht wirklich. Aber – und Liebig lächelte vergnügt bei dem Gedanken – sowohl Kemmerer als auch Deilmann sowie alle anderen Alt-Nazis und Ewiggestrige in der Museumsszene in Deutschland wären gezwungen, zumindest offiziell einen ehedem verfolgten und verfemten Künstler zu rehabilitieren, wenn sich der „Beweis" Jan-Josef Stollbergs als hieb- und stichfest erweisen würde. Und das würde er, da war sich Liebig sicher.

Werner Liebig stand immer noch am Fenster, als er überlegte, was jetzt zu tun sei und drei Entscheidungen traf: Zunächst musste er Ján-Josef Stollberg zu einem Besuch nach Münster einladen, dann waren sein Vorgesetzter und die Kollegen, darunter Deilmann in Bamberg zu informieren, und schließlich wollte er Dorothee Suhl über die Neuigkeiten in Kenntnis setzen, schließlich war sie die Besitzerin der beiden Gemälde. Sie hatte sich vor zwei Jahren entschlossen, die Gemälde als Leihgaben dem Westfälischen Kunstmuseum zu verantworten und so der Öffentlichkeit zugänglich zu machen – eine noble Geste, die Dr. Kemmerer mit nur verhaltenem Enthusiasmus honoriert hatte, was Fräulein Suhl nicht entgangen war. Sie war darüber erstaunt und auch leicht verärgert gewesen, wenn Liebig ihre Reaktion richtig gedeutet hatte. Der Name des Künstlers war gerade dabei, aus der Reihe der Namenlosen in den Rang bedeutender Maler der zwanziger und dreißiger Jahre aufzusteigen. Liebig hatte deshalb die Stimme von Dorothee Suhl noch im Ohr, die bei der offiziellen Übergabe der Gemälde von ihrer vorbereiteten kurzen Rede abwich, in der sie auch knapp die Erwerbungsumstände in München und ihre Rivalität mit Georg Meininger erwähnte, um am Schluss mit hochrotem Kopf und leiser Stimme hinzuzufügen:

„Im Übrigen, verehrter Herr Direktor, bin ich gemeinsam mit Herrn Meininger der Überzeugung, dass wir mit unserer unabhängig voneinander getroffenen Entscheidung nicht nur den Museumsbesuchern eine Freude bereiten, sondern auch das Renommee der beiden Häuser erheblich steigern: Durch meine Gemälde hier im Westfälischen Kunstmuseum und die beiden von Georg Meininger, der diese bereits im vorigen Jahr der Staatlichen Kunsthalle in Bamberg als Leihgaben zur Verfügung gestellt hat."

Und Dorothee Suhl sollte recht behalten.

Ob sie aber nicht nur Besitzerin der Bilder, sondern auch deren rechtmäßige Eigentümerin war? Werner Liebig hatte seine leisen Zweifel. Was die Stollberg-Gemälde anging, könnte noch einiges auf sie zukommen, vermutete er. Er sann noch eine Minute darüber nach, bevor er sich abrupt umwandte, sich wieder an den Schreibtisch setzte und begann, einen Brief an Jan-Josef Stollberg aufzusetzen. „Mal sehen, was für einen Beweis uns der Junior zu bieten hat", sagte er zu sich selbst, während sein Stift schnell über das Blatt Papier flog.

.

4

Nur zwei Wochen später, es war inzwischen etwas wärmer geworden, saß der Museumsmitarbeiter mit einem jungen Mann an einem Tisch im Café Kramphövel am Prinzipalmarkt in Münster, dem ersten Haus am Platz. Ihr runder Tisch befand sich in einer kleinen Nische abseits des Hauptgangs, sodass sie sich diskret und ungestört unterhalten konnten. Vor sich hatten beide eine dampfende Tasse Kaffee. Werner Liebig hatte seine unvermeidliche Pfeife entzündet, an der er von Zeit zu Zeit paffend zog und die Luft mit dem würzigen Tabak schwängerte, während sich der junge Mann als Kettenraucher entpuppte, indem er, kaum hatte er eine Zigarette ausgedrückt, eine neue aus der zerknitterten Packung nahm und ansteckte.

Liebig musterte sein Gegenüber verstohlen. Jan-Josef Stollberg merkte es nicht, er war fahrig und leicht nervös, was er durch ein verkniffenes Lächeln zu kaschieren versuchte. Mit seinen siebenundzwanzig Jahren sah er eigentlich gut aus, aber ihm haftete etwas Abgezehrtes oder – so dachte Liebig bei sich – etwas Entbehrungsreiches an. Dazu trug auch sein abgetragener Anzug bei, der schon mal bessere Tage gesehen hatte und in auffälligem Kontrast zu Liebigs korrekter Kleidung samt obligatorischer Fliege stand. Die braunen Haare hatte Stollberg streng nach hinten gekämmt, was ein wenig altmodisch erschien, und dazu führte, dass seine dunklen Augen markant in seinem blassen Gesicht hervorstachen. Er war groß gewachsen und schlank, fast dünn, und seine Hände wirkten knochig und sehnig zugleich. Die Stimme war erstaunlich substanzarm und entsprechend leise, sodass sich Liebig hin und wieder anstrengen musste, um ihn zu verstehen. Insgesamt wirkte er auf Liebig ein wenig kränklich und unsicher, mit einem depressiven Zug. Offensichtlich hatte Stollberg trotz seiner noch jungen Jahre bereits einiges mitgemacht.

Die amateurhaften psychologischen Beobachtungen Liebigs fanden ein rasches Ende, als sich die beiden Männer nach höflichen Begrüßungsfloskeln und kurzem Smalltalk über das Wetter in Westfalen, Stollbergs Reise von Köln nach Münster und die vortrefflichen Annehmlichkeiten im Café Kramphövel dem eigentlichen Thema ihres Treffens zuwandten.

„Lassen Sie mal sehen", brummte Werner Liebig, nachdem Stollberg zwei Fotos auf den Tisch gelegt hatte. Er zog sie nahe zu sich heran und betrachtete sie eingehend.

Zwei Schwarzweiß-Fotos. Das eine zeigte eine Reihe von fünf Gemälden, die nebeneinander aufgereiht in einem offensichtlich großen Innenraum auf dem Fußboden platziert waren und an einer Wand lehnten. Links von den Gemälden stand ein Mann, rechts ein weiterer Mann und eine Frau. Das zweite Foto zeigte nur ein Gemälde, offensichtlich war es identisch mit dem fünften Bild in der Reihe, die auf dem anderen Foto zu sehen waren.

Werner Liebig nahm eine Lupe aus seiner Sakkotasche und studierte die Fotos genau. Während er das tat, zündete sich Jan-Josef eine weitere Zigarette an und nahm hastig einen Schluck Kaffee aus seiner Tasse. Indes holte Liebig tief Luft, sah von den Fotos auf und blickte dem jungen Mann direkt in die Augen.

„Junge, Junge", sagte er jovial, wobei seine Stimme vor Aufregung etwas heiser klang. Dann schaute er erneut auf die Fotos.

Zwei der Gemälde erkannte er sofort: Das erste und das dritte waren diejenigen, die im Westfälischen Kunstmuseum im zweiten Obergeschoss ihr eher bescheidenes Dasein fristeten, es gab keinen Zweifel. Und das zweite und das vierte Bild der Reihe glaubte er auch zu erkennen. Wenn er sich nicht täuschte, befanden sie sich in der Staatlichen Kunsthalle in Bamberg, als Leihgabe eines Mannes namens Gerhard Meininger, sowie die Münsteraner Bilder eine Leihgabe von Dorothee Suhl waren.

Das fünfte Bild allerdings, das auch auf dem anderen Foto zu sehen war, kannte er nicht. Aber sein Kennerblick sagte ihm, dass es sich um ein qualitativ herausragendes Werk handeln musste, obwohl er nur eine Schwarzweiß-Aufnahme vor sich hatte.

Jan-Josef beugte sich über den Tisch zu Liebig.

„Na, was sagen Sie?" fragte er mit seinem nervösen Lächeln. Dann lehnte er sich zurück und breitete die Arme aus. „Es ist das *Theorem*!"

Liebig zog an seiner Pfeife.

„Woher haben Sie die Fotos?" fragte er.

„Von meinem Vater. Sie gehörten zum Nachlass. Sehen Sie", und damit beugte sich Stollberg wieder vor und zeigte auf die

Personen auf dem Foto, „hier links ist mein Vater zu sehen, und hier rechts meine Mutter. Der Mann neben ihr ist Herbert Reim, der Galerist. Das Foto muss noch in Berlin aufgenommen worden sein, im Atelier. Die fünf Bilder waren offensichtlich gerade fertig."

Der Museumsmitarbeiter drehte die Fotos um. „Metaphysisches Theorem Berlin 1932" stand in einer verwaschen wirkenden Handschrift auf jedem Bild. Er wendete sie wieder auf die Vorderseite und musterte die Personen auf dem Bild, das die Reihe der Gemälde zeigte. Sie waren etwas verschwommen, nicht ganz scharf. Am eindrücklichsten war ihm die Frau auf der rechten Seite des Fotos. Sie trug ein langes Kleid – oder eher ein Gewand, ganz schlicht, aber irgendwie majestätisch. Gleichwohl wirkte sie zerbrechlich und scheu. Eine auffallende Erscheinung. Ganz das Gegenteil war der neben ihr stehende Mann: Locker, lässig, mit einem Lächeln im Gesicht, posierte er schelmisch und alles andere als scheu. Der Galerist hatte offensichtlich Spaß an der Aufnahme gehabt.

Auf der anderen Seite befand sich der Künstler, merkwürdig indifferent in seinem Dastehen. Jetzt bemerkte Liebig, dass er einen Pinsel oder Spachtel in der rechten Hand hielt. Er trug einen Malerkittel, der ihm fast bis zum Boden reichte, was ihm eine ähnliche Silhouette verlieh wie seiner Frau. Unwillkürlich musste Liebig an Gustav Klimt denken, der auch immer in ähnlichen Malerkitteln fotografiert worden war.

Er atmete tief ein.

„Hm, ja… murmelte er und sah dann wieder sein Gegenüber an. „Schön und gut, wir haben hier fünf Bilder, die zusammengehören, und zwei davon hängen heute bei uns im Museum. Aber wer sagt mir, dass es sich tatsächlich um das *Theorem* handelt und nicht um irgendeinen anderen fünfteiligen Zyklus Ihres Vaters? Die Beschriftungen auf den Rückseiten hier sagen nichts aus…"

Jan-Josef lächelte wieder.

„Allein die Tatsache, dass hier Herbert Reim mit meinen Eltern auf den Bildern zu sehen sind, ist ein Beweis, schließlich war das *Theorem* das wichtigste Werk in der Ausstellung, damals, 1932 - "

„Wer hat das Foto eigentlich gemacht?" unterbrach ihn Liebig mit Interesse.

Stollberg zuckte mit den Schultern. „Ich weiß nicht genau. Ich vermute, ein Mitarbeiter Reims. Wahrscheinlich kurz vor dem Abtransport der Bilder in die Galerie."

Er schaute sich kurz nervös um und senkte seine ohnehin leise Stimme noch mehr, als er sagte: „Aber ich habe noch einen Beweis, noch ein Foto…"

Bei diesen Worten zog er ein weiteres Foto aus seiner Jackentasche und legte es auf den Tisch.

Werner Liebig zögerte kurz, dann nahm er es in die Hand. Das Bild war etwas größer als die beiden vorher Gesehenen, wirkte gegenüber diesen wie neu. Es hatte einen glatten Rand, und die Textur wies nicht so ein tiefes Schwarz und blendendes Weiß auf, sondern war eher in Grautönen gehalten. Gleichwohl erkannte Liebig sofort, dass es sich um eine Aufnahme handeln musste, die vor vielen Jahren entstanden war. Der Mann auf dem Foto war gekleidet wie in den zwanziger oder dreißiger Jahren. Gut gekleidet, eine imposante Persönlichkeit. An seiner linken Hand blitzte etwas auf, ein schwarzer Punkt, schwärzer, als alles andere auf dem Foto: offensichtlich ein Ring mit einem markanten Stein.

Der Mann befand sich in einem Raum, der auf den ersten Blick wie eine Galerie aussah; erst beim näheren Hinsehen erkannte Liebig, dass es sich offensichtlich um einen Arbeitsraum handelte. Ein paar Möbel waren zu erkennen, eine Kredenz mit einem wohl silbernen siebenarmigen Leuchter, ein großer Schreibtisch, eine Lampe… Am auffälligsten aber war die Wand hinter der Kredenz, an der fünf Gemälde hingen. Abstrakte Bilder. Liebig hielt die Luft an und schaute genau hin: Kein Zweifel, es waren dieselben fünf Gemälde, die auf den anderen Fotos zu sehen waren, darunter natürlich wieder die beiden, die im Münsteraner Museum hingen.

Er blickte fragend auf, und Jan-Josef begann hastig zu erklären:

„Ja, es sind die fünf Bilder… das *Theorem*. Schauen Sie, hier hängen die Gemälde bei ihrem damaligen Besitzer, Joseph Bellheim. Er war Ordinarius für Klassische Archäologie und hatte das *Theorem* gekauft… bei Reim, er hatte die Ausstellung meines Vaters besucht. Sie müssen wissen, dass Bellheim ein großer Sammler und Mäzen war…"

„Ich habe natürlich von ihm gehört…", warf Liebig ein.

„Na, dann kennen Sie ja vielleicht seine Biographie. Er war Jude und ist auch geflohen, wie meine Eltern. Aber erst vier Jahre später, fast hätte es wohl nicht geklappt. Ebenfalls nach London, mit seiner Frau und den beiden Kindern. Aber ohne seine Kunstsammlung, die haben die Nazis beschlagnahmt und enteignet – und mit ihr das *Theorem*. In England haben sich Bellheims Wege mit denen meines Vaters wohl mal gekreuzt, jedenfalls hat er mir mal so eine Andeutung gemacht.. Gott, ich war sechzehn, als mein Vater starb! Aber auch meine Mutter sprach von ihm und dass sie sich ab und an gesehen hätten."

In dem Moment kam die Kellnerin vorbei, und Liebig bestellte eine neue Runde Kaffee. Seine Pfeife war inzwischen ausgegangen und erkaltet.

Beide schwiegen und fixierten die Fotos auf dem Tisch. Zwischen den leeren Tassen, den Milchkännchen und zerknüllten Papierchen für Würfelzucker sahen sie merkwürdig deplatziert aus. Drei Fotos aus einer anderen Welt, die hier in der heimelig-spießigen Atmosphäre des Cafés Kramphövel wie Fremdkörper wirkten.

Schließlich fand Werner Liebig seine Sprache wieder.

„Woher haben Sie denn dieses Foto?" Damit deutete er mit spitzem Finger auf das zuletzt Gezeigte, als habe er Angst, es anzufassen.

„Von der Tochter."

„Wie bitte? Welche Tochter?"

Nun war es an Jan-Josef Stollberg, tief Luft zu holen.

„Sehen Sie, Herr Dr. Liebig", sagte er, nun etwas selbstsicherer geworden, „vor drei Monaten – also, ungefähr – bekam ich einen Brief von einer gewissen Dagmar Bellheim aus London. Über einen Freund meiner verstorbenen Mutter – sie ist 1949 bei einem Verkehrsunfall gestorben…"

„Oh, das wusste ich nicht, tut mir leid…" beeilte sich Liebig, dem allmählich der Kopf schwirrte von all den Neuigkeiten, zu versichern. Stollberg winkte ab.

„Schon gut… Also, dieser Brief von Dagmar Bellheim: Darin stand, dass sie meine Adresse in Deutschland über diesen Freund ausfindig gemacht hat und sie eine Bitte an mich hätte. Der Brief war ellenlang, in aller Ausführlichkeit berichtete sie von ihrem Vater und kam dann schließlich zum Punkt. Sie hatte in Erfahrung gebracht, dass ich mich um den Nachlass meines Vaters bemühe und bat mich, ihr bei der Wiederbeschaffung des *Theorems* zu helfen."

Liebig war wie vom Donner gerührt und starrte sein gegenüber an.

„Ah so…" stammelte er, bemüht, die Haltung zu bewahren. Jetzt war es also soweit! Er hatte es erwartet: Da kam noch etwas!

Jan-Josef achtete nicht weiter auf ihn. „In dem Brief lag dieses Foto, ein neuer Abzug des Original-Negativs, das das *Theorem* in der Bellheimschen Wohnung in Berlin zeigt. Das war 1936 oder 1937, wie Fräulein Bellheim schrieb."

Die Kellnerin brachte den Kaffee. Während Liebig sich mechanisch mit Zucker und Milch versorgte, dachte er angestrengt nach. Im inzwischen weitgehend ausgewerteten Nachlass des Galeristen Herbert Reim – Erben gab es seines Wissens keine, die ganze Familie war in Auschwitz zu Tode gekommen - waren die Kassenbücher und Verkaufslisten enthalten. Jetzt fiel es ihm wieder ein: Er wusste aus den Quellen, dass das *Theorem* seinerzeit an Joseph Bellheim verkauft worden war, die Belege waren eindeutig. Und wenn das Foto tatsächlich echt und jene Dagmar Bellheim wirklich die Tochter des Sammlers war – und daran bestand erst einmal kein Zweifel – dann bedeutete das, dass mit ihr die rechtmäßige Besitzerin der beiden Gemälde, die Dorothee Suhl gekauft hatte, gefunden war. Und für die Bamberger Bilder galt dasselbe.

Allerdings gab es noch Zweifel auszuräumen.

„Sie sagten, Bellheims Sammlung sei beschlagnahmt oder enteignet worden…?" fragte er vorsichtig.

Stollberg nickte eifrig.

„Ja, ein Zwangsverkauf… Wie das damals so ablief, es gibt sogar noch eine Quittung", dabei lachte er verächtlich auf, „in der die Übergabe der Sammlung an das Berliner Auktionshaus Rademacher und Herten bezeugt wird, darunter auch die fünf Gemälde des *Theorems*. Rademacher und Herten waren Handlanger der Nazis, spezialisiert darauf, im Auftrag der Reichskulturkammer jüdischen Kunstbesitz zu konfiszieren und den Eigentümern dafür einen lächerlichen Kaufpreis zu zahlen. So war es auch im Fall der

Bellheimschen Sammlung. Die Quittung ist im Besitz von Fräulein Bellheim. Außerdem", und damit griff Stollberg erneut eine Zigarette aus der fast leeren Packung, „gibt es einen gerichtlichen Beschluss, der die Authentizität der Belege bestätigt. Der alte Bellheim hat in London noch dafür gesorgt, dass seine Ansprüche an Nazi-Deutschland juristisch anerkannt werden – zumindest in England." Das Klicken des Feuerzeugs unterbrach seinen Redefluss. Die Spitze der Zigarette glühte tiefrot auf, als er den ersten Zug tat und sich wieder in seinem Sessel zurücklehnte.

Liebig räusperte sich. Er wusste nicht, was er sagen sollte, er wusste nur, dass eine Menge Ärger auf das Museum und auf Fräulein Suhl zukommen würde. Und auf ihn eine Menge Arbeit.

„Vier Bilder"… sagte er, wie zu sich selbst, „wir haben vier Bilder, zwei hier bei uns, zwei in Bamberg. Wo ist das fünfte Bild?" Erneut zog er bei den Worten das Foto zu sich, das das fünfte Gemälde des Zyklus zeigte.

„Gute Frage, Herr Doktor", ließ sich Stollberg vernehmen, „ich weiß es nicht. Fräulein Bellheim auch nicht, wie sie mir in einem zweiten Brief erklärte. Ich fürchte, niemand weiß es."

„Ich denke, es ist überhaupt das qualitätsvollste Bild der Serie", urteilte der Museumsmann, „ja, es scheint mir sogar der Schlüssel zum Verständnis des *Theorems* zu sein."

Stollberg nickte erneut. „Gut möglich. Meine Mutter hat jedenfalls in den höchsten Tönen von diesem fünften Bild geschwärmt. Also, ich finde ja schon die beiden, die in Ihrem

Museum hängen, fabelhaft. Wenn das fünfte Bild noch besser gewesen sein sollte, dann wächst der Respekt vor meinem Vater als Künstler noch mehr."

Liebig räusperte sich noch einmal.

„Also, lieber Herr Stollberg, Sie haben mir ja einiges zum Nachdenken gegeben. Das *Theorem* wiedervereint – mit Ausnahme des Bildes Nummer fünf – und dazu noch eine Frau mit alten Ansprüchen auf das Eigentum…. Ein bisschen viel auf einmal, finden Sie nicht?"

„Doch, schon", erwiderte Jan-Josef.

„Ich muss überlegen, was wir jetzt tun."

Jetzt schüttelte Stollberg den Kopf.

„Sie müssen erst einmal gar nichts tun. Dagmar Bellheim hat einen Anwalt beauftragt, der die ganze Sache klären soll. Es handelt sich um einen Londoner Rechtsanwalt, der gleichzeitig Fräulein Bellheims Vormund ist – sie ist erst zwanzig und also noch nicht volljährig, deshalb handelt er in ihrem Namen und Auftrag. Hier ist der Name und die Adresse." Mit diesen Worten reichte er Liebig einen aus einem Notizbuch gerissenen Zettel mit handgeschriebener Notiz. „Die werden sich mit Ihnen in Verbindung setzen. Und Fräulein Bellheim selbst kommt in den nächsten Tagen nach Deutschland. Sie möchte die Bilder hier und in Bamberg selbst in Augenschein nehmen. Deswegen wird Sie Ihnen noch schreiben, beziehungsweise Ihrem Direktor, Dr. Kemmerer. Sie wird übrigens nicht allein kommen, sondern mit ihrem Bruder Gregor."

„So so", machte Liebig. Ihm schwirrte der Kopf. „Ja, so, wir werden dann wohl auch einen Anwalt einschalten, denke ich. Es soll ja alles juristisch wasserdicht und in gutem Einvernehmen geschehen."

„Ja, sicherlich", stimmte Stollberg zu.

Damit war alles gesagt, zumindest fürs erste. Bevor Werner Liebig die Bedienung herbeirief, um zu zahlen, stellte er noch eine Frage.

„Verzeihen Sie, lieber Herr Stollberg, ich will nicht neugierig sein, aber sind Sie auch Künstler? Treten Sie in die Fußstapfen Ihres Vaters?"

Die Nervosität war in Jan-Josefs Gesicht und Haltung zurückgekehrt.

„Nein… nicht in dem Sinn…" Er wand sich unter Liebigs fragendem Blick. „Ich schreibe… bin journalistisch tätig. Mache auch Fotos…" Er brach ab. Liebig hatte den Eindruck, ein unangenehmes Thema berührt zu haben, sodass er nicht weiter insistierte.

„Darf ich die Fotos behalten?" fragte er.

„Oh, Verzeihung, nur das, was ich von Fräulein Bellheim erhalten habe. Die anderen gehören mir … Aber ich lasse Ihnen davon Abzüge machen."

„Danke", schloss Liebig die Unterhaltung und drängte zum Aufbruch. Er brauchte jetzt etwas Stärkeres als Kaffee.

5

Nachdem er das Café verlassen hatte, war Jan-Josef unschlüssig, was er tun sollte. Werner Liebig war nach der Verabschiedung schnellen Schritts in Richtung Museum davongeeilt und hatte den Künstlersohn stehen gelassen. Der schaute nach links, nach rechts und schlenderte dann ziellos über den Prinzipalmarkt, der nach den Kriegszerstörungen schon weitgehend in seiner alten Pracht wiederauferstanden war. Er schaute in die Schaufenster der Geschäfte, die sich unter den Bögen der Giebelhäuser aneinanderreihten, allerdings ohne besonderes Interesse. Genaugenommen nahm er gar nicht wirklich war, welche Waren in den Auslagen auf Käufer warteten, zu sehr war er in Gedanken noch bei dem gerade zu Ende gegangenen Treffen mit dem Museumsmitarbeiter. Und bei Dagmar Bellheim, ihrem Bruder und den Ereignissen rund um das *Metaphysische Theorem* seines Vaters, die ihn nun seit einigen Wochen beschäftigten. Sein Leben hatte seitdem eine andere Färbung bekommen. Zwar fühlte er sich als Nachlassverwalter seines Vaters für dessen Lebenswerk verantwortlich, aber bisher hatte er außer ein paar Grafiken und Skizzen nichts Nennenswertes entdeckt, und das war noch in England gewesen. Seit er wieder in Deutschland war, hatte er keine weiteren Entdeckungen gemacht. Um ehrlich zu sein, hatte er sich auch nicht besonders angestrengt.

Unvermittelt blieb er stehen. Er stand direkt vor dem Paradiesportal des Domes, wohin ihn seine Schritte gelenkt hatten, ohne dass er diesen Weg bewusst eingeschlagen hatte. Er blickte sich um. Direkt hinter ihm, auf der anderen Seite des Platzes, befand sich das Westfälische Kunstmuseum, wo zwei Bilder seines Vaters hingen. Immerhin die hatte er ausfindig gemacht, und wie es aussah, war das der Anfang einer bedeutenderen Geschichte.

Stollberg betrat das Domparadies. Die große Vorhalle war leer. Von den Wänden blickten die zahlreichen steinernen Figuren stumm und teilnahmslos auf ihn hinab, als nähmen sie keinerlei Notiz von ihm. Und doch glaubte Jan-Josef, sie würden ihn beobachten und sich fragen, was denn einer wie er hier wollte? Tatsächlich hatte der junge Mann seit Jahren keine Kirche mehr besucht, nicht mal den Dom in Köln.

Im Innern des weit hingestreckten Mittelschiffs des Domes war mehr los. Einige Bänke waren besetzt, vornehmlich von alten Frauen. Einige Leute gingen in der Kirche herum, verschwanden hinter Säulen und kamen kurz darauf wieder zum Vorschein. Eine Nonne zündete an einem Seitenaltar im westlichen Querschiff eine Kerze an und stellte sie zu den vielen anderen, die vor einem Bild brannten. Das Bild zeigte die Gottesmutter und sah aus wie neu, denn es war erst nach der Wiedereinweihung des Domes hier aufgestellt worden. Die Nonne warf klirrend eine Münze in den Opferstock, der an einem Pfeiler befestigt war, wandte sich um und kniete dann in einer kleinen Bank nieder, die bei dem Bild und den Kerzen stand. Sie faltete die Hände und begann zu beten.

Es war ganz still in der Kirche, außer den leise hallenden Schritten der Umhergehenden und dem einen oder anderen Husten, das hin und wieder zu hören war.

Jan-Josef Stollberg fand die Atmosphäre ungewohnt feierlich und hatte plötzlich das Bedürfnis, sich zu setzen. Er steuerte die nächste Bank an und nahm direkt am Mittelgang Platz.

Er dachte, er käme zur Ruhe, aber seine Gedanken rasten. Die Stille und Weite des Kirchenraumes warfen ihn innerlich ganz auf ihn selbst zurück. Fetzen von Bildern, Erinnerungen und Momentaufnahmen stürmten wild auf ihn ein: Das *Theorem*, seine zuhause auf ihn wartende Arbeit, Liebig, die Bellheims, der englische Rechtsanwalt, seine alte Wohnung in London, momentan mal wieder drückende Geldsorgen, sein Vater, seine Mutter… Bei ihr blieben seine Gedanken hängen.

Ganz deutlich sah er sie vor sich, was selten der Fall war. Doch hier, in diesem aus der Zeit gefallenen Raum, konnte er die Mutter genau vor seinem inneren Auge erkennen, so, wie sie zuletzt war: Eine schöne Frau. Für Jan-Josef war sie immer schön gewesen, nicht nur äußerlich. Er hatte ihre sanfte Art geliebt, ihre stetige Besorgnis, nicht nur um ihn, sondern auch um andere, um die ganze Welt. So, wie er sie jetzt vor sich sah, trug sie eins ihrer geliebten langen Gewänder, schwarz, ganz schlicht. Ihr Haar, das er immer nur kurz frisiert an ihr gesehen hatte, war noch von jener kastanienbraunen, leicht ins Rötliche spielenden Farbe, der die wenigen grauen Haare nichts anhaben konnten. Ein melancholisch-träumerischer Zug umspielte ihren Mund, ein Ausdruck, der nicht depressiv oder traurig wirkte, sondern Marion Stollberg als eine Person charakterisierte, die in Abgründe und Tiefen blicken konnte – in welche auch immer. Das machte sie auf eine besondere Weise attraktiv.

In der Hand hielt sie, wie so oft, eine Zigarette, ohne die sie nicht leben konnte. Eine Gewohnheit, die ihr Sohn von ihr geerbt hatte. Nach dem Tod ihres Mannes hatte sie noch mehr geraucht, jedenfalls kam es ihrem Sohn so vor. Und wieder angefangen, zu fotografieren. Sie hatte es geschafft, an ihre Berliner Zeit anzuknüpfen und sich mit ihrer Londoner Großstadtfotografie einen gewissen Namen gemacht.

Jan-Josef fühlte plötzlich mit allem Schmerz, dass seine Mutter tot war. Es schmerzte ihn physisch. Vor allem, weil er ihr Leben so bewunderte für all das, was sie in seinen Augen ausgezeichnet hatte: Ihre Kreativität, ihre Klugheit, ihr Mut und Weitblick, ihre Sorge für ihn und für seinen Vater, und immer behielt sie den Überblick und traf Entscheidungen. Richtige Entscheidungen. Aber sie war nicht mehr da, nie mehr da. Verschwunden für immer. Fünf Jahre war das nun schon her, dass sie von einem Bus überrollt worden und zwei Tage später im Krankenhaus gestorben war. Seitdem war er allein, und diesen Zustand des Verlassenseins spürte er just hier, in der Bank des Münsteraner Doms sitzend, mit aller Deutlichkeit und mit aller Konsequenz.

Neben das Bild seiner Mutter gesellte sich jetzt die Figur seines Vaters. Arnold Stollberg wirkte viel unschärfer, fast schemenhaft, eine schwimmende Silhouette mit verwaschenen Gesichtszügen. Jan-Josef hatte den Eindruck eines ernsten Mannes, still und ohne auffällige Mimik oder Bewegungen, er stand einfach nur da. An ihm war nichts Charakteristisches oder Hervorstechendes, das es wert gewesen wäre, benannt zu werden. Einzig seine Schaffenskraft, seine Leidenschaft für die Kunst traten ganz deutlich hervor. Darin war er aufgegangen, daraus hatte Arnold Stollberg seine Energie gewonnen, und Jan-Josef kam es vor, als sei diese Energie das einzige gewesen, was sein Vater ihm auf den Weg mitgegeben hatte. Denn so hatte er ihn in Erinnerung: ein begnadeter, kompromissloser Künstler, ja, aber auch ein gebrochener Mann ohne inneren Halt und Rückgrat. Jedenfalls in England; früher, noch in Berlin, hatte er mehr Mut, mehr Zuversicht gezeigt. Aber kannte er ihn eigentlich wirklich? Diese Frage hatte sich Jan-Josef schon tausendmal gestellt. Als Arnold Stollberg 1943 starb, war er erst sechzehn, und der Tod des Vaters kam plötzlich, ganz unerwartet, Jan-Josef hatte keine Gelegenheit gehabt, sich darauf vorzubereiten. Als die Blutvergiftung bei Arnold diagnostiziert worden war, war es schon zu spät gewesen. Es ging dann ganz schnell. Durch seinem Tod hatte sich der Künstler jeder Auseinandersetzung mit seinem Sohn entzogen – so sah es Jan-Josef. Die Fragen, die er Arnold hätte stellen sollen – müssen – kamen ihm erst später in den Sinn, nach Wochen, Monaten und Jahren, und statt dass sein Vater sie beantwortete, blieb nur seine Mutter, an die er sie richten konnte. Er gab seinem Vater wegen dessen plötzlichem Tod absurderweise die Schuld daran, dass sie sich nicht wirklich kennenlernen konnten, was ihn schmerzte. Er spürte diese Lücke, und obwohl er seinem Vater gegenüber zwiespältige Gefühle hegte, fehlte er ihm. Auch er war verschwunden, fort für immer. Er war allein.

Mit der Zeit hatte Jan-Josef eine gehörige Portion Selbstmitleid entwickelt. Hinzu kam eine Weltverdrossenheit, die ihn sein Leben und seine Zukunft in schwarzen Farben erscheinen ließ. Passenderweise verlief sein Dasein entsprechend schwierig. Zwar war er der Sohn eines zunehmend an Berühmtheit gewinnenden verstorbenen Künstlers, aber das nutzte ihm bei seinem phlegmatischen Temperament und seiner depressiven Verfassung nichts. Als Marion starb, war Jan-Josef gerade zweiundzwanzig Jahre alt, verfügte über keine Ausbildung, dafür über ein schmales Erbe und hatte eigene künstlerische Ambitionen. Doch alle Bemühungen, in London Anschluss an ein kreatives Milieu zu finden, schlugen fehl. Man hielt ihn kurz gesagt für unreif, sowohl rein menschlich, was mit seiner linkischen und ungeschliffenen Wesensart zu tun hatte, als auch politisch, weil er kruden sozialistischen Ideen nachhing; im England der späten vierziger und frühen fünfziger Jahre war das für eine Existenz als Künstler eher ein Hindernis. Außerdem wusste er nicht genau, was er wollte. Jan-Josef versuchte sich als Schriftsteller und schaffte es tatsächlich, einen schmalen Gedichtband herauszubringen, der aber wie Blei in den Regalen der Buchläden lag. Er schrieb für Zeitungen, betätigte sich als Übersetzer und schlug sich als Ghostwriter durch, immer von der Hand in den Mund lebend. Die Kontakte, die er wegen seiner Eltern zu einigen Londoner Galeristen pflegte, nutzten ihm nichts oder nur insofern, als er hier und da redaktionelle Texte für Kataloge schreiben durfte. Abwechslung bot ihm seine Tätigkeit als Nachlassverwalter seines Vaters und seiner Mutter, deren künstlerisches Erbe er zu ordnen und zu pflegen versuchte. Doch das brachte ihm kein Geld ein. Zudem war England nicht der richtige Ort für Recherchen, es drängte ihn zunehmend, nach Deutschland zu ziehen. Seinen Umzug nach Köln hatte ein ihm wohlgesonnener Verleger vermittelt, der ihm den Kontakt zu einer großen Tageszeitung der Rheinmetropole vermittelte, für dessen Feuilleton Jan-Josef Stollberg nun unregelmäßig, aber immerhin einigermaßen kontinuierlich Glossen und Artikel schrieb.

Er schloss die Augen und schüttelte sich. Schüttelte die Gedanken ab, denen er nachhing und die zu nichts führten.

Jan-Josef schaute sich verstohlen um. Die Nonne war verschwunden, am Bild der Gottesmutter knieten jetzt andere Menschen, um zu beten. Das Licht im Kirchenraum hatte sich verändert, es war heller geworden, und die Architektur mit ihren Säulen, Pfeilern und feinen Diensten trat jetzt viel schärfer konturiert hervor. Dasselbe galt für das Inventar: Taufstein, Grabmäler in den Seitenkapellen und Epitaphien an den Wänden wirkten wie zum Greifen nahe und warfen schwarze Schatten. Durch die Fenster des Seitenschiffs drang nun Sonnenlicht, das dem gewaltigen Raumgefüge des Doms Leben einzuhauchen schien. Plötzlich verspürte er das dringende Bedürfnis, eine Zigarette zu rauchen. Abrupt stand er auf, ging mit eiligen Schritten zum Ausgang und verließ die Kirche, in Gedanken wieder beim *Theorem*, Dr. Liebig und den Bellheims.

6

Es ging dann alles sehr schnell und überraschend unproblematisch. Anwälte und Museumsleute gaben sich in den Museen von Bamberg und Münster die Klinken in die Hände, Dagmar Bellheim und ihr Bruder Gregor reisten mehrmals von London nach Deutschland und wieder zurück, und auch Jan-Josef Stollberg war gelegentlich bei den Treffen dabei. Dorothee Suhl und Gerhard Meininger zeigten sich von Anfang an kooperativ und stellten keinerlei Forderungen. Schriftstücke wurden hin und her geschickt und unterschrieben, Dokumente und Fotos gesichtet, Zeugen gehört und Akten sowie – wenige – Präzedenzfälle geprüft, die Zeitungen berichteten. Anfang 1955 war es entschieden: Die vier Gemälde wurden Dagmar und Gregor Bellheim als Erben ihrer Eltern Joseph und Sarah zugesprochen und waren von Fräulein Suhl und Herrn Meininger an die Bellheims zu übergeben, was dann im Rahmen eines juristischen Akts auch geschah – ein Akt, den Dorothee später als „feierlich und bewegend" beschrieb. Die Bellheim-Geschwister zeigten sich ebenfalls generös und beschlossen, die vier Gemälde als Leihgaben in den beiden Museen zu belassen, mit der Auflage, dass im Fall des Westfälischen Kunstmuseums die beiden Bilder an einem prominenteren Ort als bisher präsentiert werden sollten, der ihrem Rang gemäß war, was Dr. Kemmerer beflissentlich zu veranlassen versprach. Und so geschah es. Schon wenig später konnten Besucher die beiden Stollberg-Gemälde als Hauptwerke der Sammlung zur Klassischen Moderne im Münsterschen Museum bewundern, repräsentativ platziert und optimal ausgeleuchtet, gleich neben einer Ölskizze von Moholy-Nagi, einem großen, nur mit zögerlicher Zustimmung von Kemmerer neu angekauftem Werk von Otto Freundlich und einer von Kirchners späten Davos-Ansichten. Stollbergs Bilder erhielten eine neue Beschriftung, die sie als Fragmente des *Metaphysischen Theorems* und Eigentum der Bellheims auswiesen, und Dr. Liebig bekam den Auftrag, eine kleine Broschüre über die in Münster und Bamberg befindlichen Bilder und ihre Geschichte – soweit bekannt – samt Würdigung des Künstlers zu verfassen. Die kleine Publikation konnte man nach ihrem Erscheinen an der Museumskasse für fünf D-Mark erwerben, was allerdings nur selten vorkam. Das fünfte Gemälde blieb verschwunden.

Und war auch immer noch verschollen, als sich die Bellheims an einem schönen Junitag vier Jahre nach der Rückgabe der Bilder an sie in West-Berlin erneut mit Münsteraner und Bamberger Museumsleuten trafen. Dabei kam es zu Begegnungen zwischen alten Bekannten und neuen Gesichtern. Aus Münster waren Dr. Werner Liebig, nach wie vor zuständig für die Abteilung der Klassischen Moderne, sowie Dr. Ewald Meier-Kempf angereist, frischgebackener neuer Direktor, der soeben die Nachfolge des in den Ruhestand versetzten Dr. Kemmerer angetreten hatte; noch jung, voller Elan und neuer Ideen für „sein" Museum. Die Kunsthalle Bamberg vertrat ihr langjähriger Direktor Dr. Michael Zacharias, der seine Sekretärin im Schlepptau hatte. Fräulein Berger war eine ca. fünfzigjährige, unauffällige Frau, die kaum sprach, aber alle Informationen parat hatte, um die ihr Chef sie bat. Künstlersohn Jan-Josef Stollberg vervollständigte die Gruppe.

Der Anlass des Treffens, zu dem die Bellheims eingeladen hatten, war ebenso spektakulär wie der Ort, an dem es stattfand.

„Hier war es also…" murmelte Meier-Kempf und sah sich in dem großen Raum, in dem sie standen, um. Seine Augen leuchteten. Dabei gab es wenig Interessantes zu sehen. Im Gegenteil: Der Saal wirkte heruntergekommen, der Putz blätterte, die Fenster waren in schlechtem Zustand, der Fußboden, der mal bessere Zeiten gesehen hatte, war an manchen Stellen aufgerissen. Eine ehemals sicher imposante Doppeltür mit schief in den Angeln hängenden Flügeln stand weit offen und machte den Blick in den hinteren Raum frei. Der sah nicht besser aus.

„Ja, hier war es einmal", bekräftigte Gregor Bellheim und nickte demonstrativ. „Und hier wird es wieder sein!" Den letzten Satz brachte er fast trotzig hervor.

Der junge Mann hatte sich in den vergangenen Jahren verändert. Sein Gesicht war härter geworden, der Ausdruck seiner Augen pointierter, und seine Gestalt noch eine Spur hagerer. Gekleidet war er wie aus dem Ei gepellt und er legte ein snobistisches Gehabe an den Tag. Liebig hatte erst Schwierigkeiten, in diesem trotzig wirkenden *Bonvivant* den jungen Bellheim zu erkennen, den er zuletzt vier Jahre zuvor gesehen hatte. Einzig der auffallende Ring mit dem großen Rubin, der Gregors Finger zierte, war ein eindeutiges Indiz.

Dagmar Bellheim warf ihrem Bruder einen vorwurfsvollen Blick zu. Im Gegensatz zu ihm erschien sie Liebig ganz unverändert. Gut gekleidet, aber nicht teuer; wach, eloquent, dabei madonnenhaft charmant und nervös zugleich. Aber das war auch kein Wunder, schließlich betätigte sie sich an diesem kühlen Juli-Nachmittag als eine Art Fremdenführerin mit einer Mission. Die kleine Gruppe befand sich nämlich an einem besonderen Ort: Das heruntergekommene Gebäude, in dem sie standen, beherbergte früher einmal den Kunstsalon Herbert Reim.

Zacharias, der den Raum langsam durchschritten hatte, wandte sich an Gregor:

„Sie haben ja schon einige Andeutungen gemacht, Herr Bellheim", sagte er langsam, „aber was genau planen Sie hier?"

Alle wandten sich nun dem Angesprochenen zu.

Gregor wurde rot, dieses Maß an Aufmerksamkeit machte ihn noch unsicherer, als er ohnehin schon war. In Verkennung der Situation und der harmlosen Frage Zacharias´ fühlte er sich plötzlich angegriffen, sodass er kurz davor war, aggressiv zu antworten. Da fing er einen weiteren mahnenden Blick seiner Schwester auf, woraufhin er kurz die Augen schloss und sich wieder fing. Alles war gut, sagte er sich. Diese Menschen wollen mir nichts Böses, sie sind einfach nur interessiert, das ist ihr gutes Recht.

„Eine Galerie", sagte er, um eine gelassene Nonchalance bemüht. „Ich werde in diesem Jahr meine Promotion abschließen. Meine", er lächelte plötzlich gewinnend und streckte die Rechte in Richtung Dagmar aus -, „nein, unsere Idee ist es, hier wieder an die alten Zeiten anzuknüpfen. Wir wollen junge Künstler fördern. Hier in West-Berlin gibt es eine Menge Potential, junge Leute mit unglaublichem Talent, die nur darauf warten, dass man ihnen unter die Arme greift."

Dagmar trat zu ihrem Bruder.

„Es soll ein Vermächtnis sein", sagte sie. „Wir wollen mit diesem Vorhaben auch an unsere Eltern erinnern, besonders an unseren Vater."

Kurzes Schweigen auf allen Seiten.

Jan-Josef räusperte sich. Fräulein Berger sah ihn an. Dank ihrer guten Menschenkenntnis war ihr sofort klar, dass er litt. Er war getroffen und bewegt, das sah sie ihm an.

Auch Liebig schien das zu bemerken.

„Herr Stollberg, für Sie muss es besonders schwer sein, in diesen Räumen hier zu stehen…"

Bevor Jan-Josef auf diesen Einwurf Liebigs antworten konnte, meldete sich Meier-Kempf zu Wort.

„Ja nun, natürlich, hier fand schließlich die große Ausstellung **Ihres** Vaters statt, das *Theorem* wurde präsentiert, **Ihr** Vater", damit wandte er sich an Gregor und Dagmar, „hat es hier gekauft… das sind überwältigende Erinnerungen, keine Frage. Aber, meine Lieben" – und hier erhob er den Zeigefinger der rechten Hand – „lassen Sie uns nicht sentimental werden. Wir sind Wissenschaftler" – ein Seitenblick zu Zacharias und Liebig – „uns interessiert doch an diesem Ort vor allem die Historie. Und ich frage mich: Was ist hier noch von der legendären Galerie Reim übrig?"

„Oh, einiges!" beeilte sich Dagmar Bellheim zu antworten, froh darüber, dem Gespräch die aufkommenden Schwere nehmen zu können. Sie drehte sich abrupt um und ging durch die Flügeltür in den angrenzenden Raum, wobei sie den anderen winkte, um ihr zu folgen. Dort angekommen, wandte sie sich einer großen Holzkiste zu, die links vom Eingang neben einem großen Schuttberg stand. Sie griff in die Kiste und entnahm ihr ein flaches, in dickes Packpapier eingewickeltes Päckchen, etwa ein mal eineinhalb Meter groß. Sie legte es auf den rohen Holztisch, der mitten im Raum stand, und wickelte es aus. Zum Vorschein kam eine dünne Platte, offenbar Putz, deren Vorderseite das fragmentarisch angeschnittene Gesicht einer jungen Frau zeigte. Die Malerei war in schlechtem Zustand, aber man konnte die stilisierten Züge mit den lasziv geschwungenen Brauen, den halb geschlossenen Lidern und der kleinen Nase gut erkennen. Vom rot geschminkten Mund war nur ein kleines Stück zu sehen, mehr gab das Bruchstück nicht her. Offensichtlich handelte es sich um das Fragment eines großen Freskos.

„Das ist immerhin übrig geblieben von Dodos Fresko, das im vorderen Raum angebracht war", erklärte Dagmar. „Wir haben es im Keller gefunden. Und dann noch dies, Herr Stollberg", beeilte sie sich eifrig hinzuzufügen, während sie wieder an die Kiste trat und ein weiteres Paket herausnahm, ebenfalls in dickes Papier gewickelt.

Ein Gemälde befand sich darin, kleinformatig und mit einem schlichten, vergoldeten Holzrahmen versehen. Das Ölbild zeigte ein Blumenarrangement in Nahsicht, mit einer großen Mohnblüte im Vordergrund, die fast das gesamte Bild füllte. Die Blüte war ornamental verfremdet und gegen alle Natur von einer überwältigend leuchtenden gelben Farbe, während alles andere auf dem Bild in ein dämmriges Dunkelrot bis Violett getaucht war. Unten rechts konnte man die Signatur erkennen: „A. Stollberg 1930"

Jan-Josef trat heran und nahm das Bild vorsichtig in die Hände.

„Tatsächlich, da ist es", sagte er mit heiserer Stimme, „Der *Gelbe Mohn.*"

„Reim hatte es ja hier eine ganze Zeit hängen", sagte Dagmar und drehte ihren Kopf suchend herum. „Nein, nein", berichtigte Gregor sie mit leichter Ungeduld, „nicht hier, es hing in seinem Büro. Das ist allerdings gar nicht mehr da, der Raum ist damals schon völlig verändert worden."

„Phantastisch", sagte Zacharias mit Blick auf den *Gelben Mohn.* Liebig und Meier-Kempf stellten sich zu ihm, und gemeinsam betrachteten sie das Gemälde, schnell in ein leises Gespräch vertieft, wobei sie hin und wieder auf das eine oder andere Detail deuteten.

„Auf dem Foto sieht es viel unscheinbarer aus", bemerkte Jan-Josef, der das Gemälde seines Vaters immer noch andächtig bestaunte.

„Das Foto war ja auch schon ramponiert und ist jahrelang in einem Aktenschrank verstaubt, bevor wir es im letzten Jahr entdeckt haben", warf Gregor ein.

Meier-Kempf blickte zu Dagmar: „Wie sind denn jetzt die Besitzverhältnisse? Ist das schon geklärt?"

Sie schüttelte den Kopf. „Nein, noch nicht. Das Denkmalamt wird den *Gelben Mohn* und das Dodo-Bruchstück in den nächsten Tagen abholen, und dann wird erst einmal die Bürokratie walten." Sie zuckte mit den Schultern. „Aber Reim hat keine Erben, das ist schon mal recherchiert worden – ohne Ergebnis. Deshalb glaube ich, dass man das Gemälde Ihnen überlassen wird, Herr Stollberg. Was mit den Fresko-Fragment passieren wird, weiß ich nicht... Ob es da Erben gibt? Vielleicht geht es auch in Landeseigentum über."

Jan-Josef holte tief Luft und atmete langsam wieder aus. „Auf jeden Fall bin ich Ihnen sehr dankbar, dass Sie uns hierhergeführt haben, Fräulein Bellheim. So konnte ich das Bild wenigstens schon mal sehen, bevor es für´s Erste wieder verschwinden wird. Vielen Dank!"

„Ja, wirklich, ich schließe mich an", pflichtete ihm Zacharias bei. „Auch für uns", und dabei drehte er sich erst zu Meier-Kempf, dann zu Liebig, „ist das ein Erlebnis."

„Und diese Galerie, die Sie planen..." begann Liebig

„Wie gesagt: junge, moderne Künstler wollen wir hier präsentieren. Aber es ist mehr als das! Der Senat unterstützt das Projekt. Meine Schwester und ich steuern ein wenig Geld bei, wir haben neulich etwas Geld von einer entfernten

Verwandten in Palästina geerbt – nicht viel, aber immerhin ein wenig Startkapital für das hier. Ausstellungen soll es nur im vorderen Raum geben. Hier hinten, im Anbau, in dem wir stehen, sollen zwei oder drei Ateliers entstehen, mit Oberlicht und so weiter. Damit können talentierte Künstler hier arbeiten."

„Mein Bruder wird das alles leiten. Er wird seine Dissertation noch dieses Jahr abschließen und kann sich dann dem Projekt widmen", ergänzte Dagmar.

Gregor Bellheim errötete. „Nun, nicht vollständig natürlich, ich werde auch anderweitig tätig sein – schließlich muss ich Geld verdienen. Sie haben wahrscheinlich schon gehört, dass ich Aussichten auf eine Stelle am Museum der Kunst der Moderne habe…"

Die drei Wissenschaftler nickten synchron. „Ja, das hat sich schon herumgesprochen…", sagte Meier-Kempf. „Eine tolle Chance, die Staatlichen Museen sind ja dabei, in Dahlem ein ganz neues Museumsareal aus dem Boden zu stampfen. Hoffen wir, dass es klappt. Das Haus ist ja noch im Aufbau und kann junge Nachwuchsleute bestens gebrauchen."

Jetzt nickte Gregor. „So ist es. Aber dies hier", sagte er und breitete die Arme aus, „wird meine Leidenschaft werden. Das bin ich – nein, das sind wir unseren Eltern schuldig."

Dagmar Bellheim blickte ihren Bruder verschwörerisch an.

„Sollen wir nicht jetzt schon…?" fragte sie ihn leise. Er nickte.

„Na gut", begann Dagmar und setzte eine wichtige Miene auf, „dann können wir es Ihnen ja auch jetzt schon sagen und nicht erst später, wie wir ursprünglich gedacht haben." Sie machte eine bedeutungsvolle Pause und genoss die Aufmerksamkeit, die sie plötzlich auf sich zog. Alle sahen sie an, selbst Fräulein Berger stand gespannt da und wartete darauf, dass Dagmar weitersprach.

Das tat sie. „Also, wie mein Bruder schon sagte, wir wollen Künstler fördern – Berliner Künstler, junge Talente, die bereit sind, Neues auszuprobieren und die auf der Höhe der Zeit sind. Damit wollen wir auch an unseren Vater erinnern, der ja selbst ein großer Sammler war." Sie machte erneut eine Pause. „Was wir nicht wollen," fuhr sie fort, „ist, hieraus ein Museum für ihn zu machen. Wir möchten nach vorne schauen. Und deshalb", hier blickte sie von Meier-Kempf zu Liebig, weiter zu Zacharias und Jan-Josef, schließlich sogar zu Fräulein Berger, „haben wir uns entschlossen, unsere vier Stollberg-Bilder Ihren beiden Häusern zu schenken. Das ist auch der Grund, warum wir Sie hier nach Berlin gebeten haben."

Damit hatte niemand gerechnet. Die Museumsleute standen wie vom Donner gerührt. Stollberg hingegen trat einen kleinen Schritt zurück.

Michael Zacharias fand als erster seine Sprache wieder. „Liebes, gnädiges Fräulein… Herr Bellheim… das ist ja… ich weiß gar nicht …" hier brach er ab. Meier-Kempf kam ihm zu Hilfe: „Das ist wunderbar – welch phantastische Neuigkeiten!"

Dagmar lächelte verlegen. Gregor nahm ihre Hand und hub zu einer Erklärung an:

„Wir wollen uns befreien. Von der Sammlung unseres Vaters ist eh fast nichts übrig. Wir möchten, dass das, was noch da ist, der Öffentlichkeit gehört und nicht in unserem Besitz bleibt. Es gab noch ein paar Objekte, die gerettet werden konnten, eine Renaissance-Medaille, ein Stich aus der Schule von Fontainebleau – wir geben alles an Museen, konsequent. Und eben auch die vier Bilder des *Theorems*. Sie sollen Ihnen gehören."

Werner Liebig war immer noch sprachlos. Die Geste der Bellheims war überaus großzügig, denn die *Theorem*-Bilder waren in den letzten Jahren um ein Vielfaches in ihrem Wert gestiegen gegenüber dem Preis, den Dorothee Suhl und Gerhard Meininger seinerzeit dafür bezahlt hatten. Die Ursache dafür war, dass im Laufe der Jahre immer mehr Material über Stollberg und sein Werk ans Tageslicht gekommen war und er mittlerweile nicht nur als wichtiger Künstler der Zeit zwischen den Weltkriegen, sondern als Pionier der abstrakten Kunst in zweiter Generation angesehen wurde. Da es kaum Werke von ihm gab, stiegen die Preise dafür ganz gehörig, wenn doch mal eine Zeichnung oder eine Ölskizze auf den Markt kam.

Dagmar fuhr fort: „Es ist auch ein Dank dafür, dass Sie sich in den letzten Jahren so intensiv um die Bilder gekümmert haben und dass Sie bei Ihnen in guten Händen sind. Das wissen wir zu schätzen und wollen das mit der Schenkung besiegeln." Sie strahlte.

Nun redeten auf einmal alle durcheinander, großes Händeschütteln, freundliche Dankesreden von allen Seiten, Schulterklopfen und fröhliche Gesichter. Der *Gelbe Mohn* wurde noch einmal begutachtet, ebenso das Dodo-Bruchstück mit dem Fragment des stilisierten Gesichts einer Art-Déco-*femme fatale*, dann war es Zeit zu gehen. Was die Schenkung betraf, würden Anwälte alles in die Wege leiten.

Beim Verlassen des Gebäudes, als sie gerade auf die Straße treten wollten, nahm Dagmar Jan-Josef beiseite.

„Herr Stollberg", sagte sie leise fragend zu ihm, „ich hoffe, Sie nehmen es uns nicht übel, dass wir die Gemälde an die Museen und nicht an Sie geben…?"

Er schüttelte brüsk den Kopf.

„Nein, natürlich nicht, wie kommen Sie darauf?" Die Schroffheit seiner Antwort ließ sie zurückweichen.

„Nun, ich dachte, Sie könnten verärgert sein", setzte sie hinzu. Sie schaute zur Seite und fuhr fort: „Schließlich… nun, wenn man den Kunstmarkt betrachtet, steigen abstrakte Bilder immens in ihrem Wert, auch die Ihres Vaters…" Dagmar schaute ihn wieder an, in ihrem unsteten Blick entdeckte Jan-Josef Anzeichen eines schlechten Gewissens. Solche Blicke kannte er seit seiner Kindheit.

Stollberg wandte seine Augen von ihr ab. Er zog eine Zigarette aus der Tasche und zündete sie an.

„Ja, richtig," stimmte er leise zu. „Im nächsten Monat öffnet der zweite Aufguss der documenta, in Kassel. Sie haben davon gelesen? Das Abstrakte soll ja dort zur `Weltkunst´

geadelt werden, wie man so hört. Das wirkt sich natürlich auf Preise aus." Plötzlich lachte er herausfordernd auf. „Aber nein, ich bin nicht auf im Wert gestiegene Werke meines Vaters angewiesen! Ich würde sie eh nicht verkaufen. Außerdem: Das ein oder andere Bild wird sicher noch in meinen Besitz gelangen. Schließlich werden sich die Nazis damals noch bei anderen Menschen unrechtmäßig – nun ja – bedient haben, was? Und vielleicht taucht ja irgendwann das fünfte Bild auf, das können Sie mir dann ja schenken!" Wieder lachte er, dann fixierte er Dagmar wieder mit seinen Augen. „Wissen Sie, Sie haben ganz Recht", setzte er hinzu. „Die Vergangenheit soll man ruhen lassen. Es macht keinen Sinn, allem nachzutrauern. Vorbei ist vorbei. Und wer weiß", er blickte Dagmar an, sein Gesicht war ihrem ganz nah, „wahrscheinlich bleibt mir ja der *Gelbe Mohn*!" Dabei grinste er sie an.

Dagmar fühlte sich sichtlich unwohl, sie suchte nach einem Ausstieg aus diesem Gespräch. „Ja, und vielleicht", nahm sie eifrig den Faden auf, „schaffen die es ja, irgendwann eine Ausstellung über Ihren Vater zu organisieren." Mit diesen Worten blickte sie zu den drei Museumsleuten und Fräulein Berger, die auf dem Gehweg standen und nach Taxis Ausschau hielten. Hinter Jan-Josef und Dagmar schloss Gregor Bellheim die Tür des ehemaligen Kunstsalons Reim ab.

V

1

Eiligen Schritts lief der junge Mann mit dem blonden Haarschopf die Treppe hoch in den ersten Stock. Hier oben staute es sich fast, das Gedränge war am Eingang zu den Ausstellungsräumen doch sehr arg, und es dauerte, bis sich die Besucher einigermaßen orientiert hatten und der weitere Weg des Rundgangs gefunden war. Wegen der relativ engen Räume war die Luft stickig, doch immerhin konnte man jetzt ungehindert weitergehen und die Werke betrachten, die an den Wänden hingen.

Hans Esser – so hieß der junge Mann – fühlte sich wohl. Er war gerade zwanzig geworden und hatte die Gelegenheit seines Aufenthalts in Münster genutzt, die Ausstellung im Westfälischen Kunstmuseum zu besuchen, von der alle sprachen: „Arnold Stollberg – Retrospektive." Die Schau war zum Ausstellungshighlight des Jahres 1967 avanciert, und Hans wollte sich die Gelegenheit nicht entgehen lassen, ebenfalls einen Blick auf die vielbesprochenen und allgemein hochgelobten Werke dieses Künstlers der Weimarer Republik zu werfen. Ein Künstler übrigens, von dem der junge Esser vorher nie etwas gehört hatte, was er mit vielen, wenn nicht den meisten Besuchern gemein hatte.

Eigentlich war Hans aus der Art geschlagen. In seiner ganzen Familie war er der einzige, der ein Interesse für Kunst an den Tag legte und sich sogar ein wenig auskannte. Er liebte Maler wie Eugène Delacroix, der ihm mit seinen imposanten und großformatigen Pathos-Gemälden mächtig imponierte und träumte davon, diese einmal im Louvre leibhaftig vor Augen zu haben. Aber zunehmend trat auch die Klassische Moderne in sein Blickfeld. Mit Paul Klee und August Macke, der im Münsterschen Museum mit einigen wichtigen Werken vertreten war, hatte er Zugang zur Kunst der ersten Hälfte des 20. Jahrhunderts gefunden. Abstraktes aber war ihm noch neu, deshalb war er auf die Malerei Arnold Stollbergs gespannt.

Seine Eltern hätten nie einen Fuß in das Museum gesetzt, sie hielten derartige Aktivitäten für pure Zeitverschwendung. Dasselbe galt für die weitere Verwandtschaft, Onkel und Tanten, die allesamt – wie Hans´ Eltern auch – genug damit zu tun hatten, ihr Leben zu organisieren, Kinder durchzubringen und dafür Sorge zu tragen, dass die es mal besser haben würden als sie selbst. Arbeit und Geld verdienen bestimmte den Alltag der Essers. Das war auch bei Hans nicht anders. Sein Vater hatte ihn nach der Realschule gleich bei einer großen Versicherung unterbringen können, wo er eine Lehre absolvierte und inzwischen Versicherungskaufmann geworden war – ein krisenfester Beruf, wie es hieß, und man machte sich die Hände nicht schmutzig. Mit seinen zwanzig Jahren glaubte Hans, dass er schon einiges erreicht hatte und gönnte sich deshalb sein Hobby, hin und wieder populäre Kunstbücher zu kaufen, ein Museum zu besuchen – oder mit seinen wenigen Freunden zu Heimspielen der Hertha im Olympiastadion zu gehen. Fußball war nämlich auch eine seiner Leidenschaften. Ans

Heiraten dachte er nicht, auch wenn seine Mutter hin und wieder dieses Thema anschnitt.

Bis jetzt hatte ihm die Ausstellung ganz gut gefallen. Wider Erwarten waren die Gemälde Stollbergs nicht sperrig oder gar hässlich, wie er befürchtet hatte. Er mochte Bilder, auf denen er etwas erkennen konnte: eine Landschaft zum Beispiel, oder eine Szene aus der Geschichte, ein Stillleben oder auch ein schön gemaltes Porträt. Bei der gegenstandslosen Kunst gab es nichts zu erkennen – nur Farben und Formen, ein wildes Durcheinander, und die abfällige Bemerkung „das kann ich auch" hatte Hans angesichts abstrakter Kunstwerke schon häufiger vernommen. Er war geneigt, dem zuzustimmen. Aber auch, wenn er selbst nicht vorbehaltsfrei war, bemühte er sich, ohne Vorurteile Arnold Stollberg zu entdecken. Und er wurde nicht enttäuscht.

Hans war geradezu hingerissen von einem Sinn für Ordnung, den er in Stollbergs Bildern zu entdecken glaubte. Fast bei jedem Werk erschloss sich ihm eine Art von Logik oder zwingender Notwendigkeit, dieses oder jenes Element genau an dieser und nicht an anderer Stelle eingefügt und dazu die einzig passende Farbwahl getroffen zu haben. Stollberg hatte alles „richtig" gemacht und erwies sich für Hans durch seine formale und koloristische Virtuosität als wahrer Künstler – ebenbürtig den alten Meistern wie Caspar David Friedrich oder Vincent van Gogh.

Der Rundgang führte ihn zunächst durch abgedunkelte Räume, in denen Zeichnungen und Druckgraphiken hingen, die Hans nicht besonders interessierten. Schnellen Schritts ging er an den kleinformatigen Werken vorbei. Er wollte Farbe sehen, und wie er in Erfahrung gebracht hatte, wartete hier im oberen Stockwerk die Hauptsensation der Ausstellung, auf die er sich nun freute. Nicht als einziger, wie sich zeigte, denn im großen, abschließenden Saal wurde es wieder merklich voller.

Und dann war es soweit: Hans Esser stand vor den vier Gemälden, die zum *Metaphysischen Theorem* gehörten, wovon alle sprachen und das auch in den Besprechungen zur Ausstellung, die er gelesen hatte, besondere Erwähnung gefunden hatte. Das Hauptwerk Arnold Stollbergs! Hans hatte keine Ahnung, was der Titel bedeuten sollte, aber das war ihm relativ egal. Obwohl sein Blick auf die vier Gemälde immer wieder durch andere Besucher getrübt wurde, die sich zwischen ihn und die Bilder schoben, war ihm sofort klar, dass er hier etwas Außergewöhnliches vor sich hatte, das alle andere Werke der Ausstellung in den Schatten stellte. Die Bilder waren alle gleich groß und von eher bescheidenen Ausmaßen. Jedes von ihnen besaß eine eigene Individualität, und doch schlossen sich alle vier zu einem einheitlichen Gesamtbild zusammen. Dabei war die leuchtende Farbigkeit in ihrer schwebenden, dynamisch organisierten Struktur von Flächen, Linien und ineinander verlaufenden Feldern derart gekonnt, dass man nur von vier Meisterwerken – nein, von einem Meisterwerk sprechen konnte.

Hans war hingerissen und konnte sich nicht sattsehen an den in tausend Nuancen komponierten Farben mit ihren spannungsreichen Beziehungen und kühnen Verbindungen. In einem der Bilder wechselten wellenartige Gebilde in Gelb mit fließenden, ausufernden Strömen von Rot ab, die wiederum an den Rändern in dunkel- und hellrote Blitze oder Brüche ausliefen. Wie Hans erst jetzt bemerkte, war ein auf allen vier Gemälden wiederkehrendes Element die zahlreichen Haken - Hans konnte es nicht anders bezeichnen -, die wie perspektivisch dargestellte Bergspitzen den Bildern Raum und Tiefe verliehen, ohne auch nur die Spur einer gegenständlichen Andeutung zu zeigen.

In diesem Moment stutzte Hans. Diese Haken oder Zacken kannte er, die hatte er schon mal gesehen. Er war plötzlich ganz aufgeregt und wollte das Gemälde genauer in Augenschein nehmen. Der junge Mann drängelte sich durch die vor ihm stehenden Menschen bis ganz nach vorn und ging bis direkt an die Wand, an der die Bilder angebracht waren und wo eine Schrifttafel Informationen zu den Gemälden lieferte. Hans Esser las, dass Stollberg die Bilder zu Beginn der dreißiger Jahre gemalt hatte, warum er ihnen den Namen *Metaphysisches Theorem* gegeben hatte – als Bezeichnung für eine „universelle Wahrheit" - , in wessen Besitz sie heute waren – die Museen in Münster und Bamberg – und das es ursprünglich fünf Gemälde gewesen seien, wobei das fünfte und „für den Zyklus konzeptionell wichtigste" – wie es hieß – seit dem Krieg verschollen war.

Hans las alles noch einmal und noch einmal. Dann trat er wieder zurück, wobei er versehentlich eine ältere Dame anrempelte, und nahm die Bilder erneut in Augenschein. Sein Blick wanderte von einem zum anderen, hin und her, von links nach rechts und von rechts nach links. Er vermaß in Gedanken die Größe, sah wieder und wieder auf die charakteristischen Haken und auf andere, ihm jetzt erst deutlich auffallende Strukturprinzipien in den Bildern und merkte, wie ihm schwindlig wurde. Ganz plötzlich wurde ihm bewusst, wie schlecht die Luft hier oben war. Das murmelnde Geräusch leiser Stimmen, das den Saal erfüllte, schwoll in seinem Kopf zu einem lauten Brausen an. Hans´ Mund war trocken wie Sandpapier, das Schlucken fiel ihm schwer.

Er musste hier raus, sofort. Er riss sich zusammen, machte auf dem Absatz kehrt und bahnte sich einen Weg zur Treppe. Nach unten. Zum Ausgang. Hastig stolperte er die Treppe hinunter und achtete nicht auf die strafenden Blicke der bedächtig hinaufsteigende Besucher, wenn sie ihm ausweichen mussten. Unten angekommen, eilte Hans sofort ins Foyer und sank auf die Bank an der Garderobe, wo zum Glück noch ein Platz frei für ihn war. Sein Atem beruhigte sich langsam, und auch der Schwindel verflüchtigte sich nach und nach. Aus seiner Hosentasche zog er ein Taschentuch, um sich den Schweiß von der Stirn zu wischen.

„Entschuldigung, fühlen Sie sich nicht wohl?"

Hans blickte auf und sah in das zugleich hübsche und besorgte Gesicht einer jungen Frau, die sich zu ihm herunterbeugte. Offensichtlich eine Angestellte des Museums.

„Kann ich Ihnen ein Glas Wasser bringen?" fragte sie nachhakend.

Der junge Mann schüttelte seine Verwirrtheit ab und wollte dankend bejahen, brachte aber keinen Ton heraus. Erst nachdem er sich umständlich geräuspert hatte und seine Zunge ihm wieder gehorchte, brachte er ein leises „Ja, gerne, vielen Dank…" heraus. Hans war peinlich berührt.

Das Wasser tat ihm gut. Kühl und rein, wie es war, belebte es seine Sinne. Nach ein paar Minuten fühlt er sich besser und war fast wieder der Alte. Nachdem er das Glas ausgetrunken hatte, wusste er nicht, wohin damit. Die junge Frau war verschwunden, wahrscheinlich wieder hinter dem Garderobentresen oder an die Musemskasse, wo sich eine längere Schlange gebildet hatte, die auf Einlass wartete. Kurzerhand stellte er das Glas auf den Fußboden unter die Bank und erhob sich. Kurze Prüfung: Ja, alles in Ordnung, er stand sicher und konnte normal gehen, ohne Schwindel. An der Garderobe holte er seinen Mantel und verließ das Museum, ohne die nette junge Frau noch einmal gesehen zu haben.

2

Die Essers wohnten in Schöneberg, in einer Neubauwohnung in der Voßbergstraße, nicht weit vom Innsbrucker Platz entfernt. Vor vier Jahren, im Januar 1963, hatten sie die Wohnung bezogen und waren damit der engen Behausung in Friedenau, noch mit Kohleöfen und zugigen Türen, entronnen. Hans war froh darüber, denn in dem Bad mit dem Fenster, das zu einem engen, finsteren, bis zum Dachboden durchgehenden Schacht führte und nur dämmriges Tageslicht hereinließ, war ihm immer unheimlich zumute gewesen. In der Voßbergstraße hingegen war es hell, Türen und Fenster schlossen gut und es gab Zentralheizung und fließend heißes Wasser.

Andererseits war es klein und eng. Wohnzimmer, Schlafzimmer und ein Zimmer für den damals sechzehnjährigen Hans mussten reichen. Aber die Essers waren genügsam und lebten von der Gewissheit, dass andere Familien weitaus schlechter dran waren. Bernhard, Hans´ Vater, war seit Jahr und Tag bei der BVG angestellt und fuhr täglich einen der großen gelben Doppeldecker, die durch West-Berlin rollten, was seinem Sohn in Kindertagen Anlass gab, mit seinem Vater anzugeben. Bernhard liebte seine Arbeit. Vom Wesen her eher gemütlich und lethargisch, war er vollauf damit zufrieden, den monatlichen Dienstplan abzuarbeiten und seinen Feierabend vor dem Fernseher zu genießen; einziges Hobby war die Hertha, was er mit seinem Sohn gemeinsam hatte, weswegen beide an Samstagen ab und zu gemeinsam im Stadion zu sehen waren. Manuela, Bernhards Frau, war von anderem Temperament. Stets leicht wehleidig und mit einem Hang zu depressiven Stimmungen hing sie einem generellen Pessimismus nach, der sie anderen Menschen gegenüber misstrauisch und abweisend machte. Einzig ihrem Mann gelang es, sie mit seinem offenen Humor anzustecken; in solchen Momenten überkam sie ein Lachen, und eine Röte überzog ihr eckiges, unter einer Dauerwelle hervorschauendes Gesicht, und sie sagte dann mit einer Mischung aus gespieltem Protest und Geziertheit: „Ach, Bernhard, lass das doch..."

Auch ihren Sohn liebte sie über alles. Das lag nicht zuletzt daran, dass Hans schon als Kind ein „braver" Junge war: Immer zeigt er gute Manieren, nie schlug er über die Stränge. Kam nach Hause, wenn er gerufen wurde, war pünktlich in der Schule und genauso pünktlich wieder zu Hause. Schularbeiten erledigte er ganz allein, und seine Zensuren waren in Ordnung. Nie erstklassig, aber immer guter Durchschnitt. Seine Lehrer waren zufrieden mit ihm, und das setzte sich nach seinem Realschulzeugnis der Mittleren Reife in der Lehre fort. Seine Abschlussprüfung als Versicherungskaufmann bestand er ohne Probleme und ebenso ohne herausragende Benotung.

Man hatte sein Auskommen bei Essers und war einigermaßen zufrieden. Aber dafür musste man auch etwas tun, davon waren Bernhard und Manuela überzeugt. Nichtstun galt als Übel und wurde dementsprechend bewertet, so wie Bernhards jüngerer Bruder Egbert, der – laut Familienjargon – „nichts auf die Reihe bekam", ein armer Schlucker war und sich deshalb gerechterweise, wie man urteilte, nichts leisten konnte. Ein Habenichts. Vor allem Manuela erhob sich gerne über den nichtsnützigen Schwager und betonte ihre moralische Überlegenheit, die sich auf ihre unanfechtbare Vorstellung von Pflicht und Arbeit gründete. Gelernt hatte sie das von ihren Eltern, die fast ihr ganzes Leben lang in einem kleinen Sattlereibetrieb in Dessau geschuftet, nicht ein einziges Mal Urlaub gemacht hatten und jeden Pfennig dreimal umdrehen mussten. Und so wie ihre Mutter als Krankenschwester gearbeitet hatte, verdiente auch Manuela seit einiger Zeit als Aushilfskraft im Bezirksamt Schöneberg ein wenig dazu.

Die strengen Prinzipien Manuelas führten zu einer gewissen Verstimmung mit ihrem Sohn, seitdem der sein Interesse für Kunst entdeckt hatte. Manuela konnte weder gutheißen, dass Hans sein sauer verdientes Geld in Kunstbücher steckte, noch, dass er in seiner freien Zeit Museen und Galerien besuchte. Ihr – und darin stand ihr Bernhard in nichts nach – ging jedes Verständnis dafür ab. Doch während ihr Mann die kulturellen Ambitionen des Sohnes als vorübergehende Phase abtat und ihnen ansonsten wenig Bedeutung beimaß, fühlte sich Manuela persönlich gekränkt und befürchtete zudem das Schlimmste für Hans – möglicherweise ein Ende wie bei Egbert. In ihren Phantasien sah sie ihn vor sich, wie er seine Arbeit hinschmiss, aus der elterlichen Wohnung auszog, um womöglich mit den aufmüpfigen, langhaarigen Studenten, von denen man jetzt so oft las, herumzuziehen und immer mehr in den Sumpf zu geraten. Hans´ häufige Museumsbesuche stimmten einfach nicht mit dem überein, was seine Mutter für ein Vorwärtskommen im Leben als notwendig erachtete: Arbeit und Pflichtbewusstsein. Die

Beschäftigung für Kunst und Kultur war in ihren Augen nichts als Müßiggang, ein Luxus, den man sich vielleicht leisten konnte, wenn man alles andere erreicht hatte. Aber davon war Hans meilenweit entfernt. Was Manuela besonders traf, war die Tatsache, dass Hans bisher immer alle Erwartungen der Eltern erfüllt hatte, aber seit ein, zwei Jahren plötzlich eine andere Seite zeigte. Nicht, dass er aufsässig war, im Gegenteil; aber er ließ sich nichts mehr sagen und erwies sich in der Durchsetzung seiner Interessen als hart wie Stein, sodass Manuela dem nichts entgegenzusetzen hatte. Schließlich resignierte sie und strafte ihren Sohn, indem sie ihm bei jeder Gelegenheit höchst subtil zu verstehen gab, dass sein Verhalten mitschuldig an ihrer schlechten Verfassung sei. Doch Hans zeigte sich unbeeindruckt von den Versuchen seiner Mutter, bei ihm ein schlechtes Gewissen zu erzeugen.

Als Hans Esser an diesem regnerischen Aprilabend aus Münster zurück in die elterliche Wohnung in Berlin kam, stellte er seinen Koffer achtlos im Flur ab und ging schnurstracks ins Wohnzimmer.

Die Einrichtung des Raums unterschied sich in nichts von abertausenden anderen Wohnzimmern in der Bundesrepublik oder in West-Berlin der sechziger Jahre: Ein großer, moderner Wandschrank aus Nussbaum – mit Barfach – nahm eine ganze Wand ein. In der Ecke zur angrenzenden Wand stand der Fernseher auf einem Tisch, daneben eine Musiktruhe mit Radio und Plattenspieler. An der gegenüberliegenden Wand befand sich die Tür zum Balkon und ein ausladendes, schon in die Jahre gekommenes dunkelgrünes Sofa, dazu zwei passende Sessel. Dazwischen der große Couchtisch, den man in der Höhe verstellen konnte, sodass er praktischerweise auch als Esstisch dienen konnte. Die Tischplatte war mit braunen Kacheln geschmückt. Neben dem Sofa stand eine Stehlampe mit hellem Schirm, und über der Musiktruhe war eine große Uhr mit schwingendem Pendel angebracht. Über dem Sofa hingegen prangte ein Bild in einem einfachen Holzrahmen. Zu erkennen war nichts, denn es war eine ungegenständliche Darstellung. Bernhard nannte es immer die „Farborgie", und in der Tat handelte es sich um ein chaotisches Durcheinander unterschiedlicher Farbflächen, geteilt von Linien, Strichen, Wellen und auffälligen Zacken, die über das ganze Bild verteilt waren. Die Farben des Bildes waren matt und spröde, in ihrer Tonigkeit kaum zu unterscheiden, mit der Konsequenz, dass das Bild eher unansehnlich und langweilig aussah.

Hans schob den Couchtisch zur Seite, stellte sich direkt vor das Bild und starrte es an. Sein Blick glitt von links nach rechts, von oben nach unten…

Seine Mutter war aus der Küche ins Wohnzimmer gekommen.

„Hans, da bist du ja… was ist denn los… warum machst du so eine Unordnung?" Manuela Essers Stimme war leise und hatte einen klagenden Unterton. Ihre kleine Gestalt steckte in einem blaugemusterten Kittel. In den Händen hielt sie ein dunkles Handtuch, an dem sie sich die Hände abtrocknete.

„Mutti, hallo…", sagte Hans, ohne den Blick von dem Bild abzuwenden. „Kannst du mir bitte den Zollstock holen? Schnell, bitte…"

Manuela schaute halb verwirrt, halb vorwurfsvoll.

„Willst du mir nicht sagen, was los ist? Und keine Begrüßung…?

Hans reagierte unwirsch.

„Mutti, bitte… den Zollstock!"

Manuelas Gesichtsausdruck zeigte, wie unmöglich sie das Verhalten ihres Sohnes fand. Mit einem beleidigten Achselzucken drehte sie sich um und verließ das Wohnzimmer, um gleich darauf mit dem Zollstock zurückzukommen. Sie gab ihn ihrem Sohn.

„Danke."

Sofort begann Hans, Länge und Breite des Bildes auszumessen. Seine Mutter schaute zu und fragte sich, was ihr Sohn da eigentlich vorhatte.

Hans maß noch einmal nach und murmelte etwas Unverständliches. Er war aufgeregt, das sah Manuela sofort. Schließlich trat er zur Seite, und sofort schob Manuela den Couchtisch wieder an seinen Platz.

„Was ist denn, Hans"?, fragte sie erneut mit sorgenvollem Blick.

Zum ersten Mal schaute er sie an, ein breites Lächeln glitt über sein Gesicht.

„Mutti, du wirst es nicht glauben!", sagte er freudig, umarmte die kleine Frau, hob sie hoch und wirbelte sie herum, soweit das in dem engen Zimmer möglich war.

Manuela protestierte lauthals: „Hans ... Lass mich runter ... du bist ja verrückt!" Gleichzeitig musste sie lachen, die impulsive Geste ihres Sohnes ließ sie für einen kurzen Moment vergessen, wie schlecht es ihr eigentlich ging.

Er ließ sie los und ging zur Tür.

„Ich erzähle gleich alles.. Wenn Vati da ist. Ich will mich erst mal waschen und auspacken. Was gibt es denn zu essen?"

3

Eine dreiviertel Stunde später saß die Familie Esser am Tisch. Nicht in der Küche, wie sonst an Wochentagen, sondern im Wohnzimmer, unter jenem Bild, das Hans kurz zuvor so intensiv betrachtet und vermessen hatte. Manuela hatte Hackbraten gemacht; „Den hätte ich gut wieder warm machen können, ich wusste ja nicht genau, wann du kommst", meinte sie zu ihrem Sohn und setzte eine verdrießliche Mine auf. Dann riss sie sich zusammen und sprach Hans auf sein plötzliches Interesse für das Bild über dem Sofa an.

Hans legte Messer und Gabel zur Seite, trank einen Schluck Wasser und schaute seine Eltern bedeutungsvoll an.

„Das Bild hier…", dabei wandte er kurz den Kopf zu dem Gemälde, „seit wann genau habt ihr es, und woher kommt es?"

Hans´ Vater schenkte sich ein neues Glas Bier ein und antwortete:

„Weeßte doch", sagte er und griff ein zweites Mal zu den Kartoffeln, „von deiner Oma. Sind doch olle Kamellen …"

„Ja, das Bild hat früher meiner Mutter gehört. Irgendwann wollte sie es nicht mehr haben und da…"

„Irgendwann? Wann genau?" unterbrach Hans.

Manuela reagierte ungeduldig.

„Gott, zu unserer Hochzeit. Das musst du doch wissen, Hans. Du warst jedenfalls schon geboren. Bernhard, sach auch mal was…"

Bernhard nickte abwesend, er hörte nur mit geringem Interesse zu.

„Etwas genauer geht es nicht?" hakte Hans nach. „Woher hatte Oma denn das Bild? Wisst ihr auch darüber etwas?"

Manuela Esser schüttelte den Kopf. „Nee, darüber weiß ich nichts. Hat sie auch nie drüber gesprochen, oder, Bernhard?"

Bernhard zuckte mit den Achseln, was soviel bedeutete, dass er ebenso unwissend war wie seine Frau.

„Warum willst du das denn so genau wissen? Frag Oma doch selbst, sie wird ja mehr wissen," schlug Manuela vor.

Hans nickte versonnen. „Ja, ja, das werde ich natürlich machen.."

„Also, Junge, nu spann´ uns mal nicht länger auf die Folter. Was ist denn nun mit dem Bild? Ist das vielleicht ein verkappter Rembrandt oder so etwas in der Art?" Bernhard Esser lehnte sich in seinem Stuhl zurück und fixierte seinen Sohn. Vati sah müde aus, dachte Hans auf einmal, er hatte einen langen Tag hinter sich und einigen Ärger gehabt mit einem Kollegen, der ihn ablösen sollte, aber nicht zum vereinbarten Zeitpunkt gekommen war, sodass Bernhard länger arbeiten musste. Das hatte er lang und breit erzählt, nachdem er mit einer halben Stunde Verspätung zu Hause angekommen war und es darüber ganz versäumt, Hans nach seinem Aufenthalt in Münster und der Zugfahrt nach Haus zu fragen. Das war ungewöhnlich. Bernhard Essers gewohnt gemütliche Gelassenheit war heute einer angestrengten Schwere gewichen; er wollte auf das Sofa und vor den

Fernseher, das war deutlich zu spüren. Diese Geschichte mit dem Bild ging ihm auf die Nerven.

Hans entschloss sich, es kurz zu machen.

„Passt auf," sagte er, „ich bin mir noch nicht sicher, aber es kann sein, dass dieses Bild hier"- dabei deutete er nach oben – „eine Menge wert ist. Zwar kein Rembrandt, aber vielleicht ein verschollenes Bild von Arnold Stollberg, das zu einer ganzen Serie gehört."

Schweigen am Tisch.

„Hans, du machst dich lächerlich!" stieß Bernhard hervor und lachte freudlos auf. „Dieser Schinken gehörte deinen Großeltern, die haben das Bild wahrscheinlich selbst geerbt und waren dann froh, es an uns loszuwerden. Wenn deiner Mutter es nicht so gefallen hätte, wäre es längst auf dem Müll gelandet!"

Manuela schaute beleidigt.

„Gefallen, was soll denn das heißen? Ja, meinetwegen, ich fand es immer ganz hübsch… und handgemalt! Und über dem Sofa musste doch was hängen, oder? Es hing immer da, auch in der alten Wohnung…" Sie suchte weiter nach rechtfertigenden Gründen.

Bernhard winkte ab. Seine Laune verschlechterte sich.

„Aber das ist doch jetzt egal," versuchte Hans zu beschwichtigen. „Habt ihr nicht gehört, was ich gesagt habe? Es ist vielleicht wertvoll – sehr wertvoll!"

„Wieso? Wie kommst du darauf?" fragte Manuela zweifelnd, und gleichzeitig beugte sich Hans´ Vater nach vorn über den

Tisch, schob seinen leeren Teller zurück und fragte lapidar: „Wieviel?"

Hans wich zurück, von der direkten Frage überrascht.

„Wieviel? So genau weiß ich das jetzt auch nicht..." murmelte er wie ertappt.

Bernhard schaute Hans gleichzeitig mitleidig und vorwurfsvoll an.

„Ach so", sagte er mit sarkastischem Ton, „unser Herr Sohn ist zwar der große Kunstexperte, aber was das in Mark und Pfennig bedeutet, davon hat er keene Ahnung!"

Hans dachte eine Sekunde nach.

„Was hältst du von zehntausend Mark?" fragte er dann.

Wieder Schweigen.

Manuela schaute Hans mit offenem Mund an.

„Im Ernst?" fragte sie ungläubig. Bernhard murmelte etwas Unverständliches.

„Vielleicht. So genau weiß ich es ja nicht."

Jetzt begann Hans, von seinem Besuch der Ausstellung in Münster zu erzählen. Wie er die Bilder von Arnold Stollberg ganz großartig gefunden hatte und von Raum zu Raum gegangen war, bis er vor den vier Gemälden des *Metaphysischen Theorems* gestanden hatte – den Namen des Zyklus verschwieg er lieber –, und wie er plötzlich erkannt hatte, dass ihr Bild hier über dem Sofa genau zu diesen vier Bildern passte. In dem, was zu sehen war, dieselben Farbschlieren, Übergänge, Flecken und vor allem dieselben hakenartigen Pinselstriche. Und auch im Format: Seine Messung hatte gezeigt, dass das Bild hier in Berlin genauso groß war wie die vier in der Münsteraner Ausstellung. Es konnte also das fünfte Bild sein!

Und dann sprach er von Arnold Stollberg. Hans blühte förmlich auf, als er sah, wie seine Eltern an seinen Lippen hingen. Er wurde immer sicherer und berichtete vom Leben und Wirken des Künstlers, von seinem großen Können, seiner Emigration und seinem Tod in England. Und davon, dass Stollberg heute ein berühmter Künstler war und dass das verschollene Bild – eben vermutlich das, unter dem sie gerade so gemütlich beim Abendessen saßen – sein berühmtestes Werk war. Und damit das teuerste. Und dass zehntausend Mark vielleicht nicht übertrieben waren.

Als Hans geendet hatte, schauten ihn seine Eltern ungläubig an und schwiegen einige Sekunden, beeindruckt vom Wissen und der Redegewandtheit ihres Sohnes. Dann bestürmten sie ihn mit Fragen.

Hans hob abwehrend die Hände.

„Halt, halt," dämpfte er Manuelas und Bernhards Eifer. „Sicher ist nichts. Und es gibt ein Problem: Unser Bild hier ist nicht signiert, das heißt, der Maler hat nicht seinen Namen darauf geschrieben, anders, als auf den vier Bildern, die ich im Museum in Münster gesehen habe. Außerdem ist unser Bild blass und grau und ohne die... nun, die Leuchtkraft der anderen, in der Hinsicht passt es nicht dazu. Aber wer weiß denn schon", fügte er wie entschuldigend hinzu, „was das Gemälde schon alles hinter sich hat."

„Und was bedeutet das jetzt?" fragte Hans´ Vater, der seine Müdigkeit ganz vergessen hatte.

Hans schaute ihn an.

„Das bedeutet", sagte er, „dass wir Gewissheit brauchen. Wir sollten einen Experten befragen, der uns mehr über das Bild sagen kann."

„Wer soll das sein? Wir kennen doch keinen Experten…" meinte Manuela und zog die Mundwinkel nach unten.

„Keine Sorge, Mutti," sagte Hans. „Überlass das mir. Ich weiß schon, wen wir da fragen."

4

Mit Maschine geschriebener Brief von Hans Esser an Jan-Josef Stollberg vom 14. April 1967:

„Sehr geehrter Herr Stollberg,

ich wende mich in einer besonderen Angelegenheit an Sie und hoffe, dass Sie nicht verärgert sind; vermutlich erhalten Sie häufig ähnliche Anfragen wie diese. Ihre Adresse habe ich dem Kölner Telefonbuch entnommen.

Es geht um Folgendes: Vor einigen Tagen habe ich die Ausstellung mit Werken Ihres Vaters in Münster besucht. Beim Betrachten der vier Bilder des Metaphysischen Theorems fiel mir auf, dass sich im Besitz meiner Eltern ein ganz ähnliches Gemälde befindet, und das seit vielen Jahren (nahezu zwanzig). Ursprünglich gehörte es meinen Großeltern, die es meinen Eltern seinerzeit als Geschenk überlassen haben.

Nach sorgfältiger Bemaßung habe ich festgestellt, dass das Bild dieselben Maße wie die vier übrigen Gemälde aufweist. So ziehe ich die Möglichkeit in Betracht, dass es sich um das verschollene Bild des Zyklus Ihres Vaters handeln könnte. Allerdings ist es, wie ich annehme, in keinem guten Zustand.

Ich bin allerdings nur Laie, wenn auch sehr kunstinteressiert. Deshalb möchte ich Sie fragen, ob Sie als Experte der Werke Ihres Vaters einen Blick auf das Bild werfen möchten, um diesbezüglich Sicherheit zu erlangen.

Über eine Antwort an obenstehende Adresse würde ich mich sehr freuen und verbleibe hochachtungsvoll

Hans Esser"

Nachdem Jan-Josef Stollberg den Brief zweimal gelesen hatte, legte er ihn achtlos auf den Tisch in seinem kleinen Wohnzimmer. Er war müde. Die Zigarettenschachtel, die jetzt unter dem Brief lag, war leer, er würde gleich losmüssen, um Nachschub aus dem Automaten unten auf der Straße zu holen.

Missmutig sah Jan-Josef zu seinem Schreibsekretär, der überquoll von maschinengeschriebenen Blättern, per Hand gekritzelten Notizen, mehreren Wörterbüchern Englisch-Deutsch sowie Stiften, Schreibmaschine und Aschenbecher. Er saß gerade an einem Auftrag, wenig lukrativ, aber immerhin sprangen ein paar Mark dabei heraus – Geld, das er gut gebrauchen konnte. Es ging um die Übersetzung von Gedichten vom Englischen ins Deutsche. Jan-Josef hatte den Auftrag von einem kleinen Verlag in Köln erhalten, der entsprechend wenig zahlen konnte – und wollte. Der Autor war völlig unbekannt, die Gedichte grausig, jedenfalls nach Jan-Josefs Urteil, doch er konnte es sich nicht aussuchen. Die letzten Monate waren schwierig für ihn gewesen. Man hatte ihm seine teure Fotokamera gestohlen, und das gerade, als eine auflagenstarke Zeitschrift eine Fotostrecke von ihm angefordert hatte. Das Projekt war dann gestorben: Ohne Kamera keine Fotos. So schnell, wie der Auftrag hätte erledigt sein sollen, konnte er keinen Ersatz beschaffen.

Der Diebstahl hatte Jan-Josef finanziell und psychisch schwer getroffen und in eine depressive Phase gestürzt. Der mentale Aufschwung vom Jahresanfang, als die Ausstellung über seinen Vater in Münster eröffnet worden war und so viel Zuspruch erfuhr, war dahin. Es war nicht zu leugnen: Er befand sich momentan an einem Tiefpunkt. Mit nunmehr vierzig Jahren fiel die Bilanz seines Lebens ernüchternd aus – um nicht zu sagen, katastrophal. Inzwischen war Jan-Josef davon überzeugt, dass er sich jahrelang etwas vorgemacht hatte. Irgendwann hatte er die Kurve nicht gekriegt, um sich vom übermächtigen Erbe seiner Eltern zu befreien, deren dramatische Lebensgeschichte sich im Laufe der Zeit mehr und mehr in eine sentimentale Vita verwandelte. Je bekannter sein Vater als Künstler wurde, umso mehr wurde aus ihm in der öffentlichen Wahrnehmung ein „glühender Widerständler gegen Nazi-Deutschland" (so hatte es einmal in einer Zeitung gestanden). In Jan-Josefs Augen war das eine totale Fehleinschätzung. Arnold Stollberg war nie eine Kämpfernatur gewesen, und wäre Marion nicht gewesen, hätte er Deutschland womöglich nie verlassen. Marion selbst hingegen – auch wenn sie viel weniger Aufmerksamkeit erhielt als sein Vater – avancierte mehr und mehr zu Arnolds „Muse", eine Rolle, die ihr nicht im Geringsten gerecht wurde, wie Jan-Josef fand. Er selbst wurde in dieser verzerrten Geschichtsklitterung zunehmend zum Opfer stilisiert und entsprechend gehätschelt: Hier und da eine Würdigung, die Einweihung einer Gedenktafel an Arnolds Geburtshaus (das den Krieg überstanden hatte) mit ihm als Ehrengast, ein Interview im Radio.

All das hatte ihm gefallen, wie er zugeben musste. Er war bald der Überzeugung, selbst so großartig wie seine Eltern zu sein. Jan-Josef, der Anwalt seines heroischen Vaters, des großen Künstlergenies Arnold Stollberg: Er würde vollenden, was diesem versagt geblieben war. Dieses Gefühl trug ihn, es war angenehm, gemocht, geehrt und sogar bemitleidet zu werden, eine bequeme Haltung, die ihn vor dem Unbill des Alltags und der bundesrepublikanischen Gegenwart der sechziger Jahre lange geschützt hatte – allzu lange, wie er nun fand. Geändert hatte sich das erst mit den Studentenunruhen, und es war ein schmerzlicher Prozess, dem er sich plötzlich stellen musste. Für Jan-Josef wurden die Anliegen der Studenten immer plausibler, je mehr er sie zu verstehen glaubte. Irgendwann erkannte er für sich, dass die Deutschen im Grunde unfähig waren, sich mit ihrer Vergangenheit auseinanderzusetzen und dass sich seit 1945 nichts wirklich geändert hatte. Die zahlreichen Lobeshymnen auf seinen Vater, seien es die in Fachartikeln und -büchern oder die in der allgemeinen Presse, im Radio, im Fernsehen – alles kam ihm nun verlogen und falsch vor. So auch im Januar, als die Ausstellung seines Vaters in Münster eröffnet wurde, die – das fiel ihm plötzlich ein – gerade jetzt zu Ende gegangen war: Die Reden erschienen ihm damals fast zynisch, und am meisten hatte ihn das Verhalten Gerhard Meiningers gestört, der abends, als sie alle in diesem Restaurant am Dom gesessen hatten, so über die Studenten hergezogen war.

Daran musste Jan-Josef nun denken, nachdem er den Brief von Hans Esser gelesen hatte. Meininger, die Bellheims, Fräulein Suhl – und das *Metaphysische Theorem*. Er hatte das schreckliche Gefühl, sich nie davon befreien zu können und ein ganz eigenes, unabhängiges Leben zu führen. Seine Pläne waren zerstoben. Der anfängliche Ehrgeiz, sich um den Nachlass Arnolds zu kümmern, war längst der Einsicht gewichen, dass es da nichts gab, um das er sich kümmern konnte. Die Justiz und der Kunstmarkt, die Galerien und die Auktionshäuser hatten diesen Part übernommen. Der *Gelbe Mohn* war ihm auch nicht geblieben, sondern schlussendlich publikumswirksam an die Staatlichen Museen übergeben worden. Auf den Zeitungsfotos war er, tapfer lächelnd, als fotogener Stollberg-Sohn an der Seite der glücklichen neuen Besitzerin des Gemäldes zu sehen.

Jan-Josef wurde weiter nicht gebraucht, außer als plakatives Aushängeschild, um den Umsatz mit Stollberg-Kunst anzukurbeln. Auch seine beruflichen Pläne waren nüchtern zurechtgestutzt worden. Die schriftstellerischen und künstlerischen Ambitionen, die er in den fünfziger Jahren gepflegt hatte, hielten einer realistischen Einschätzung nicht stand: Er verfügte nur über ein begrenztes Talent und – was noch gravierender war – er hatte nicht die richtigen Verbindungen. Und das, obwohl er durch seinen Vater leicht Zugang zur künstlerischen Szene in Köln, München und West-Berlin knüpfen konnte. Aber das hatte ihm nichts gebracht. Niemand hatte wirklich Interesse an ihm. Als Ergebnis sah er sich nun, in der Mitte des Jahres 1967, als jemand, der ohne Ausbildung in mehr oder weniger prekären Verhältnissen lebte und um Aufträge aller Art kämpfen musste, seien sie schriftstellerischer oder fotokünstlerischer Art. Und nun auch noch ohne Kamera. Er hatte nicht die geringste Ahnung, wie er sich eine neue beschaffen sollte. Das Geld dafür hatte er gerade nicht.

Jan-Josef schaute erneut zu dem Brief und musste an die Bellheims denken. Gregor und Dagmar… Seltsame Leute, wie er fand. Bis zum heutigen Tag könnte er sich ohrfeigen, dass er vor Jahren nicht protestiert hatte, als die Geschwister die vier *Theorem*-Bilder den Museen in Münster und Bamberg geschenkt hatten. Er, Jan-Josef, wäre als einziger als Empfänger in Frage gekommen, wenn die Bellheims sie schon loswerden wollten. Er hätte ein Anrecht darauf gehabt, ein moralisches Anrecht, dem man nichts hätte entgegenhalten können.

Er nahm den Brief wieder zur Hand und las ihn nochmals durch. Jan-Josef war aufgewühlt, Essers Zeilen, so kurz und förmlich sie waren – bemüht seriös, wie er lächelnd meinte – hatten an alte Geschichten gerührt. Das *Theorem*… Jan-Josef hatte in den letzten Jahren die Hoffnung verloren, dass das fünfte Bild je wieder auftauchen könnte. Und auch jetzt glaubte er nicht daran, auch wenn, anders als Esser vermutete, bisher nie jemand mit einem ähnlichen Verdacht auf ihn zugekommen war.

Er dachte nach und wollte sich eine Zigarette anzünden, als ihm einfiel, dass die Schachtel leer war. Verärgert knüllte er sie zusammen und warf sie auf den Tisch. Dann stand er auf und setzte sich an seinen Sekretär, den Kopf in die Hände gestützt.

Eigentlich, dachte er, war das eine Sache für Bernd Groga, Dr. Bernd Groga, den Mitarbeiter Meier-Kempfs in Münster, der die Ausstellung organisiert hatte. Ihn hielt Jan-Josef für einen fähigen Kopf, was die Werke seines Vaters betraf, und ihm traute er zu, eine Expertise zu erstellen. Sollte er ihn also anrufen? In ihm regte sich leiser Widerstand. Ein Gedanke stieg in ihm auf, der ihm immer besser gefiel. Nein, nicht

Groga – er selbst würde sich das Bild als Erster ansehen – er wollte es so, unbedingt. Und er würde erkennen, ob das Bild von seinem Vater stammte, ob es tatsächlich das berühmte fünfte Bild des *Theorems* war. Und dann, erst dann, würde er einen Spezialisten wie Groga hinzuziehen.

Jan-Josef blickte auf das Chaos vor ihm, auf die Blätter mit fertigen und angefangenen Übersetzungen, zerrissene Papierfetzen, Berge von Manuskripten und den überquellenden Aschenbecher. Er angelte sich ein leeres, sauberes Blatt von einem anderen Stapel, kramte seinen guten Füller hervor und begann, Hans Esser zu antworten. Die Gedichte des englischen Autors mussten noch etwas warten. Ebenso die neue Packung Zigaretten.

5

Jan-Josef schloss die Augen.

Ein Schwindel hatte ihn erfasst, aber nur kurz, das Gefühl der Benommenheit ging schnell vorüber. Jetzt rasten seine Gedanken, gepaart mit der Unfähigkeit, sie in irgendeine Ordnung zu bringen. In seinem Inneren spielten sich merkwürdige Prozesse ab: Ein hastiges Klopfen erfüllte Brust und Bauch, ebenso machte sich ein lautes Rauschen breit, das durch seinen Kopf dröhnte. Er schwitzte plötzlich stark, gleichzeitig waren seine Hände eiskalt. Der Druck auf seinen Ohren war unangenehm und drohte, noch stärker zu werden. Vor seinen geschlossenen Augen zuckten farbige, grelle Blitze, die mit einer aufsteigenden Panik einhergingen. Sein Atem ging rasend schnell.

Jan-Josef musste sich setzen. Zum Glück stand ein Stuhl direkt neben ihm, auf den er sich langsam niederließ, wobei er sich an der Tischkante festhielt. Als erstes zwang er sich, seinen Atem zu kontrollieren und in gleichmäßige Bahnen zu lenken. Es gelang, langsam zwar, aber nach einiger Zeit wurden seine Atemzüge gleichmäßiger. Die aufgewühlten körperlichen Empfindungen beruhigten sich ganz allmählich, und schließlich konnte er seine Augen wieder öffnen.

Was er sah, kam ihm völlig grotesk vor. Jan-Josef Stollberg blickte in drei Gesichter, die ihn mit unverhohlener Neugierde und in absoluter Reglosigkeit anstarrten. Die zu den Gesichtern gehörenden Menschen saßen ebenfalls auf Stühlen und bildeten einen Halbkreis um ihn herum.

Niemand sprach. Irgendwo tickte eine Uhr, schwer und laut. Vor ihm, auf dem großen Tisch, lag ein Gemälde, daneben einige Seiten einer alten Zeitung, zum Teil zerknüllt, sowie eine Lupe und zwei feine Skalpelle, die Jan-Josef mitgebracht hatte. Stollberg zog langsam seine dünnen Handschuhe aus und legte sie zu den anderen Gegenständen. Dann stützte er seinen Kopf in die Hände, die Ellbogen auf die Knie gestützt, und verharrte einige Sekunden regungslos.

Noch immer sprach oder rührte sich niemand. Erst, als sich Jan-Josef aus seiner Erstarrung löste und aufrichtete, kam Bewegung in die drei Sitzenden. Räuspern, das Geräusch scharrender Füße, lautes Atmen…

„Und?", fragte Hans Esser, der in der Mitte saß, mit nicht zu übersehender Ungeduld.

Seine Mutter sprang unvermittelt auf und hastete in die Küche. „Sie sehen gar nicht gut aus, ich hole mal schnell ein Glas Wasser," murmelte sie im Vorbeigehen.

Nur Bernhard musterte Jan-Josef scharf und blieb ruhig auf seinem Stuhl sitzen.

Stollberg wollte sprechen, brachte aber keinen Ton heraus, so belegt war seine Stimme. Er hustete kräftig, dann ging es.

„Ja, hmmm…", sagte er gedehnt, „ich bin nicht hundertprozentig sicher. Aber meiner Meinung nach ist das Gemälde hier von meinem Vater, es ist das fünfte Bild…" Die Stimme versagte ihm. Erneut überwältigte ihn ein starkes Schwindelgefühl, und er griff gierig nach dem Glas Wasser, das Manuela vor ihn auf den Tisch gestellt hatte. Nachdem er es fast in einem Zug leer getrunken hatte, ging es ihm besser.

„Wir müssen jetzt sehr vorsichtig sein, es darf nichts … ich meine, mit dem Bild darf nichts passieren. Nicht mehr anfassen, bitte…!"

Hans nickte heftig.

„Na klar, natürlich… und Sie meinen… wirklich? Es ist das Bild, das so lange verschollen war?"

Jan-Josef antwortete nicht, er wiegte, vorsichtig zustimmend, den Kopf.

„Wieso?" ließ sich Bernhard mit seiner tiefen Stimme hören. Noch immer schaute er den Künstlersohn unverwandt an.

Ja, wieso? Gute Frage, dachte Jan-Josef. Wieso war er, anders, als eben noch Hans gegenüber angedeutet, felsenfest davon überzeugt, dass dieses Bild hier vor ihm auf dem Tisch dasjenige war, nach dem die Kunstwelt seit Jahren suchte und das seit Kriegsende Gegenstand sowohl intellektueller als auch emotionaler Diskussionen unter Künstlern, Gelehrten, Sammlern, Neugierigen und ganz normalen Menschen war, sofern sie Zeitungen und Illustrierte lasen? Es war nicht das mit den anderen Bildern übereinstimmende Format – nahezu übereinstimmend, es war minimal kleiner, was daran liegen konnte, dass es an den Rändern beschnitten schien. Auch nicht die Beschaffenheit der Leinwand, deren Körnigkeit genau der entsprach, die sein Vater in den dreißiger Jahre bevorzugte und die er aus der Kunsthandlung Bauer in der Wilmersdorfer Kaiserallee – heute hieß sie Bundesallee – bezog. Schon gar nicht lag es an dem hölzernen Rahmen, der mit Sicherheit eine spätere Zutat war. Schon eher war im Hervorblitzen der Signatur, von der nach der vorsichtigen Abnahme einer nadelspitzgroßen Farbmenge vom Grund ein Detail zu erkennen war, eine eindeutige Spur zu sehen. Aber in Wahrheit hatte Jan-Josef etwas anderes überzeugt. Es war der Rhythmus des Gemäldes, sein Farbauftrag und die ungeheure Dynamik der Seherfahrung, die das Bild zu einem Meisterwerk gegenstandsloser Malerei machte. Keine Frage, das Bild hatte gelitten und war irgendwann partiell übermalt worden, in einer dilettantischen Art hatte jemand wahllos Farbe über das Gemälde verteilt. Doch diese respektlose Behandlung konnte der visionären Kraft des Werks nichts anhaben. Das hatte auch Manuela Esser unbewusst gespürt, als sie noch eine halbe Stunde vorher Jan-Josef gegenüber geäußert hatte, sie finde das Bild „irgendwie schön, schon immer", wobei sie errötet war und aus Verlegenheit die Hände geknetet hatte. Arnolds Sinn für das Wesentliche und Eigentliche, für das, was Kunst sein konnte, vermochte sich niemand zu entziehen. Das Gemälde war Arnolds Vermächtnis, es war sein ultimativer Beitrag zur Kunst des 20. Jahrhunderts, entstanden in Berlin, in den frühen dreißiger Jahren, als Teil einer Sequenz von fünf Bildern, die zu Ikonen der Moderne gehörten. Jan-Josef wusste, dass dieses Bild vor ihm, das Beste war, was sein Vater jemals gemacht hatte, und mehr wäre auch nicht möglich gewesen. Mit diesem fünften Bild, der Vollendung des *Metaphysischen Theorems*, war ein Schlusspunkt erreicht – ein Ziel, das Ende einer Suche nach dem künstlerischen Stein der Weisen. Das glückliche Ende, wie man sagen musste.

Ob das seinem Vater bewusst gewesen war? Hier, in der kleinen, gänzlich unspektakulären Wohnung der Essers, war er dessen plötzlich ganz sicher. Alles, was Arnold später geschaffen hatte, im Exil in England, reichte qualitativ nicht an das *Theorem* heran, so wie es auch keine weitere echte Entwicklung bei seinem Vater gegeben hatte. Weder künstlerisch, noch – und das empfand Jan-Josef als besonders bitter – im Leben. Das *Theorem* war Arnolds endgültiges Werk und, ja, auch Abschluss: Es schloss sein Leben ab. Danach schien ihm wohl nichts mehr wirklich wichtig, nicht seine Frau Marion, nicht sein Sohn, nicht, und das vor allem, er sich selbst.

Jan-Josef fixierte Bernhard Esser scharf.

„Wieso?", wiederholte er dessen Frage. „Nun, es gibt eindeutige Hinweise, die Art der Malerei, die Pinselführung, Spuren einer Signatur hier unten..." er wies in die rechte untere Ecke des Gemäldes, die er vorsichtig mit einem der Skalpelle behandelt hatte „und so manches mehr."

Bernhard und seine Frau schauten sich an.

„Manu, ick gloobe, hier der Herr Stollberg braucht jetzt was stärkeres als Wasser. Hol uns doch mal `nen Cognac!" befahl er knapp.

Sofort erhob sie sich und suchte im Wohnzimmerschrank nach Flasche und Gläsern. Bernhard übernahm das Einschenken für Jan-Josef, Manuela und sich. Hans ging leer aus.

Stollberg war dankbar für den Cognac. Der Alkohol tat ihm gut, er merkte, wie er sich beruhigte und die schockierenden

Erkenntnisse der letzten halben Stunde allmählich in etwas überging, was er als Freude, als Euphorie bezeichnete. War es zu fassen? Konnte das wirklich möglich sein? Es war unglaublich! Und wie gut, dass er die Kosten für die Fahrt nach Berlin und die billige Pension, nur fünf Gehminuten von der Esserschen Wohnung entfernt, nicht gescheut hatte. Diesen Moment des Glücksgefühls hätte er niemandem schenken mögen, und keiner konnte ihm den nehmen.

Er dachte an Dr. Groga, den jungen Wissenschaftler in Münster, und seinen Bamberger Kollegen, den er bei der Ausstellungseröffnung kennengelernt hatte. Was würden sie sagen? Wie würden sie die Entdeckung aufnehmen? Und die Bellheims? Ihm fiel ein, dass sie ja auch in Berlin wohnten. Wann würden sie von der Sensation erfahren? Bald, sagte er zu sich, sehr bald, denn ihnen gehörte das Bild ja wohl, das fünfte Bild, wie ihnen auch die vier anderen Bilder des *Theorems* gehörten.

Damit kehrte Jan-Josef zurück in die Gegenwart, in die Welt der Essers mit ihren beschränkten Möglichkeiten, in das enge Wohnzimmer voller spießiger Möbel. Hier lag nun das kostbare Gemälde vor ihm, und praktische Dinge mussten geregelt werden.

Bernhard kam ihm zuvor.

„Wieviel ist es denn wohl wert?", fragte er, bemüht, einen nicht allzu begehrlichen Tonfall anzuschlagen.

Hans schüttelte missbilligend den Kopf. „Vati!", stieß er tadelnd hervor, worauf ihn sein Vater unfreundlich anblickte.

„Wieso?", gab er zurück, „ist doch mal interessant, zu wissen!"

„Herr Esser", begann Jan-Josef vorsichtig, innerlich aber empört über dessen Betonung der rein pekuniären Seite, „das kann ich Ihnen jetzt beim besten Willen nicht sagen. Im Übrigen muss jetzt erst einmal von offizieller Seite eine Echtheitsbestätigung erfolgen, und wir müssen klären, wem das Bild gehört… also, wer der tatsächliche Besitzer ist. Nein, lassen Sie mich ausreden", wehrte er mit erhobener Hand Bernhard ab, der zu einem lautstarken Protest anhob. „Das wird alles einige Wochen, wenn nicht Monate dauern. Vorher muss das Bild genau untersucht werden, vor allem unter restauratorischen Gesichtspunkten. Denn", dabei stand er wieder auf, „das Bild ist in denkbar schlechtem Zustand. Die ganze Oberfläche hat sehr gelitten im Laufe der Jahre, es hat Übermalungen gegeben, die Farben insgesamt sind verblasst, und es gibt mehrere Ausbrüche, hier… und da auch… und an dieser Stelle sogar ein kleines Loch in der Leinwand." Er zeigte mit dem Finger auf die entsprechenden Stellen. Die Essers beugten sich, Kopf an Kopf, ebenfalls über das Bild, konnten aber Jan-Josef nicht folgen und erkannten nichts.

Jan-Josef trat einen Schritt zurück und machte einen tiefen Atemzug.

„Und das bringt uns zu der Frage, woher das Gemälde kommt. Wir müssen seine Geschichte rekonstruieren, verstehen Sie? Nachdem es 1937 der Familie Bellheim weggenommen worden war, verliert sich die Spur… bis heute, wo es quasi wiedergeboren ist." Er lächelte bei den letzten Worten, das Bild der Wiedergeburt gefiel ihm gut.

„Nun, wir haben es von meiner Mutter geschenkt bekommen, zur Hochzeit, damals…", ließ sich Manuela ein wenig kleinlaut vernehmen, und fügte trotzig hinzu: „Es gehört uns!"

„Wann war das? Wann haben Sie geheiratet, und wo?" fragte Jan-Josef nach, ohne auf Manuelas letzten Satz einzugehen.

Manuela und Bernhard blickten sich an.

„Das war 1947, vor zwanzig Jahren… im Juni… in Dessau…", erklärte Manuela. Sie errötete. „Unser Sohn Hans war schon geboren, aber gerade erst…" bemühte sie sich zu erklären. „Nach dem Krieg war ja alles so chaotisch…" Sie schaute zu Boden, offensichtlich schämte sie sich.

„Gut, gut", beschwichtigte sie Stollberg. „Und Ihre Mutter? Woher hatte sie das Bild denn?"

Achselzucken bei Bernhard und Manuela.

Hans schaltete sich ein.

„Hat sie nicht mal gesagt, sie haben es selber auch geschenkt bekommen?", fragte er eifrig. „Oder geerbt von jemandem?"

„Sie?" fragte Jan-Josef und zog die Augenbrauen hoch.

„Meine Oma und mein Opa", erklärte Hans.

Erneutes Achselzucken und Unwissenheit andeutendes Kopfschütteln bei Mutter und Vater Esser.

„Am besten, Sie fragen meine Oma selbst, Herr Stollberg", sagte Hans nun gut gelaunt zu ihm.

Der schaute Hans überrascht an.

„Ist sie denn… ich meine, lebt sie noch? Wo denn?", fragte er erstaunt.

„Klar lebt sie", versicherte Hans, „hier in Berlin, gar nicht weit von hier. Und ich komme mit!"

6

Zwei aufwühlende Tage lagen hinter Jan-Josef Stollberg. Für´s erste war alles in die Wege geleitet.

Das Wichtigste: Das Bild war in Sicherheit, vorläufig. Zumindest war Jan-Josef davon überzeugt, dass das Gemälde seines Vaters in der Wohnung der Essers vor Zugriffen welcher Art auch immer geschützt war. Eingewickelt in mehrere Lagen Seiden- und Packpapier und mit dicken Schnüren vertäut lag es unter dem Ehebett im Schlafzimmer, unsichtbar von jedem Winkel des Zimmers aus. Manuela Esser hatte zwar erst Bedenken geäußert, ließ sich dann aber von ihrem Sohn überreden. Bernhard hatte zu alldem geschwiegen.

Jan-Josef war Hans Esser unendlich dankbar. Die besonnene Art des jungen Mannes hatte letztlich dazu geführt, dass seine Eltern einwilligten, das Gemälde von der Wand zu nehmen und es, wie Jan-Josef gesagt hatte, „aus dem Verkehr zu ziehen." Mit Ruhe und Gelassenheit hatte Hans Manuela und Bernhard erklärt, dass das Bild nur vorübergehend unter dem Bett verwahrt würde, solange, bis „Herr Stollberg" sich über das weitere Vorgehen im Klaren sei. Die Essers kamen zum ersten Mal auf den Gedanken, dass Hans´ Interesse für Kunst in dieser Situation vielleicht doch ganz nützlich sein könnte und vertrauten ihm schließlich ganz, dass er in ihrem Sinne handeln und entscheiden würde. Also stimmten sie allem zu, was Stollberg vorschlug und von Hans für gut und richtig befunden wurde. Der junge Esser wiederum erlebte eine wahre Sternstunde. Endlich wurde er mit seinem „Hobby" ernst genommen, sogar der „Herr Stollberg", in

Hans´ Augen als Sohn eines berühmten Künstlers selbst eine Art Star, zollte ihm Respekt, indem er ihn in seine Überlegungen einbezog. Der junge Esser war ganz in seinem Element. Zwar wurmte ihn ein wenig, dass Jan-Josef von ihm und seinen Eltern energisch strikte Geheimhaltung verlangte – zu gerne hätte er seinen Kollegen von dem Aufsehen erregenden Gemäldefund erzählt -, doch war das nur ein kleiner Wermutstropfen; früher oder später würde die ganze Geschichte doch ans Tageslicht kommen, da kam es auf ein paar Tage mehr oder weniger auch nicht an.

Für Jan-Josef lief es gut, er hatte die Essers auf seiner Seite, und sie würden schweigen. Das war zunächst das Entscheidende.

Dass er nicht das getan hatte, was er hätte tun müssen, war ihm natürlich klar.

Die Minuten im Wohnzimmer der Essers, die der fabelhaften, ja geradezu epochalen Entdeckung gefolgt waren, gehörten zu den bis dahin intensivsten Erfahrungen in Jan-Josefs bisherigem Leben. Im Nachhinein hätte er den Ablauf seiner Gedanken nicht mehr wiedergeben können, nicht in chronologischer Reihenfolge und in Form einer logischen Kausalkette. Was er noch wusste und nie vergessen würde: Er war plötzlich körperlich und geistig besessen von zwei Eingebungen, deren eine NICHT NOCH EINMAL und deren andere ES IST MEIN VATER lautete. Zu diesen beiden Geistesblitzen oder -fetzen gesellten sich unmittelbar Bilder: Jan-Josef sah sich in Berlin auf einer Treppe vor einem großen Gebäude stehen, neben Dagmar Bellheim, die ihn fragte, ob er verstimmt sei; er sah Museumsleute, die sich feixend auf die Schulter schlugen, da sie mit dem Bellheim´schen Geschenk der vier *Theorem*-Bilder einen Coup gelandet hatten; es erschienen vor seinem Auge Dorothee Suhl und Gerhard Meininger, die vor etlichen Jahren in einem Münchner Auktionshaus die Bilder für einen Spottpreis erworben und sich lange Zeit an ihnen erfreut hatten, lustvoll, wie es ihm schien. Andere Gemälde seines Vaters tauchten auf, die er fast alle nur von Fotos kannte, aber auch der *Gelbe Mohn*, unwiederbringlich verloren wie alles andere. Und dann sah er seinen Vater und seine Mutter, ihr tragisches Leben – so empfand er es – lief wie ein Film an ihm vorbei, gefolgt von grell beleuchteten Momentaufnahmen seiner eigenen Existenz, die ihm verpfuscht vorkam und von der er, wenn er ehrlich war, nichts mehr erhoffte.

Jan-Josef wurde von einer unbekannten Euphorie ergriffen. Er befand sich in einem rauschhaften Zustand, denn gleichzeitig mit den durch seinen Kopf wirbelnden Gedanken und der zunehmenden Erhitzung seines Körpers wurde ihm bewusst, dass er es hier und jetzt, im schäbigen Wohnzimmer der Familie Esser, in der Hand hatte, alles zu ändern: Diesmal nicht. Diesmal würde es anders ausgehen. Diesmal würde er – ja, er wagte es zu benennen: er würde Rache nehmen für all die Demütigungen, die sie ihm bisher zugefügt hatten. Er war niemandem böse, aber einmal wenigstens wollte er sein Recht! Und er hielt es für sein Recht, dass das fünfte Bild des *Theorems*, das wichtigste Gemälde seines Vaters – SEINES VATERS – nicht in fremde Hände gelangte, sondern in seine. Es sollte ihm gehören, es war

Arnolds Vermächtnis an seinen Sohn. Er hätte es so gewollt, davon war Jan-Josef zutiefst überzeugt. Und wenn er jetzt einen klaren Kopf behielte und es klug anstellte, könnte sein Begehren Wirklichkeit werden. Das bedeutete: Vorläufig durfte niemand von der Entdeckung erfahren, weder die Bellheims noch die Stollberg-Spezialisten in Münster und Bamberg, und schon gar nicht die Presse. Die Essers würden den Mund halten, dafür würde Hans sorgen. Und als erstes musste er selbst einen kühlen Kopf bewahren und seine weiteren Schritte sorgsam planen. Für's erste war das Bild bei den Essers gut versteckt, doch er konnte nicht ewig in Berlin bleiben, und er war fest entschlossen, die Stadt nur mit dem Bild zu verlassen. Nun, dachte er, um sich zu beruhigen, wie es dann weiter ging, würde sich finden.

Um die Leerstelle über dem Esserschen Sofa zu füllen, kaufte Jan-Josef bei Wertheim einen billigen, gerahmten Druck einer impressionistischen Landschaft und hing das Bild eigenhändig auf. Manuela war geradezu begeistert, sie fand das neue Schmuckstück „viel, viel schöner" als das *Theorem*-Bild, das zwar „irgendwie originell" sei, auf dem aber, wie sie wiederholt bemerkte, „rein gar nischt zu sehen war." Sie bedankte sich überschwänglich bei Jan-Josef und schien das Gemälde unter dem Bett schon vergessen zu haben.

Nachdem das erledigt war, nahm Stollberg Hans beiseite und versicherte ihm, alles Weitere zu unternehmen. Hans seinerseits wollte schnellstmöglich einen gemeinsamen Besuch bei seiner Großmutter vereinbaren und sich dann bei ihm melden. Die Verabschiedung war freundlich. Hans bemerkte nicht, dass Jan-Josefs Hände zitterten und er wie im Fieber glühte.

Am nächsten Tag, nach einer schlaflosen Nacht, war Stollberg noch immer von einer zwischen Euphorie und Befürchtungen zerrissenen Unruhe ergriffen. Er musste Entscheidungen treffen, konnte sich aber zu nichts durchringen. Jan-Josef verbrachte den Tag mit Ablenkungen aller Art: Am späten Vormittag strich er ziellos durch das Kaufhaus des Westens, nachmittags ging er ins Kino und schaute einen belanglosen Film, und den Abend verbrachte er in einer Kneipe in der Nachbarschaft seiner Pension. Beim dritten Bier wurde er endlich ruhiger und die Euphorie gewann die Oberhand. Jetzt musste er nur noch einen Beweis haben, eine echte Expertise, dass es sich wirklich um das fünfte Bild des *Theorems* handelte; eine Restaurierung musste auch erfolgen, irgendwann. Wie er das bewerkstelligen sollte, war ihm noch nicht klar, aber er war sicher, dass es ihm gelingen würde. Jan-Josef fühlte sich stark und entschlossen wie nie. Er dachte an das Gemälde unter Essers Bett und bestellte noch ein Bier.

Als er in die Pension zurückkam, lag eine Nachricht für ihn in seinem Schlüsselfach. Hans Esser hatte angerufen; er hatte einen Termin für sich und Jan-Josef bei seiner Großmutter am nächsten Tag, um vier Uhr, ausgemacht. Die Adresse war beigefügt.

Nach einer unruhigen Nacht erwachte Stollberg am Morgen sehr früh. Den ganzen Vormittag über musste er an den bevorstehenden Besuch bei Hans´ Großmutter denken. Nach quälend langsam verstrichenen Stunden und sichtlich nervös betrat er schließlich gemeinsam mit Hans pünktlich auf die Minute ein piekfein aufgeräumtes Wohnzimmer, hereingebeten von einer älteren Dame mit grauweißem Haar, in einem fast bodenlangem, schwarzen Rock mit Gehstock, die würdevoll und respektierlich ein äußerst höfliches Gebaren an den Tag legte. Um den faltigen Hals trug sie ein eng anliegendes dunkles Samtband, an dem vorne eine altrosa gefärbte Kamee prangte. Keine Frage, Hans Essers Großmutter hatte Stil, der sich deutlich vom unprätentiösen Verhalten ihrer Tochter unterschied. Annemarie Frankenschild, so lautete ihr Name, war seit vielen Jahren verwitwet und hatte nur selten Gelegenheit, Gäste zu bewirten. Jan-Josef fiel es schwer, ihr Alter zu schätzen; ihre Kleidung und ihre betont würdevolle Haltung ließen sie wohl älter erscheinen, als sie war. Die Freude über den Besuch ihres Enkels war echt, und Stollberg spürte ein neugierig-sympathisches Interesse an seiner Person; offenbar hatte Hans bei der Ankündigung ihres Kommens schon einiges über ihn erzählt.

„Ihr Vater war Künstler?", fragte sie Jan-Josef, während Annemarie Tee in hauchzart dünne Porzellantassen goss. Neben Zucker und Sahne in silbernen Behältern balancierte eine Etagère mit Kuchen und Scones auf dem winzig kleinen, mit einer Spitzendecke belegten Wohnzimmertisch. „Bitte, bedienen Sie sich, greifen Sie zu", forderte sie ihn mit einer einladenden Handbewegung auf. „Du natürlich auch, Junge", fügte sie mit sanfter Stimme in Richtung ihres Enkels hinzu. Der ließ sich das nicht zweimal sagen, während Jan-Josef dankend ablehnte und als Entschuldigung seinen angegriffenen Magen nannte. Das verstand Frau Frankenschild offensichtlich gut.

Nachdem er einen Schluck des sehr heißen und sehr starken Tees getrunken hatte, nahm Jan-Josef den Faden auf und bestätigte die Frage der alten Dame. Er holte weit aus und erzählte von seinem Vater, seinen Eltern, von deren Leben im Berlin der zwanziger und frühen dreißiger Jahre sowie ihre Flucht aus Nazi-Deutschland nach England, wo ihr Leben geendet hatte. Von Arnold Stollberg hatte Annemarie Frankenschild noch nie gehört, was sie mit großem Selbstbewusstsein zugab. „Für Kunst ist in unserer Familie Hans zuständig", sagte sie schmunzelnd und blickte Hans an. Offensichtlich war sie die einzige aus seinem unmittelbaren Umfeld, die sein Interesse billigte. Hans errötete.

„Ja, Oma, das stimmt... und jetzt ist eben etwas Unglaubliches passiert..." Damit berichtete er knapp von seinem Aufenthalt in Münster und der zufälligen Entdeckung, die er in der Stollberg-Ausstellung gemacht hatte bis hin zu seiner Idee, Jan-Josef Stollberg zu informieren und ihn zu bitten, das Gemälde über dem heimischen Sofa zu begutachten. Das Ergebnis bewahrte er sich bis zuletzt auf und eröffnete seiner Großmutter schließlich triumphierend, dass sich im Besitz seiner Eltern ein wertvolles Kunstwerk befinde.

Die alte Dame hörte sich alles in Ruhe und mit höflicher Aufmerksamkeit an. Als Hans mit rotem Kopf geendet hatte, wiegte sie kurz mit dem Kopf und wandte sich an Jan-Josef, wobei sie ihn offen anblickte: „Das ist ja eine tolle

Geschichte! Und nun möchten Sie von mir wissen, woher das Bild stammt?"

Die Direktheit der Frage verblüffte Jan-Josef für einen kurzen Moment. Ein Schreck durchzuckte ihn plötzlich. Konnte Annemarie Frankenschild die Bellheims kennen? Gab es da womöglich irgendeine zufällige Verbindung, die seinem Plan, das Bild zu behalten, gefährlich werden könnte? Jan-Josef überschlug, wie alt sie sein mochte... doch er fing sich schnell wieder. Es gab jetzt kein Zurück, außerdem war es in jedem Fall wichtig, die Herkunft des Gemäldes zu ergründen, so oder so. Er musste sich jetzt dem Risiko stellen, es würde nicht das letzte bleiben, dachte er trotzig.

„Ja, Frau Frankenschild, in der Tat... Ihr Enkel erzählte, dass Sie das Bild seinerzeit Ihrer Tochter geschenkt haben..."

Sie nickte, wobei ein granatenbesetztes Collier, das sie über ihrer hoch geschlossenen schneeweißen Bluse trug, leise klirrte.

„Es hat uns gehört, meinem Mann und mir... als meine Tochter geheiratet hat, dachten wir, das Gemälde wäre ein schönes Hochzeitsgeschenk. Wir hatte ja kein Geld und konnten nichts zum Haushalt beisteuern, die Zeiten waren hart damals..." Annemarie Frankenschild schloss kurz die Augen.

„Dachten Sie, das Bild sei wertvoll?" fragte Jan-Josef nach.

„Nein", wehrte die alte Dame ab, „wir hatten keine Ahnung, wieviel es wert ist. Um ehrlich zu sein, konnten wir nicht viel damit anfangen und fanden, die Hochzeit sei eine gute Gelegenheit, uns davon zu trennen. Mir war das Bild immer fremd, man kann nichts darauf erkennen, nur dieses verwaschene Farbendurcheinander…" Sie lächelte verlegen und schaute ihren Enkel an. „Du hältst mich bestimmt für dumm, Hans, aber ich muss auf einem Bild eben etwas sehen, was ich kenne – eine Landschaft, eine Person oder so etwas."

„Schon gut, Oma", beschwichtigte Hans, „das verstehe ich doch. Mir erging es früher auch nicht anders."

Jan-Josef war ungeduldig.

„Darf ich fragen, woher Sie das Bild hatten? Haben Sie es irgendwo gekauft?"

Frau Frankenschild schaute Stollberg erstaunt an.

„Gekauft? Nein, wir haben es nicht gekauft. Wir haben es selbst geschenkt bekommen."

„Wann? Von wem?"

Hans´ Großmutter runzelte die Stirn.

„Genau genommen haben wir es nicht geschenkt bekommen. Es war eine Art – Bezahlung, ja, eine Gegenleistung."

„Für was?"

Jan-Josef merkte, dass ihr die Frage unangenehm war. Sie wand sich ein wenig auf ihrem Stuhl, und dann fiel ihr ein, dass sie ihren Gästen dringend noch eine Tasse Tee anbieten musste.

Nachdem alle Tassen erneut gefüllt waren, blieb ihr nichts anderes übrig, als sich Stollbergs Frage zu stellen. Sie errötete leicht und sagte dann leise:

„Es ist mir ein wenig unangenehm, Herr Stollberg… Hans, du weißt auch nichts davon, glaube ich, oder?" Der Angesprochene schüttelte den Kopf. Die Großmutter straffte sich zu einem kerzengeraden Sitz und holte tief Luft.

„Na, es ist ja lange her, und wir waren sicher nicht die einzigen, die so etwas getan hatten. Sie müssen wissen, mein Mann Werner und ich, wir waren damals in Berlin…"

„Damals?"

„Im Herbst 1945. Wie hatten Glück, unsere Wohnung stand noch. Zwar ausgebombt, aber nicht total kaputt. Keine Fenster mehr, die hatte ich schon ein halbes Jahr vorher mit Holzplatten notdürftig verbarrikadiert, kurz vor Kriegsende. Aber dann kam der November, schon mit strengem Frost. Wir waren im amerikanischen Sektor, und die Amis gaben Bezugsscheine aus – für Holz, das man im Grunewald schlagen durfte." Sie lachte bitter." Aber das reichte nicht, die Kälte war immens, und die paar Holzscheite waren natürlich im Nu aufgebraucht. Und wir hatten unsere Tochter – deine Mutter, Hans."

Frau Frankenschild sah kurz ihren Enkel an und nahm einen Schluck Tee.

„Nun, mein Werner war auf Draht. Er kam ja schon im Juni zurück, von oben, von der Ostseeküste, da hatte er sich erst mal versteckt. Hatte es mit einem der letzten Schiffe von Ostpreußen geschafft, wo er stationiert war. Tja, was soll ich sagen… er war dann ganz groß im Organisieren."

Sie schwieg einen kurzen Moment und seufzte tief.

„Es war natürlich alles illegal, und wenn die Amis ihn erwischt hätten… wer weiß, was passiert wäre. Aber er war richtig gut, zusammen mit ein paar anderen… Bald blühten seine Schwarzmarktgeschäfte, und wir hatten ein einigermaßen erträgliches Auskommen. Und als der kalte Herbst kam – nun, da organisierte er halt Kohlen. Für uns, aber auch für andere. Und dafür bekamen wir Lebensmittel, Zigaretten, die wir wieder eintauschen konnten, und so weiter und so weiter." Sie seufzte erneut. „Unsere Tochter wusste übrigens von nichts, das war besser so, sie hätte es nicht für sich behalten können." Ein scheuer Seitenblick traf Hans. Der nickte nur in schweigsamer Zustimmung.

Annemarie Frankenschild fuhr fort: „Der Mann, der Werner das Bild gegeben hatte, war aus Süddeutschland… woher genau, weiß ich nicht mehr." Sie runzelte die Stirn und dachte kurz nach, dann schüttelte sie den Kopf. „Fällt mir nicht ein – nun, den hatte der Krieg nach Berlin verschlagen. War nicht mehr der Jüngste, auch krank, schwer sogar, wenn ich mich recht erinnere. Was hatte der bloß?" Sie legte den Zeigefinger der rechten Hand an die Lippen und blickte nachdenklich an die Zimmerdecke. „Nein, ich kann mich nicht erinnern. Na ja, jedenfalls hatte der sich in einer Trümmerwohnung eingenistet – schlimmer als unsere, hat Werner gesagt. Die haben sich nämlich kennengelernt, auf dem Schwarzmarkt. Und für den hat Werner einiges beschafft, unter anderem auch Kohlen. Damit der es warm hatte, wenigstens das, wo er doch krank war. Na, und der hat meinem Werner dann das Bild gegeben, als Bezahlung oder als Dank, wenn Sie wollen. Für alles, was mein Mann ihm Gutes getan hat. Und so bekamen wir es."

Wieder trank sie einen Schluck aus ihrer Tasse.

„Wir wussten gar nicht, was wir damit machen sollten", fuhr sie fort, „ – ein paar Mal haben wir versucht, es einzutauschen, aber niemand wollte es haben. Ich war auch erst ärgerlich, dass Werner so ein Bild als Bezahlung angenommen hatte, würden wir ja nie wieder los werden, habe ich gedacht, und mit Recht. Aber dann – nun ja, um ehrlich zu sein, der Mann hatte gesagt, das Gemälde sei nichts Besonderes, aber vielleicht doch etwas wert, und es stamme von einem Künstler, der vor den Nazis aus Deutschland geflohen sei - "

„Das hat er gesagt?", fragte Jan-Josef mit angespannter Stimme.

„Ja, das hat er gesagt", bekräftigte die alte Dame.

„Hat er einen Namen genannt? Den Künstler?"

Annemarie Frankenschild dachte nach und schüttelte langsam mit dem Kopf. „Nein, ich erinnere mich nicht. Zu mir nicht. Vielleicht meinem Mann gegenüber, aber das kann ich nicht sagen. Kurzum, wir hatten die Hoffnung, dass es vielleicht doch ein wenig wertvoll sein könnte und dachten, es später mal zu verkaufen. Schön war es ja nicht - " hier stockte sie wieder verlegen, „aber als dann unsere Manuela endlich heiraten wollte", hier folgte erneut ein Seitenblick auf Hans, an dem es nun war, zu erröten, „da dachten wir, wir schenken es ihr und ihrem Mann, sollen die damit machen, was sie wollen. Seitdem hing es immer bei Euch im Wohnzimmer." Der letzte Satz war an Hans gerichtet.

Jan-Josef überlegte. „Und Sie haben Ihrer Tochter gegenüber nie die Umstände erwähnt, wie Sie an das Bild gekommen sind? Und dass es womöglich wertvoll sein könnte?"

Frau Frankenschild verneinte.

„Nein, nie. Mein Mann war ja Sattler, er hat 1950 den Betrieb seines Vaters in der Zone übernommen, in Dessau, und er hatte Angst, dass diese Schwarzmarktgeschichten mal rauskommen und es dann Ärger geben könnte. Andere sind deswegen ja in Schwierigkeiten geraten, und nicht zu knapp. Die Zeiten waren schlimm, sehr schlimm. Eigentlich war der Bruder meines Mannes als Erbe der elterlichen Sattlerei vorgesehen – deshalb hatten wir uns ja auch 1939 in Berlin niedergelassen. Aber der Rainer kam nicht zurück aus dem Krieg, und Werner musste dann den Laden übernehmen. Es waren schlimme Zeiten", wiederholte sie und schüttelte den Kopf, mit den Gedanken in der Vergangenheit. „Also, wir haben nie was gesagt, niemandem, und ich auch nicht, als ich dann kurz vor dem Mauerbau hierher nach West-Berlin gezogen bin. Da war mein Mann gerade tot. Was sollte ich also im Osten bleiben? Hier war ja die Familie meiner Tochter, und mein Enkel." Ein liebevoller Blick streifte Hans.

Das war das Ende der Geschichte. Alle schwiegen. Der Tee in den Tassen und in der Kanne war inzwischen kalt geworden.

Jan-Josef war nicht zufrieden. Er hielt nur einen Zipfel der Wahrheit in der Hand, noch immer war nicht klar, wo das fünfte Bild nach der Beschlagnahmung durch die Nazis geblieben war und wieso es 1945 auf so merkwürdige Weise wieder auftauchen konnte. Er hatte sich von dem Treffen mit Hans' Großmutter mehr erhofft.

„Wenn man wenigstens den Namen des Mannes hätte, der Ihnen das Gemälde gegeben hat", sagte er mehr zu sich als zu den anderen beiden.

Annemarie Frankenschild blickte ihn plötzlich aus ihren wasserklaren Augen an.

„Aber den kann ich Ihnen sagen", beeilte sie sich zu versichern.

Stollberg starrte sie an.

„Er hieß Meininger. Heinrich Meininger, und er kam aus Bamberg, jetzt fällt es mir gerade wieder ein!"

VI

1

Über der Stadt hingen dunkle Wolken, Regen schien sich anzukündigen. Es war ungewöhnlich still. Nach den Monaten des Lärmens, des Schreiens und Rufens, des Berstens von Mauerwerk und Dächern, des Pfeifens der Stukas, des Heulens der Sirenen, des Sirrens der herabfallenden Bomben und des Brummens der Flugzeuge war es endlich, endlich ruhig.

Fast hätte man diesen Tag im späten April des Jahres 1945 friedlich nennen können. Der Frühling war da, im Park hinter dem Schloss Schönhausen schlugen die Bäume aus, und Pankow zeigte sich von seiner lieblichen Seite.

Anders sah es nur wenige Schritte entfernt aus. Die Straßenbahn fuhr nicht mehr, die Oberleitungen hingen kraftlos von den Masten, sofern diese noch standen. An der Breiten Straße und der Grabbeallee waren Fahrbahn und Gehwege voller Schutt, der von den ausgebrannten Ruinen stammte, die die Straßen säumten. Dazwischen gab es Häuser, die kaum etwas abbekommen hatten, manche waren sogar ganz intakt. Wie Solitäre ragten sie in den Himmel und schienen überrascht und überheblich zugleich auf all die Trümmer hinabzuschauen. Es war kaum jemand unterwegs, und wenn, dann allein. Ein paar Frauen mit Taschen turnten vorsichtig zwischen den Gesteinsbrocken, Müllbergen und sonstigen Überresten einer einstmals unbeschwerten Existenz umher, auf der Suche nach irgendetwas. Über

Pankow lag, wie über allen Berliner Bezirken und Stadtteilen, ein strenger Brandgeruch.

Im Zentrum wurde allerdings noch geschossen, aber nur selten drang ein Grollen oder Donnerschlag von dort bis zum Schloss Schönhausen, das wie durch ein Wunder ebenfalls ganz unversehrt war. Albert Voswinkel, der Depotleiter, hatte darauf bestanden, schon russische Panzer gesehen zu haben, hier in Pankow, auf der Weiterfahrt nach Mitte, zur Neuen Reichskanzlei, zum Führerbunker und zum Reichstag. Doch noch wehrten sich die Machthaber, mit allen Mitteln und mit allen Reserven. Kinder und Alte verteidigten die letzten Bastionen der Nazi-Macht.

Niemand tat etwas und niemand sagte etwas an diesem Dienstagmorgen gegen elf Uhr im Büro des Schlosses. Alles schien wie immer und doch war alles anders. Es gab nichts mehr zu tun und nichts mehr zu sagen. Es war aus.

„Es ist aus", flüsterte Dr. Sebald und starrte aus dem Fenster in den angrenzenden Park. Er war korrekt gekleidet, wie immer, aber sein Selbstbewusstsein war dahin. Eine tiefe Verunsicherung hatte seit geraumer Zeit von ihm Besitz ergriffen, was dazu führte, dass seine Mitarbeiter im Schloss abwechselnd entweder in Aktionismus verfielen oder in Schockstarre verharrten.

Roswitha Schwanke saß zusammengesunken auf ihrem Bürostuhl, an ihrem fast leeren Schreibtisch. Die Hände hielt sie zusammengefaltet, wie zum Gebet, in ihrem Schoß. Es gab nichts mehr zu tun für sie. Kunstwerke kamen schon lange keine mehr, aber seit Wochen verließen auch keine mehr das Schloss. Keine Listen waren abzuarbeiten, keine Papiere zu prüfen, keine Telefonate zu führen. Niemand kam. Drei Depotmitarbeiter waren verschwunden, schon im Februar. Die russische Zwangsarbeiterin, die als Ersatz kam, war auch weg – geflohen oder erschossen, niemand wusste es, niemand interessierte es. Seitdem hielten sie zu dritt hier die Stellung, Tag für Tag, Dienst war schließlich Dienst.

Die Stille war erdrückend, ebenso wie das Nichtstun. Roswitha hatte Kaffee aufgesetzt. Ihre Mutter hatte irgendwo etwas besorgen können, weiß Gott, woher. Roswitha wusste es nicht und wollte es auch nicht wissen. Aber dass es Kaffee gab, war gut. Das war wie früher, das war ein winziges, erbärmliches Stück Normalität. Immerhin: Man lebte noch. Und die Wohnung gab es auch noch. Man musste dankbar sein. Und Roswitha wollte nicht aufgeben, sie klammerte sich daran, dass der Führer das Ruder noch umreißen würde, russische Panzer hin oder her.

„Sagen Sie das nicht, Herr Doktor. Nichts ist aus", warf sie ein und bemühte sich, betont entschlossen dreinzublicken, während sie gleichzeitig ihre gekrümmte Haltung aufgab und sich aufrichtete. Sie sah seit Tagen ihre Aufgabe darin, ihren Chef aufzumuntern und ihn von seiner Verzagtheit zu befreien. Der Kessel pfiff. Entschlossen stand sie auf und goss den Filterkaffee auf, danach schenkte sie zwei Tassen ein und brachte eine ihrem Chef.

„Hier, trinken Sie. Milch und Zucker hatte meine Mutter nicht, aber besser schwarz als gar kein Kaffee, nicht wahr?" Sie versuchte, eine heitere Mine aufzusetzen, was einigermaßen misslang. Wieder trat Stille ein, nur das leise

Klirren des Porzellans war zu hören, wenn eine Kaffeetasse auf den Unterteller gesetzt wurde.

„Unsere Arbeit hier ist zu Ende", ließ sich Werner Sebald in das Schweigen hinein vernehmen. Er lachte bitter auf. „Keinen Menschen kümmert noch, was wir hier machen. Es ist vollkommen sinnlos, dass wir noch hier sind. Sobald…" Er stockte. Roswitha Schwanke sah ihn auffordernd an. „Sobald?" fragte sie nach, um ihn zum Weitersprechen zu animieren.

Sebald nestelte nervös an seiner Krawatte und sagte dann: „Bitte, verstehen Sie mich nicht falsch, ich will niemanden zur Flucht auffordern, Gott bewahre…!" Hier machte die Sekretärin ein erschrockenes Gesicht. „Nein, nein, Fräulein Schwanke, wirklich nicht", beschwichtigte er sogleich, „aber ich denke, wir… wir sollten hier Schluss machen. Menschen brauchen uns jetzt dringender als die Kunstwerke, die wir hier horten… totes Material", fügte er verbittert hinzu, um gleich entschuldigend fortzufahren: „Gott, ich hätte nie gedacht, das mal zu sagen."

Roswitha sah noch immer erschrocken aus. „Kunstwerke? Aber Herr Doktor, das ist doch… das ist doch alles Schund, was hier lagert, das haben Sie doch selbst immer gesagt… Sie nennen das auf einmal Kunst? Sie haben doch selbst wieder und wieder gesagt, dass die Bilder hier scheußliche Erzeugnisse kranker Gehirne sind. Und das stimmt doch auch!"

Fräulein Schwanke war erschüttert. Wie konnte der Museumsmann nur so etwas sagen. Sie dachte an ihre Arbeit im Schloss, viele Jahre hatte sie hier in Schönhausen verbracht, wo einst eine preußische Königin residiert hatte und wo jetzt wichtige Kulturarbeit geleistet wurde: das deutsche Volk vor minderwertigen, jüdischen und bolschewistischen Machwerken zu schützen und gleichzeitig das Staatsvermögen zu mehren. Ihre, Roswithas, Aufgabe war, daran mitzuarbeiten, und das hatte sie von Anfang an mit großer Überzeugung getan.

Doch andererseits hatte die Sekretärin auch Angst. Seit langem schon wurden die Nachrichten immer bedrohlicher, auch wenn die Propagandamaschinerie weiterhin vom „Endsieg" sprach. Sie wollte es gern glauben, aber die Zweifel mehrten sich. Was, wenn die Lage längst nicht so rosig war, wie offiziell behauptet wurde? Was, wenn überhaupt so manches nicht stimmte in Deutschland? Roswitha hatte schon vor längerer Zeit von den Zügen gehört, in denen angeblich Juden abtransportiert wurden – wohin? Sie wusste es nicht, und das war ihr auch lieber so. Mit aller Kraft versuchte sie, ihre innere Zerrissenheit zu bekämpfen. Sie wollte weiter an die Nazis glauben, und an den Führer, dem sie zu gerne ihr Vertrauen schenkte.

Es gelang ihr nur mühsam. In den letzten Tagen und Wochen hatte sich vieles verändert, und nicht zum Guten. Allein, dass Ihr geschätzter Vorgesetzter, Dr. Werner Sebald, sich seit geraumer Zeit immer seltsamer verhielt und eine vorher nie gekannte Niedergeschlagenheit an den Tag legte, war ein düsteres Omen. Ihrer Mutter ging es zunehmend schlecht, die Angst vor den Bomben im Allgemeinen und vor den Russen im Speziellen hatten sie hysterisch und unberechenbar gemacht. Der tägliche Kampf ums Überleben wurde immer schwieriger, die Lebensmittel wurden zusehends rationiert, und man musste sehen, wie man klarkam. Roswitha war froh, dass sie weder verheiratet war noch Kinder hatte. Tag für Tag sah sie die Probleme, die ihre Nachbarin meistern musste: Der Mann irgendwo im Osten, seit Monaten kein Lebenszeichen. Dazu drei noch kleine Kinder, und niemand, der ihr half...

Manchmal, wenn sie abends im Bett lag und nicht einschlafen konnte, weil sie ständig auf das Heulen der Sirenen wartete, überfielen sie ihre Tränen, die sie einsam in ihr Kopfkissen weinte. In diesen Momenten verlor sie jeden Mut und jede Hoffnung auf ein besseres Leben, geschweige denn auf den „Endsieg." Am Morgen dann musste sie sich wieder aufrappeln, sich zusammenreißen, wie sie es nannte, und ihren Alltag regeln, und der bestand zu einem Großteil aus ihrer Arbeit. In den guten Phasen der letzten Monate fühlte sie ein gewisses Maß an Zufriedenheit mit dem, was sie tat. Nicht so, wie es früher war, vor Jahren. Da war Fräulein Schwanke noch vollkommen überzeugt gewesen von sich und natürlich von Deutschland, von ihrer wertvollen und wichtigen Tätigkeit im Schloss Schönhausen, an der Seite eines so gelehrten Mannes wie Dr. Sebold. Nein, so sicher war sich die Sekretärin ihrer Sache jetzt, in diesen letzten Apriltagen des Jahres 1945, nicht mehr. Was sie noch an ihrer Arbeit festhielt, war ihre Überzeugung, im Laufe der Jahre geradezu eine Kunstexpertin geworden zu sein. Gewiss, ihr Chef war da natürlich ein anderes Kaliber, der hatte studiert, für die Reichskulturkammer und im

Ministerium gearbeitet und kannte sich aus. Aber sie selbst hatte auch ein Gespür entwickelt, konnte inzwischen Künstler auseinanderhalten und Gutes von Schlechtem trennen – nicht nur, weil man es ihr erklärte, sondern weil sie mittlerweile selbst erkennen konnte, welche Art von Kunst für das Reich erhaltenswert und erzieherisch wirkte und was einfach nur zersetzend oder aufrührerisch war und von einer geistigen Deformation des betreffenden Künstlers zeugte. Oder dass er Jude war. Aber auch dies kam vor: Bei ihren unzähligen Gängen durch das Depot, wenn sie wieder eine neue Liste erstellen oder ein bestimmtes Werk heraussuchen musste, hatte sie hin und wieder ein Gemälde gesehen, dass sie in irgendeiner Form ansprach. Wo sie dann auch zweimal hinschaute, manchmal länger, um das Bild richtiggehend zu studieren. „Gar nicht übel", hatte sie manches Mal gedacht, um sogleich erschrocken und wie ertappt den Blick abzuwenden und sich ihrer Arbeit zu widmen.

Dann wieder hatte sie am Schreibtisch gesessen und nachgedacht: Wenn so viele Leute aus dem Ausland hierher kamen – fast immer Beamte von Behörden, oft fremdländisch aussehende Männer in teuren Anzügen, zum Beispiel aus Spanien oder Italien, die an Museen oder Botschaften beschäftigt waren – , sich Bilder aussuchten und zudem noch einen hohen Preis dafür zahlten… Konnten diese Bilder dann wirklich so schlecht sein? Wieso erwarb man die für horrende Summen? Vielleicht wussten diese Leute, die im Auftrag ihres Landes handelten, nicht, was für einen Schund sie da einkauften, aber richtig glauben konnte Roswitha Schwanke das nicht.

Sie sehnte sich nach Sicherheit, nach jemandem, der ihr sagte, was richtig und was falsch war. Gewiss, es gab den Führer, und der war eine unumstößliche Größe in ihrer Welt. Der Führer gab die Richtung vor, und das war für Roswitha eine große Hilfe und auch Beruhigung, wenn die Gedanken mal wieder mit ihr durchgingen. Aber sie brauchte jemanden in ihrer Nähe, der ihr sagte, was sie tun oder nicht tun sollte. Ihre Mutter war dazu völlig ungeeignet, sie war alt und selbst ganz und gar entmutigt und verzagt. Dr. Sebald hätte es sein müssen! Als Herr über das wertvolle Kunstdepot im Schloss Schönhausen war er nicht von der Wehrmacht zum Kriegsdienst eingezogen worden, seine Arbeit hier in Berlin war zu wichtig, und er hatte sie stets mit großem Verantwortungsbewusstsein ausgeführt. Er war der Richtige, seit Jahren war er derjenige, zu dem die Sekretärin aufschaute: Willensstark, entschlossen, entscheidungsfreudig, mit Mumm in den Knochen – der Mann wusste, was zu tun war. Jedenfalls war das jahrelang der Fall gewesen, aber damit war nun Schluss. Sebald war nur noch ein Schatten seines früheren Selbst.

Das scharfe Geräusch ferner Schüsse drang unvermittelt aus dem Stadtzentrum bis nach Pankow, in das Büro des bezaubernden Schlosses Schönhausen, in dem nun Dr. Sebald und seine Sekretärin einen stillen, mutlosen Kaffee zu sich nahmen. Beide schreckten auf, etwas Kaffee wurde verschüttet, hastige Handbewegungen Fräulein Schwankes versuchten, ihre Bluse zu säubern, vergeblich.

Werner Sebald schüttelte den Kopf, während er wieder aus dem Fenster starrte. Dann atmete er tief ein und aus, ging entschlossen zu seinem Schreibtisch herüber und packte ein paar Sachen in seine braune Lederaktentasche: Ein schön in Silber gerahmtes Foto seiner Frau, den kleinen Globus, den er so liebte, den Brieföffner aus Malachit – ein Geschenk seiner Tante –, und eine winzig kleine Bronzefigur, von der Roswitha immer schon geglaubt hatte, Sebald habe sie aus dem Depot „entwendet."

Er blickte Roswitha fest in die Augen, als er sagte: „Wir machen Schluss. Kommen Sie morgen nicht mehr her, ich werde auch nicht kommen. Niemand wird mehr kommen. Kümmern Sie sich um Ihre Mutter. Ich schließe gleich alles ab, die Schlüssel werfe ich in den Briefkasten draußen… Soll sie bekommen, wer will, ich hoffe, die Richtigen…"

Die Sekretärin saß wie versteinert da.

„Gehen Sie jetzt, Fräulein Schwanke. Ich sage Voswinkel Bescheid, dass er auch geht."

Roswitha schüttelte den Kopf, sie sah ihren Chef flehend an, Tränen traten in ihre Augen.

„Nein, Herr Doktor, bitte…"

„Doch!", herrschte er sie an. „Los! Packen Sie Ihre Sachen und gehen Sie!"

Roswitha unterdrückte ein Schluchzen, erhob sich aber gehorsam und sammelte die Kaffeetassen ein, um sie zu spülen.

„Lassen Sie das! Wir müssen hier nichts mehr spülen. Beeilen Sie sich!", herrschte Sebald sie an.

Roswitha Schwanke tat, wie ihr geheißen: Dr. Sebald sagte, was zu tun war. Nur, dass es sie diesmal nicht beruhigte. Sie schaute auf ihren Schreibtisch, steckte einzig das Foto ihrer Mutter in ihre Handtasche und zog, wie in Trance, den Mantel an. Dann wandte sie sich verwirrt und erregt, an ihren Chef:

„Ja, dann, ..." Ihr blieb die Stimme weg, sie musste schlucken, Tränen schossen in ihre Augen.

„Auf Wiedersehen, Fräulein Schwanke. Und vielen Dank für... für alles. Ich wünsche Ihnen alles Gute. Vielleicht gibt es ja mal ein Wiedersehen... in einer besseren Welt."

Auch Sebald hatte mit den Tränen zu kämpfen.

Eine bessere Welt? dachte Roswitha Schwanke, seit 1936 Mitglied der NSDAP, wo soll die sein?

Mit einem letzten Gruß verließ sie den Raum und ging hinaus in einen der letzten furchtbaren Tage dieses furchtbaren Krieges. Ein leichter Nieselregen setzte ein, als sie das Schloss verließ.

2

Unversehrt. Nicht zerbombt.

Gut.

Sehr gut!

Ein Schloss. Das Schloss der Elisabeth Christine!

Heinrich Meininger wusste das natürlich. Er hatte viel gelesen, früher, in Bamberg, in einem anderen Leben. Über Friedrich den Großen, und über seine Gemahlin, die unglückliche Königin.

Die chaotischen ersten Maitage des Jahres 1945 hatte er überstanden. Wie lange das Überleben anhalten würde, wusste er nicht. Es war ihm auch egal, er konnte nur von einem Tag bis zum anderen denken. Ein Schritt nach dem anderen. Das hatte er gelernt – nein, verinnerlicht bis ins Mark -, als er Anfang der dreißiger Jahre auf dem Jakobsweg in Spanien gepilgert war: Von Saint-Jean-Pied-de-Port im Südwesten Frankreichs bis Santiago de Compostela im spanischen Galizien, hunderte von Kilometern zu Fuß zum Grab des heiligen Jakobus.

Dieses Denken in kleinen Schritten war in der gegenwärtigen Situation genau das Richtige, dachte Meininger. Kein Mensch wusste, wie es weiterging, was der nächste Tag bringen würde. Man musste in kleinsten Einheiten denken. Chaos überall. Hitler war tot, hieß es, aber stimmte es? Noch immer wurde hier und da geschossen – oder waren es Freudensalute? Er wusste es nicht.

Die Russen waren da. Überall. Weiße Fahnen, rote Fahnen, in allen Straßen.

Zu Hause in Bamberg: Seine Frau. Sein Sohn Gerhard: Irgendwo. Er wusste nicht, wo Gerhard war.

Er selbst: Krank. Zuckerkrank. Die Bauchspeicheldrüse machte schon seit Jahren nicht mehr mit, weshalb er 1934 für fünf Wochen im Diabetikerheim Garz auf Rügen war. Dort hatte Heinrich den Umgang mit Insulin und Spritzen gelernt. Aber was half ihm das jetzt? Insulin war schon in den letzten Jahren rar gewesen, die Zuteilung viel zu gering. Immerhin hatte er einen Vorrat gehortet – verbotenerweise über einen bekannten Apotheker in Berlin, dem er einen Zugang zur Reichskanzlei und damit verbundenen guten Aufstiegschancen ermöglicht hatte. Außerdem hatte er noch eine gute Menge Heidelbeerblättertee. Schmeckte nicht besonders, aber der war ja seit einiger Zeit als DAS Mittel gegen die Zuckerkrankheit angepriesen worden. Stimmte wohl genauso wenig wie fast alles, was von den Nazis zu hören gewesen war.

Aber egal. Er wollte zurück nach Bamberg. Das hieß: Erst mal hier überleben. Dann würde man weitersehen. Ein Schritt nach dem anderen. Er war jetzt fünfzig Jahre alt, schwerkrank und übergewichtig, und sein größtes Ziel war, einundfünfzig zu werden. Und seine Frau und Gerhard wiederzusehen, bevor er starb. Sein Sohn war jetzt vierundzwanzig, noch so jung, dachte Heinrich Meininger, wenn er überhaupt noch lebt.

Er verscheuchte die trüben Gedanken, schulterte seinen abgewetzten Lederrucksack und schlich vorsichtig, immer wieder Schutz zwischen dichtem Gebüsch suchend, um das stattliche Gebäude herum. Kein Mensch war zu sehen. In einiger Entfernung standen Häuser, Villen fast, wie Heinrich feststellte, die wie durch ein Wunder keine zerstörerischen Bombentreffer abbekommen hatten. Hier und da hingen aus dem einen oder anderen Fenster noch weiße Bettlaken, mit denen man die Russen empfangen hatte.

Auch im Innern des Schlosses rührte sich nichts, wie er feststellen konnte, als er mehrmals durch die Scheiben lugte. Jedenfalls schien das Erdgeschoss völlig menschenleer zu sein. Falls sich wirklich niemand in dem imposanten Bau aufhielt, könnte es ein gutes Versteck sein, überlegte er. Umso seltsamer, wenn noch niemand anders auf den Gedanken gekommen war. Er umrundete das Schloss ein zweites Mal, sehr langsam und vorsichtig, und kam wieder am Eingangsportal an. Er überlegte kurz und entschloss sich dann, an der Tür zu klopfen und zu rütteln, erst zaghaft, dann energischer. Nichts, keine Reaktion, alles blieb totenstill. Heinrich Meininger überlegte. Auf seinem Gang um das Schloss waren ihm noch drei weitere Türen aufgefallen, wesentlich kleiner als das fürstliche Hauptportal. Sicher führten sie in Neben- oder Wirtschaftsräume, auch dort wollte er sein Glück versuchen. Gerade als er sich umwandte und zur Rückseite des Gebäudes huschen wollte, fiel ihm der moderne Briefkasten auf, der, auf einem massiven Metallständer montiert, seitlich neben dem Haupteingang stand. Die Klappe stand auf, und aus dem Schlitz lugte das durchnässte Ende eines Papiers – allem Anschein nach ein Brief.

Heinrich Meininger atmete schwer und sah sich vorsichtig um; noch immer war niemand zu sehen. Langsam trottete er zu dem Briefkasten herüber, packte den Zipfel des Umschlags und versuchte, ihn herauszuziehen. Fast wäre es gelungen, da entglitt das Papier seinen Fingern und fiel in den Kasten zurück. Ein schepperndes Geräusch war zu hören.

Offensichtlich befand sich außer dem Brief noch etwas anderes in dem Postkasten. Nun wollte Heinrich es genau wissen. Wie erwartet ließ sich der Kasten nicht ohne Weiteres öffnen. Auf der Suche nach einem Werkzeug fand er schließlich einen kurzen, nicht zu dicken aber sehr starken Ast, der ihm geeignet schien. Kurzerhand führte er den Ast in den Briefkastenschlitz und benutzte ihn als Hebel. Mit aller Gewalt drückte Heinrich ihn von innen gegen das Türchen, wobei er befürchtete, der Ast würde jeden Moment zersplittern. Das tat er aber nicht, im Gegenteil: Plötzlich gab es einen lauten, metallischen Knall und die Briefkastentür sprang auf.

Wieder wandte sich Heinrich um, und wieder war niemand zu sehen. Gut so. Er blickte nun in das Innere des Briefkastens und sah das Schriftstück, das ihm entglitten war, und ein großes Bund mit zahlreichen Schlüsseln in allen möglichen Formen und Größen.

„Da schau her!", sagte er zu sich, nahm den Brief und die Schlüssel und ging zurück zum Haupteingang. Nach zwei Versuchen hatte er es geschafft: Der Schlüssel passte, die Tür öffnete sich und Augenblicke später stand Heinrich Meininger im Vestibül des Gebäudes. Schnell und leise schloss er die Tür hinter sich und sperrte sie mit dem Schlüssel zu. Brief und Rucksack legte er im Windfang ab.

„Gut gemacht", murmelte er erleichtert und schloss für einen Moment die Augen. Dann inspizierte er den Raum, in dem er sich befand. Direkt vor ihm wand sich eine doppelläufige Treppe ins Obergeschoss. Hinter der Treppe gelangte man in einen Gang oder Flur, von dem mehrere Zweckräume abgingen: eine geräumige Küche, Toiletten, Aufenthaltsräume für Wachpersonal, ein Heizungsraum, der auch als Abstellraum für Putzsachen diente, und zwei größere Büroräume mit Blick in den Garten an der Rückseite. Heinrich schritt das ganze Erdgeschoss ab und gelangte schließlich in eine Art Galerie, die sehr alt, womöglich noch aus dem 18. Jahrhundert stammte. Die Wände waren komplett mit Zedernholz verkleidet, was das Herz des gelernten Tischlers höherschlagen ließ. Aber alles sah heruntergekommen und wenig gepflegt aus. Dann gab es noch einen Gartensaal, der aber als eine Art Lager zu dienen schien: Im Dämmerlicht, das spärlich durch die geschlossenen Fensterläden fiel, konnte er zahlreiche verschnürte, rechteckige flache Pakete erkennen, die in Abteilungen geordnet an den Wänden sowie in roh gezimmerten Stellagen aufgereiht waren. Manche Pakete waren aufgerissen, das Packpapier hing in Fetzen herunter und gab den Blick auf etwas frei, was offensichtlich Bilderrahmen waren. Dann sah Heinrich, dass im Halbdunkel des Raumes auch Gemälde ohne jede

Verpackung an den Wänden lehnten, mit dem Rücken zu ihm.

Das Obergeschoss war ähnlich gegliedert; hier gab es noch zwei Büros, die aber weniger komfortabel eingerichtet waren als die Pendants im Erdgeschoss, sowie zwei einfach eingerichtete Aufenthaltsräume. In allen anderen Räumen, auch im historischen Festsaal mit der eindrucksvollen Stuckdecke, dasselbe Bild wie im Gartensaal: Flache rechteckige Pakete und Bilder in unterschiedlichen Größen, soweit Heinrich schauen konnte, sie waren überall. Und nicht anders verhielt es sich im Dachgeschoss, das er schließlich auch noch inspizierte. Hier gab es allerdings noch große Metallschränke, teils mit Schubladen, teils mit Türen versehen. Heinrich war sich sicher, dass sich die Schlüssel dafür an dem Bund befanden, das er im Briefkasten vor der Eingangstür gefunden hatte.

Mit großer Erleichterung stellte Heinrich fest, dass sich tatsächlich niemand in dem Schloss aufhielt. Sein Glück konnte er schließlich kaum fassen, als er feststellte, dass in der Küche einige Vorräte gehortet waren, Konserven zum Beispiel, aber auch Trockenmilch und Dörrfleisch, womöglich aus Wehrmachtsbeständen, wie er vermutete. Sogar einige Flachen Wein befanden sich in einem der Schränke.

„Junge, Junge", sagte er zu seinem Spiegelbild im Toilettenraum gleich neben dem Vestibül, „da hast du Glück im Unglück." Er beschloss, erst einmal zu bleiben. In den Aufenthaltsräumen oben gab es Sofas, zwar abgewetzt, aber was machte das schon. Decken und Kissen hatte er dort auch gesehen, es würde ihm also an nichts fehlen. Da fiel ihm der Brief wieder ein, den er im Windfang an der Tür auf einen kleinen Tisch gelegt hatte. Er holte ihn, setzte sich in einem der großen Büros an den Schreibtisch und öffnete ihn mit einem schönen, schweren Brieföffner mit Malachitbesatz, der in einer marmornen Schale vor ihm lag. Adressiert war der Brief an „Dr. Werner Sebald" im Schloss Niederschönhausen, dessen Name mit dem Zusatz „Depot" versehen war.

Der Umschlag war weich und dünn, er musste wegen des aus dem Briefkastenschlitz ragenden Zipfels tagelang dem Regen ausgesetzt gewesen sein. Heinrich zog aus dem Kuvert einen Bogen Papier, der ebenfalls völlig aufgeweicht war. Das Blatt war mit Maschine geschrieben, Unterschrift und Stempel waren durch die Nässe völlig verwischt. Das Datum lag zwei Wochen zurück.

Heinrich ließ den Brief sinken. Zwei Wochen? Das war so viel wie hundert Jahre. Vor zwei Wochen, da war noch Krieg, das war das große „Davor." Jetzt war Frieden – jedenfalls ging Heinrich Meininger davon aus, aber konnte man das wirklich glauben? - , jetzt war das große „Danach." Ein Brief, der im „Davor" geschrieben war, war nichts mehr wert, er hatte jegliche Daseinsberechtigung und Bedeutung verloren. Nichts, was darinstand, hatte noch irgendeine Relevanz. Es war, als sei die Welt vollkommen auf den Kopf gestellt worden und der Spuk der letzten Jahre urplötzlich ins Reich der Vergangenheit versunken. Der Brief, so kam es Heinrich vor, stammte aus einer anderen Zeit, aus einer anderen Dimension, zufällig herübergeschwappt in das Hier und

Jetzt, wo buchstäblich nichts mehr war wie früher, wie im „Davor", wie noch vor zwei Wochen.

Er wandte sich dem Papier zu und las. Der Brief war knapp und förmlich, als Absender war die Reichskammer der Bildenden Künste in Berlin W 35, Blumeshof 4 – 6, angegeben. In dem Schreiben wurde besagter Dr. Sebald aufgefordert, am Freitag, dem 27. April, um 10 Uhr in Zimmer soundso bei einem Dr. Schrag vorstellig zu werden. Ein Nichterscheinen würde „disziplinarische Konsequenzen" nach sich ziehen, hieß es. Dann nur noch „Hochachtungsvoll", die Unterschrift war unleserlich.

Das klang bedrohlich, fand Meininger, jedenfalls für diesen Dr. Sebald. Aber der hatte den Brief ja nie bekommen. Heinrich schüttelte den Kopf. Das war jetzt alles hinfällig, im Blumeshof würde niemand mehr auf den Doktor warten. Er legte den Brief auf den Schreibtisch, an dem er saß, und schaute sich um.

Wieso hatte der Brief im Briefkasten gesteckt? War hier seit geraumer Zeit niemand mehr? Heinrichs Blick fiel auf den Tischkalender: Mittwoch, 25. April 1945, war dort zu lesen, dasselbe Datum, an dem der Brief geschrieben worden war. Offensichtlich war der 25. April auch der Tag, an dem sich hier zum letzten Mal jemand aufgehalten hatte. Und, so schloss Heinrich, dazu musste Dr. Sebald gehört haben. Was war seine Aufgabe gewesen? Wieso hatte er ein Büro in diesem Rokokoschloss? Und was wollte die Reichskammer der Bildenden Künste von ihm? Meininger begann, den Schreibtisch genauer zu untersuchen. Auf der Oberfläche waren keine weiteren Spuren zu entdecken, die polierte Platte war penibel aufgeräumt: Ein Telefon, eine dunkelgrüne Schreibmatte aus Leder, eine Schale für Stifte und Briefe, in der sich allerdings keine Schriftstücke befanden. Ferner gab es einen Notizblock, ein kleines Tintenfass sowie eine Ablage für Löschpapier, Radierer und Anspitzer. Heinrich machte sich daran, die Schubladen zu untersuchen. Hier fand sich eine Mappe mit Adressen: Allesamt hohe Tiere aus der Reichskulturkammer und aus dem Ministerium für Wissenschaft, Erziehung und Volksbildung, auch ein paar Namen aus dem Propagandaministerium. Ferner eine Schachtel Aspirin, Zündhölzer und ein Notizbuch, dessen Seiten leer waren. Aus der unteren Schublade förderte Heinrich eine weitere Adressliste hervor, diesmal mit Namen von Museumsleuten und Kunstgutachtern, wie der Mappe zu entnehmen war. Auch ein paar Visitenkarten waren dabei. Ganz unten schließlich lag ein Brief, maschinengeschrieben und datiert vom 17. Januar 1943, adressiert an „Dr. Werner Sebald", in dem es um eine ausstehende Expertise für ein Gemälde ging, soweit Heinrich das verstehen konnte. Offensichtlich war dies der Schreibtisch dieses Sebald, dem vor zwei Wochen ein unangenehmer Brief geschrieben worden war, den er aber nie erhalten hatte. Warum nicht? Für Meininger stand fest: Weil sich besagter Dr. Sebald aus dem Staub gemacht hatte, und mit ihm alle anderen, die hier auch noch gearbeitet hatten. Und bei deren Arbeit ging es irgendwie um Kunstwerke.

3

Der nächste Tag brach für Heinrich Meininger so an, wie der vorige geendet hatte: In völliger Ruhe und Einsamkeit. Nach einem Dank des gefüllten Vorratsschrankes guten Frühstück und der Insulinspritze, die er sich gegönnt hatte, fühlte er sich ausgeglichen wie lange nicht mehr. Seine Schmerzen waren fast vergessen, und auch mental ging es ihm gut. Zum ersten Mal seit langem spürte er wieder so etwas wie Hoffnung. Die Zuversicht, dass sich nach den furchtbaren Kriegsjahren alles zum Guten wenden könnte, erfüllte ihn jetzt – ein ganz unbekanntes Gefühl. Abgesehen von seiner Krankheit hatte er bis jetzt alles ganz gut überstanden, und im Moment sah es so aus, als würde der Zustand anhalten. Er hoffte nur, dass es seiner Frau und seinem Sohn gut ging, aber in seinem derzeit optimistischen Gemütszustand sah er keinen Grund, daran zu zweifeln. So war Heinrich auch zufrieden mit seiner damaligen Entscheidung, von Bamberg nach Berlin zu gehen. Das war 1938 gewesen, ein Jahr vor Kriegsbeginn. Die Generalinspektion für die Reichshauptstadt – das war Albert Speers Behörde – hatte Meininger um Unterstützung gebeten, als es darum ging, „entjudete" Wohnungen für Arier herzurichten und zu renovieren. Meiningers Name war in Berliner Baubehörden bekannt, seitdem er 1925 Pläne für den Ausbau des Hotels Adlon beigesteuert hatte. Die wurden zwar nie realisiert, aber gleichwohl blieben sie bei ranghohen Beamten in bester Erinnerung, sodass sich auch Speers Behörde der Mitarbeit des namhaften Bamberger Tischlermeisters und Ebenisten versichern wollte. Meininger hatte gerne zugesagt. Zum einen lockte ihn die Reichshauptstadt, auch das mögliche Renommée, das ihm die Arbeit verschaffen würde. Zum anderen lief es in Bamberg gerade nicht so gut für ihn, die Auftragslage war mehr als mau, und die gutbezahlte Tätigkeit in Berlin kam ihm sehr gelegen. Nach kurzer Beratung mit seiner Frau war schnell klar: Er würde annehmen, und schon drei Wochen später fand er sich in einer Wilmersdorfer Wohnung wieder, die Speers Behörde für ihn angemietet hatte.

Meininger hatte sich in seiner neuen Position eingerichtet. Die Arbeit machte ihm Spaß, er genoss das Leben in Berlin und die Nähe zu führenden Beamten und Politikern. Und er hatte es verstanden, sich an entscheidenden Stellen unentbehrlich zu machen, sodass er, als der Krieg ausbrach, vom Wehrdienst freigestellt wurde. Und so blieb er auch nach Beendigung des „Entjudungs"-Projekts, um sich anderen Aufgaben zu widmen. Obwohl er kein Parteimitglied war, schätzte man seine Arbeit, war zufrieden mit seinen Planungen, die er ganz im Sinne seiner Auftraggeber umzusetzen wusste und wurde zu verschiedenen prestigeträchtigen Vorhaben hinzugezogen, zuletzt beim Bau der Neuen Reichskanzlei in der Voßstraße und bei der Ausstattung des Führerbunkers.

Ein Wermutstropfen war allerdings seine Krankheit, die er aber durch seine Stellung „bei Hofe", wie Heinrich hin und wieder ironisch anmerkte, einigermaßen gut behandeln lassen konnte. Die Insulindosen kamen pünktlich, jedenfalls zuerst noch.

Nach seinem kargen Frühstück ging Meininger hinauf in den Festsaal, unter dem Arm einen prall gefüllten Leitz-Ordner. Am Abend vorher hatte er das Rätsel gelüftet, das sich mit dem Schloss Schönhausen verband. Bei der weiteren Durchsuchung der Büroräume fand er heraus, dass das Schloss als Depot für enteignete oder aussortierte Kunstwerke, vornehmlich Gemälde, diente. Von hier aus hatten die Herren der Reichskulturkammer und ihr Mann vor Ort, Dr. Sebald, schwunghaften Handel mit Bildern getrieben, die im Reich als verpönt galten, mit denen sich aber gutes Geld verdienen ließ. Zig Ordner belegten Transaktionen aller Art, angefangen von Anfragen und Angeboten, Verhandlungen, schriftlichen Expertisen, Zu- und Absagen, Besuchen im Schloss und Verkaufsabschlüssen. Listen mit hunderten von Kunstwerken dokumentierten die delikate Arbeit des Dr. Sebald und seiner Mitarbeiter. Peinlich genau war alles aufgeführt: Künstler, Maltechniken, Formate und Zustand, Datierungen und Vorbesitzer. Den ganzen Abend über hatte sich Meininger in die Schriftstücke und Listen vertieft, bei zugezogenen Fensterportieren, damit kein Licht nach außen drang.

Heinrich war klar, dass die überall im Gebäude deponierten Pakete Gemälde enthielten, und zwar in den allermeisten Fällen solche, die aus jüdischem Besitz stammten.

Enteignet. Also gestohlen.

In einem der Verzeichnisse war Heinrich auf den Namen „Bellheim" gestoßen, „Professor Joseph Bellheim", was sein Interesse geweckt hatte. Im Laufe seiner Arbeit für die

Generalinspektion war er auch in der ehemaligen Wohnung des Professors in der Knesebeckstraße gewesen, was ihm deshalb in Erinnerung geblieben war, weil er sie für die prächtigste aller großbürgerlichen Berliner Wohnungen hielt, die ihm während seiner Arbeit untergekommen waren. Es war nicht nur die Größe und der Schnitt der Zimmer, sondern auch der äußerst feine Stuck an den Wandpaneelen sowie – was er nie vorher und nachher gesehen hatte – die Ausmalung der Decke des Esszimmers mit einer hinreißenden Flora-Darstellung, die stilistisch zwischen Historismus und Jugendstil changierte.

Daran hatte er sich erinnert, als ihm am Vorabend der Name „Bellheim" begegnet war. Heinrich wollte zu gern erfahren, mit welchen Kunstwerken sich der Bewohner feinen Charlottenburger Wohnung umgeben hatte. In der Spalte neben seinem Namen waren mehrere mit einer Zahlenfolge gekennzeichneten Bilder verzeichnet; schnell hatte Meininger herausgefunden, dass Bilder mit dieser Signatur im Festsaal des Schlosses gelagert waren.

So befand er sich nun dort, das Verzeichnis in seinen Händen, und sah auf die unzähligen rechteckigen, in festem Packpapier und Decken gewickelten Gemälde, in Reih und Glied entsprechend ihrer Nummerierung geordnet. Ob die Bellheimschen Werke noch da waren? Heinrich hatte Glück: Sie waren bisher nicht verkauft worden. Warum er so ein Interesse daran hatte, wusste er selber nicht zu sagen. Es lag wohl daran, dass er einem Mann vom Rang des ehemaligen Archäologieprofessors nur die exquisitesten Kunstwerke zutraute. Und daraus ließe sich vielleicht was machen.

Die ersten Kunstwerke mit der Bellheimschen Signatur, die er auspackte, waren eine Enttäuschung. Es handelte sich um zwei Gemälde mittleren Formats: Düster und ungereinigt beide, wohl italienisch, aus dem 16. Jahrhundert, sie zeigten jeweils eine mythologische Szene: Einmal Diana bei der Jagd, auf dem anderen waren Tarquinius und Lucretia zu sehen. So stand es auch in dem Verzeichnis im Leitz-Ordner, den er an der betreffenden Stelle aufgeschlagen hatte. Offensichtlich aber zweite Wahl, befand Meininger, der sich aufgrund seines Berufs ein wenig mit alter Kunst auskannte.

Das nächste Bild war etwas ganz anderes: Nicht so groß und außerdem abstrakten Inhalts.

Meininger lehnte das Bild an die Wand und trat einen Schritt zurück. Glühende Farben zuckten ihm entgegen, mit einer Wucht und Dynamik, die ihn noch weiter zurückweichen ließen. Er war wie geblendet und musste ein paarmal blinzeln, bis er die Augen wieder gezielt auf das Bild richten konnte. Es war eine Farborgie, wild und völlig ungestüm, und doch bildete das Ganze ein derart harmonisches Gefüge, wie Meininger es bei einer Darstellung mit gegenständlichem Inhalt noch nie gesehen hatte. Nichts war an einem falschen Platz, keine Farbtupfer war zu viel, kein Strich zu wenig.

Heinrich war klar, dass er es mit einem Meisterwerk zu tun hatte. Rasch verglich er die Eintragung in der Liste, die den Künstler nannte, mit der Signatur auf dem Bild: „Arnold Stollberg." Dem Verzeichnis nach handelte es sich um ein Werk namens *Metaphysisches Theorem*... Er runzelte die Stirn. Doch nein, das schien sich auf mehrere Bilder zu beziehen... Den Rahmen vor ihm zierte ein aufgeklebtes Schild mit dem handschriftlichen Vermerk „Nr.5." Wo waren die Nummern eins bis vier?

In diesem Augenblick hörte er Reifen, die knirschend den Kies vor dem Haupteingang des Schlosses durchpflügten und abrupt zum Stillstand kamen. Autotüren wurden zugeschlagen, laute Rufe ertönten.

Russen, soviel war Heinrich Meininger sofort klar.

Rasch verließ er den Festsaal und spähte vorsichtig zur Vorderseite des Schlosses hinaus. Draußen standen zwei Lastwagen, davor vier – nein, sechs schwer bewaffnete Soldaten, die miteinander sprachen. Er verstand kein Wort, denn erstens dämmten die Fenster die Lautstärke, und zweitens war er des Russischen nicht mächtig.

Meininger geriet in Panik. Was jetzt? Sie durften ihn hier nicht erwischen, womöglich würden sie ihn sofort, an Ort und Stelle, erschießen. Er musste weg. Auf der Stelle.

Er überlegte schnell. Entschlossen packte er das Bild und rannte, so schnell sein Leibesumfang es erlaubte, die Treppe hinab in die Küche, wo noch die Frühstücksreste auf dem Tisch lagen. Er schnappte sich das Schlüsselbund und seinen Rucksack, steckte seine Medikamente und so viel wie möglich der herumliegenden Lebensmittel hinein, hastete zu seinem Schlafplatz, um seine wenigen Habseligkeiten einzusammeln und eilte schließlich samt dem sperrigen Bild zu einer der Hintertüren. Jetzt hörte er die Soldaten draußen sprechen, sie schienen das Schloss zu umrunden. Er duckte sich in eine Ecke neben der Tür und wartete ab, bis sie verschwunden waren. Dann hörte er lautes Klopfen und

Hämmern am Hauptportal. Nichts wie weg, dachte Heinrich, öffnete lautlos die Tür und rannte in den Park hinaus, den schweren Rucksack umgeschnallt, die Jacke über die rechte Schulter geworfen und in beiden Händen das fünfte Bild des *Metaphysischen Theorems*, das gottlob kein Riesenformat und auch vom Gewicht her noch einigermaßen handhabbar war. Er schaute sich mehrmals im Laufen um: Niemand folgte ihm. Als er an das Ufer der Panke kam, hielt er inne, um Atem zu schöpfen; sein Übergewicht setzte ihm zu. Für ein paar Sekunden legte er seine Last ab. Mit seiner schlechten Kondition hatte ihn das Laufen arg mitgenommen, obwohl es nur ein kurzes Stück gewesen war. Er war in Sicherheit – jedenfalls, was die russischen Soldaten betraf. Alles Weitere würde man sehen. Er überlegte einen Moment und warf dann das Schlüsselbund in das Flüsschen, dessen Wasser leise gurgelnd seiner Mündung in die Spree entgegeneilte, irgendwo in Mitte. Dann sammelte Heinrich Rucksack und Bild wieder auf und eilte davon.

4

Der Wind war aufgefrischt, und es zog gewaltig durch sämtliche Ritzen und Maueröffnungen. Ein eiskalter Novembermorgen kündigte sich an, wieder einmal. Heinrich Meiningers Blick fiel auf die paar Lebensmittel, die er vor ein paar Tagen ergattert hatte. Er wusste, sie waren schädlich für ihn, sogar lebensgefährlich. Aber andere hatte er nicht. Seit Monaten nicht. Also bemühte er sich, stets sehr wenig zu sich zu nehmen – was angesichts der Lage nicht besonders schwierig war.

Heinrich wickelte sich aus seiner zerrissenen Wehrmachtsdecke, die er einem toten Soldaten weggenommen hatte, rieb sich die Hände und machte sich daran, den Ofen in Gang zu bringen. Noch hatte er ein paar Kohlen, aber er hoffte auf Nachschub.

Sein ganzer Körper schmerzte, und er fühlte sich elend. Der sogenannte Frieden hatte nichts an seiner miserablen Gesundheit geändert, im Gegenteil, aber er war froh, noch immer über Insulindosen und Spritzen zu verfügen. Heinrich machte wahrlich nur äußerst sparsam davon Gebrauch seit Kriegsende. Immerhin war es ihm endlich gelungen, eine Bleibe zu finden. Die „Wohnung" war halbwegs intakt und befand sich in einer gerade erkalteten Ruine in der Nähe der Kantstraße. Hinterhaus, dritter Stock. Darüber war nichts mehr außer dem Himmel. Das Dach war schon vor seinem „Einzug" von irgendjemand halbwegs geflickt worden, aber alle Fenster bestanden nur noch aus offenen Höhlen im Mauerwerk, notdürftig mit Holzlatten verbarrikadiert. In einem der Zimmer war ein riesiges Loch in der Wand, durch das Heinrich auf die Straße blicken konnte – das Vorderhaus bestand nur noch aus verkohlten, niedrigen Resten. Außer ihm selbst hatten noch andere Leute Unterschlupf in dem Trümmerhaus gefunden, auch Kinder, die hörte er oft. Gesehen hatte er aber noch niemanden.

Als das Feuer im Ofen brannte, machte er sich routinemäßig ans Werk und setzte Wasser auf, das er aus einem Eimer schöpfte. Manchmal kam Wasser aus der Leitung, das traute er sich aber nicht zu verwenden.

Heinrich Meininger traute sowieso niemandem. Nicht den schweigsamen Menschen auf der Straße, den Trümmerleuten mit ihrem falschen Optimismus, den täglich neuen Verlautbarungen an den Wänden der Ruinen und nicht den allgegenwärtigen britischen Soldaten. Seine unauffällige Art half ihm, ganz und gar unbeachtet und unbelästigt zu bleiben, wofür er sehr dankbar war.

Aber einem traute er doch: Werner Frankenschild. Kennengelernt hatten sie sich an einem Montag im August, auf dem Schwarzmarkt im zerschundenen Tiergarten. Meininger ging es gerade so richtig schlecht, was Frankenschild als Einzigem in der Menge trotz seiner emsigen Geschäftigkeit nicht entgangen war. Werner nahm den Kranken beiseite und bot ihm einen Schluck Schnaps an – eigentlich Gift für Heinrich, aber das Zeug tat ihm gut. Vielleicht war es auch das Gefühl, dass sich jemand um ihn kümmerte – zum ersten Mal seit... ja, seit wann? Heinrich wusste es nicht mehr. Sie kamen ins Gespräch, verabschiedeten sich und sahen sich wenige Tage danach zufällig am selben Ort wieder. Ein paar Wochen später waren sie Freunde und wussten fast alles voneinander. Werner Frankenschild hatte abenteuerliche Monate hinter sich und erzählte Heinrich davon: Der Vierzigjährige war bei der Wehrmacht gewesen, aber angesichts der sich abzeichnenden Niederlage im März desertiert – ein lebensgefährliches Unterfangen. Als Zivilist getarnt gelang ihm die Flucht aus Danzig per Schiff nach Kiel, und von dort weiter ins umkämpfte Berlin, da seine Frau und seine Tochter hier lebten. Als der Krieg zu Ende war, blieb Werner im Untergrund: Er besaß keine Papiere mehr und wusste nicht, wie die Amerikaner – die Frankenschilds hatten ihre halbwegs intakte Wohnung in Steglitz – darauf reagieren würden. Womöglich bekamen sie seine Wehrmachtsvergangenheit heraus, und daraus könnte Gott weiß was entstehen. Also lieber in Deckung bleiben. Aber nicht ganz, denn Werner entwickelte schnell ein Talent, auf dem Schwarzmarkt erfolgreich zu agieren. Er wunderte sich selbst darüber, denn als gelernter Sattler aus dem anhaltinischen Dessau hatte er eher einen behäbigen Geschäftssinn entwickelt, der nichts mit der angespannten Situation auf dem Schwarzmarkt zu tun hatte: Man musste ständig auf der Hut sein, vor Diebstahl, vor Betrügern, vor Verrätern und vor der Militärpolizei. Doch er liebte die prickelnde Atmosphäre des Illegalen und Riskanten, die Gefahr machte ihm zunehmend Spaß, und seine Kühnheit war von Erfolg gekrönt; in kurzer Zeit hatte er es für seine kleine Familie allmählich zu bescheidenem Wohlstand gebracht.

Heinrich Meininger mochte Frankenschild. Er war zupackend, unerschrocken und immer gut gelaunt. Auch seine Frau Annemarie, die er schließlich im September kennengelernt hatte, war ihm sympathisch, burschikos und spröde, aber mit dem Herz auf dem rechten Fleck. Manuela, die Tochter im Backfischalter, wie man damals sagte, bekam er kaum zu Gesicht. Aber ihre Eltern wurden zunehmend unersetzlich für ihn. Werner fing an, sich um Heinrich zu kümmern und ihm Lebensmittel zuzustecken, vor allem Obst und Fleisch, wenn sich etwas auftreiben ließ. Und als es kalt wurde Ende Oktober, versorgte Werner den älteren Freund mit Kohlen.

Das Wasser kochte, und Heinrich machte sich daran, seinen morgendlichen Kastanien-Kaffee zuzubereiten. Die braunen Früchte eigneten sich mehr schlecht als recht dafür. Annemarie Frankenschild röstete mehrmals in der Woche ein paar Hände von ihnen auf offenem Feuer, was sie zu begehrter Rohware für Kaffeeersatz machte. Noch hatte Heinrich einen ganzen Vorrat an Kastanien, aber demnächst würde man auf einen anderen Grundstoff zurückgreifen müssen.

Während Heinrich die dunkle, heiße Brühe in kleinen Schlucken trank, dachte er nach. Er versuchte, seine Schmerzen und seine ganze, verdammte Hinfälligkeit zu vergessen und Pläne zu machen. Denn er hatte Neuigkeiten, Neuigkeiten aus seiner Heimat. Am Tag zuvor war ihm ein Bekannter aus Bamberg über den Weg gelaufen. Ganz plötzlich standen sie sich gegenüber, mitten auf der ruinengesäumten Kantstraße, und konnten es beide nicht fassen. Es war Kurt Pölzel, sein Nachbar in der Franz-Ludwig-Straße, der in den Wirren des letzten Kriegsjahres in Berlin gestrandet war, und er hatte gute Nachrichten aus der Heimat. Von seiner Schwester hatte Pölzel per Brief erfahren, dass es Heinrichs Frau und seinem Sohn Gerhard gut ginge, beide wohlauf, auch das Haus und die Werkstatt unbeschädigt…

Für Heinrich Meininger stand nach dieser Neuigkeit sofort fest, dass er zurück nach Bamberg wollte, sofort, ohne Zeit zu verlieren. Nur wie? Der Reiseverkehr zwischen den Zonen war quasi verboten, auf jeden Fall stark eingeschränkt. Kurt Pölzel wusste Rat: Heinrich musste sich beim Alliierten Kontrollrat oder bei der Militärverwaltung der britischen Zone um einen Passierschein bemühen, wobei ihm sein Beruf behilflich sein könnte: Zimmerleute würden beim Wiederaufbau dringend gesucht, ob in Bamberg oder anderswo. „Und nimm einen Zettel mit, auf den du schreibst ´TO GO HOME´, das hilft", raunte ihm Pölzel zu.

Die Begegnung mit Kurt Pölzel hatte Heinrich verwirrt. Als er in seine Trümmerwohnung zurückkam, musste er sich erst einmal hinlegen und seine aufgewühlten Nerven beruhigen. Behilflich war ihm dabei eine halbe Flasche Korn, die er von Werner Frankenschild bekommen hatte. Seine Gedanken rasten und eilten von der jüngsten Vergangenheit zu seiner Frau und seinem Sohn, die er vor wieviel Monaten zuletzt gesehen hatte? In seiner Aufgewühltheit wusste er es nicht mehr. Er dachte an Bamberg, an sein Haus und seine Werkstatt und schließlich an das Bild des *Metaphysische Theorems*, das er eingeschlagen in einen alten Vorhangrest im

Nebenzimmer unter einem Stapel loser Bretter versteckt hatte.

An das Gemälde musste er auch am Morgen des folgenden Tages, denken. Für Heinrich stand fest, dass er es nicht nach Bamberg mitnehmen konnte. Erstens war es zu groß und unhandlich, als dass er es auf einer Reise, die ganz sicher nicht bequem sein würde und deren Ausgang zudem völlig offen war, mitnehmen konnte. Zweitens würde so ein Kunstwerk seitens der alliierten Behörden jede Menge Fragen aufwerfen, was Heinrich um jeden Preis vermeiden wollte. Also musste es hier in Berlin bleiben, und er hatte schon eine Idee, wo genau. Ein sicherer Ort, bei Menschen, die ihm vertrauten und die nicht wissen konnten, dass das Bild womöglich wertvoll war. Bei den Frankenschilds... Und später einmal würde er es zurückholen. Heinrich war begeistert von seinem Plan. Das musste klappen! Aber dafür waren noch ein paar Vorbereitungen zu treffen: Die Frankenschilds durften keinen Verdacht schöpfen, deshalb musste das Gemälde ein wenig „behandelt" werden... Schließlich stand sein Plan fest. An diesem Vormittag wollte er zwei Dinge erledigen: Zuerst musste er sich um den Passierschein kümmern, und dann wollte er der Ruine in einer der Nachbarstraßen einen Besuch abstatten, in der wohl einst ein Laden für Künstlerbedarf untergebracht war, jedenfalls deuteten die Auslagen in den beiden zertrümmerten Schaufenstern darauf hin. Auf seinen Streifzügen durch den Kiez war er schon mehrmals daran vorbeigekommen.

Beim Alliierten Kontrollrat in Schöneberg winkte Heinrich das Glück. Nachdem er sich durchgefragt hatte, saß er nach längerer Wartezeit schließlich einer in britischer Uniform gekleideten jungen Frau mit Brille und leicht vorstehenden Zähnen gegenüber. Sie löcherte ihn mit Fragen, die seine Englischkenntnisse auf eine harte Probe stellten, was aber nach einiger Zeit doch erfolgreich zu sein schien. Ob der von ihm mitgebrachte Zettel mit dem flüchtig hingeschriebenem „TO GO HOME" tatsächlich hilfreich war, vermochte Heinrich nicht zu sagen. Gut war hingegen, dass er zumindest seinen Führerschein als einziges Ausweispapier noch besaß und vorweisen konnte, dem als Wohnort „Bamberg" zu entnehmen war. Nachdem er der nicht unfreundlichen, aber die ganze Zeit streng durch ihre Brillengläser blickenden Soldatin umständlich und wortreich seinen Beruf erklärt und sie über seine Krankheit informiert hatte, stand die Uniformierte schließlich auf und trat an einen großen Metallschrank an der Fensterwand. Sie öffnete eine der vielen Schubladen, in denen sich, wie Heinrich erspähen konnte, Karteikarten befanden, die sie nun durchzublättern begann.

Das war der Moment, wo es Heinrich mulmig wurde. Offensichtlich waren auf den Karteikarten Namen von Menschen vermerkt, die entweder Mitglieder der NSDAP, der SS oder der SA gewesen waren, der Wehrmacht angehört hatten oder sonst in irgendeiner Form dem Apparat der Nazis angehört oder gedient hatten. Was, wenn auch sein Name dort auf einer Karte stand? Schließlich hatte er im behördlichen Auftrag am Bau der Neuen Staatskanzlei

Hitlers und an anderen Nazi-Projekten mitgewirkt, das war doch sicher aktenkundig…

Doch seine Befürchtungen waren unbegründet. Die Soldatin kam zurück und setzte sich wieder an ihren Schreibtisch, füllte ein Formular aus, unterschrieb es und setzte einen großen Stempel darunter. Dann schaute sie Heinrich an, reichte ihm das Schriftstück und gab ihm zu verstehen, dass er in zwei Tagen mit diesem Formular wiederkommen solle und in Zimmer soundso seinen Passierschein für die US-Zone mit Transit durch die Sowjetzone abholen könne. „Goodbye, Mr. Meininger."

Nachdem das erledigt war, spazierte Heinrich beschwingt wie lange nicht mehr durch die Trümmerwüste um ihn herum. Die anhaltende Kälte und seine Beschwerden ignorierte er, am liebsten wäre er jetzt in ein Café gegangen und hätte sich einen echten Bohnenkaffee mit einem Cognac bestellt, so wie früher – nur, dass es keine Cafés gab. Er dachte hoffnungsvoll an die Zukunft, an seine Frau und an Gerhard, und daran, dass er nun vielleicht auch wieder gesund werden konnte, wenn er erst einmal in Bamberg war. Zuhause!

Den zerschossenen Künstlerbedarfsladen betrat er vom Hof aus. Er musste erst mühsam etliche Schuttberge übersteigen, bis er vor der rückwärtigen Eingangstür des Hauses stand, das einstmals einen prächtigen Eindruck gemacht haben musste, den traurigen Resten nach zu schließen. Drinnen war niemand, und schnell hatte sich Heinrich den Weg in den Laden gebahnt, beziehungsweise in das, was davon übrig war. Die Decke war zum Teil eingestürzt, in den drei

Räumen des Geschäfts herrschte das blanke Chaos. Der Boden war übersät mit Trümmern, aber auch mit Bruchstücken der Einrichtung: Zerborstene Thekenteile, kaputte Regale und Glassplitter von Vitrinentüren lagen verstreut zwischen der Ware, die hier mal verkauft wurde. Leinwände, Keilrahmen, Chemikalien aller Art und zerborstene Staffeleien versperrten den Weg, Heinrich musste aufpassen, dass er nicht stolperte. Aber er fand schnell, was er suchte. Im Handumdrehen hatte er ein paar große Pinsel und mehrere Tuben Ölfarbe eingesteckt, hinzu kam noch eine Flasche Lösungsmittel zum Verdünnen – das musste reichen. So lautlos und unauffällig, wie er gekommen war, verschwand er wieder aus der Ruine. Niemand sah ihn dabei. Draußen atmete Heinrich auf: Er war froh, im Haus nicht auf einen Toten gestoßen zu sein.

Es war Nachmittag, als er zurück in seinen vier Wänden war, und er machte sich sofort an die Arbeit. Er holte das Bild hervor, wickelte es aus der Gardine und legte es im größten Raum flach auf den Boden. Draußen schien die Sonne und erfüllte das Zimmer mit hellem Licht. Das Gemälde strahlte und funkelte juwelengleich, und wie immer, wenn Heinrich das Gemälde betrachtete, wurde ihm bewusst, was für ein Meisterwerk er vor sich hatte – und vor dem Zugriff der Russen retten konnte. Ab und zu musste er an die vielen Kunstwerke denken, die er im Schloss Schönhausen gesehen hatte. Das meiste davon, so vermutete er, war vermutlich längst nach Moskau verfrachtet worden, auf Nimmerwiedersehen. Aber dieses Bild hier nicht, das war sein Schatz. Und auf den würde er aufpassen wie auf seinen Augapfel.

Heinrich zögerte kurz, bevor er begann: Er hatte keinerlei Erfahrung mit dem, was er nun tun wollte. Was, wenn er das Gemälde für immer ruinierte? Doch dann gewann seine Zuversicht Oberhand. Darüber, dass alte, auf Holz gemalte Ölbilder hin und wieder im Laufe der Zeit übermalt worden waren, hatte er schon vor Jahren im „Mitteilungsblatt des Reichsinnungsverbandes des Tischlerhandwerks" gelesen, auch wusste er als Holzfachmann mit einigen Kenntnissen im Restaurierungshandwerk, dass man diese späteren Farbschichten wieder abnehmen konnte, ohne die darunter liegende Originaloberfläche zu beschädigen. Wie er das anstellen sollte, würde er später entscheiden, jetzt galt es, einen Schritt nach dem anderen zu tun. Also machte er sich mutig ans Werk. Mit dem Malmittel verdünnte Heinrich die Ölfarben und strich sie mit breitem Pinsel dünn lasierend über das Bild, an manchen Stellen auch pastos deckend, so zum Beispiel an der Stelle, wo sich die Signatur befand. Nach wenigen Pinselstrichen war sie nicht mehr zu sehen, „Arnold Stollberg" war verschwunden unter einer Schicht Ultramarin, das Heinrich mit Ocker vermischt hatte. Schließlich legte er die Malutensilien beiseite, erhob sich ächzend vom Fußboden, auf dem er gekniet hatte, und betrachtete sein Werk. Das Ergebnis übertraf seine Erwartungen und verblüffte ihn geradezu, denn das Gemälde war nun ein anderes. Der Glanz war fort, das fein austarierte Gleichgewicht von Farben und Formen war einer spannungslosen und nichtssagenden Beliebigkeit gewichen.

Jetzt war das Bild nur noch ein belangloses abstraktes Gemälde wie Hunderte andere auch. Namenlos und unspektakulär, von stumpfer, matter Farbigkeit, die niemanden zu einer eingehenden Betrachtung animierte. Heinrich war zufrieden. Seine Übermalungen mussten nur noch trocknen, dann konnte er den letzten Teil seines Plans in Angriff nehmen. Er ließ das Bild liegen, wo es war, nahm Pinsel, Farbtuben und die Flasche mit dem übrig gebliebenen Malmittel sowie die dicke Pappe, die ihm als Mischpalette gedient hatte, und warf alles in den Hinterhof zu dem Schutt, der sich dort aus verbrannten Dachbalken und Hausrat aufgetürmt hatte. Dann säuberte er sich die Hände mithilfe eines Lumpen und dem Rest Lösungsflüssigkeit, die er zuvor in eine alte Tasse gegossen hatte, und schmiss alles hinterher.

5

„Das … das ist aber nicht nötig, Heinrich."

Werner Frankenschild schaute mit einer Mischung aus Verlegenheit und Skepsis auf die bemalte Leinwand, die vor ihm auf dem Boden lag.

Er verstand nichts von Kunst, und das Bild, das sich da in sein Blickfeld drängte, sagte ihm überhaupt nichts. Werners Urteil stand fest: Ein buntes Gekringel, wahllos hingekleckste Farben, offensichtlich das Machwerk eines Irren.

Heinrich Meininger schaute ebenfalls auf das Gemälde. Es war später Nachmittag, und die beiden Männer standen in der kläglichen Behausung des Bambergers, während draußen ein kräftiger Regenschauer auf die Berliner Trümmerlandschaft niederging. Das Feuer im Ofen sorgte immerhin für ein wenig Wärme im Raum.

„Ich dachte, es könnte dir – euch gefallen", sagte Meininger leise. Und er verstand es, ein subtil abgemessenes Maß an Enttäuschung in seiner Stimme mitschwingen zu lassen. Die Wirkung zeigte sich prompt: Frankenschild schüttelte schuldbewusst den Kopf und trat einen Schritt auf Meininger zu. „Nein, bitte, versteh mich nicht falsch… ich freue mich! Und Annemarie wird sich auch freuen, da bin ich sicher. Aber du musst doch nicht… also, ich helf' dir doch gern, ist doch nicht der Rede wert…" Er brach ab.

„Doch, ist es. Wirklich, Werner, ohne dich – ich weiß gar nicht, was aus mir geworden wäre. Und jetzt, wo ich zurück nach Bamberg gehe, möchte ich mich wenigstens ein klein wenig erkenntlich zeigen", sagte Heinrich. Frankenschild ging pflichtschuldig in die Hocke und zwang sich, das Geschenk näher zu betrachten. Sein Blick glitt über die ineinander verlaufenen Farbinseln hin und her, ohne an einer Stelle einen Halt zu finden. Er bemühte sich, in dem Chaos so etwas wie Schönheit, Pracht oder Finesse zu finden, aber es gelang ihm nicht. Seine Augen wanderten ziellos von einer Ecke des Bildes zur nächsten und wieder zurück, dann im Kreis über die ganze Fläche und sprangen dann vom Rot in der Mitte zum schmutzigen Blau im oberen Teil bis zu den verwaschen giftgrün wirkenden Linien am rechten Bildrand. Schließlich schloss er die Lider und erhob sich.

„Es ist…", begann er, hielt inne und fuhr fort: „Großartig. Es ist großartig. Ja, wirklich, ich habe so etwas noch nie gesehen." Das zumindest entsprach der Wahrheit. „Aber ich kann es nicht annehmen!"

Heinrichs Gesicht hellte sich trotz des letzten Satzes auf.

„Es gefällt dir also? Das freut mich. Das freut mich sogar sehr." Ein Schmerz durchfuhr seinen Körper, und er verzog für einen Moment sein Gesicht zu einer verzerrten Fratze. Frankenschild sah den Älteren besorgt an. „Was ist? Ist dir nicht gut?" fragte er beunruhigt. Heinrich wiegelte ab.

„Geht schon, lass nur…"

„Hast du noch Insulin? Wann hast du zuletzt etwas genommen? Komm, setz dir eine Spritze!", beschwor ihn Werner. Sein Freund verneinte energisch. „Nein, lass, wird gleich besser… ich mach mir noch einen Heidelbeertee, das hilft auch…"

Heinrich atmete tief ein und aus und ging zum Ofen, auf den er einen Topf voll gesammelten Wassers setzte. Mit langsamen Bewegungen bereitete er den Tee zu, wobei er die getrockneten und zerstoßenen Beeren bedächtig aus einem schmutzigen Stoffbeutel holte. Nachdem das Wasser kochte, gab er einige Löffel davon hinein und ließ den Tee ziehen. Dann wandte er sich zu Frankenschild um.

„Weißt du", sagte er mit müder Stimme, „ich wundere mich, wie ich überhaupt das alles überstanden habe – bis jetzt. Diese Krankheit…", hier zögert er einen Moment, „diese Krankheit und ich, wir sind inzwischen so etwas wie Partner. Ja, wie Partner. Ich kenne sie und sie kennt mich. Wie ein Ehepaar!" Heinrich lachte kurz auf. Dann sprach er leise weiter: „Sie und ich, wir können uns nichts mehr vormachen. Dafür kennen wir uns viel zu lange und sind gemeinsam durch dick und dünn gegangen, das kann ich dir versichern, Werner. Durch dick und dünn!"

Er schaute kurz nach dem Tee und beschloss, ihn noch länger ziehen zu lassen.

„Sie hat mich im Griff, das ist nicht zu leugnen", fuhr er fort und sah sein Gegenüber dabei an. „Ich kann ihr nur so gut es geht Paroli bieten, mit dem bisschen Insulin, dass ich gerettet habe und den mickrigen Heidelbeeren… Aber, was soll ich dir sagen? In diesen gottlosen und vollkommen aus den Fugen geratenen Zeiten ist das mehr, als ich erwarten kann. Wie viele in meiner Lage haben nichts, gar nichts? Es müssen Unzählige sein…" Hier brach er ab und fasste sich an die Stirn, als ob ihm gerade ein Gedanke gekommen wäre.

Es entstand eine kurze Pause, bevor Meininger weitersprach: „Ja, und außer diesem lebensrettenden Zeug da" – er wies auf die Insulinampullen, die mit ein paar Lebensmitteln auf einem kleinen Tisch lagen – „habe ich das Glück gehabt, dich kennenzulernen. Ohne dich und deine Hilfe hätte mir das alles nicht geholfen, das hat mir die ach so vertraute Krankheit längst gesteckt."

Er wandte sich wieder dem Tee zu, holte die Beeren mit einem Löffel aus dem Wasser und probierte in kleinen Schlucken von dem schon etwas abgekühlten Getränk.

„Will sagen", und damit schaute er Werner Frankenschild wieder direkt an, „ohne dich wäre ich längst krepiert, hätte der Zucker längst gesiegt. Nein, sag´ nichts!" wehrte er Werner ab, der protestieren wollte. „Es ist wahr, ich hätte längst den Kürzeren gezogen. Und dafür will ich dir danken, und das einzige, was ein wenig wertvoll ist, ist dieses Bild hier, und deshalb möchte ich es dir – euch schenken, ich möchte es euch schenken. Bitte, nimm es an, damit würdest du aus mir einen sehr zufriedenen Mann machen."

Wieder trank er. Stille trat ein. Werner Frankenschild wusste nicht, was er sagen sollte, er war von dem Gefühlsausbruch seines Freundes überrumpelt und musste sich erst einmal sammeln. Heinrich sprach als erster wieder, und er schlug einen leichteren Ton an: „Na, du siehst, du kannst gar nicht ablehnen, was?"

Werner war dem Anderen dankbar für die gebaute Brücke und nickte. „Stimmt, du hast wohl recht. Also… also ich nehme es, danke dir, Heinrich…"

„Na also", rief Meininger, „wenn wir jetzt einen ordentlichen Cognac hätten, würden wir darauf anstoßen. Ich kann dir leider nur Heidelbeertee anbieten."

Jetzt lachten beide. „Nee, lass nur", sagte Werner, „den brauchst du noch."

Dann wandten sie sich dem am Boden liegenden Gemälde zu.

„Woher hast du es? Und was stellt es dar"?, wollte Frankenschild wissen.

Auf diese Fragen war Heinrich Meininger gefasst, und er hatte sich eine – wie er hoffte – glaubhafte Geschichte zurechtgelegt.

„Was es darstellt, weiß ich auch nicht", hob er an. „Es ist halt abstrakt, also ungegenständlich, es ist nichts Erkennbares gemalt. Dem Künstler ging es um die Farben und deren Zusammenstellung, vielleicht hat er auch etwas Bestimmtes ausdrücken wollen – einen Gedanken, oder eine Stimmung, oder einen Traum. Oder eine Theorie."

„Eine Theorie?" fragte Werner ungläubig.

„Ja, wie Kandinsky, der russische Maler. Kennst du nicht, war ja all die Jahre verboten und so weiter. Aber der hat auch schon vor Jahrzehnten abstrakte Bilder gemalt und wollte damit zeigen, dass alle seine Formgebung und Farbvariationen auf Vorgänge zurückgehen, die sich in unserem Inneren abspielen. Ein Kunstwerk ist demnach ein Abbild des menschlichen Innenlebens – oder so ähnlich jedenfalls."

„Aha", machte Werner Frankenschild wenig überzeugt und deutete nach unten. „Und das ist hier auch so?"

Meininger zuckte mit den Schultern und nahm einen weiteren Schluck Tee.

„Keine Ahnung", brummte er, „von Kandinsky ist das Bild jedenfalls nicht." Dann fuhr er fort: „Es ist ein Geschenk an mich. In den letzten Kriegstagen hat es mir eine alte Frau in die Hand gedrückt, die aus Berlin nach Westen fliehen wollte und der es zu sperrig war. Es war am Molkenmarkt, wo schon alles in Schutt und Asche lag, sie hat eine Menge Sachen verschenkt. Es waren mehrere Leute da, und allen hat sie etwas gegeben. Sie hatte alles in einem großen Handkarren, den sie zog. Ich erinnere mich an einen großen Porzellanvogel, ein Adler oder so was Ähnliches, den sie auch weggegeben hat. Na, und mir hat sie eben das Bild gegeben, und dabei hat sie noch gesagt: `Ist Vorkriegsware und ein wenig was wert´. Dabei hat sie mir so komisch zugezwinkert. Ich war ganz perplex und hab es einfach angenommen. Eine merkwürdige Alte war das."

Frankenschild besah sich das Gemälde noch einmal eindringlich.

„Und wer hat es gemalt? Irgendein bekannter Künstler?"

„Weiß nicht, hat sie nicht gesagt. Und eine Signatur habe ich auch nicht entdecken können. Ich glaube auch nicht, dass es wirklich wertvoll ist – solche Bilder gibt es haufenweise, und jetzt, wo der Krieg zu Ende ist, werden noch viel mehr davon auftauchen. Aber nun, wer weiß?" endete er bedeutungsvoll und hob die Hände.

Die kleine Unsicherheit in Heinrichs Gestik und Stimme ließ Werner aufhorchen, und genau das hatte der Bamberger beabsichtigt. Frankenschild hatte angebissen. Er würde das Bild nehmen und es sorgfältig aufbewahren, dessen war sich Meininger gewiss. Bei Werner und seiner Frau wäre es sicher, bis alle Wogen geglättet wären, und dann könnte er es sich zurückholen. Heinrich hatte kein schlechtes Gewissen bei seinem Tun, nicht mal ansatzweise. Was er vorher zu seinem Freund gesagt hatte, entsprach der Wahrheit: Er hatte durch seine Krankheit ein mehr als schlechtes Los gezogen, die Kriegszeiten zu überstehen, war so hart gewesen, dass es sich niemand vorstellen konnte, der nicht Vergleichbares durchgemacht hatte. Da wollte er wenigstens das Stollberg-Bild für sich retten, als kleine Wiedergutmachung sozusagen. Heinrich war der festen Überzeugung, das stehe ihm zu, das habe er verdient. Die Übermalungen waren schnell zu entfernen, und dann könnte er das Gemälde zu Geld machen. So war sein Plan.

Inzwischen hatte der Regen aufgehört. Heinrich trank seinen Tee aus und fachte das Feuer im Ofen an. Dann schlug er das Gemälde in die alten Lumpen und drückte es seinem Freund in die Hand,

„Hier, Werner", sagte er, „nimm! Wie müssen jetzt adieu sagen, ich fahre morgen, wenn alles klappt. Drück´ mir die Daumen! Ich will jetzt keinen sentimentalen Abschied, verstehst du? Das liegt mir nicht. Grüße bitte Annemarie von mir, ja? Und ihr seht zu, dass ihr gut über die Runden kommt. Ich versuche mal, mich von Bamberg aus zu melden."

Er umarmte den Jüngeren kurz, der unbeholfen das Bild in seinen Händen balancierte und wandte sich dann ab.

„Ich muss noch ein wenig allein sein, weißt du? Morgen ist ein großer Tag für mich…" Er lachte kurz und trocken auf. „Viel packen muss ich ja nicht."

Frankenschild räusperte sich. „Ja, klar, verstehe ich… Wann fährst du? Und von wo? Sollen wir dich zum Bahnhof bringen?"

Das wollte Heinrich auf keinen Fall. „Nein, nicht nötig… aber danke! Tja, wahrscheinlich vom Bahnhof Zoo. Ich gehe morgen früh einfach hin, es hieß heute, es gebe morgen Züge nach Westen. Wann? Weiß ich nicht, ich muss schauen." Er zuckte mit den Schultern. „Vielleicht fahren auch Züge ab Grunewald, der Bahnhof soll noch intakt sein. Also mal sehen."

Er nickte Werner kurz zu und wandte sich dann schweigend ab. Frankenschild merkte, dass er nun endgültig verabschiedet war. Er klemmte sich das Paket unter den Arm, murmelte noch ein paar Abschiedsworte und trat aus der Trümmerwohnung auf die Straße, wo ihn der kalte Novembernachmittag empfing.

Heinrich Meininger hatte Glück. Am Tag darauf erwischte er einen Zug in Richtung Osnabrück. Sein Passierschein wurde anstandslos akzeptiert. In Osnabrück war erst mal Schluss, doch schon am nächsten Tag ging es weiter in Richtung Süden. Über Umwege erreichte er schließlich Kassel, und von dort waren es noch mehrere Etappen bis nach Würzburg. Am 26. November 1945 erreichte er am

Nachmittag schließlich seine Heimatstadt Bamberg, müde, erschöpft, von der Krankheit aufgezehrt – aber glücklich. Der Dom stand noch.

Was ihm blieb, waren gut zwei Jahre mit seiner Frau und seinem Sohn. Anfang 1948 übergab Heinrich Meininger die Geschäfte seines Betriebs an Gerhard; im Februar desselben Jahres starb er an den Folgen seiner Krankheit. Bereits ein Jahr zuvor wechselte das fünfte *Theorem*-Bild abermals den Besitzer: Die Frankenschilds schenkten es ihrer Tochter Manuela zu deren Hochzeit. Von diesem Transfer hat Heinrich Meininger nie etwas erfahren; er und die Frankenschilds hatten nach seiner Abreise nach Bamberg nie mehr voneinander gehört. Das Gemälde sah Heinrich nicht wieder, sein Plan war geplatzt. Er war einfach zu früh gestorben.

VII

1

Jan-Josef schlief unruhig - die wievielte Nacht in Folge? Er wusste es nicht. Es war kurz nach vier Uhr, als er auf den Wecker auf seinem Nachttisch schaute. Draußen war es noch dunkel, nur die Straßenlaterne vor dem Haus spendete einen trüben Lichtschein, der durch das Fenster fiel. Der monoton niederrauschende Regen versprach einen weiteren trüben, nasskalten Tag in diesem verregneten April. Von Frühling keine Spur.

Stollberg setzte sich auf und stützte die Hände in sein Gesicht. Er hatte geträumt, wirres Zeug, in dem es um eine Reise ging, die er unternehmen musste. In einem komplett leeren Zug saß er erhöht wie auf einem Thron, aber trotzdem konnte er nicht hinaussehen – das Fenster des Abteils war seltsam verbogen, sodass man keinen Blick ins Freie werfen konnte. Der Zug raste mit einer irrwitzigen Geschwindigkeit, und als der Schaffner kam, um die Fahrkarte zu kontrollieren, öffnete sich plötzlich der Boden im Abteil und sämtliche Koffer, die Jan-Josef in die Gepäckablage gewuchtet hatte, stürzten wie ein Wasserfall herab und verschwanden in dem dunklen Loch. Der Schaffner blieb stumm und sah Jan-Josef vorwurfsvoll an. In dem Moment wachte er auf.

Nachdem er einige Minuten auf der Bettkante gesessen hatte, stand Stollberg auf und zündete sich im Dunkeln eine Zigarette an. Das Glimmen der roten Glut beruhigte ihn, ebenso der Rauch, den er ausstieß und der sich wie ein Nebel vor dem matt erleuchteten Fenster ausbreitete. Der Traum und der unruhige Schlaf hatten ihn mehr mitgenommen, als er wahrhaben wollte. Jan-Josef trat ans Fenster und schaute hinaus. Die Straße unten lag still und verlassen, niemand war unterwegs. Kein Wunder, um diese Uhrzeit und bei dem Wetter, dachte er.

Die Unruhe kehrte zurück. Tausend Gedanken wirbelten durch seinen Kopf: Die unerledigten Aufträge, die unbezahlten Rechnungen im Küchenschrank, der gestrige Brief vom Verlag, in dem höflich, aber bestimmt darauf hingewiesen wurde, dass man die Dienste Stollbergs künftig weniger häufig – „leider in einem angepassten Umfang", wie es hieß – in Anspruch nehmen würde. Und die Mappe mit Architekturfotos von Kölner Nachkriegsbauten, die von der Redaktion einer renommierten Zeitschrift zurückgeschickt worden war mit der Begründung, dass momentan „bedauerlicherweise keine Verwendung für Ihre Photographien" bestünde, diese aber „ob ihrer außergewöhnlichen Qualität sicher umgehend einen Abnehmer" finden würden…

Er fröstelte. Unschlüssig, was er tun sollte, setzte er sich wieder auf sein Bett, immer noch im Dunkeln, und traute sich an das Thema heran, das ihn am meisten umtrieb und ängstigte. Das *Theorem*. Das fünfte Bild! Seit seiner Rückkehr aus Berlin vor einer Woche hatte sich sein Gemütszustand von Tag zu Tag verdüstert. War er noch voller Enthusiasmus und überzeugt, das Richtige getan zu haben, am Bahnhof Zoologischer Garten in den Zug gestiegen, hatten sich schon

Stunden später bei der Ankunft in Köln erste Zweifel gemeldet – Zweifel, die er schnell verjagen konnte. Doch schon am nächsten Tag wurde er zunehmend unsicher. War es wirklich richtig, dass er das Bild für sich haben wollte? Hatte er einen Anspruch darauf?

Eine innere Stimme sagte mit Bestimmtheit: „Ja!"

Ja, hatte er, ganz sicher! Jan-Josef sah seinen Vater vor sich: Der Künstler, den man um sein Lebenswerk betrogen hatte. Kaum etwas, was an Kreativität, an Virtuosität in ihm gesteckt hatte, konnte er verwirklichen. Die Nazis hatten ihm alles genommen, seinen Drang zu arbeiten, seine künstlerischen Visionen, seine Lebensgrundlage. Und seinen Optimismus. Seinen Lebenswillen. Und letztlich auch seine Familie. Jan-Josef musste es sich eingestehen: Arnold Stollberg war am Ende seines Lebens ein gebrochener Mann gewesen. Und seiner Mutter war es nicht viel anders ergangen. Auch aus ihr war in den Jahren in England nach und nach alles Leben langsam entschwunden. Von ihrer Energie der Berliner Jahre, ihrer politischen Streitlust und ihrem Vergnügen an der Provokation war nichts geblieben. Marion hatte letztlich resigniert, genauso wie ihr Mann; beide waren am Ende nur noch Schatten ihrer selbst.

Für sie, für die beiden Menschen, die Jan-Josef am meisten bedeuteten, war es wichtig, das Bild zu behalten – wenigstens das! Das Schlüsselbild des *Theorems* war das einzige, was Jan-Josef von seinen Eltern blieb. Er konnte und wollte es nicht hergeben – diesen beiden Bellheims, die schon die anderen vier Bilder besaßen, schon gar nicht. Sicher, es war ihr Recht

– aber war es auch gerecht? Stollberg dachte mit plötzlich aufkommendem Widerwillen an die beiden, Dagmar und Gregor. Ihre blasierte Art war ihm zuwider, ihr großbürgerliches Getue, ihr vieles Geld, ihr überlegenes und immer so verständnisvolles Auftreten...

Als Jan-Josef bei diesen Gedanken angekommen war, meldete sich eine zweite innere Stimme. Sie warf ihm vor, neidisch und missgünstig zu handeln, kleinlich zu sein und wissentlich Unrecht zuzulassen. Das Bild gehörte den Bellheims, daran war nicht zu rütteln. Ihr Vater hatte es gekauft, ganz legal, und es war ihm von den Nazis weggenommen worden. Dagmar und Gregor waren die Erben, es stand ihnen zu. Wollte er etwa begangenes Unrecht durch ein weiteres wettmachen?

Und was war das für eine Geschichte mit Heinrich Meininger, von dem die alte Frau erzählt hatte? Wenn er aus Bamberg stammte, wie sie sagte, musste er etwas mit Gerhard Meininger zu tun haben, derselbe Name und derselbe Ort - das konnte kein Zufall sein. Wenn er Werner Frankenschild das Bild geschenkt hatte, und der es wiederum seiner Tochter - hatten sie dann auch einen Anspruch auf das Gemälde? Aber woher mochte Meininger das Bild überhaupt haben — gekauft, irgendwann, nachdem es den Bellheims weggenommen worden war? Im guten Glauben? Jan-Josef schwirrte der Kopf.

In den nächsten Tagen gewann die zweite Stimme mehr und mehr die Oberhand, ohne dass die erste vollständig verschwand. Stollberg war hin und her gerissen. Es ging ihm schlecht. Er aß kaum etwas, seine Arbeit – so wenig er auch momentan zu tun hatte – blieb liegen. An den Abenden trank er in seiner Stammkneipe mehr als ihm guttat, mit dem Ergebnis, dass er die Tage vormittags bis elf, zwölf Uhr im Bett vertrödelte und weiter grübelte. Das machte die Sache nicht besser.

Stollberg stand auf und schenkte sich ein Glas des billigen Weinbrands ein, den er immer im Vorrat hatte. Vielleicht gelang es ihm damit, wieder einzuschlafen. Doch vorher waren seine Gedanken bei dem Bild, dem fünften Bild, das bei den Essers in Berlin über dem Sofa gehangen hatte, bei diesen einfachen Leuten in ihrem biederen Wohnzimmer. Als er an den jungen Hans dachte, musste er lächeln. Der Sohn der Essers war ihm sympathisch. Jan-Josef gefiel die offene Art des jungen Mannes, und seine Begeisterung für die Kunst. Dass er sich die Ausstellung in Münster angeschaut hatte, rechnete ihm Jan-Josef hoch an.

Er seufzte und nahm den letzten Schluck aus dem Glas. Was sollte er tun? Er wusste, dass er nicht mehr viel Zeit hatte, ewig konnte er das Bild nicht bei den Essers lassen. Es musste dringend restauriert werden, die Übermalungen gehörten endlich entfernt und schließlich brauchte er ein unabhängiges Gutachten, dass es sich tatsächlich um das fünfte Bild des *Metaphysischen Theorems* seines Vaters handelte. Und zum hundertsten Mal stellte er sich die Frage, wie er das alles bewerkstelligen sollte, ohne das Gemälde am Ende zu verlieren. Ihm war klar, dass er eine Entscheidung treffen musste.

Jan-Josef stellt das leere Glas in der Küche ab und ging noch einmal zum Fenster. Draußen hatte sich nichts verändert, der Regen fiel nach wie vor gleichmäßig von einem dunklen Himmel und überzog die Stadt mit einem leisen Rauschen, das er als beruhigend empfand – als verlässliches Geräusch, das der schweigenden Nacht ein konkretes Dasein verlieh, greifbar war und echt.

Er legte sich wieder hin, zog die Bettdecke hoch und verfiel gleich in einen leichten Schlaf. Ein weiterer Traum begleitete ihn. Diesmal stand er auf einem hohen Berg; das wusste er, obwohl er sich nicht selbst sehen konnte. Der Berg, auf dem er stand, befand sich in einem Innenraum von gigantischen Ausmaßen: Kilometerhohe Decken und riesige, fensterlose Wände begrenzten die Szenerie, die den Gipfel umgaben. Ungeheuer große Gemälde hingen an diesen Wänden, aber was auf ihnen zu sehen war, konnte Jan-Josef nicht erkennen. An der höchsten Stelle des Berges standen mehrere Leute, die miteinander redeten und heftig gestikulierten. Offensichtlich stritten sie sich um etwas. Die fünf oder sechs Menschen hatten sich von Jan-Josef abgewandt, er konnte sie nur von hinten sehen und wusste also nicht, wer sie waren. Ihr Streit wurde immer heftiger, und schließlich wurden sie handgreiflich. Es wurde geschubst, und die Fäuste flogen. Jan-Josef wollte eingreifen und sie warnen, denn es bestand die allerhöchste Gefahr, dass sie bei ihrem Handgemenge von dem Berg stürzen würden. Er wollte schreien, aber die Stimme versagte ihm, man konnte ihn nicht hören. Plötzlich aber beendeten sie ihren Streit und wandten sich zu ihm um. Ihre Gesichter waren verwaschen,

Jan-Josef konnte sie nicht erkennen. Die Personen kamen nun auf ihn zu und schienen ihn zu beschimpfen oder anzuklagen. Einige zeigten mit Fingern auf ihn. Dabei blieben sie stumm und sprachen nicht. Jan-Josef wollte fliehen, doch er konnte seine Beine nicht bewegen. Wie angewurzelt verharrte er auf dem Berg und musste die wortlosen Anklagen über sich ergehen lassen. In dem Moment, als die Leute mit den schemenhaften Gesichtern Jan-Josef so nahe waren, dass sie ihn berühren konnten, endete der Traum und entließ den Schlafenden in einen unruhigen Dämmerzustand. Als Stollberg gegen neun Uhr am Morgen erwachte, fühlte er sich zerschlagen und krank. Er beschloss, im Bett zu bleiben.

2

Die nächsten zwei Tage vergingen ereignislos, wie statisch. Jan-Josef Stollberg lebte wie in Trance und nahm die Welt um sich wahr, als sei er von oben bis unten in Watte gepackt. Alles unternahm er mechanisch: Aufstehen, essen, spazieren gehen – der Regen hatte nachgelassen und einer mäßig warmen Frühlingssonne das Feld überlassen –, einkaufen, die Abende in der Kneipe. Am dritten Tag hingegen war er hellwach und wusste plötzlich, was er zu tun hatte. Er ging gleich nach dem Frühstück ins Postamt am Neumarkt, wo man sämtliche Telefonbücher der Bundesrepublik einsehen konnte. Schnell fand er den Band, den er suchte, und hatte kurze Zeit später eine Nummer auf einem Zettel notiert. Auf dem Rückweg nach Hause überlegte er sich, wie er das Gespräch führen würde – was er sagen sollte. Zunächst fiel ihm nichts ein, sodass die Zweifel wiederkehrten. Jan-Josef hatte Angst, dass man ihm Vorwürfe machen könnte, und er war kurz davor, seinen Entschluss zu revidieren. Doch dann siegte die Vernunft – das war zumindest seine Überzeugung. Er ging in Gedanken den Verlauf des Telefonats durch.

Der Tag verging für ihn viel zu langsam. Am Nachmittag versuchte Jan-Josef, ein wenig zu arbeiten. Er hatte einen Übersetzungsauftrag für ein populäres Kunstbuch übernommen, in dem es um französischen Impressionismus ging. Der Autor war in England recht bekannt und der Text wenig anspruchsvoll; ihm ging deshalb die Arbeit schnell von der Hand. Aber an diesem Nachmittag konnte sich Stollberg nicht konzentrieren. Immer wieder überdachte er seine Entscheidung und kam doch immer wieder zu dem Schluss, dass sie richtig sei. Und dauernd musste er an das Telefongespräch denken, dass er am Abend führen wollte. Schließlich gab er es auf, nahm den Mantel und ging wieder aus. Ziellos schlenderte er durch die Straßen, rauchte viel zu viel und gelangte schließlich in die Nähe des Doms, an dessen Südseite er vorbeiging und zum Rheinufer gelangte. Dort blieb er lange stehen und schaute auf das Wasser. Sein Blick folgte den Lastkähnen, die rheinauf- und rheinabwärts mit ihrer Fracht unterwegs waren. In der Nähe ratterten die Züge über die Hohenzollernbrücke, und gegenüber, nahe am Deutzer Ufer, lagen die Messehallen wie ein großes schlafendes Tier, überragt vom Messeturm, der über den Rhein hinüber grüßte.

Jan-Josef schloss die Augen und nahm ganz bewusst den Wind wahr, der hier unten am Ufer sehr stark war und an ihm zerrte. Es tat ihm gut, diese Kraft der Natur zu spüren. Er fühlte sich dadurch lebendig und präsent, ein Gefühl, das er lange nicht mehr so empfunden hatte. Der böige, scharfe Wind, das stoßweise Tuten der Züge auf der Brücke und das von der Mitte des Stroms leise hinüberwehende Tuckern der Schiffe stimmten ihn heiter, fast zufrieden, und seit langem freute er sich seines Daseins. Vor seinen geschlossenen Augen erschien das fünfte Bild des *Theorems*: Magisch und unnahbar, zugleich von juwelenhafter Schönheit und Intensität der glühenden Farben. So würde es wieder aussehen, wenn – ja, wenn alles vorbei war. Jan-Josef atmete tief ein und aus, sog die Luft kraftvoll durch die Nase in seine Lunge und ließ sie durch den Mund wieder hinausströmen. Wenn alles vorbei war… Er sehnte diesen Moment herbei:

Das fünfte Bild endlich restauriert, der Öffentlichkeit vorgestellt, er selbst als Wiederentdecker gefeiert – und, wer weiß? Vielleicht würden die Bellheims ja in einer Geste des Großmuts ihm das Bild schenken. Ausgeschlossen war das nicht, und diese angenehme Vorstellung führte dazu, dass er die Bellheim-Geschwister in einem gnädigeren Licht sah als noch vor wenigen Tagen. Er öffnete die Augen, drehte sich um und blickte auf den majestätischen, gleichzeitig filigranen Chor des Domes, wie er dort seit Jahrhunderten stand und alle Kriege und Katastrophen der Zeit überdauert hatte. Für Jan-Josef war dieses steinerne Zeugnis der Geschichte, dieses Meisterwerk hochgotischer Baukunst wie eine Wegmarke: Unverrückbar und unzerstörbar, so fühlte er sich selbst in diesen Minuten an diesem kühlen Sonnentag unten am Rheinufer in Köln.

Kurz vor sechs war er wieder zu Hause. Er machte sich schnell etwas zu essen, obwohl er nicht hungrig war und dachte, dass zwischen sieben und halb acht die beste Zeit für seinen Anruf wäre. Bis dahin schlug er die Zeit tot, und als es so weit war, ging er hinüber zu seiner Nachbarin. Die besaß ein Telefon, und schon öfter hatte Jan-Josef es benutzt. Frau Wallot hatte nichts dagegen und freute sich immer, wenn ihr Jan-Josef nach dem Telefonat ein paar Münzen auf das Schränkchen im Flur legte. Sie war eine gutmütige Frau von Mitte fünfzig und lebte allein in der kleinen Wohnung gegenüber von Jan-Josef. Frau Wallot arbeitete seit vielen Jahren als Verkäuferin in einem Handarbeits- und Kurzwarengeschäft in der Innenstadt und war stolz auf ihre angeblich hugenottischen Wurzeln, weshalb sie Wert darauf legte, dass man ihren Namen französisch aussprach, also „Wallo" mit der Betonung auf dem „o." Ein großer Vorteil war, dass die Nachbarin immer diskret das Wohnzimmer verließ und sich in ihr „Bügelzimmer", wie sie den Abstellraum hinter ihrem Schlafzimmer nannte, zurückzog, „um mal nach der Wäsche zu sehen."

So auch diesmal. Um zehn nach sieben saß Jan-Josef allein in einem Sessel in Frau Wallots Wohnzimmer neben dem Telefon und wählte die Nummer, die er sich am Vormittag im Postamt notiert hatte. Nun war er doch wieder nervös und hörte nach dem Wählen gespannt das Freizeichen. Vier Sekunden, fünf Sekunden, sechs Sekunden…

„Suhl?"

Stollberg erschrak. Nun war es soweit. Im Nu fasste er sich und antwortete.

„Guten Abend, Fräulein Suhl. Jan-Josef Stollberg hier."

Für einen Moment herrschte Stille in der Leitung. Gerade wollte er fragen, ob Dorothee Suhl noch dran war, als sie sich erneut meldete.

„Herr Stollberg – welch Überraschung…. Guten Abend!"

„Ich hoffe, ich störe Sie nicht gerade?"

„Nein, nein, überhaupt nicht, Sie stören mich nicht… Ich bin nur… sehr überrascht, Sie zu hören. Wie geht es Ihnen?"

Jan-Josef war Dorothee Suhl sehr dankbar für diese Floskel. Seine anfängliche Nervosität schwand.

„Oh danke, gut, alles in Ordnung soweit. Und Ihnen? Wie geht es Ihnen?"

„Danke, auch gut. Ein paar Wehwehchen, aber nichts Schlimmes. Das Alter macht sich eben doch langsam bemerkbar..." Am Ton ihrer Stimme konnte Jan-Josef hören, dass sie dabei lächelte.

„Ja, das bleibt einem wohl nicht erspart... Aber ich hoffe, dass Sie Ihren Ruhestand genießen?"

„Oh ja, das tue ich. Gerade bin ich zurück von einer kleinen Reise nach Borkum. Meine Freundin und ich waren zusammen dort – wir lieben beide die Nordsee, und jetzt, da wir beide in Pension sind, können wir öfter gemeinsam etwas unternehmen."

Jan-Josef nickte und merkte erst dann, dass seine Gesprächspartnerin das ja nicht sehen konnte. Eine kleine Pause entstand. Er nahm allen Mut zusammen und begann wieder:

„Fräulein Suhl, ich möchte etwas mit Ihnen besprechen – etwas Wichtiges, wie mir scheint, ich möchte Sie aber natürlich auch nicht belästigen..." Er brach ab.

„Ja?" fragte Dorothee Suhl ermunternd. Ihre erste Überraschung wegen des Anrufs hatte sich gelegt, jetzt war ihr Interesse geweckt. Sie hatte den Künstlersohn seit dem Abend der Ausstellungseröffnung im Museum in Münster nicht mehr gesehen oder gesprochen und war gespannt zu erfahren, was der Grund dieses Anrufs war. Die pensionierte Lehrerin war ein wenig unangenehm berührt, denn die zeitweilig angespannte Stimmung an jenem Abend im Januar bei „Brinkmüller" war ihr noch gut in Erinnerung. Überhaupt zählte sie Stollberg nicht zu ihren näheren Bekannten, sie hatte bisher lediglich die wenigen Male im Zusammenhang mit dem *Metaphysischen Theorem* mit ihm zu tun gehabt. Umso neugieriger war sie nun zu hören, was er von ihr wollte.

„Nun", begann Jan-Josef, „die Sache ist die: Das fünfte Bild ist wieder aufgetaucht."

Schweigen. Dorothee war perplex, damit hatte sie nicht gerechnet. Für einen Moment war sie sprachlos.

„Was?" stieß sie dann leise hervor, während sie ihre linke Hand vor Erstaunen vor den Mund hielt. „Wie? Wie kann das sein? Wo ist es…?"

Er fuhr fort, indem er alles erzählte: Von Hans Esser, der sich für die Werke seines Vaters begeisterte und in der Ausstellung gewesen war, von dem Gemälde in der elterlichen Wohnung über dem Sofa und davon, dass der junge Mann ihn informiert hatte. Und schließlich davon, dass er selbst das Bild in Berlin identifiziert hatte. Er schloss seine Erzählung damit, dass das Bild sich noch immer bei den Essers befand und er nun nicht wisse, was er tun solle.

Dorothee Suhl hörte zu, ohne ihn zu unterbrechen. Als er geendet hatte, sagte sie:

„Unfassbar! Das ist ja kaum zu glauben, Herr Stollberg. Was für eine Geschichte. Sie…Sie müssen ja völlig aufgelöst gewesen sein, als Sie erkannten, um was es sich da handelt… Und Sie sind ganz sicher? Es ist wirklich das fünfte Bild des *Theorems*?"

„Ja, ganz sicher, die Beweise sind eindeutig."

„Mein Gott…"stammelte sie in den Hörer, „was für eine Neuigkeit…"

Wieder entstand ein Schweigen. Dann fragte Fräulein Suhl:

„Haben Sie schon jemand informiert? Ich meine, das Museum in Münster…?

„Nein, habe ich nicht. Deshalb rufe ich ja an. Ich… ich…", Jan-Josef geriet ins Stottern, lief rot an und ärgerte sich gleich darüber. „Ich bin halt unsicher, was zu tun ist, verstehen Sie? Und da ich glaube, dass Sie … nun, dass Sie mir einen Rat geben könnten, habe ich Sie angerufen."

„Ich?", kam die erstaunt klingende Frage. „Wieso glauben Sie, dass ich Ihnen raten könnte?"

Stollberg druckste herum. Sie hatte recht: Wieso sollte diese Frau, die er kaum kannte, ihm irgendwie helfen können? Er bereute schon, sie angerufen zu haben.

„Stimmt, vergessen Sie es. Es war dumm von mir, Sie anzurufen, ganz dumm. Bitte entschuldigen Sie, ich möchte Sie nicht weiter belästigen…"

Er war drauf und dran, aufzulegen, doch Dorothee Suhl protestierte am anderen Ende der Leitung.

„Halt, nein, legen Sie nicht auf, Herr Stollberg! Bitte bleiben Sie dran. Ich höre Ihnen gerne zu… Wo ist denn das Problem?" Ihre Stimme wurde leise, fast zärtlich, so wie früher, wenn Sie die Sorgen und Nöte ihrer Schüler vertreiben wollte – was ihr meistens gelungen war.

Vor Dorothees Augen spulte in Bruchteilen von Sekunden ein Film ab: Sie sah Jan-Josef Stollberg im Restaurant „Brinkmüller", einen zynischen, leicht reizbaren Mann, mit dem es das Leben nicht besonders gut gemeint hatte: Im Schatten eines genialen Vaters groß geworden, dann eine Flucht in ein fremdes Land, schließlich der Verlust beider Eltern, und selbst nie im Leben richtig Fuß gefasst. Ein Heimatloser, ohne Wurzeln, mit einem schlechten Gewissen seinem Vater gegenüber, dem berühmten Maler Arnold Stollberg. Dorothee musste daran denken, dass sie selbst einmal zwei seiner Bilder besessen hatte – vor langer Zeit, und dass sie sie hergeben musste. Und plötzlich wusste sie, wo Jan-Josef der Schuh drückte.

„Sie – Sie möchten es behalten, habe ich Recht?" fragte sie sanft.

Jan-Josef war überrascht, geradezu schockiert, dass Fräulein Suhl die Wahrheit erkannt hatte und so direkt auf den Punkt kam. Aber auch erleichtert: Endlich war es ausgesprochen.

„Ja", sagte er mit einem Seufzer, „das haben Sie richtig erkannt."

Wieder erfolgte eine kurze Pause.

„Ich kann Sie verstehen, sehr gut sogar, o ja", sagte Dorothee schließlich, und Jan-Josef glaubte, eine Spur Verbitterung – oder Genugtuung? – in ihrer Stimme zu hören. Sie atmete jetzt schwer ein und aus. „Wissen Sie, dass es mir damals ähnlich ging? Als ich meine beiden Bilder Ihres Vaters an die Bellheims abgeben musste? Es ist mir so schwergefallen, glauben Sie mir! Und… wenn ich das sagen darf, lieber Herr Stollberg, insgeheim bereue ich es manchmal noch heute." Sie atmete erneut tief ein und aus. Jan-Josef sagte nichts. Sie fuhr fort: „Aber ich weiß auch, dass es richtig war. Ich habe seinerzeit mit Herrn Meininger viel darüber geredet, er war ja in derselben Situation wie ich." Sie lachte kurz auf. „Wissen Sie, dass ich außer mit ihm bisher mit niemandem darüber geredet habe – darüber reden konnte? Was es bedeutet, einen solchen Schatz, der einem ans Herz gewachsen ist und zum Liebsten zählt, was man hat, abzugeben – einfach so?"

Jan-Josef schwieg weiter.

„Man könnte sagen", fuhr die alte Dame fort, „dass es ja nur zwei Bilder sind, Dinge, Sachen, nichts weiter… Und ja, stimmt, es sind Dinge, wenn man so will! Aber, lieber Herr Stollberg, es waren ja nicht irgendwelche Bilder – Sie wissen das am besten -, sondern Meisterwerke! Unendlich kostbar, nicht nur wegen des Geldwertes, sondern wegen ihrer Schönheit. Und das wegzugeben, tat weh – sehr weh. Und", fügte sie in einem anderen Tonfall hinzu, „ich weiß nicht einmal, ob die Bellheims wirklich zu schätzen wussten, was ihnen da plötzlich in den Schoß gefallen war."

„Nun…", hob Jan-Josef an, doch Fräulein Suhl unterbrach ihn.

„Um Gottes Willen, Herr Stollberg… ich will nichts gesagt haben, wirklich nicht. Dagmar und Gregor Bellheim – so nette, kultivierte Menschen, die soviel durchgemacht haben… nein, es ist richtig, dass man ihnen meine und Herrn Meiningers Bilder zugesprochen hat – absolut richtig. Sie gehören nun mal ihnen, auch wenn der Verlust schmerzlich war für mich. Und, lieber Herr Stollberg, das fünfte Bild – auch das gehört den Bellheims, glauben Sie mir." Beim letzten Satz war Dorothee Suhls Stimme ganz leise, fast unhörbar geworden.

Jan-Josef nickte wieder und ließ die Worte sacken, die er gehört hatte.

"Es… es ist nur so, dass das Bild eventuell mal Gerhard Meiningers Vater gehört hat. Ich habe da so etwas in der Richtung erfahren...", entgegnete er langsam. Fräulein Suhl antwortete nicht darauf, er hörte nur ein leises "ach!" am anderen Ende der Leitung. Dann war es still.

In ihm breitete sich eine tiefe Ruhe aus. Die Offenheit seiner Gesprächspartnerin tat ihm gut. Ihre Bestimmtheit war genau das, was er jetzt brauchte. Dorothee Suhls klare Meinung überzeugte ihn, dass seine Entscheidung richtig war, ja, sie machte sie überhaupt erst möglich. Eine Last fiel von ihm ab, er fühlte sich geradezu wohl. So, wie seit vielen

Tagen nicht mehr, und wusste jetzt, was er zu tun hatte. Das *Theorem* würde ihn nicht länger belasten, bei den Bellheims wäre das fünfte Bild am besten aufgehoben. Und mit den anderen vier Gemälden vereint, was die Besitzverhältnisse anging. So war es gut.

„Vielen Dank, Fräulein Suhl, ich glaube, ich habe verstanden …", sagte er leise in die Muschel des Hörers. Mit veränderter Stimme fuhr er fort: "Bitte, sagen Sie niemandem etwas von unserem Gespräch und von dem wieder aufgetauchten Bild."

Er hörte Fräulein Suhl atmen. Dann sagte sie:

„Ich werde niemandem von unserem Telefonat erzählen. Rufen Sie mich jederzeit an, Herr Stollberg, wenn Sie möchten."

Ein paar Minuten später war das Gespräch beendet. Jan-Josef kramte nach Münzen, legte sie auf die Kredenz und verabschiedete sich von Frau Wallot, die sich wunderte, wie ihr Nachbar mit einer so zufriedenen Stimmung ihre Wohnung verließ, wo er doch noch vor zwanzig Minuten mit so sorgenvollem Blick bei ihr geklingelt hatte. Sie fragte sich, mit wem er wohl telefoniert hatte.

3

Die gute Stimmung hielt an. Jan-Josef hatte sogar wieder Spaß an seiner Arbeit. Am Abend nach dem denkwürdigen Gespräch mit Fräulein Suhl war er hin- und hergerissen, ob er ebenfalls mit Gerhard Meininger Kontakt aufnehmen sollte. Er überlegte, was der Bamberger über den Verbleib des Bildes wissen mochte. Offensichtlich nichts, denn sonst hätte er längst davon erzählt, dass sein Vater - oder wer auch immer jener Heinrich Meininger war - einmal im Besitz des Gemäldes gewesen war. Doch er war vorsichtig, er wollte keine schlafenden Hunde wecken. Zudem mochte er Meininger nicht, und ihm war klar, dass das auf Gegenseitigkeit beruhte. Jan-Josef hatte den Abend im Brinkmüller noch bestens in Erinnerung, und sein schon vorher eher negativer Eindruck von Meininger hatte sich seitdem verfestigt: Ein selbstgefälliger Fatzke, der wie die Made im Speck in seiner bayerischen Idylle ein sorgenfreies Leben führte und sich einen Dreck um gesellschaftliche oder politische Zustände scherte. Also kein Anruf; Meininger würde noch früh genug erfahren, dass das *Metaphysische Theorem* wieder komplett war, das musste nicht jetzt sein.

Jan-Josef war obenauf. Sein Gewissen war beruhigt, und er war nun sicher, das Richtige zu tun, das, was moralisch die einzige Möglichkeit war, um ihm auch weiterhin ein ruhiges Leben zu ermöglichen. Weiterhin? Der Künstlersohn lachte bitter in sich hinein: Er hatte noch nie ein ruhiges Leben geführt. Aber, so dachte er bei sich, und der Gedanke gefiel ihm, vielleicht war die jetzige Situation die Gelegenheit, damit zu beginnen. Einmal etwas richtig machen! Das könnte die Initialzündung dafür sein, sein Leben zu ändern. Gut zu sein. Integer zu handeln. Souverän zu sein, großzügig! Die eigenen Interessen in den Hintergrund zu rücken und das selbstmitleidige Grundgefühl, das ihn seit Jahren begleitete, los zu werden, ein für allemal.

Eine warme Welle durchströmte ihn, eine Mischung aus Glücksgefühl und aufgekratzter Erregtheit. Was war zu tun? Nun, darüber musste er nicht sofort nachdenken. Er wollte sich eine Woche Zeit gönnen. Zeit, in der das fünfte Bild des *Metaphysischen Theorems* ihm, nur ihm gehörte. Das Meisterwerk seines Vaters, in seinem Besitz, gut aufgehoben bei den Essers, wo niemand es vermutete. Noch wussten die Bellheims nichts davon, und dieses Gefühl genoss er. Das waren sie ihm und seinem Vater schuldig. Er fühlte sich ihnen plötzlich überlegen, diesen abgehobenen, gönnerhaften Emporkömmlingen! Doch sogleich schämte er sich für diese Gedanken: Dagmar und Gregor, tragische Existenzen; damals, in der schlimmen Zeit, verfolgt und mit ihren Eltern geflohen – wie ich, dachte er, wie wir ... Er konnte sie nicht verurteilen, es ging nicht, jedenfalls nicht ganz. Trotzdem: es tat gut, ihnen einen Schritt voraus zu sein. Vielleicht würden sie es sogar verstehen, Dagmar bestimmt, bei dem schüchternen und verschlossenen Bruder war er nicht so sicher. Doch es war ihm auch egal, Jan-Josefs Euphorie sorgte dafür, dass sich die Bellheims in unwichtige Figuren in seinem Leben verwandelte.

An den folgenden Tagen blühte Stollberg mehr und mehr auf. Seine Übersetzungsarbeit ging flott von der Hand, er aß regelmäßig und einigermaßen gesund, und er nutzte die

Nachmittage zu längeren Spaziergängen: an den Rhein, zu den romanischen Kirchen, die zum großen Teil schon wieder in ihrer alten Pracht erstrahlten, sogar in den Zoo, den er bisher noch nie besucht hatte. Und abends begnügte er sich damit, ein Bier zu Haue zu trinken und zu lesen - Hölderlin. Die filigranen Gedichte und Texte des genialen Schwabens schienen ihm in seiner Stimmung genau das Richtige, um weiter über sich und seine Lebenssituation nachzudenken.

Am Freitag beschloss er, nicht zu arbeiten und stattdessen etwas für sich zu tun, etwas, was er längst hätte tun sollen, wie er jetzt meinte. Nach dem Frühstück stieg er in den Keller, in dem ein ziemlich großer Verschlag zu seiner Wohnung gehörte. Nachdem er das Vorhängeschloss aufgeschlossen und die Holztür aufgestoßen hatte, knipste er das Licht an, eine müde leuchtende, von der Decke baumelnde Glühbirne, die einen schummrigen Schein auf das Innere des Raums warf. Außer einigem Gerümpel befanden sich mehrere Kartons in dem Keller, die wahllos über- und hintereinander gestapelt waren. Einige trugen Aufschriften, hastig hingekritzelte Zahlen und schon verblasste Zahlen und Buchstaben über den Inhalt, andere verrieten nichts darüber, was sich in ihnen befand, und wieder andere waren nur notdürftig verschlossen oder sogar arg ramponiert und buchstäblich aus dem Leim gegangen.

Jan-Josefs Augen verengten sich. Gleichzeitig fühlte er sich motiviert wie lange nicht mehr, den Schachteln zu Leibe zu rücken. Es war Jahre her, dass er das zum letzten Mal getan hatte, und schon nach ganz kurzer Zeit hatte er damals resigniert aufgegeben. Zu schmerzlich waren die

Erinnerungen und Emotionen gewesen, die in ihm aufgestiegen waren. Er hatte sich zu schwach, zu elend gefühlt, um damit weiter zu machen.

Die wenigen verbliebenen Hinterlassenschaften seiner Eltern, die er aus England mit nach Deutschland gebracht hatte, bestanden aus persönlichen, aber eher wertlosen Dingen wie billigen Zigarettenetuis, Modeschmuck seiner Mutter, Künstlerutensilien seines Vaters, Schreibgeräte, Kleidungsstücke und manch anderem mehr. In einer Schachtel waren Papiere wahllos übereinander geschichtet; beim flüchtigen Durchsehen hatte er festgestellt, dass es sich unter anderem um offizielle Schreiben britischer Behörden handelte, in denen es um Aufenthaltsgenehmigungsverfahren für Arnold und Marion nebst ihrem kleinen Sohn, um Wohnungszuweisungen und anderes Formelles ging. Ferner hatte er Zeitungsausschnitte, Kochrezepte und - ja, auch das: einige seiner eigenen Schulzeugnisse - flüchtig gesehen. Jan-Josef hatte den Karton damals schnell wieder geschlossen. Seitdem hatte er nichts mehr davon angerührt, ja sogar jeden Gedanken daran vermieden. Zum Nachlass seines Vaters hatte es zahlreiche Anfragen gegeben, nicht zuletzt von den Museen in Bamberg und Münster. Zu gerne hätte man dort von dem Material gewusst, es gesichtet und wissenschaftlich ausgewertet, um die Kunst Stollbergs besser zu verstehen, die Chronologie seiner Werke auf gesicherte Füße zu stellen und ihn stilistisch besser einzuordnen. Doch Jan-Josef hatte sich nie entschließen können, das Konvolut herauszugeben. Die "Bittsteller", wie er sie insgeheim verächtlich nannte, hatte er mit einigen wenigen Dokumenten abgespeist – nichts persönliches –, und stets behauptet, mehr gebe es nicht, alles andere sei nach dem Tod seiner Eltern verloren gegangen, vernichtet, zerstört, verschwunden – eben *perdu*, für immer. Irgendwann gab es keine Anfragen mehr, die Wissenschaft hatte sich damit abgefunden, dass außer den Gemälden und Graphiken selbst kaum Quellenmaterial aus erster Hand über Arnold Stollberg erhalten geblieben war.

Er war damit zufrieden. Er freute sich, dass niemand, und schon gar nicht diese Museumsfuzzis, in den persönlichen Hinterlassenschaften seiner Eltern herumwühlen konnte und dabei intime Details ans Licht zerren würde, die keinen etwas angingen.

Keinen außer ihn. Und er fand, dass jetzt der richtige Zeitpunkt war, die schriftlichen Hinterlassenschaften seiner Eltern zu sichten. Das hieß, sich ihnen zu stellen. Jan-Josef wusste seit langem, dass er dazu Mut brauchte, viel Mut. Er würde Dinge lesen, die vieles aufwühlen würden, was er längst vergessen hatte, bzw. was er vergessen wollte. Wirklich gelungen war ihm das nie. Zu mächtig hatten sich seine Eltern in sein Leben gedrängt, seit beide tot waren. Arnold und Marion Stollberg: Für ihren Sohn waren sie zwei Giganten der Kunst, der Lebensart, des Widerstands und der Aufrichtigkeit. Nie wäre ihm in den Sinn gekommen, sich an ihnen zu messen, zu gewaltig erschien ihm ihr Lebenswerk. Der Vater mit seiner Kunst, die zum besten und einflussreichsten gehörte, was das 20. Jahrhundert aufbieten konnte. Und die Mutter: Vor seinem innerem Auge tauchte immer die antike Figur der *Athena Lemnia* auf, wenn er an

Marion dachte. Erhaben und streng, mit sanften und doch starken Gesichtszügen, gereift und doch wie ewig jung erschien sie ihm als Inbegriff eines idealen Menschen, der an Weisheit und Empfindsamkeit nicht zu übertreffen war.

Gegen diese beiden hatte er sich stets klein und nichtssagend gefühlt. Sein Leben kam ihm ganz unbedeutend, nicht gelungen vor. Die Gefühle des Versagens und Scheiterns waren ihm bestens bekannt. Aber nun, in diesen Tagen, da er sich zu einer Entscheidung durchgerungen hatte, erschien alles anders. Er war sich sicher, dass Arnold und Marion seinen Entschluss, das fünfte Bild des *Theorems* den Bellheims zu übergeben, gutheißen würden. Mehr noch: Sie würden ihn loben. Zuspruch geben. Jan-Josef glaubte, regelrecht zu spüren, wie sein Vater ihn in den Arm nahm und ihm über den Rücken streichelte, und er sah seine Mutter, die die Augen schloss, ein sanftes Lächeln in ihr Gesicht zauberte und ihrem Sohn bestätigend zunickte.

Solchermaßen gestärkt, wandte er sich dem Stapel der Kartons zu. Er rieb sich geschäftig und voller Tatendrang die Hände. Wo war die Schachtel mit den Dokumenten? Vor Jahren hatte er die Seitenwände beschriftet und grob den Inhalt vermerkt. Unentschlossen räumte er die Kisten auseinander, von der erstbesten mit der Aufschrift "Persönliches" nahm er den staubigen Deckel ab und schaute hinein. Das schummrige Kellerlicht warf einen schwachen Schein auf das zuoberst liegende Dokument, und als er es las, schrak er zusammen. Ein Stich durchfuhr ihn. Was da obenauf vor ihm lag, war die Heiratsurkunde seiner Eltern. Vergilbt zwar, aber sonst in bestem Zustand.

Hastig schloss Jan-Josef den Deckel wieder. Er begann zu zweifeln. War es wirklich eine gute Idee, die Vergangenheit – seine Vergangenheit – wieder auszugraben? War er wirklich soweit? Er schloss die Augen, sein Atem ging schnell. Er musste sich setzen und zog einen alten ausgemusterten Hocker heran, der unter dem Kellerfenster stand. Zwei Minuten lang saß er ganz still und horchte in sich hinein. Dann öffnete er die Augen wieder und war sich sicher, dass er hier das Richtige tat. Doch er hatte das Gefühl, etwas Konkretes in Angriff nehmen zu müssen. Und das einzig Konkrete, was in seinem Leben gerade eine Rolle spielte, war das *Metaphysische Theorem*, genauer gesagt, das fünfte Bild. Er wollte mehr darüber erfahren. Viel mehr. Außer den Fotos, die Jan-Josef im Schreibtisch seiner Mutter nach ihrem tragischen Unfalltod gefunden hatte und mit denen er die Identifikation des *Theorems* ins Rollen gebracht hatte, besaß er kaum Informationen. Gewiss, es gab das Foto, das Dagmar und Gregor Bellheim gehörte und das das *Theorem* in der Bellheimschen Wohnung zeigte. Und es gab natürlich die bekannte Quittung von 1937, ebenfalls im Besitz der Bellheims, aus der der "Verkauf" der Kunstwerke des Professors an die Kunsthandlung Rademacher und Herten hervorging. Und schließlich ein paar Notizen aus den wenigen erhalten gebliebenen Akten der Galerie Reim in Berlin. Damit erschöpften sich aber auch schon die Kenntnisse, über die Jan-Josef im Zusammenhang mit dem *Theorem* verfügte. Und wohl auch sonst niemand. Er blickte auf den Kartonstapel und dachte: Hier müsste noch mehr vorhanden sein, viel mehr... wo war die Kiste mit den Schriftstücken?

Voller Tatendrang begann er mit der Suche. Er wusste, dass er die betreffenden Dokumente schon mal in der Hand gehabt haben musste, und zwar, als er mit der Sortierarbeit begonnen hatte. Kiste für Kiste nahm er sich nun vor und suchte nach der jeweiligen Beschriftung. Nachdem er fast den gesamten Stapel von oben nach unten umgeräumt hatte, fand er endlich, was er suchte: Eine nicht zu große Pappschachtel mit der Aufschrift "Briefe etc." Er hob sie an und stellte fest, dass sie ziemlich viel wog, und als er den Deckel abnahm, sah er, dass sie randvoll mit Papieren gefüllt war. Er erinnerte sich, dass er sie bereits einmal ganz oberflächlich durchgesehen hatte. Jan-Josef legte den Deckel wieder auf und stellte den Karton neben die Kellertür. Hastig räumte er das entstandene Chaos auf, löschte das Licht und eilte mit der Pappschachtel unterm Arm nach oben in seine Wohnung.

Oben angekommen, stellte er fest, dass er mehr Zeit als gedacht im Keller verbracht hatte. Draußen dunkelte es bereits, und er verspürte plötzlich Hunger. Kurz entschlossen nahm er sich den Kühlschrank vor und machte sich in aller Eile ein paar Brote. Außerdem gönnte er sich ein Bier. Mit dieser Ausstattung ließ er sich auf dem schäbigen Sofa im Wohnzimmer nieder und platzierte den Karton wie einen kostbaren Gegenstand neben sich. Feierlich nahm er den Deckel ab und entnahm die ersten Dokumente.

Zunächst war Jan-Josef enttäuscht. Was er zutage förderte, bestand zum größten Teil aus Unmengen von Quittungen über gekauftes Künstlermaterial, Farben, Leinwände, Firnisse und vieles mehr. Hinzu kamen Bestellzettel, gekritzelte Notizen seines Vaters über Anschaffungen, Pläne für die Atelierausstattung und tausend Sachen mehr. Von seiner Mutter waren zahlreiche Projektentwürfe für Fotostrecken in der Schachtel, zudem viele technische Angaben über fotografische Utensilien wie Objektive, Dunkelkammerlampen und anderes. Zwischen Gebrauchsanweisungen für Kameras und aus Zeitschiften geschnittenen Werbeanzeigen für Kosmetik fanden sich auch mehrere Flugblätter der Kommunistischen Partei, die zum Widerstand gegen die Nazis aufriefen oder auf Versammlungen in einer Kreuzberger Kneipe hinwiesen. Doch dann stieß er auf Briefe, handschriftlich geschrieben, und andere Notizen. Bei der Durchsicht stellt sich heraus, dass die meisten Briefe von ehemaligen Kommilitonen und Künstlerfreunden seines Vaters stammten, darunter auch - sehr zu Jan-Josefs Überraschung - zwei freundschaftliche Schreiben von Willi Baumeister und Jan Campendonk, in denen es jeweils über gemeinsame, aber nie realisierte Ausstellungsprojekte ging. Jan-Josef hatte nicht gewusst, dass sein Vater mit den beiden Künstlern bekannt gewesen war. Wahrscheinlich hatten sie sich über die Novembergruppe kennengelernt, der sein Vater ja zeitweise auch nahegestanden hatte.

Unter den beiden Schriftstücken kam ein größerer Umschlag zum Vorschein, den Jan-Josef bisher noch nie gesehen hatte. Er war verschlossen. Zögerlich öffnete er das Kuvert und zog mehrere Papiere daraus hervor. Zuerst hielt er wieder zwei handgeschriebene Briefe in der Hand. Der erste war vom Galeristen Herbert Reim geschrieben und an seinen

Vater adressiert. Er nahm einen gehörigen Schluck Bier aus der Flasche, lehnte sich auf dem Sofa zurück und begann den Brief im Schein der Stehlampe neben ihm zu lesen.

"Antibes, 7. Januar 1932

Mein Lieber,

Du wirst es nicht glauben, aber ich sitze hier bei schönstem Sonnenwetter und in leichter Kleidung und schaue auf das wirklich sehr, sehr blaue Mittelmeer. Es ist einfach großartig! Das Licht ist ein Gedicht, und obwohl wir Januar haben, wärmt die Sonne sogar ein wenig. Ihr in Berlin habt wahrscheinlich das typische Winter-Schmuddelwetter! Du müsstest auch hier sein, jeder Künstler sollte hier sein! Jedes Mal, wenn ich am Mittelmeer bin, verstehe ich Leute wie Picasso oder Matisse, die in dieser Atmosphäre zu Höchstleistungen angestachelt wurden. Unvorstellbare Farben! Weißt Du eigentlich, dass ich ernsthaft über eine Matisse-Ausstellung nachdenke? Jedenfalls, sofern sie uns lassen…

Wie geht es Dir, wie kommst du voran? Mechthild hat mir geschrieben, dass Du ein wenig in Verzug bist, stimmt das? Na ja, noch ist ja Zeit, aber ich hoffe, Du hast keine echte Blockade oder etwas ähnlich Unangenehmes. Ich kenne Dich ja und vermute, Du grübelst mal wieder zu viel. Glaube mir, das führt zu rein gar nichts, deshalb lass es sein. Denk nur an Dich – Du wirst sehen, Du kommst ganz groß raus. Ich habe es Dir versprochen, und so wird es sein. Wenn Du einen guten Rat von mir annehmen willst: Lass Dich nicht von Marion und ihrem Pessimismus anstecken, das tut Dir nicht gut. Schau nach vorn, Du hast eine glänzende Zukunft vor Dir!

Ich habe übrigens etwas erlebt (Du denkst sicher: Das kommt davon, wenn man hier auf der Strandpromenade spazieren geht und wie Marcel

Proust den jungen Dingern nachschaut, aber nein, es geht um etwas ganz Anderes!). Ich las gestern Morgen die Ankündigung eines Vortrags, die ich von der Plakatwand neben dem Hotel abgerissen habe und hier im Brief mitschicke, weil es graphisch so interessant gemacht ist. Der Titel hat mich gereizt: „Est-ce qu`il y a des theorèmes métaphysiques?", also auf Deutsch: „Gibt es metaphysische Theoreme?" Ein Vortrag von einem gewissen Daniel Fauré, angeblich Professor der Philosophie an der Sorbonne, wie Du lesen kannst. Nie gehört. Der Vortrag fand gestern Abend statt, hier in Antibes, und ich bin hin. Alles habe ich nicht verstanden (mein Französisch ist so lala…), aber doch so viel, dass es ihm um die Frage geht, was die Welt zusammenhält, die Materie oder die Ideen. Kurz, er hat am Ende dafür plädiert, dass es letztlich die Ideen, die Vorstellungen und Gedanken sind, die die Welt ausmachen. Das fand ich großartig und überzeugend. Ist es in der Kunst nicht genauso? Leinwand und Farben, gut, das ist die Materie. Aber was Ihr Künstler daraus macht, das sind Eure Ideen, Eure Geistesblitze, also alles Metaphysische! Habe ich Recht? Vielleicht kann Dir das als Inspiration dienen für weitere Höhenflüge!? Ich werde Dir mehr erzählen, wenn ich wieder zurück bin.

So, mein Lieber, nun ist es Zeit für meinen Apéritif, und dann Abendessen. Wenn es schön bleibt natürlich auf der Terrasse. Sie machen hier eine traumhafte Bouillabaisse, Du wärest begeistert! Bestell Deiner Frau bitte die allerbesten Grüße von mir und drück den kleinen Jan-Josef! Und Du, reiß Dich am Riemen.

In allerbester Freundschaft, bis in vierzehn Tagen

Herbert"

Jan-Josef ließ den Brief sinken - verblüfft und verwirrt. Der Name des berühmten Gemäldezyklus, über den seit Jahren so viel spekuliert worden war, stammte von Herbert Reim? Und ließ sich auf einen populärwissenschaftlichen Vortrag zurückführen, den der Galerist damals, im Januar 1932, im Urlaub im mondänen Antibes gehört hatte? Er schüttelte den Kopf und sagte leise zu sich selbst: "Unglaublich!" Schnell durchsuchte er den Karton, aber den Ankündigungszettel, von dem Reim in dem Brief sprach, konnte er nicht unter dem Wust der vielen Aufzeichnungen finden.

Er stand auf und holte sich eine weitere Flasche Bier aus dem Kühlschrank, die letzte aus seinem bescheidenen Vorrat. So gewappnet, machte er es sich erneut auf dem Sofa bequem und nahm sich den zweiten Brief aus dem Kuvert vor. Das Papier wies Brandspuren an den Rändern auf und war arg mitgenommen, doch ließ sich die feine Handschrift noch gut entziffern. Als Absender war "Prof. Joseph Bellheim, 15 Chester Square, Belgravia, London SW1" angegeben, und laut Datum war er am 15. März 1943 an seine Mutter Marion geschrieben.

"Verehrte Frau Stollberg,

bitte verzeihen Sie diese Zeilen, die ich mir erlaube, im Einvernehmen mit meiner Gattin an Sie zu richten. Über die Akademie habe ich Ihre aktuelle Adresse erfahren, sodass ich hoffen darf, dass dieser Brief Sie erreicht.

In Anbetracht des großen Verlusts, den Sie und Ihr Sohn erlitten haben, und der schlimmen Gerüchte, die man aus Deutschland hört (wobei ich davon überzeugt bin, dass es sich nicht um Gerüchte handelt), fällt es mir und uns nicht schwer, Ihnen folgendes Angebot zu machen: Wir möchten, dass das großartige Werk Ihres Gatten, das er 1932 an uns verkauft hat, in Ihren Besitz übergeht. Wir wissen nichts über deren Verbleib, aber sind sicher, dass die Theorem-Bilder eines Tages wieder auftauchen werden, wo auch immer. Wie glauben fest, dass die Gemälde in Ihre Hände gehören, im Gedenken an Ihren verstorbenen Gatten sind wir sicher, das Richtige zu tun. Erlauben Sie mir hinzuzufügen, dass ich Sie stets als integre und wahrhaftige Person an der Seite Ihres Gatten erlebt habe.

Wie Sie beigefügter Aktennotiz entnehmen können, haben wir entsprechende rechtlicher Schritt bei unserem Anwalt, Sir Henry Meville-Redfern, bereits unternommen, der auf Sie zukommen wird. Falls Sie Rückfragen haben, zögern Sie nicht, ihn zu kontaktieren, die Adresse ist beigefügt.

Ich verbleibe mit vorzüglicher Hochachtung

Ihr ergebener

Professor Joseph Bellheim nebst Gattin"

Nun war Jan-Josef sprachlos. Er versteifte sich förmlich auf dem Sofa, ein Blitz durchfuhr ihn wie ein elektrischer Schlag. Minutenlang blieb er in erstarrter Pose sitzen und bewegte sich nicht. Erst langsam kehrte das Leben in ihn zurück, und er las den Brief ein zweites, dann ein drittes Mal. Nachdem ihm bewusst geworden war, was er da gelesen hatte, fühlte er plötzlich, dass der obere Teil des Papiers härter und dicker war als der untere. Er drehte den Brief um und sah, dass die Rückseite mit einem schmalen Zettel beklebt war. Offensichtlich die Kopie einer Aktennotiz oder ähnliches, wie Jan-Josef vermutete, versehen mit der Adresse einer Londoner Anwaltskanzlei ("Melville-Redfern, Greenshaw and Greenshaw, Solicitors") am Grosvenor Square. Aus dem kurzen Schrieb in englischer Sprache ging hervor, dass in der Kanzlei eine Anweisung Prof. Bellheims betreffs der Übereignung des Gemäldezyklus "Metaphysisches Theorem" des deutschen Malers Arnold Stollberg an dessen Witwe Marion, wohnhaft da und da unter der und der Aktennummer hinterlegt worden sei, zusätzlich mit ein paar weiteren Angaben.

Er ließ den Brief auf das Sofa fallen und fasste sich mit beiden Händen an den Kopf. Er konnte es nicht fassen! Der alte Bellheim hatte das *Theorem* seiner Mutter übereignet? Es hatte also demnach ihr gehört? Oder besser: Die Gemälde hätten ihr gehört, wenn sie denn greifbar gewesen wären. Oh, und trotzdem: Welche Genugtuung muss es für seine Mutter gewesen sein, als sie diesen Brief erhalten hatte! Welch noble Geste der Bellheims! Aber - nie hatte sie ihm auch nur ein Sterbenswort darüber erzählt, warum, warum nur? Jan-Josef schwirrte der Kopf, er wusste nicht mehr, was er denken sollte, er glaubte, sein Gehirn könne jeden Moment platzen. Er musste aufstehen und im Zimmer hin und her laufen. Sein Atem ging schwer.

Nach einigen Minuten hatte er sich so weit beruhigt, dass er wieder Platz nehmen konnte. Eine Zigarette, die brauchte er jetzt. Er angelte eine aus der fast leeren Packung und zündete sie an, seine Finger zitterten dabei. Wieder und wieder schüttelte er den Kopf. Schließlich war er so weit, dass er noch das dritte Schriftstück aus dem Umschlag, auf dem er Marions kräftige Handschrift erkannt hatte, mit leicht zitternden Fingern hochnahm und auch diese Zeilen las. Es handelte sich um billiges Papier, herausgerissen aus einem Notizbuch oder ähnlichem, und die Nachricht war nur kurz und in zwei Versionen, in deutscher und englischer Sprache verfasst:

"Hiermit verfüge ich, Marion Stollberg, wohnhaft in 22 Dagmar Terrace, Islington, London N1, dass der Gemäldezyklus meines verstorbenen Mannes namens Metaphysisches Theorem, bestehend aus fünf Bildern, nach meinem Tod Herrn Herbert Reim, zuletzt wohnhaft in Nestorstraße 7, Berlin-Charlottenburg, Deutsches Reich, zufallen sollen.

Marion Stollberg

London, 23. Juli 1945"

An diesem Abend saß Jan-Josef noch drei Stunden später auf dem Sofa, während ihm wilde Gedanken durch den Kopf schossen. Den Karton neben sich hatte er noch zwei Mal durchgesehen, aber nichts Interessantes mehr gefunden - nichts, was auch nur annähernd dem brisanten Inhalt der drei Dokumente nahekam, die er gelesen hatte. Ein neues Gefühl hatte ihn gepackt: Der Künstlersohn fühlte eine Entschlossenheit in sich, wie er sie noch nie gekannt hatte. Zwei Dinge würde er tun, dessen war er nun sicher. Erstens die übrigen Kartons nach weiteren wichtigen Informationen durchsuchen, und zweitens wollte er von nun an für alle und jeden als Anwalt seiner Eltern auftreten, entschieden, ganz und gar und mit aller Konsequenz.

4

Er mochte es, wenn das Sonnenlicht schräg durch die Fensterscheiben der Wilmersdorfer Wohnung einfiel – so wie jetzt – und er dann die Hand so leicht angewinkelt hielt – genau so wie gerade eben –, sodass sich die Strahlen in dem dunkelroten, samtenen Stein brachen und ihn zum Glühen brachten. Jedes Mal, wenn er zufällig dieses Schauspiel genießen konnte, fühlte er sich seinem Vater verbunden, oder mehr noch: einer Tradition. Der Tradition seiner Familie, der Bellheims. Und das, obwohl es da nicht unbedingt viel Großartiges gab, mit dem es sich zu verbinden lohnte. Die Familie seines Vaters stammte aus eher ärmlichen Verhältnissen und war schon früh, in den 1840er Jahren, aus dem galizischen Lemberg nach Berlin gekommen und hatte dort gleich den jiddischen Nachnamen "Bildstein" in "Bellheim" verwandelt, um die jüdisch-osteuropäische Herkunft zu verschleiern. Gregors Großvater war ein bekannter Jurist gewesen und hatte das Glück, dass ihm eine große Erbschaft eines verstorbenen, Ende des 18. Jahrhunderts in die Vereinigten Staaten ausgewanderten Verwandten zufiel. Seinem Vater war es schließlich gelungen, die ganz große Karriere als Wissenschaftler zu machen und das ererbte Vermögen durch glückliche und geschickte Aktiengeschäfte zu vermehren. Und seine Mutter entstammte einer Kaufmannsfamilie, die im Alten Land vor den Toren Hamburgs ansässig gewesen war und dort mit einigem Erfolg eine Textilfabrik betrieben hatte, die längst nicht mehr existierte. Er war sich durchaus bewusst, dass Sarah ihre Hochzeit mit seinem Vater und den darauffolgenden Aufstieg zu einer Dame der Berliner Gesellschaft vor allem ihrer Schönheit zu verdanken war, die allerdings außergewöhnlich genannt werden konnte, ja, unbedingt. Darauf war er stolz.

Gregor Bellheim gönnte sich noch einen Cognac an diesem sonnigen Spätnachmittag und betrachtete dabei den Ring an seinem Finger, indem er die rechte Hand vom Körper abspreizte, den Kopf schräg legte und mal von links nach rechts wandte. Er liebte den Ring. Den Ring, der seinem Vater gehört hatte, damals, vor langer Zeit, wie es ihm vorkam.

Die Tür von der Diele öffnete sich, und Dagmar Bellheim kam ins Zimmer. Sie war in Eile, ihr Gesicht war gerötet und Gregor sah, dass sie schnell gelaufen war. Dagmar trug ein schlichtes dunkles Kleid, und er bemerkte amüsiert, dass seine Schwester mit der neuen Mode ging: Das Kleid endete eine Handbreit über ihrem Knie. Na schön, dachte er, sie kann es tragen, sie ist hübsch und hat eine gute Figur. Aber mit Mutter würde sie nicht mithalten können...

"Da bin ich", sagte sie etwas atemlos, "ich bin so schnell gekommen, wie es ging." Mit einem leichten Seufzer ließ sie sich auf das Sofa fallen, das mitten im Raum stand. "Ich bin noch in eine Studentendemonstration geraten, drüben am Bundesplatz. Keine Ahnung, wieso die da hermarschiert sind..." ergänzte sie, während sie sich ein Kissen in den Rücken klemmte.

"Konntest du dich loseisen?" fragte ihr Bruder unbeeindruckt und fügte hinzu: "Möchtest du auch etwas trinken?"

"Ja und nein", lautete Dagmars Antwort. "Ja, ich konnte ohne Probleme weg, und nein, ich möchte nichts trinken."

Gregor sah seine Schwester an, mit jener Mischung aus Stolz und – seinem schwermütigen Temperament geschuldet – Neid. Anders als zunächst geplant, hatte Dagmar Bellheim von Anfang an die Leitung der Galerie übernommen, die sie und ihr Bruder in den Räumen des ehemaligen Kunstsalons Reim am Tiergarten eingerichtet hatten. Ursprünglich war Gregor für diese Rolle vorgesehen, aber er war gleich so in die Arbeit am Museum für die Kunst der Moderne eingebunden, das er keine weitere Zeit erübrigen konnte. Was noch wichtiger war: Dagmar entpuppte sich schnell als eine wunderbare Galerieleiterin. Sie hatte sich mit *Verve* in die Aufgabe gestürzt und sich alles Wissenswerte selbst beigebracht. Am Anfang hatte sie ihren Bruder oft um Rat gefragt, wenn es um die Qualität der auszustellenden Werke ging. Aber auch das hatte sich im Lauf der Zeit gelegt, sie entwickelte ein sicheres Gespür für aktuelle Kunstströmungen und das, was an den Akademien gelehrt wurde. Ein großes Plus war, dass Dagmar Bellheim mit den jungen Künstlern genauso gut umzugehen wusste wie mit schwierigen Kunden und der mitunter extrem bürokratische agierenden Berliner Kulturverwaltung, sowohl auf Bezirks- als auch auf Länderebene. Kurz, sie war mit ihrer besonnenen und stets freundlichen Art ein wahrer Glücksfall, sodass die Galerie Bellheim mittlerweile ein wichtiger Faktor im Kulturförderungsprogramm der geteilten Stadt war. Das Ziel der Geschwister war damit erreicht. Gregor wusste sehr gut, dass das Projekt unter seiner Leitung nie so erfolgreich geworden wäre, und das versetzte ihm hin und wieder einen Stich: Er verspürte Eifersucht. Dabei war das gänzlich unnötig, denn er war ein brillanter Wissenschaftler; das Musuem für die Kunst der Moderne wusste, was es an Gregor Bellheim hatte.

"Also, was ist los? Was schreibt Stollberg Wichtiges, dass du mich so schnell herzitiert hast?" fragte Dagmar ein wenig ungeduldig.

Gregor stellte sein leeres Glas auf den kleinen Beistelltisch zu den Flaschen, nahm einen Brief vom Sekretär neben dem Fenster und setzte sich zu seiner Schwester auf das Sofa.

"Du wirst es nicht glauben, aber das fünfte Bild ist aufgetaucht. Vom *Theorem*. Es ist nun komplett!"

Dagmar schaute ihren Bruder entgeistert an. Gregor musste lachen.

"Du müsstest dein Gesicht sehen! Jetzt bist du wirklich perplex, stimmt´s?" platzte er heraus und grinste, sodass sich Dagmar fragte, wie viele Gläser Cognac er schon getrunken haben mochte.

"Mach bitte keine Witze", murmelte sie und nahm ihrem Bruder den Brief aus der Hand. Es waren nur wenige Zeilen, an sie beide adressiert, aber sie waren eindeutig. Gregor hatte recht: Stollberg schrieb unmissverständlich, dass er "wie durch ein Wunder" das fünfte Bild des *Metaphysischen Theorems* entdeckt habe, dass es sich momentan sogar in Berlin befinde und dass es ihm ein "Herzenswunsch" sei, dass sie, die Geschwister Bellheim, als "rechtmäßige Eigentümer" in den Besitz des Gemäldes kommen sollten. Er schlug ein Telefonat am kommenden Freitag Abend um zwanzig Uhr vor und nannte eine Kölner Telefonnummer, unter der er erreichbar sei. Am Schluss verblieb er mit "herzlichen Grüßen" als "Ihr" Jan-Josef Stollberg.

Dagmar ließ den Brief sinken. Sie sah ihren Bruder an und schüttelte den Kopf.

"Ich kann es nicht glauben", hauchte sie, "unmöglich... Gregor, meint er das ernst? Das kann doch gar nicht sein!"

Gregor lachte spöttisch. "Ging mir auch erst so, als ich das vorhin gelesen habe. Aber ich denke, ja, er meint es ernst, es ist wahr. Zumindest – " Hier stockt er.

"Zumindest?"

"Zumindest ist Stollberg der Meinung, dass er das Bild gefunden hat. Ob das wirklich stimmt - wer weiß das schon?" Gregor zuckte mit den Schultern und nahm einen Schluck aus seinem Glas.

Dagmar las den Brief ein zweites Mal.

"Es klingt sehr überzeugend...", sagte sie nachdenklich. "Glaubst du, er hätte uns geschrieben, wenn er nicht hundertprozentig sicher wäre?"

Gregor hob beide Hände als wollte er sagen: "Alles ist möglich."

Sie schwiegen.

"Wir werden ihn auf jeden Fall am Freitag anrufen - das ist übermorgen", nahm Dagmar den Faden wieder auf.

"Ja, sicher", bestätigte ihr Bruder.

Sie sahen sich an, in einem Moment der Vertrautheit, der ihnen seit Jahren unbekannt war. Die Schwester legte ganz langsam ihre rechte Hand an die linke Wange ihres Bruders. Der schloss die Augen.

"Gregor", flüsterte sie, "stell dir vor, es stimmt! Das fünfte Bild ist wieder da! Nicht verbrannt oder nach unbekannt verkauft, wie wir immer geglaubt haben. Das *Theorem* wäre nach - nach dreißig Jahren wieder vereint. Stell dir das nur vor."

Gregor sagte nichts, schlug die Augen wieder auf. Dann wollte er etwas sagen, aber die Stimme versagte ihm. Er räusperte sich geräuschvoll, der Moment der Nähe zwischen beiden war vorbei. Dann stand er abrupt auf und ging nervös zum Fenster, wobei er sich fahrig die Hände rieb.

"Es ist eine Hoffnung, mehr nicht. Am Freitag wissen wir mehr", sagte er.

"Nein, es ist nicht nur eine Hoffnung. Es ist wahr. Gregor, ich bin sicher: Das fünfte Bild ist wieder da, es existiert!"

"Ich will nicht enttäuscht werden, verstehst du? Ich würde es nicht ertragen."

Jetzt stand Dagmar auch auf und ging zu ihrem Bruder ans Fenster.

"Du wirst nicht enttäuscht werden, ich bin ganz sicher. Das Bild ist da - und... und bald wird es bei uns sein, so, wie Stollberg es hier in dem Brief verspricht."

Gregor nickte, drehte sich zu ihr um und packte sie heftig an den Schultern, dass sie erschrak.

"Und dann, Dagmar, wird es uns niemand mehr wegnehmen. Niemand! Auch kein Museum der Welt! Das fünfte Bild geben wir nicht her, wie die vier anderen. Es bleibt bei uns, als Teil von uns... das sind wir unserem Vater verdammt schuldig!" Bei den letzten Worten schüttelte er seine Schwester, die sich seinem Griff entzog.

"Bereust du unsere Entscheidung von damals etwa?" fragte sie mit leichtem Unglauben in der Stimme.

Er nickte. "Ja, das tue ich. Es war falsch."

Sie schüttelte den Kopf. "Nein, war es nicht. Wir hatten weder die Zeit noch das Verständnis, um für die Bilder zu... ja, zu sorgen. Sind doch wie Kinder! Wir hätten so viele Entscheidungen treffen müssen, konservatorisch, juristisch, versicherungstechnisch..." Dagmar machte eine wegwerfende Handbewegung. "Es war gut und richtig, die Verantwortung abzugeben. In Münster und Bamberg sind sie gut aufgehoben, und die Öffentlichkeit kann sie sehen. So wollten wir es doch damals."

"Du wolltest es, ich nicht", sagte er mit einem bitteren Unterton.

"Das höre ich zum ersten Mal", erwiderte sie, und ihre Gesichtszüge verhärteten sich. "Du hast damals zugestimmt und keine Einwände erhoben."

Gregor winkte ab. "Ich weiß, ich weiß. Trotzdem war ich dagegen. Aber ich habe nichts gesagt, weil ich keinen Streit wollte. Außerdem warst du so von dem Gedanken überzeugt, dass ich eh keine Chance hatte, mit meinen Bedenken durchzukommen. Also habe ich es gelassen und resigniert, wie so oft." Er wandte sich mit dem Rücken zum Raum und sah aus dem Fenster.

Sie schwiegen erneut. Dagmar fühlte sich unbehaglich und fröstelte.

"Nun, wir können ja in Ruhe überlegen ... ", begann sie, doch Gregor unterbrach sie abrupt.

"Nein", sagte er entschlossen, "wir überlegen nicht. Diesmal nicht. Falls es sich wirklich um das fünfte Bild handelt - um Vaters Bild -, dann behalten wir es. Für immer!"

Dagmar entgegnete nichts und setzet sich wieder auf das Sofa, auf dem Jan-Josefs Brief noch immer lag. Sie wartete, dass ihr Bruder fortfuhr. Und das tat er.

"Weißt du, ich meine, wir sind es unserem Vater schuldig. Wir haben jetzt endlich eine Chance - vorausgesetzt, das Bild ist tatsächlich das fünfte Bild - eine Chance, vergangenes Unrecht zu revidieren, wenn auch nur zu einem winzig kleinen Prozentsatz."

Dagmar schüttelte missbilligend den Kopf, sagte aber nichts.

"Schau", fuhr er fort und hielt seine rechte Hand hoch, "ich trage Vaters Ring nicht nur aus Pietätsgründen oder weil ich die Erinnerung an ihn wachhalten will. Ich trage ihn als Vermächtnis, als Versprechen, wenigstens eine Spur von dem wieder gutzumachen, was man ihm angetan hat."

"Und Mutter. Und uns", murmelte sie.

Gregor nickte. "Ja, und all unseren Verwandten. Alle tot, umgekommen in Auschwitz und anderswo. Außer Vaters Cousin ist niemand mehr da, keiner, alle sind sie fort, und wir hatten dabei noch Glück, dass wir mit dem Leben davongekommen sind."

Dagmar dachte an den Vetter ihres Vaters, der seit 1946 in Jerusalem lebte und mit dem sie sich ab und zu schrieben. Wehmut überfiel sie. Plötzlich sah sie ihre Mutter vor sich, wie sie sie als Kind gekannt hatte, wobei sich frühe Erinnerungen mit alten Fotos und Erzählungen vermischten. Sarah Bellheim - für Dagmar die schönste und klügste Frau der Welt, mit ihren teuren Kleidern, dem edlen Parfum, ihrem erlesenen Schmuck... und trotzdem eine liebevolle Mutter, der ihre Kinder alles bedeutet hatten.

"Du vergisst Mutter", sagte sie anklagend, "immer denkst du an Vater, aber nie an sie."

Er schaute verächtlich. "Na, warum wohl? Was hat sie schon geleistet, außer auf großen Gesellschaften zu glänzen? Vater war ein begnadeter Wissenschaftler, das kannst du doch nicht im Ernst vergleichen."

Dagmar war anderer Meinung, und Ärger über ihren Bruder stieg in ihr auf. Doch sie wollte jetzt keinen Streit, nicht über ihre Mutter, nicht über ihren Vater, und auch nicht über die Bilder. Dazu war die Nachricht von Jan-Josef Stollberg viel zu bedeutend.

"Lass uns jetzt nicht über unsere Eltern reden, Gregor. Ich meine nur - was das fünfte Bild angeht: Denk mal nach, die vier anderen... wir hatten sie in unserem Besitz! Sie haben uns gehört, rechtlich einwandfrei. Damit hatten wir unsere Genugtuung! Und aus freien Stücken haben wir sie den beiden Museen geschenkt. Es war unsere gemeinsame Entscheidung."

Er schüttelte kurz den Kopf. "Wie gesagt, meine war es eigentlich nicht..." sagte er leise, wie zu sich selbst.

Dagmar runzelte die Stirn und schlug einen versöhnlichen Ton an.

"Wir hatten Glück, sehr viel Glück. Wenn Fräulein Suhl und Herr Meininger nicht zufällig die vier Bilder ersteigert hätten, wären sie vielleicht im Ausland gelandet, Gott weiß wo. Wir hätten sie nie auch nur zu Gesicht bekommen. Und dann hatten wir noch mal Glück, als die beiden beschlossen, uns die Bilder zu überlassen, weil sie uns als rechtmäßige Besitzer ansahen - was ja auch stimmt. Aber, Gregor", und dabei sah sie ihren Bruder direkt an, "wir hätten nie eine reelle Chance gehabt, wenn es auf eine gerichtliche Auseinandersetzung hinausgelaufen wäre. Ohne die Großzügigkeit der beiden hätten wir die Gemälde nie besessen."

Gregor nickte. "Da hast du wohl recht. Du weißt, dass ich von Anfang an, seitdem ich für das Museum arbeite, darauf geachtet habe, woher die Ankäufe, die wir tätigen, stammen. Und bei etlichen war es mehr als wahrscheinlich, dass es sich um Diebesgut der Nazis handelte, weggenommen von jüdischen Familien, so wie bei uns. Nachweisen konnte ich es nur bei wenigen. Und trotzdem hängen alle weiterhin bei uns im Museum, unbehelligt und ohne Widerspruch. Es ist eine Schande!" Sein Gesicht verzerrte sich bei diesen Worten, und Dagmar sah, wie sehr ihr Bruder unter der Tatsache litt, dass Juden in Deutschland mehr als zwanzig Jahre nach dem Holocaust noch immer viel zu selten Gerechtigkeit widerfuhr. "Es ist einfach so", fuhr er resigniert fort, "dass es kein Interesse daran gibt, Unrecht wieder gutzumachen. Geraubten Besitz zurück zu geben. Was man hat, das hat man eben, Punkt. Egal, woher es kommt. Bei den vier Bildern des *Theorems* war es ja genauso: Niemand wusste, woher das Auktionshaus die Gemälde seinerzeit hatte. Es hat auch niemanden interessiert. Fräulein Suhl und Meininger übrigens auch nicht", fügte er mit erhobenem Zeigefinger hinzu.

Dagmar nickte "Ja", sagte sie, "das stimmt wohl. Es sitzen wohl noch viel zu viele alte Nazis auf wichtigen Posten, in der Kulturverwaltung und anderswo."

Gregor hatte sein Glas geleert und ging zum Tisch, um sich nachzuschenken.

"Und deshalb", sagte er, "ist es vielleicht ganz gut, dass die Studenten überall protestieren. Vielleicht verändert sich dadurch ja mal was."

Dagmar erhob sich vom Sofa.

"Ja, vielleicht. Ich muss mich jetzt kurz hinlegen, mir schwirrt der Kopf wegen des Briefes und all dem... Was werden wir denn machen? Was werden wir Stollberg am Freitag sagen, wenn wir ihn anrufen?"

Gregor trank einen Schluck aus seinem Glas. Dann stellte er es ab, sah zuerst seine Schwester an und blickte dann auf den Ring an seinem Finger, in dessen Stein sich die letzten langen Sonnenstrahlen brachen und ihn blutrot funkeln ließen.

5

Die Kellnerin trat zu ihrer Kollegin hinter der Kuchentheke und berührte sie am Ärmel.

"Schau mal hin", zischte sie aufgeregt und wies mit dem Kopf zu einem Tisch, an dem sich vor wenigen Minuten drei Personen niedergelassen hatten. "Mit denen stimmt was nicht!"

Etwas gelangweilt hielt die Angesprochene in ihrer Tätigkeit inne und sah über den Rand ihrer Brille in die angegebene Richtung.

"Und? Was ist mit denen?"

"Ich weiß nicht", flüsterte die erste ein wenig atemlos, "aber die sind seltsam. Die sehen alle krank aus, kreidebleich und wirken so, als hätten sie ein Gespenst gesehen. Ehrlich, Doris!"

Die Kollegin namens Doris zuckte mit den Schultern.

"Geht dich nichts an, Margit. Komm, nimm die Bestellung auf!" Damit fuhr sie fort, zierliche Kaffeetassen auf passende Unterteller zu platzieren und mit silberfarbenen Löffeln zu bestücken.

Margit, hochgewachsen und dünn, um die vierzig und mit hagerem Gesicht, über dem ein viel zu großes weißes Häubchen im schon ergrauten Haar thronte, trat bewusst lässig an den Tisch und fragte herausfordernd: "Haben Sie schon gewählt?"

Die zwei Männer und die Frau schienen sie nicht zu hören. Margit betrachtete sie: Der eine der Männer, etwa in ihrem Alter, sah ein wenig schäbig aus, fast etwas ungepflegt fand sie, indem sie seine nicht ganz sauberen Fingernägel musterte. Der andere wirkte jünger, sah ganz gut aus und mit seinem Anzug teuer angezogen. Die Frau schließlich wirkte auf Margit eher nichtssagend: unauffällig, Anfang dreißig, schätzte sie, und offensichtlich aus gutem Hause.

Das Verhalten der drei war in der Tat höchst seltsam. Auf die Frage der Kellnerin antwortete niemand, und mit ihrer Beschreibung hatte Margit nicht falsch gelegen: Die beiden Männer und die Frau schienen unter Schock zu stehen, so versteinert waren ihre Gesichter, aus denen die vor Schreck geweiteten Augen quasi ins Nichts starrten.

Erst als Margit ihre Frage wiederholte, kam Leben in einen der Männer, den etwas älteren. "Äh.. ja, Kaffee bitte, zwei mal? fragte der Mann und erntete zustimmendes Nicken, „Ich brauche was Stärkeres… für mich einen Cognac, bitte ..." krächzte er mit belegter Stimme.

"Tassen oder Kännchen?" fragte Margit unbeirrt weiter.

"Was ...? Tassen", kam die knappe, wie geistesabwesend klingende Stimme des anderen Mannes. Margit gefiel sich allmählich in ihrer überlegenen Position und holte zu einer weiteren Frage aus, als sie einen drohenden Blick von Doris aufschnappte, die mit dem Kopf zur Theke wies. Schweren Herzens gehorchte Margit und rauschte zurück zu den Kuchen, Pralinen und Schokoladen im vorderen Teil der

Konditorei, um die Bestellung an die Kollegin an der Serviertheke weiterzugeben.

Bei den drei Personen am Ecktisch, die die Aufmerksamkeit der Kellnerin auf sich gezogen hatten, handelte es sich um Gregor Bellheim, seine Schwester Dagmar und um Jan-Josef Stollberg. Seit dem Telefonat, dass Gregor mit Jan-Josef wegen des wiederaufgetauchten fünften *Theorem*-Bildes geführt hatte, waren drei Tage vergangen. An diesem Montagnachmittag hatten sie sich bei den Essers verabredet, um gemeinsam das Gemälde in Augenschein zu nehmen. Schon als Jan-Josef den Besuch am Sonntag telefonisch angekündigt hatte, war ihm die eigenartige Reaktion von Manuela Esser aufgefallen: Sie wirkte merkwürdig reserviert, wie gehemmt, sagte nur "ja" und "nein" und "ist gut" und hatte das Gespräch rasch beendet. Jetzt, nach dem Besuch, war allen drei klar, weshalb Frau Esser so kurz angebunden war. Als die Bellheims und Stollberg in dem biederen Wohnzimmer standen und Jan-Josef die Geschwister vorgestellt hatte, erschienen plötzlich zuerst Manuelas Mann Bernhard und dann der junge Hans in der Tür. Stollberg registrierte sofort, dass Hans ein denkbar unglückliches Gesicht machte und nervös von einem Bein auf das andere trat. Bernhard baute sich vor den dreien auf, und was er in kurzen, abgehackten Sätzen zu sagen hatte, versetzte die Besucher in blankes Entsetzen: Das Gemälde sei nicht mehr da, verkündete Bernhard Esser mit rauer Stimme. Es sei verkauft. Und jetzt bitte er darum, mit seiner Familie allein gelassen zu werden. Auf Wiedersehen.

Noch ehe einer der drei etwas sagen konnte, bugsierte er sie in den kleinen Flur und öffnete die Wohnungstür. Hinter ihm tauchte Hans auf.

"Moment, das ... was ..." stammelte der völlig überrumpelte Jan-Josef, während er mit Gregor und Dagmar rückwärts in das Treppenhaus taumelte.

"Es is alles jesacht. Jehen Se jetzt", brummte Esser in einem Ton, der keinen Widerspruch duldete. Bevor er die Tür schließen konnte, hörten sie noch die Stimme von Hans im Rücken seines Vaters:

"Das kleine Café um die Ecke, in der Kantstraße! Ich komme nach..."

Dann war die Tür zu.

Gregor, Jan-Josef und Dagmar sahen sich an. Keiner sagte etwas. Dann drückte Jan-Josef auf den Klingelknopf. Einmal. Zweimal. Er klingelte Sturm. Nichts geschah.

"Hat keinen Zweck", sagte Gregor heiser, "kommen Sie, wir gehen... "

Er zog Jan-Josef und seine Schwester die Treppe hinunter. Der Künstlersohn musste sich am Treppengeländer festhalten, ihm schwindelte. Dagmar sagte nichts, sie schien wie in Trance.

Unten empfing sie die laue Mailuft. Stollberg lehnte sich mit dem Rücken an die Hauswand, er war einem Nervenzusammenbruch nahe.

"Das kann doch nicht sein.... ein Missverständnis! Er hat das nicht verstanden...", brachte er hervor.

"Oder haben wir uns verhört?" warf Dagmar zaghaft ein und schaute nach links und rechts. Die wenigen Passanten blickten verstohlen auf die drei verstörten Menschen, die da eben aus der Haustür getreten waren.

"Nein, haben wir nicht", erwiderte Gregor grimmig. "Wir gehen jetzt in dieses Café, wovon der junge Mann gesprochen hat. Er will ja nachkommen, wenn ich das richtig verstanden habe. Wer war das überhaupt? Der Sohn?"

Jan-Josef nickte mechanisch. Schweigend setzten sie sich in Bewegung und gingen die hundert Meter bis zur Kantstraße. Die Konditorei fanden sie sofort. Drinnen war es fast leer und sie nahmen an einem Ecktisch in der Nähe des Fensters Platz. Als sie dort saßen, überfielen sie die wenigen Worte, die Bernhard Esser ihnen entgegen geschleudert hatte, mit voller Wucht. Das Bild sei weg. So hatte er es gesagt. Und: es sei verkauft! Wie war das möglich? Was hatte das zu bedeuten? Wie konnte das sein? Vor wenigen Tagen war es noch da gewesen, unter dem Bett im Schlafzimmer. Gemeinsam mit Manuela Esser hatte Jan-Josef es dort verstaut, wo er es sicher aufgehoben glaubte. Er schüttelte ungläubig den Kopf und konnte es nicht fassen, ebenso wie Gregor und Dagmar. Keiner von ihnen merkte, dass die Kellnerin am Tisch stand und nach ihren Wünschen fragte. Erst als sie die Frage wiederholte, nahm Jan-Josef sie wahr und gab die Bestellung auf.

Gregor fasste sich als erster. "Stollberg, was ist hier los? Erst behaupten Sie, das Bild sei wieder da... was an sich ja schon eine Sensation wäre. Und jetzt ist das Bild wieder weg... Können Sie uns das bitte mal erklären?"

Dagmar legte besänftigend die Hand auf den Unterarm ihres Bruders.

Jan-Josef starrte Bellheim an.

"Was? Nein... ich schwöre Ihnen, ich habe keine Ahnung ... ich bin völlig fassungslos und weiß nicht, was passiert ist. Es war da! Ich habe es selbst gesehen, es angefasst... "

"Gregor", sagte Dagmar leise und beschwörend," du siehst doch, in welcher Verfassung Herr Stollberg ist. Es wird sich alles aufklären, ich bin sicher..."

"Nein, Ihr Bruder hat Recht", widersprach Jan-Josef, "es ist meine Schuld... was auch immer da passiert ist, ich bin schuldig. Warum habe ich das Gemälde nicht gleich mitgenommen? Oh, ich bin solch ein Idiot!" Bei den letzten Worten verzog er gequält das Gesicht und wand sich wie in Schmerzen auf dem zierlichen Stuhl.

Die Kellnerin brachte Kaffee und Cognac, in der Hoffnung, den Grund für das seltsame Benehmen der drei Gäste zu erfahren. Doch sie wurde enttäuscht und wand sich demonstrativ neuen Gästen zu, die das Café munter plaudernd ein paar Minuten zuvor betreten hatten.

In dem Moment öffnete sich die Tür erneut und Hans Esser betrat den Raum. Er blickte wie gehetzt von Tisch zu Tisch und kam schließlich mit hochrotem Kopf zu Stollberg und den Bellheims. Ohne zu fragen angelte er sich einen weiteren Stuhl vom Nebentisch und setzte sich genau zwischen Gregor und Jan-Josef. Der Kellnerin rief er seinen Wunsch zu: Ein Glas Mineralwasser.

Jan-Josef hatte bei Hans´ Erscheinen seine Sprache wiedergefunden. "Da sind Sie ja", sagte er, machte eine knappe Vorstellungsrunde und wandte sich sofort an Hans. "Jetzt wüssten wir gerne, was gespielt wird. Was sollte das Verhalten Ihres Vaters eben? Wo ist das Bild?"

Alle drei schauten ihn herausfordernd, fast drohend an. Hans Esser nahm einen tiefen Atemzug und schlug die Augen nieder.

"Es tut mir so leid", sagte er mit flehentlicher Stimme, "ich konnte Sie nicht mehr informieren. Das Gemälde... nun, es ist nicht mehr da. Der ehemalige Besitzer - oder besser, dessen Erbe - hat es abgeholt, letzte Woche. Ich habe auch erst im Nachhinein davon erfahren."

Gregor unterbrach: "Der ehemalige Besitzer? Wer soll das sein?"

"Ein Herr Meininger, Heinrich Meininger. Sein Sohn, Gerhard Meininger, hatte sich bei uns gemeldet, vor ein paar Tagen erst. Seinem Vater hatte das Bild gehört, und er hatte es meinem Opa geschenkt." Hans wandte sich an Jan-Josef. "Sie erinnern sich doch, meine Oma hat davon erzählt..."

Jan-Josef nickte ungeduldig. "Ja, ja, natürlich erinnere ich mich," bestätigte er.

Margit brachte das Wasser und ließ die drei verstummen. Umständlich platzierte die Kellnerin das Glas vor Hans auf den Tisch und rauschte wieder davon.

Hans nahm seine Erzählung wieder auf: "Dieser Gerhard Meininger kam also zu uns, wies sich aus und berichtete von der alten Geschichte. Meine Eltern erinnerten sich auch an den Namen, und sie kamen überein, dass diesem Meininger das Bild zustehen würde, weil er damals meinem Großvater so geholfen hatte. Außerdem...", und hier errötete Hans, "war er bereit für das Bild zu zahlen. Sofort. Er legte dreitausend Mark auf den Tisch."

Jan-Josef stöhnte auf. Er konnte sich vorstellen, wie gierig Manuela und Bernhard Esser diesen Vorschlag angenommen hatten. Für sie war das viel Geld, und dass sie überhaupt etwas für das Gemälde bekommen sollten, ließ sie jeden Skrupel vergessen.

"Unglaublich!" warf Gregor ein, und Dagmar schüttelte fassungslos den Kopf. Der Kaffee in den Tassen war inzwischen kalt geworden.

"Wie konnte das nur passieren? Hans, ich frage Sie das allen Ernstes! Ich habe das Bild in Ihrer Obhut gelassen, damit es in Sicherheit ist! Und jetzt — jetzt ist es weg, verkauft an Meininger für dreitausend Mark!" Er war laut geworden, und die Kellnerinnen schielten wieder herüber.

Hans schaute betreten drein. "Ich versichere Ihnen, Herr Stollberg, ich habe erst davon erfahren, als es zu spät war. Ich habe meine Eltern zur Rede gestellt und Ihnen gesagt, Sie hätten vorher mit Ihnen sprechen müssen. Doch sie wollten nichts davon hören und verschanzten sich dahinter, dass Herr Meininger einen Anspruch auf das Gemälde habe - einen moralischen, wie meine Mutter sagte. Schließlich habe es mal seinem Vater gehört, der es netterweise meinem Großvater überlassen habe. Herr Meininger hat auch behauptet, dass Sie rein gar nichts mit dem Bild zu schaffen hätten. Ach ja, und er hat noch gesagt, das Bild sei nicht viel Wert, nichts Bedeutendes, und seine dreitausend Mark seien sehr großzügig von ihm, denn eigentlich müsse er gar nichts zahlen. Da haben sich meine Eltern geschlagen gegeben."

Jan-Josef lehnte sich zurück und zwang sich zur Ruhe.

"Hans, haben Sie eine Vorstellung davon, wer die beiden Herrschaften hier neben mir sind? Sie sind die rechtmäßigen Besitzer des Bildes, niemand sonst!"

Hans Esser schaute Dagmar und Gregor verständnislos an.

"Wie...?" stotterte er.

Und in groben Zügen erzählte Jan-Josef die Geschichte des *Metaphysischen Theorems*, wie es die Bellheims 1932 gekauft hatten, dass ihnen der Zyklus von den Nazis gestohlen wurde und dann verschollen war, scheinbar für immer, bis vier der Bilder vor geraumer Zeit in den Kunsthandel kamen und er das fünfte im Wohnzimmer von Hans´ Eltern wieder entdeckt hatte - vor wenigen Tagen erst. Und dass dieses fünfte Bild viel, viel mehr Wert sei als dreitausend Mark.

"Aber woher kann Meininger das alles gewusst haben?", fragte Dagmar mit Blick auf Jan-Josef.

Der lachte bitter auf. "Fräulein Suhl, vermute ich. Sie muss ihm von meinem Telefonat mit mir erzählt haben. Und obwohl sie mir Stillschweigen versprochen hatte, muss sie nichts Besseres zu tun gehabt haben, als Meininger sofort anzurufen und zu erzählen, dass das fünfte Bild wieder aufgetaucht ist. Und dass der Name seines Vaters dabei eine Rolle gespielt hat. Er brauchte also nur eins und eins zusammenzuzählen."

Gregor war nicht zufrieden. "Er muss irgendetwas gewusst haben..." murmelte er.

Jan-Josef nickte. "Ja, bestimmt. Er muss gewusst haben, dass sein Vater 1945 Werner Frankenschild ein Gemälde geschenkt hat. Aber dass es DAS Bild ist, hatte er vorher sicher nicht gewusst."

Dagmar schaute Hans an. "Aber wie kam er auf Ihre Familie?"

Hans schluckte.

"Nun", sagte er mit belegter Stimme, "er hat meine Großmutter ausfindig gemacht und bei ihr angerufen. Und die hat ihm gesagt, wo sich das Bild aktuell befindet - bei meinen Eltern."

In dem Moment kam Margit an den Tisch und unterbrach das Gespräch.

"Wir schließen gleich, ich würde gern kassieren", sagte sie laut und machte ein unfreundliches Gesicht. Innerlich freute sie sich, dass sie am Abend ihrem Mann mal wieder eine tolle Geschichte erzählen konnte. Die Gäste im Café konnten einfach zu komisch sein. Gregor übernahm großzügiger Weise die Rechnung, obwohl weder er noch Dagmar ihren Kaffee angerührt hatten. Stollberg kippte seinen Rest Cognac herunter; man war bereit zum Aufbruch.

An diesem Abend lag Jan-Josef in seinem Hotelzimmer in der Bismarckstraße lange wach, er konnte nicht einschlafen. Immer wieder spulten sich die Ereignisse der letzten Tage vor seinen inneren Augen ab. Was für ein Drama! Zuerst die Entdeckung des Gemäldes. Dann der gefundene Brief Joseph Bellheims, von dessen Inhalt seine Kinder offensichtlich keine Ahnung hatten und der ihn selbst zum Erben der fünf Bilder machte - halt, nein, schoss es Jan-Josef durch den Kopf, da war ja noch die Notiz seiner Mutter, die wollte, dass Herbert Reim das *Theorem* erhalten sollte. Aber Herbert Reim war lange tot, und ob es Verwandte gab, war ungewiss. Außerdem sträubte sich alles in ihm, dass fremde Menschen die Bilder besitzen sollten, nur aus einer Laune seiner Mutter heraus. Schon vor ein paar Tagen hatte er beschlossen, Marions Vermächtnis zu ignorieren. Wenn niemand davon wusste, dann hatte die Notiz auch keine weitere Bedeutung. Und was war mit ihm selbst? Er hatte zwar beschlossen, dass die Bellheim-Geschwister das fünfte Bild erhalten sollten. Aber der Brief ihres Vaters änderte alles: Er belegte, dass er selbst der rechtmäßige Besitzer war, und nicht Dagmar und Gregor. Zu gegebener Zeit würde er den Brief präsentieren, aber damit wollte er noch warten, bis er das Kunstwerk mit Zustimmung der Bellheims offiziell untersuchen lassen konnte - so war der Plan. Und nun das! Jetzt war dieser Meininger dahergekommen und hatte das Gemälde gestohlen - ja, gestohlen, davon war er überzeugt. Was hatte Frau Esser gesagt? Meininger sei moralisch der rechtmäßige Besitzer? War da etwas dran? Lächerlich! Er schüttelte wieder und wieder den Kopf. Moral, so glaubte Jan-Josef, war ein Haltung, die Meininger gänzlich unbekannt sein musste. Dann wiederum fragte er sich, wie es eigentlich um seine eigene Moral bestellt war. Er kam zu keinem Ergebnis und wälzte sich im Bett hin und her. Von der ruhigen, heiteren Stimmung der letzten Tage war nichts übrig geblieben. Die alten Zweifel, die drückenden Gedanken, sie waren alle wieder da, schlimmer als vorher. Erst gegen drei Uhr morgens war Jan-Josef in der Lage, das Licht zu löschen und sich dem Schlaf zu ergeben - Schlaf, der nicht kommen wollte.

Auch woanders brannte noch lange Licht. Etwa im Wohnzimmer von Dagmar und Gregor Bellheim, wo Gregor versuchte, das Erlebte mit Cognac zu verarbeiten, während Dagmar nach einer Lösung suchte. Sie war zu der Überzeugung gekommen, dass man mit Meininger reden müsse. Es schien ihr der einzige Weg. Doch während sie fest daran glaubte, an Meiningers Gewissen appellieren zu können, lachte ihr Bruder bei dem Gedanken nur verächtlich auf.

In Münster war Dorothee Suhl an diesem Abend länger wach als sonst, aber aus ganz anderen Gründen. Sie fühlte sich alt - alt und einsam. Gegen neun hatte sie ihre Fotoalben hervorgesucht, einem plötzlichen Impuls folgend. Bis nach Mitternacht saß sie in ihrem Lesesessel unter der Stehlampe und blätterte in den Zeugnissen längst vergangener Tage: Ihre Großeltern in steifer Pose auf alten, vergilbten Fotografien, noch mit dem aufgedruckten Namen des Fotografen versehen. Ihre Eltern als Jugendliche, im Garten der Großmutter, auf einer Reise nach Juist. Und sie selbst: Erst ein Kind, dann junge Erwachsene, Studentin und Referendarin an der St.-Augustin-Schule in Münster. Der Krieg - da gab es wenig Fotos. Aber hier, die Nazi-Flaggen in Münsters „Guter Stube", dem Prinzipalmarkt. Danach die Trümmer, die durfte man dann ja fotografieren. Vom Hauptbahnhof hatte man freie Sicht auf das Fürstbischöfliche Schloss, da gab es ein Foto. Dazwischen war alles kaputt. Dorothee Suhl ließ das dritte Album schließlich sinken und merkte, wie all diese Fotos sie ausfüllten, aber nur ein Gefühl zurückließen: Trauer um Verlorenes und Hoffnungslosigkeit für das, was noch kommen mochte.

Dagegen war Gerhard Meininger an diesem Abend obenauf. Er saß bereits seit Stunden in seiner Werkstatt, gleich neben seinem Antiquitätengeschäft. Auf dem großen Arbeitstisch lag das Gemälde, das fünfte Bild des *Metaphysischen Theorems* von Arnold Stollberg. Starke Lampen erhellten die Bildfläche und ließen jedes Detail erstrahlen - Details, die Meininger beim vorsichtigen Reinigen der Bildoberfläche nach und nach von der Übermalung befreite, so wie er auch die Signatur, die bereits von Jan-Josef in der Wohnung der Essers zum Teil freigelegt worden war, sichtbar machte - aber nur, um sie gleich wieder unter einer Schicht Farbe zu verbergen. Unmittelbar nach seiner Rückkehr aus Berlin hatte er sich an die Arbeit gemacht, wobei ihm seine ausgezeichneten handwerklichen und restauratorischen Kenntnisse in Bezug auf kostbare Kunstwerke zu Gute kamen. Und Gerhard war stolz auf sich. Er hatte es allen gezeigt: Stollberg, den Bellheims - und er hatte nicht geglaubt, dass es so einfach gehen würde. Die Essers hatten sich kooperativer als erwartet gezeigt, und die läppischen dreitausend Mark hatten sie völlig überzeugt. Jetzt gehörte das Bild ihm. Und er war sicher, dass niemand es ihm wieder wegnehmen könne; vor einer juristischen Auseinandersetzung hatte er jedenfalls keine Angst. Da kam ihm ein Gedanke, der ihn erfreute: Er hatte den Einfall, am nächsten Tag einen Blumenstrauß nach Münster an Dorothee Suhl zu schicken. Als kleines Dankeschön für die Information, die sie ihm über das märchenhafte Wiederauftauchen des fünften Bildes gegeben hatte - SEINES Bildes, das einst seinem Vater gehört hatte.

6

In einer der lieblichsten Gegenden Frankens, da, wo die Regnitz in den Main mündet und der Steigerwald im Westen auf die pittoreske Landschaft der Fränkischen Schweiz im Osten trifft, liegt die auf sieben Hügeln erbaute Stadt Bamberg mit ihrer malerischen Altstadt samt Regnitz-Insel, Altem Rathaus und dem mächtigen, die Stadtkrone beherrschenden viertürmigen Dom. Dass die Stadt in der frühen Neuzeit ein Zentrum der Hexen- und Zaubererverfolgung gewesen ist, konnte man auch im Jahr 1967 nur noch erahnen. Die malerischen, von Mittelalter und Barock geprägten Häuser und stillen Gassen übten seit jeher eine Anziehungskraft auf ein betuchtes Bürgertum aus, das es sich seit dem 19. Jahrhundert in der Stadt gut gehen ließ und dafür sorgte, dass Handel und Wandel in Schwung blieben und die Wirtschaft florierte. Durch die altehrwürdige Alma Mater lebten seit jeher viele Studenten in Bamberg, die kräftig mithalfen, dass die Stadt nicht in eine allzu träge Beschaulichkeit verfiel, auch wenn man in diesem Bamberger Frühjahr 1967 meilenweit entfernt war von den beginnenden Unruhen an den Universitäten in Westberlin oder Frankfurt.

Mitten in der Altstadt, nur einen Steinwurf vom Dom entfernt, lag das Antiquitätengeschäft Gerhard Meiningers. Es war in einem historischen, sorgfältig restaurierten Fachwerkgebäude aus dem 17. Jahrhundert untergebracht, das den schönsten Rahmen für die edlen Möbelstücke vergangener Zeiten bot, die Meininger im Angebot hatte und deren auffälligste Exemplare er als Hingucker in den beiden bis zum Boden reichenden Schaufenstern zu präsentieren pflegte. Dabei war das eigentlich nicht nötig, denn niemand betrat Meiningers Geschäft, der spontan, etwa aufgrund der zufällig in Augenschein genommenen Auslagen, einen Kauf tätigen würde. Gerhard Meiningers Kunden wandten sich schriftlich, manchmal auch telefonisch an ihn und äußerten meist konkrete Wünsche. Umgekehrt sprach Meininger seine ebenso anspruchsvolle wie wohlhabende Klientel mit größter Diskretion an, wenn er ein begehrtes Objekt - etwa einen Schreibtisch von Röntgen oder einen Sekretär aus altem Wittelsbacher Besitz - zum Verkauf anbieten konnte. Dann traf man sich bei einem Glas Sekt oder Cognac im Bamberger Geschäft, plauderte über dies und das - oft über Politik - , und schon hatte die Kommode, der Kabinettschrank mit aufwändiger Marketerie oder der Biedermeier-Tisch aus Kirsche den Besitzer gewechselt; die Käufer freuten sich, ihrer Sammlung erlesener Möbel in ihren Münchner, Starnberger oder Bayreuther Villen ein weiteres Glanzstück hinzugefügt zu haben, und Meininger war zufrieden über den erneuten Zuwachs auf seinem ohnehin nicht schmalen Bankkonto. Diese überaus angenehmen und erfolgreichen Verkaufsgespräche endeten meist mit einer Einladung zu einer Ausstellungseröffnung (in den 1960er Jahren sagte man noch nicht "Vernissage") in München oder auch zu einer Soireé samt Abendessen in Coburg oder anderswo in der näheren oder weiteren Umgebung Bambergs.

An diesem sonnigen Mittwoch Ende Mai - ein Tag vor Fronleichnam - kam Meininger gegen 10 Uhr in den Laden. Er war bester Stimmung, denn am Abend vorher war es ihm gelungen, den speziellen Wunsch einer Münchner Kundin zu erfüllen, indem er für sie einen Halb-Globus-Nähtisch aus Ungarn aufgetrieben hatte. Danach verlangte besagte Dame schon geraume Zeit, doch bisher hatte Gerhard keins dieser seltenen Exemplare - es sollte unbedingt ungarischer Herkunft sein, da als Erfinder dieser im 19. Jahrhundert beliebten Möbelstücke der Ungar Gabor Kornis galt - besorgen können. Vor ein paar Tagen aber wurde ihm zufällig ein sehr schönes Stück angeboten, und am Vorabend hatte er die Übernahme des Möbels von seinem Lieferanten perfekt gemacht.

Als Gerhard den Laden durch die Werkstatt betrat, hatte Mechthild Schreiber, eine seiner beiden Angestellten, bereits etwas Ordnung im angrenzenden Büro geschaffen. Bis zur Öffnung des Geschäfts um 11 war noch genügend Zeit, um Fräulein Schreiber einen Brief mit der guten Nachricht an die Münchner Kundin zu diktieren. Während anschließend die redselige Schreiber von den Vorbereitungen einer Geburtstagsfeier plapperte, die sie für ihre Mutter plante, sah Meininger noch schnell nach der Post, die auf seinem Schreibtisch lag. Ein paar Rechnungen, Auktionskataloge, drei Briefe von Kunden und eine Einladung zu einem Empfang im Rathaus. Nichts Besonderes dabei, sodass er sich sofort dem Globus-Nähtisch widmen wollte. Doch dazu kam es nicht. Bevor er seinen Fahrer und Werkstatthelfer beauftragen konnte, das Möbelstück abzuholen, wurde heftig an die noch zugesperrte Ladentür geklopft. Fräulein Schreiber und Gerhard Meininger blickten gleichzeitig vom

Büro aus zur Tür, die ganz aus Glas bestand. Draußen standen drei Personen, die offensichtlich Einlass verlangten.

"Na sowas", sagte Mechthild Schreiber mit leichter Empörung, auch, weil sie die Leute nicht kannte. Kunden waren das jedenfalls keine, soviel stand für sie fest. "Können die nicht lesen? Draußen steht doch, dass wir erst um elf Uhr öffnen!" Dabei schüttelte sie missbilligend den Kopf. Im Gegensatz zu seiner Angestellten hatte Gerhard Meininger die drei sofort erkannt. Es war ein paar Monate her, seit er sie gesehen hatte, aber in den letzten Tagen hatte er oft an sie gedacht - sehr oft.

Meininger war bleich geworden, fasste sich aber sofort und sah Mechthild an. "Ich kümmere mich darum, Fräulein Schreiber. Bleiben Sie bitte hier im Büro, falls... und lassen Sie sich nicht blicken." Die Angestellte sah ihren Chef verständnislos an, so eine Anweisung hatte sie in den fünf Jahren, die sie in Meiningers Geschäft arbeitete, noch nicht gehört. Aber sie tat, wie ihr geheißen, und setzte sich wieder an ihren kleinen Tisch, auf dem eine Schreibmaschine stand.

Der Antiquitätenhändler ging zur Ladentür, die er aufschloss und weit öffnete.

"Fräulein Bellheim, Herr Bellheim... und Herr Stollberg... welche Überraschung!" sagte er mit fester Stimme, der man seine innere Nervosität nicht anhörte. Aber Gerhard Meininger fing sich auch schnell wieder. Seit Tagen hatte er mit diesem Besuch oder einer anderen Art der Kontaktaufnahme gerechnet.

"Guten Morgen, Herr Meininger. Ich denke, Sie wissen, warum wir hier sind?" begann Gregor das Gespräch.

Meininger murmelte etwas Unverständliches und bat die Besucher, einzutreten. Als sich alle im Innern des Ladens befanden, schloss er die Tür wieder und drehte den Schlüssel um. "So sind wir ungestört. Weshalb haben Sie nicht angerufen vorher? Dann hätte ich etwas vorbereitet... Sind Sie schon länger in Bamberg oder gerade angekommen? Wie wäre es mit Kaffee? Meine Mitarbeiterin kann schnell welchen machen..."

Dagmar unterbrach den Redeschwall: "Nein, kein Kaffee. Wir sind wegen des Bildes hier."

Während dessen sah sich Jan-Josef um. Er war beeindruckt. Der Raum war mit erlesenen Möbeln aus unterschiedlichen Epochen ausgestattet, aber mit Bedacht, sodass jedes Stück perfekt zur Geltung kam. Obwohl die Beleuchtung noch nicht eingeschaltet war, fielen ihm gleich drei klassizistische Armlehnstühle mit antikisierenden Schnitzereien auf, die offensichtlich aus dem Umkreis Karl-Friedrich Schinkels stammten und in allerbestem Zustand waren. Weiter hinten waren einige Sekretäre wohl französischer Herkunft platziert, wie Stollberg vermutete. Er verstand ein wenig von der Materie, da im Londoner Exil ein Möbelrestaurator zu ihren Nachbarn zählte, in dessen Werkstatt er als Junge häufig zu Gast war und wo er dem Händler hin und wieder bei der Arbeit zuschauen durfte. Der Boden des Geschäfts war mit dezent gemusterten, kostbaren Orientteppichen bedeckt. In ein paar Vitrinen hatte Meininger ein wenig Silber und

Porzellan präsentiert, alles von erster Qualität. Sogar ein paar Gemälde und Graphiken hingen an den Wänden, allesamt aus dem frühen 20. Jahrhundert stammend. Doch es war sehr deutlich, dass Meiningers Hauptgeschäft der Verkauf von Möbeln war; die Teppiche, Bilder und alles andere waren nur Beiwerk, das die Erlesenheit der antiken Möbel unterstreichen sollte.

Gerhard strich sich derweil über das Kinn.

"Bild? Welches Bild?" gab er sich ahnungslos.

"Das Gemälde, das Sie den Essers widerrechtlich abgeluchst haben", sagte Gregor mit unverhohlenem Zorn in der Stimme.

Der Antiquitätenhändler schaute konsterniert.

"Was ist damit?" wollte er wissen.

Jan-Josef, der bisher geschwiegen hatte, war über die Dreistigkeit des Händlers geradezu schockiert.

"Was damit ist?", blaffte er, "Sie sollen es hergeben, Sie haben es doch gestohlen!"

Im Nebenzimmer bekam Mechthild Schreiber, die alles mithörte, einen gewaltigen Schreck.

Doch ihr Chef blieb ganz ruhig, jetzt lächelte er sogar.

"Wie bitte? Ich muss doch sehr bitten, Herr Stollberg. Ich habe dreitausend Mark dafür bezahlt, ich habe die Quittung im Büro liegen und kann sie Ihnen -"

"Wir wollen keine Quittung, Herr Meininger, wir wollen das Gemälde. Sofort", konterte Jan-Josef. Gregor und Dagmar nickten zustimmend.

Meininger hob in einer beruhigend gemeinten Geste beide Hände und versuchte noch einmal, die Situation zu entschärfen: "Bitte, meine Herrschaften, vielleicht setzen wir uns erst einmal und versuchen, uns wie gesittete Menschen zu benehmen. Wenn ich Sie hier herein bitten dürfte..." Damit öffnete er eine Tür, die zu einer Art Salon führte, bestückt mit einer Sitzgruppe und einem Tisch sowie einigen kleinen, zierlichen Kommoden, auf denen Kataloge lagen; auch hier hing an eioner Wand ein großes Gemälde, das eine Landschaft am Meer zeigte. Offensichtlich handelte es sich bei dem Raum um eine Art Besprechungszimmer, in dem Meininger seine Kunden empfing, beriet und mit ihnen Geschäfte abschloss.

Als alle Vier Platz genommen hatten und Meininger die Tür angelehnt hatte, hob Jan-Josef sofort wieder an:

"Herr Meininger, wir sind nicht zum Vergnügen hier. Tatsache ist, dass Sie widerrechtlich ein Gemälde an sich genommen haben, das Ihnen die Essers nie hätten verkaufen dürfen."

Gerhard beugte sich vor und schaute Stollberg scharf an.

"Mit Verlaub, wieso nicht, wenn ich fragen darf?"

"Weil es uns gehört", schaltete sich Dagmar ein. Ihr Gesicht war gerötet, ein deutliches Zeichen dafür, wie aufgeregt sie war.

Meininger lachte schallend auf. "Interessant, mein Fräulein. Wie kommen Sie zu dieser Behauptung?"

Nun war Stollberg wieder am Zug. "Sie wissen genau, dass es sich um das fünfte Bild des *Theorems* handelt. Mein Vater hat es gemalt. Ich kann mir auch denken, wer Sie informiert hat: Es war Fräulein Suhl, nicht wahr? Und Sie hatten nichts anderes zu tun, als das Gemälde in Ihren Besitz zu bringen!"

Gerhard angelte ein Zigarettenetui samt Feuerzeug aus seiner Jackentasche, murmelte ein "Es stört Sie doch nicht, wenn ich rauche" und zündete sich eine Zigarette an, ohne eine Antwort abzuwarten. Dann nahm er einen gläsernen Aschenbecher von der Kommode neben sich und lehnte sich zurück.

"Mein lieber Stollberg, wieso glauben Sie, dass es sich um ein Bild Ihres Vaters handelt?"

Jan-Josef kochte innerlich. "Weil ich es weiß. Selbst der junge Esser hat es als solches erkannt. Und ich habe die Signatur gesehen, unter einer Schicht Farbe, die später aufgetragen worden war. Reicht Ihnen das?"

Gerhard zog an seiner Zigarette und blies den Rauch an die Decke.

"Nein, mein Lieber, tut es nicht. Sie müssen sich täuschen. Mein Bild hat keine Signatur, es hat auch stilistisch nichts mit dem Werk Ihres Vaters zu tun. Und Sie denken nicht im Ernst, dass die Meinung eines jungen Mannes irgendeine Relevanz hat, oder?"

Gregor, der die ganze Zeit mit seinem Ring spielte, schaltete sich ein.

"Schluss mit dem Theater, Herr Meininger, es reicht jetzt", sagte er bestimmend. "Geben Sie uns das Bild heraus, auf der Stelle, oder..."

"Oder? Oder was, Herr Bellheim?" fragte Meininger gedehnt.

"Oder wir informieren die Polizei", fuhr Gregor fort, schon nicht mehr ganz so selbstbewusst. Seine Schwester berührte ihn sanft am Arm.

Wieder lachte der Antiquitätenhändler auf. "Die Polizei wollen Sie holen? Aber gerne, nur zu. Das wäre dann endlich mal jemand, den die Quittung der Essers interessieren würde. Ein ganz regulärer Kauf, nichts anderes." Er beugte sich wieder vor und sah alle drei der Reihe nach an. "Sie können nichts von dem beweisen, was Sie hier behaupten. Im Gegenteil: Ich könnte Sie belangen, dass Sie mich hier belästigen und mir einen Diebstahl unterstellen!"

"Zeigen Sie uns das Bild, und ich zeige Ihnen die Signatur", verlangte Jan-Josef. Doch Meininger schüttelte den Kopf.

"Ich denke ja gar nicht daran. Ich zeige Ihnen gar nichts", sagte er leise.

Dann schlug er einen versöhnlichen Ton an.

"Sehen Sie", sagte er, "ich verstehe Sie ja. Sie alle drei! Sie, Herr Stollberg, wollen das Lebenswerk Ihres Vaters retten und jagen schon seit Jahren nach dem fünften Bild des *Theorems*. Nachdem Fräulein Suhl und ich die vier anderen Bilder vor Jahren entdeckt hatten, sahen Sie Chancen, dass auch das letzte Gemälde irgendwo wieder zum Vorschein kommen könnte. Verständlich, natürlich! Die Ausstellung in Münster hat ihr Übriges dazu beigetragen. Und nun sind Sie scheinbar besessen von dem Gedanken, es gefunden zu haben, bei der Familie Esser, weil ein Grünschnabel Ihnen einen Floh ins Ohr gesetzt hat. Und Sie", damit wandte er sich an Gregor und Dagmar, "Sie wollen natürlich das fünfte Bild für sich haben. Auch das verstehe ich, es würde rechtlich ja auch Ihnen gehören, wenn es denn wieder auftauchen würde. Das ist es aber nicht, weder bei den Essers, noch bei mir. Ist das jetzt deutlich? Oder haben Sie einen gegenteiligen Beweis?"

Dagmar und Gregor schauten Jan-Josef hilfesuchend an.

"Haben Sie eine Expertise?", fuhr Meininger mit unverhohlenem Triumph in der Stimme fort und sah immer noch abwechselnd die Geschwister Bellheim an. "Ein Gutachten? Irgendetwas Schriftliches? Haben Sie Kenntnis darüber, wo das fünfte Bild abgeblieben ist, nachdem man es Ihnen weggenommen hat und können Sie seinen Verbleib nachweislich bis zu den Essers verfolgen?"

"Wenn man das Bild in einem Museum von Experten untersuchen würde, käme die Wahrheit schnell ans Licht", zischte Jan-Josef.

"Nur, dass das nicht passieren wird, lieber Stollberg", entgegnete Gerhard. "Ich werde keine Zustimmung dazu geben, dass mein Bild in irgendeiner Form untersucht wird."

"Vielleicht wird man Sie dazu zwingen", sagte Gregor leise.

Meininger schüttelte den Kopf. "Herr Bellheim, Sie glauben selbst nicht, was Sie da sagen. Es gibt keinerlei Anhaltspunkte für Ihre haltlosen Behauptungen, niemand würde mich zu etwas zwingen, auch wenn Sie das jetzt inständig hoffen. Ich hingegen" - und damit stand Meininger auf, ging ein paar Schritte und lehnte sich an eine der Kommoden - "kann das Bild eindeutig identifizieren." Er drückte die Zigarette im Aschenbecher aus und blickte die drei in ihren Sesseln fragend an "Immer noch kein Kaffee? Nein?" Die Mienen der Besucher blieben versteinert.

"Also, ich erzähle es Ihnen. Und Sie hören es alle drei, Sie", dabei fixierte er Dagmar und Gregor scharf, „sind also Zeugen. Meinem Vater hat das Bild gehört, er hat es in den vierziger Jahren in Berlin erworben, wie er mir selbst noch erzählt hat, quasi auf dem Sterbebett. Und er konnte es beschreiben. Unmittelbar nach dem Krieg hat er es dann Herrn Werner Frankenschild wegen verschiedener Dienste und Gefälligkeiten geschenkt, denn mein Vater war schwer krank damals, und ohne die Hilfe Frankenschilds wäre er wohl bereits 1945 im zerbombten Berlin gestorben - so ist es mir von ihm berichtet worden, von der alten Frau Frankenschild übrigens auch. Die Frankenschilds haben es dann später ihrer Tochter geschenkt, zur Hochzeit, und die Familie hat es dann behalten. Sie sehen also" - dabei machte er eine ausladende Geste mit der Rechten - "ich kann den Weg des Bildes lückenlos verfolgen und mit der Aussage der Essers nachweisen."

Alle schwiegen.

"Aber woher Ihr Vater das Bild hatte, wissen Sie natürlich nicht!", merkte Jan-Josef grimmig an.

Meininger zuckte mit den Schultern. "Meine Güte, Stollberg, es war Krieg. Keine Ahnung, woher er es hatte, mein Vater wusste es selbst nicht mehr genau. Unterlagen gibt es keine mehr darüber, alles in den Kriegswirren zerstört, aber das Wort meines Vaters gilt. Von einem Stollberg-Bild war nie die Rede. Das habe ich auch den Essers gesagt: Herr Stollberg muss sich irren, hab´ ich gesagt, das Bild hat nichts mit ihm oder seinem Vater zu tun. Es hat, wie schon erwähnt, auch gar nicht die Qualität eines Stollbergs." Dabei lächelte er Jan-Josef entwaffnend an.

"Wieso kamen Sie ausgerechnet jetzt darauf, das Bild zu kaufen?" fragte Dagmar anklagend.

"Zurückzukaufen, das wäre wohl der richtige Ausdruck. Ich wollte es wiederhaben, es hatte meinem Vater gehört, dem ich viel zu verdanken habe. Die Idee dazu kam mir, als Fräulein Suhl mich vor Kurzem angerufen hat und mir berichtete, Sie, Herr Stollberg, hätten angeblich das fünfte

Bild des *Theorems* entdeckt. Ja, Sie haben recht, sie hat mich tatsächlich angerufen. Und plötzlich wurde mir klar, dass auch ich vielleicht einen Fund machen könnte, dass das Bild, das mein Vater 1945 verschenkt hatte, eventuell noch existierte und ich es womöglich wiederhaben könnte - als Andenken an ihn. So habe ich gleich nach den Frankenschilds in Berlin gesucht und bin fündig geworden, wie Sie ja nun wissen."

Im Büro nebenan war Mechthild Schreiber inzwischen von ihrem Schreibtisch aufgestanden und ganz nah an die angelehnte Tür getreten, um ja kein Wort zu verpassen. Ihr erster Schock nach den Ausführungen der drei Besucher war brennender Neugier gewichen. Auf keinen Fall wollte sie ein Wort von dem verpassen, was da geredet wurde - das war ja ungeheuerlich! Diese drei Personen erdreisteten sich, ihren Chef des Diebstahls zu beschuldigen! Ob sie die Polizei rufen sollte? Fräulein Schreiber war unsicher, was zu tun sei, beschloss dann aber, erst mal weiter abzuwarten.

"Herr Stollberg", sagte jetzt Gerhard zu Jan-Josef mit einem scharfen Ton in der Stimme, "Ihnen wird niemand glauben. Gehen Sie zur Polizei, zu einem Anwalt, zu einem Experten - kein Mensch wird Sie ernst nehmen, denn es gibt nicht einen einzigen Beweis. Und wie gesagt - ich werde auch niemals zulassen, dass das Gemälde in fremde Hände kommt, zur Restaurierung oder zu irgendeiner Untersuchung. Das wird nicht passieren." Und dann setzte er mit leiser Stimme hinzu: "Sie haben keine Chance."

Allen, auch der Schreiber nebenan, war klar, dass das Gespräch beendet war. Jan-Josef und die beiden Bellheims konnten nichts tun, jedenfalls im Moment nicht, das war die bittere Erkenntnis dieses Besuchs. Gregor ertappte sich bei dem Gedanken, ob Meininger nicht sogar recht hatte. Vielleicht hatte Stollberg sich tatsächlich geirrt, ja, es schien ihm sogar wahrscheinlich. Waren er und Dagmar am Ende einem Irrtum aufgesessen? Dem Wunschdenken des Sohns des Künstlers, der einem Phantom nachjagte? Das fünfte Bild des Theorems - sprach nicht alles dafür, dass es für immer verschollen war? Stollberg war ein leichtsinniger und labiler Mensch, dem man eigentlich nicht blind vertrauen durfte, aber genau das hatten er und Dagmar getan. Diese Gedanken schossen Gregor durch den Kopf und er ärgerte sich über sich selbst. Er erhob sich mit einem Ruck.

"Kommen Sie, Stollberg", sagte er zu Jan-Josef, "wir können hier nichts mehr tun. Lassen Sie uns gehen."

Jan-Josef antwortete nicht. Er war in sich zusammengefallen, aller Elan und jede Energie hatten ihn verlassen. Dagmar schaute gequält drein und erhob sich ebenfalls, Jan-Josef wie eine Krankenschwester ermutigend: "Mein Bruder hat recht. Es ist besser, wir gehen jetzt."

Der Künstlersohn stand auf und folgte dem Geschwisterpaar wortlos hinüber ins Geschäft. Alle vier gingen schweigend durch den Laden bis zur Eingangstür. Gerhard Meininger schloss auf und öffnete sie weit. Die Bellheims und Jan-Josef traten ins Sonnenlicht hinaus und mussten blinzeln, so hell war es auf der Straße. Sie hörten nicht mehr, dass Meininger sie mit einem "Auf Wiedersehen" verabschiedete, doch Jan-Josef blickte sich noch einmal um, bevor sich die Tür wieder schloss, und für einen kurzen Moment sah er im Hintergrund des Ladens die Sekretärin auftauchen, ihr Gesicht ein einziger Vorwurf.

7

Im Spätherbst desselben Jahres kam die Gewissheit. Sie kam an einem nasskalten Dezembernachmittag, als die Straßen Berlins abwechselnd von Schnee und Regen bedeckt wurden und ein schneidender Wind durch die Stadt pfiff. Und sie kam auf ungewöhnliche Weise, nämlich in Gestalt einer Eingebung oder einer Idee; es gibt kein Wort, das das Phänomen treffend beschreibt, mit dem Gregor und Dagmar Bellheim endgültig Klarheit darüber erlangten, dass sie niemals das fünfte Bild des *Metaphysischen Theorems*, jenes inzwischen fast legendäre Gemälde des Malers Arnold Stollberg aus dem Jahr 1931, besitzen würden. Obwohl es einst ihren Eltern gehört hatte. Obwohl sie die rechtmäßigen Erben waren. Und obwohl es sich – allem Anschein nach – Heinrich Meininger zu Unrecht angeeignet hatte. All das spielte an diesem kalten Dezembertag keine Rolle mehr.

Die Gewissheit über den endgültigen Verlust erlangten die Bellheim-Geschwister schleichend. Sie kroch nach und nach, aber unaufhaltsam in ihr Bewusstsein, erst in Form von Ahnungen und Befürchtungen, dann als Realität und bittere Einsicht ins Unvermeidliche. Noch Jahre später vermochten sie nicht zu sagen, was genau sie zu der Erkenntnis getrieben hatte, dass jeglicher weiterer Versuch einer Korrektur der Geschehnisse sinnlos gewesen wäre. Es war letztendlich nichts Vernünftiges, nichts Faktisches oder Konkretes, nichts, was sich dokumentieren, gleichsam Schwarz auf Weiß nachweisen ließ. Sie akzeptierten einfach, dass es aus war. Und trotz einer als tief empfundenen Enttäuschung atmeten sie auf – wie befreit.

Vorausgegangen waren zahllose amtliche Briefe, Eingaben und Anträge sowie Telefonate und Gespräche, seitdem die Geschwister im Juni einen Anwalt damit beauftragt hatten, ihren Eigentumsanspruch an dem wieder entdeckten fünften Bild durchzusetzen. Sofern es sich bei dem von Jan-Josef Stollberg „entdeckten" Werk tatsächlich darum handelte, was Gregor nach wie vor in Zweifel zog, wenn auch heimlich. Die Bellheims taten ihr Bestes und befolgten jede Anweisung ihres Anwalts, der ebenfalls hingebungsvoll für die Geschwister arbeitete. Derweil beförderte die Post Schriftsätze von hier nach dort und wieder zurück, versehen und beglaubigt mit Unterschriften, Stempeln und Aktenzeichen. Es wurde beschwichtigt, versprochen, befürchtet und vorsichtig dementiert. Hoffnungen wurden geweckt und wieder zunichte gemacht. Auf vielversprechende Vorstöße folgten entmutigende Rückschläge. Mit Jan-Josef standen sie währenddessen in losem Kontakt und informierten ihn ab und zu über die Entwicklungen in dem Fall, aber nur spärlich, da Stollberg immer weniger Interesse zeigte.

Den Ausschlag gab schließlich das Gespräch zwischen Dagmar, Gregor und dem Rechtsanwalt Dr. Michael Brohlein, das am Vortag stattgefunden hatte. Wie oft waren die Bellheims seit Juni schon im Büro des Juristen gewesen? Wie viele Male hatten sie bereits in diesen großen, unbequemen Armlehnstühlen gesessen, vor dem mächtigen Schreibtisch, hinter dem der noch junge Anwalt, im Maßanzug und mit Respekt gebietendem Schnauzer, gleichsam fürstlich thronte? Gregor wusste es nicht mehr, aber in dem Moment, als Brohlein seine goldgeränderte Lesebrille absetzte, wurde ihm die Aussichtslosigkeit, ja, Lächerlichkeit ihres Ansinnens bewusst. Dazu passten die Ausführungen des Anwalts, die - wieder einmal - ein düsteres Bild zeichneten, was die Durchsetzung des Anspruchs der Geschwister auf Rückgabe des Gemäldes betraf. Doch diesmal war es, als würde in Gregors Innerem ein Schalter von "an" auf "aus" umgelegt.

Dr. Brohlein holte noch einmal groß aus, aber es war Gregor klar, dass es sich um eine Art Schlussplädoyer handelte, eine letzte Ansprache, mit der der Anwalt den beiden schonend beibringen wollte, dass in ihrer Angelegenheit nichts mehr zu machen sei. Auch wenn er das so nicht sagte, sondern wiederholt betonte, dass man noch dies oder jenes tun könne, dass "Polen noch nicht verloren sei", wie er sich wenig sensibel ausdrückte. Und Dr. Brohlein war sehr gut darin, Hoffnungen zu wecken, zuversichtlich zu klingen und die Aussicht auf einen Erfolg, war sie auch noch so sinnlos, aufrecht zu erhalten. Zudem war er trotz seiner Jugend ein gewiefter Anwalt. Und er kannte sich in der Materie aus, die die Bellheims zu ihm geführt hatte. Mehrmals hatte er Menschen vertreten, denen in der Zeit der Nazi-Herrschaft Unrecht zugefügt worden war: Sozialisten, Kommunisten, Katholiken, Juden. Michael Brohlein hatte sich einen gewissen Ruf im juristischen Milieu erworben, was auch damit zusammenhing, dass er sich seine Klienten sehr sorgfältig aussuchte. So wie die Bellheims.

Aber all seine Schönfärberei änderte nichts an drei Tatsachen: Man konnte Gerhard Meininger nicht zwingen, das Bild - sein Bild, wie er behauptete - untersuchen zu lassen; der Fall war, wie sich nun endgültig herausstellte, inzwischen verjährt; und der zuständige vorsitzende Richter war ein Alt-Nazi, dem nicht daran gelegen war, einer jüdischen Familie zu ihrem Recht zu verhelfen.

Der Anwalt erklärte den Geschwistern alles sehr sorgfältig und nachvollziehbar: Das Oberste Rückerstattungsgericht in Herford, vor dem ihr Antrag auf Rückgabe landen würde, hatte durchblicken lassen, dass es keine Aussicht auf Erfolg geben könne, denn die Fristen seien bereits abgelaufen. Nach dreißig Jahren bestehe kein Anspruch mehr, und die waren - so das Gericht - im Fall Bellheim verstrichen, da der Verlust des *Theorems* und der gesamten Bellheimschen Kunstsammlung im Jahr 1937 erfolgte. Überdies hielt man das gesamte Thema der Rückerstattung jüdischen Eigentums mittlerweile für abgeschlossen, niemand hatte mehr Interesse daran, diese "Angelegenheiten", wie es in einer Stellungnahme des Gerichts an Dr. Brohlein hieß, weiter zu verfolgen. Außerdem, so die Einschätzung des Gerichts, sei im Fall der Bellheims ja auch nicht von einer Enteignung auszugehen, da der Kunstbesitz ja an die damalige Kunsthandlung Rademacher und Herten in Berlin veräußert worden sei.

Als Dr. Brohlein das erwähnte, schnaubte Gregor hörbar. "Für einen Preis, der ein Witz war", stieß er wütend hervor. Sein Gesicht war kalkweiß. Dagmar sagte nichts, aber sie nahm eine verkrampfte Haltung ein und krallte sich an den Armlehnen ihres Stuhls fest.

Der Anwalt fuhr fort und machte kein Hehl daraus, dass der zuständige Richter in Herford eine Vergangenheit hatte, die alles andere als lupenrein war - er war bis 1945 Mitglied nicht nur in der Partei, sondern auch der SS gewesen, was seine juristische Karriere nicht unwesentlich befördert hatte. Und auch in der bundesrepublikanischen Gegenwart scheine das nicht hinderlich, wie Michael Brohlein betonte. Was zu Folge hatte, so der Anwalt weiter, dass nicht immer "das Recht zu seinem Recht" kommt. Gregor fand die Formulierung albern, er hatte auch plötzlich keine Lust mehr, zuzuhören. Allein die Tatsache, dass ein Alt-Nazi eine derartige Position, also als Richter am Obersten Rückerstattungsgericht, bekleidete, war ein schlechter Scherz, ein Scherz, über den er nicht lachen konnte, der aber die ganze Aussichtslosigkeit ihres Tuns grell beleuchtete. Was sollte er noch hier – er und Dagmar? . Für ihn war der Fall erledigt, im wahrsten Wortsinn. Schluss. Aus. Ende. Er schaltete ab, spielte mit dem Ring seines Vaters, und ließ die Gedanken wandern. Sein halbes Leben rollte in Windeseile vor ihm ab: Die Jahre in England; seine Eltern, die den Verlust ihrer gesamten Habe, ihrer Stellung, ihrer Existenz nie verwinden konnten; seine eigene Gequältheit mit dieser ungerechten, niederträchtigen Vergangenheit, die sein Leben und das seiner Schwester bestimmt hatten und bis heute bestimmten. Und nichts würde sich jemals ändern. Niemals.

Brohlein war inzwischen wieder dabei, seinen Mandanten Hoffnung zu machen, man könne, wenn sie wollen, unter Umständen eine Zivilklage gegen Georg Meininger anstreben, er könne das prüfen...

"Nein!"

Sowohl Gregor als auch der Anwalt schauten auf Dagmar, die dieses Wort mit einer Entschiedenheit ausgesprochen hatte, die keinen Widerspruch duldete.

"Kommt nicht in Frage", fuhr sie ernst fort. "Es ist genug. Ich will nicht mehr - und ich kann auch nicht mehr. Es ist gut jetzt."

Damit stand sie auf, zog fröstelnd die Schultern hoch und griff ihren Mantel, den sie über die Stuhllehne gelegt hatte. Sie schaute ihren Bruder fest an.

"Lass uns gehen, Gregor. Ich möchte nach Haus."

Ihr Bruder konnte nichts sagen. Wortlos stand auch er auf, reichte dem konsternierten Anwalt, der sich ebenfalls erhoben hatte, über den Schreibtisch die Hand und murmelte eine Verabschiedungsfloskel mit dem Zusatz: "Unternehmen Sie nichts. Sie hören von uns. Vielen Dank."

Minuten später standen Dagmar und Gregor auf der Straße im kalten Dezemberwind und gingen untergehakt davon.

Am folgenden Tag wussten beide, dass diese Begegnung mit Dr. Brohlein die letzte gewesen war. Am Nachmittag war ihnen zudem klar, dass nun der Endpunkt erreicht war. Sie hatten keine Kraft mehr, und - schlimmer - kein Vertrauen mehr in die deutsche Justiz, ja überhaupt in das Recht oder in die Gerechtigkeit. Es war, als hätte dieses letzte Treffen mit dem Anwalt am Vortag ihnen die Augen geöffnet: Nichts hatte sich geändert, und nichts würde sich je ändern. Was blieb, war, diese unumstößliche Tatsache zu akzeptieren. Und anstatt darüber zu lamentieren und sich in eine wütende Verzweiflung zu flüchten, in eine Wut, die neue Kräfte entfesseln würde, waren sie erleichtert. Der Kampf war zu Ende, und beide ahnten, dass es mehr war als der Kampf der letzten Monate, in denen es um das fünfte Bild gegangen war.

Am Nachmittag dieses kalten Dezembertages saßen Gregor und Dagmar im Esszimmer ihrer gemeinsamen Wohnung und versuchten, Trost in der Erinnerung zu suchen, indem sie die Vergangenheit beschworen. Zum ersten Mal sprachen sie wirklich über das, was man ihnen und ihren Eltern angetan hatte - und weiter antat, immer antun würde. Erstaunlicherweise - das empfanden sie beide, ohne es zunächst auszusprechen, das kam erst später - fühlte es sich für sie beide anders an als sonst, wenn sie dieses Thema hin und wieder anschnitten. Diesmal war es keine Abrechnung, ein bitterer, zorniger Blick zurück, sondern ein Hinschauen, ohne die Augen zu verschließen; ein Zulassen der Gefühle und ein Betrachten der Ereignisse, der kleinen und großen Begebenheiten und Begegnungen, des großen Unglücks gleichermaßen wie der Glücksmomente, die es auch gegeben hatte. Sie nahmen die Alben aus dem Schrank und sahen sich Fotos aus lang vergangenen Tagen an. Ihre Großeltern, die sie nicht kennengelernt hatten; da ihr Vater in seiner Gelehrtenpose, die Mutter bei einer Theaterpremiere, ihre große Wohnung in Berlin, und da! War da nicht auf dem Foto ein Zipfel des fünften Bildes zu sehen, das da an der Wand hing?... und hier sie selbst als kleine Knirpse, das war schon in ihrer Londoner Wohnung. Ein Zuhörer hätte an diesem Nachmittag in der Bellheim-Wohnung viele Sätze wie "Weißt du noch?" oder "Daran kann ich mich gar nicht erinnern!" oder "Das muss 1944 gewesen sein!" hören können. Doch es gab keinen. Gregor und Dagmar waren allein, allein mit ihrem Leben und der Gewissheit, dass sie nicht in diese Zeit, in diese Gegenwart passten, dass ihre Zeit abgelaufen war, schon lange. Dagmars Arbeit in der Galerie, die einmal die Kunsthandlung Herbert Reim gewesen war, und Gregors Tätigkeit für das Museum für Moderne Kunst – all das war nichts anderes als der Versuch, ihre Vergangenheit zu bewältigen, die Eltern zu rehabilitieren, ungeschehen zu machen, was geschehen war, das Schreckliche von einst wieder gut zu machen, das Schöne der Berliner Jahre wieder auferstehen zu lassen. So, wie sie für ihre Eltern gewesen sein mussten: glücklich, friedvoll und erfüllend. Und auch der Versuch, das fünfte Bild zurückzubekommen, war ein Teil dieses verzweifelten Begehrens. Sicher, es gab einen Rechtsanspruch, doch was half das letztendlich? Nichts, soviel war ihnen nun klar. Auch wenn das fünfte Bild wieder ihnen gehören sollte, würde es nichts ändern. Nichts an dem begangenen Unrecht und nichts an ihrer Würde als Menschen. Sie brauchten es nicht mehr. Für Dagmar und Gregor hatte das Gemälde seine Schuldigkeit getan.

Als sie an diesem Punkt angekommen waren, fühlten sie tatsächlich Freude. Ein wenig schämten sie sich ihres Gefühls, das ihnen jetzt ganz neu vorkam. Es war alles gesagt, alles erkannt, alles erfüllt. Und Gregor nahm den funkelnden Ring vom Finger, drehte ihn im Licht der Tischlampe hin und her und sagte zu Dagmar: "Ich will ihn nicht mehr tragen. Ich bin im Reinen mit all dem, was man unserem Vater - also uns allen, meine ich, angetan hat."

Und Dagmar lächelte dabei.

VIII

1

Fast genau zehn Jahre später, an einem strahlend schönen Vormittag im November 1977, betrat eine alte Dame gemessenen Schrittes das Appelt-Schmitz-Museum in Köln. Sie benutzte einen Gehstock, denn Beine und Hüfte wollten schon geraume Zeit nicht mehr so, wie sie sollten. Doch ansonsten wirkte die Dame nicht krank, sie schien auch trotz ihrer Schmerzen in den Gelenken nicht mit ihrem Alter zu hadern, im Gegenteil. Sie sah sehr gepflegt und adrett aus, und ihre wasserblauen Augen blickten wie eh und je klug und neugierig in die Welt. Die Dame war Dorothee Suhl.

Schon seit Jahren war sie nicht in Köln gewesen, deshalb hatte sie sich sehr auf den Besuch gefreut. Fräulein Suhl mochte die Domstadt und ihre Bewohner, die herzliche Art, wie man dort miteinander umging und den speziellen Humor, den sie immer so erfrischend fand im Gegensatz zur westfälischen Sturheit, mit der sie aufgewachsen war und die sie ein Leben lang begleitet hatte. Und sie mochte den Dialekt, dieses Spitzbübische in den Lauten, das jedem ernsten Gespräch die Schwere nahm. Umso lieber hatte sie zugegriffen, als ihre alte Freundin Barbara Voss, die schon lange in Köln lebte, ihr das Angebot machte, ein paar Tage bei ihr zu verbringen. Zufällig hatte Barbaras Neffe ein paar Tage beruflich in Münster zu tun, sodass die Gelegenheit günstig war: Er konnte Dorothee im Auto mitnehmen. Da sie sich sehr gebrechlich fühlte, unternahm sie keine Reisen mehr und lebte sehr zurückgezogen in ihrer hübschen Wohnung. Für Geselligkeit sorgte ihr Rommé-Kränzchen mit gleichgesinnten älteren Damen, das sich einmal im Monat zu Kaffee, Kuchen und Likör traf und bei dem die neuesten Neuigkeiten ausgetauscht wurden. Dorothee genoss diese monatlichen Treffen, und sie genügten ihr auch. Doch dem Angebot eines Ausflugs nach Köln konnte sie nicht widerstehen, auch wenn sie dafür die Rückreise mit dem Zug in Kauf nehmen musste. Wenigstens war der Hinweg bequem im Auto zu machen, das war immerhin ein Pluspunkt.

Und so kam es, dass Dorothee Suhl am zweiten Tag ihres Aufenthalts am Rhein beschloss, das Appelt-Schmitz-Museum zu besuchen. Barbara Voss, ihre Freundin, hatte am Vormittag einen unaufschiebbaren Arzttermin, sodass Dorothee die Stunden im Museum verbringen wollte, das sie von früheren Besuchen kannte. Dort waren nicht nur die Schätze kölnischer Malerei des Mittelalters in großer Breite zu studieren, sondern es gab auch eine bemerkenswerte Sammlung mit Kunst des 19. und 20. Jahrhunderts, die sie immer geliebt hatte. Als sie das imposante Portal des Altbaus durchschritt und die Eingangshalle betrat, fragte sie sich, wie lange sie hier nicht mehr gewesen war und kam zu dem Schluss, dass es mindestens sieben oder acht Jahre her sein musste.

Dorothee durchquerte mit schmerzender Hüfte die Halle bis zum Tresen, kaufte eine Eintrittskarte und stellte fest, dass das Haus seit ihrem letzten Besuch modernisiert und umgeräumt worden war. Nachdem sie ihren Mantel an der

Garderobe abgegeben hatte, orientierte sie sich anhand eines Faltplans, da sie unnötige Wege vermeiden wollte, und machte sich auf den Weg in die Mittelalterabteilung, was bedeutete, dass sie zuerst im Erdgeschoss bleiben konnte. Wenige Minuten später fand sie sich in leicht abgedunkelten Räumen wieder, von deren Wänden die Bilder wie Juwelen strahlten. Dorothee war entzückt. Jedes Mal, wenn sie Gemälde der Kölner Schule sah, war sie hingerissen von den strahlenden Farben, den glänzenden Goldgründen und den sprechenden Gesten der Dargestellten. Egal, ob eine heilige Katharina, die Drei Könige oder eine Kreuzigungsszene: Die religiöse Inbrunst der Szenen und Figuren zog Dorothee in ihren Bann, und als überzeugte Katholikin fühlte sie sich in dieser Umgebung mittelalterlich-sakraler Bildwelten wie zu Hause.

Im dritten Saal, wo die Meisterwerke Stefan Lochners ausgestellt waren, wollten ihre Beine nicht mehr und sie setzte sich auf eine der Bänke, die im Raum verteilt waren. Zum Glück war es nicht sehr voll im Museum, an einem gewöhnlichen Vormittag mitten in der Woche hatten nicht allzu viele Menschen Zeit und Muße für einen Besuch im Appelt-Schmitz. Leicht erschöpft, war sie froh über die leere Bank, die genau gegenüber Lochners Hauptwerk, der Madonna mit der Rose platziert war. In aller Ruhe betrachtete sie das große Gemälde, das einstmals einen Altar im Dom gleich nebenan geschmückt hatte. Schon immer hatte sie dieses Bild geliebt. Dem Maler war es gelungen, bei aller Entrücktheit der geradezu phantastischen Darstellung die Gottesmutter ganz lebensecht zu gestalten: Die Haut schien zu atmen, der Stoff ihres prächtigen Gewandes lud zum Anfassen ein, und die Edelsteine in ihrer Krone schienen direkt aus einem Juwelengeschäft in der Hohen Straße zu stammen. Auch das kleine Jesuskind saß trotz aller Würde ganz natürlich auf ihrem linken Arm, fast so, als hätte der Maler ein reales Vorbild gehabt. Und wer weiß, dachte Dorothee, vielleicht hatte er das ja.

Nach einigen Minuten konnte sie wieder aufstehen und ihren Weg fortsetzen. Doch wegen ihrer zunehmenden Schmerzen - schon tat die ganze linke Seite weh - wollte sie nun direkt und ohne weitere Umwege in die moderne Abteilung. Sie folgte den Wegweisern zum Aufzug, den man bei der letzten Renovierung des Hauses eingebaut hatte - wofür Dorothee sehr dankbar war - , und schon kurz darauf schwebte sie hinauf in die zweite Etage. Oben angekommen wandte sie sich nach links, direkt auf die Glastür mit der Aufschrift "20. Jahrhundert" zu und betrat den großen Raum.

Nach hier oben hatten sich nur wenige Besucher verlaufen, und im Gegensatz zu unten war es ausgesprochen hell. Große Fenster ließen das strahlende Novemberlicht herein, das lediglich hier und da durch filternde Textilrollos gedämpft wurde. Den Faltplan in der Hand ging sie gemächlich durch den ersten Raum voller Gemälde, deren Künstler sie nicht kannte: Lokale Maler, die in oder um Köln um 1900 tätig waren und allesamt dem Jugendstil frönten. Damit konnte Dorothee nichts anfangen. Im nächsten Raum war sie ganz allein, nur ein Wärter stand gelangweilt am Fenster. Hier war es schon besser. Ein Kandinsky-Bild, das sie immer schon sehr geschätzt hatte, drängte sich ihr gleich auf, und sie trat interessiert nahe an das vertraute Gemälde. Abstrakt - natürlich. Das liebte sie. Plötzlich musste sie an ihre eigene kleine Kunstsammlung denken, die sie im Laufe ihres Lebens zusammengetragen hatte. Nichts wirklich Wertvolles, auch nichts Großformatiges natürlich, aber doch konsequent und mit Bedacht gesammelt. Und dabei kam ihr in den Sinn, wie sie vor vielen Jahren zwei ebenfalls abstrakte Bilder von Arnold Stollberg gekauft hatte. Nun, die waren wirklich wertvoll gewesen, aber - leider - gehörten sie bereits jemand anderem und hingen jetzt in Museen in Münster und Bamberg. Ihre Gedanken schweiften kurz ab und wanderten zu den Geschwistern Bellheim, zu Gerhard Meininger, den sie damals bei der Auktion in München kennengelernt hatte, und zu Jan-Josef Stollberg, den irgendwie tragischen Sohn des Künstlers. Wie es denen wohl ging? Seit Jahren hatte sie nichts von ihnen gehört. Aus den Augen, aus dem Sinn, so war das wohl. Und ihr fiel ein, dass sie zum letzten Mal von Stollberg gehört hatte, als er sie damals so überraschend angerufen hatte - das mochte zehn Jahre her sein, überlegte sie. Als er ihr mitteilte, er habe das fehlende, das fünfte Bild des *Theorem*-Zyklus seines Vaters gefunden... sehr merkwürdig hatte sie das seinerzeit gefunden, und es auch nicht so recht geglaubt.

Im nächsten Raum waren Künstler der Neuen Sachlichkeit zu sehen, wie eine Schrifttafel verkündete: Christian Schad zum Beispiel, und Alexander Kanoldt mit seinen typischen Kakteen vor einer nüchternen Fensteröffnung, durch die messerscharf ein paar Telegrafenmasten am Horizont zu sehen waren. Dorothee verzog das Gesicht, diese Kunst war ihr immer ein wenig unheimlich. So still und rätselhaft. Interessant, ja, aber eben auch merkwürdig. Am Ende des Raums gab es einen Durchgang zu einem größeren Kabinett, auf das sie zusteuerte, nachdem sie das Schild gelesen hatte: "Abstraktion zwischen den Kriegen", stand darauf. Ihre Miene erhellte sich, denn da mussten die beiden Bilder von Ernst Wilhelm Nay hängen, die sie bei ihren Besuchen im Appelt-Schmitz immer so gern betrachtet hatte.

Als sie das Kabinett betrat, war sie im ersten Moment überrascht, denn die Dunkelheit, die sie umfing, hatte sie nicht erwartet. Der kleine Saal war fensterlos, und die fünf Gemälde, die an den Wänden hingen, wurden sehr geschickt jeweils einzeln beleuchtet. Neueste Museumstechnik, dachte Dorothee anerkennend bei sich, sie war beeindruckt. Und da waren sie, die beiden Bilder von Nay. Wie hatte sie die immer gemocht! Dorothee erspähte in der Mitte des Raums eine Bank, auf der sie sich mit einem Seufzer niederließ und versank in die Betrachtung der beiden fast gleichgroßen, farbintensiven Gemälde. Nach einigen Minuten hatte sie sich sattgesehen und schaute sich zufrieden um. Die anderen drei Bilder im Raum waren ebenfalls in abstrakter Manier gemalt, und ihr Blick blieb an dem Werk an der Stirnwand hängen. Irgendetwas regte sich in ihr. Für einen Moment hatte Dorothee den Eindruck eines *déjà-vu*. Sie stand langsam auf und schritt zu dem Bild, um es genauer in Augenschein zu nehmen. Etwas Ähnliches kannte sie, war ihr vertraut... Und dann fiel ihr Blick auf das kleine Schild, das unten rechts neben dem Rahmen angebracht war. Sie beugte sich vor und versuchte, auch ohne Lesebrille zu entziffern, was dort stand. Schließlich gelang es ihr und sie las:

"Arnold Stollberg (Weimar 1905 - London 1943). Ohne Titel. Teil des fünfteiligen Gemäldezyklus *Metaphysisches Theorem,* Öl auf Leinwand, 1932. Die anderen vier Gemälde des Zyklus befinden sich im Westfälischen Kunstmuseum Münster, und in der Staatlichen Kunsthalle Bamberg."

Dorothee Suhl streckte ihren Rücken und starrte auf das Bild. Erst jetzt erkannte sie die Meisterschaft der Darstellung mit ihren überlegt aus Farben und geometrisch-organischen Formationen erzeugten Gebilden. Fast dreidimensional erschienen sie an manchen Stellen. Und diese hakenförmigen, wie aufschießenden Farbschlieren - kannte sie die nicht von den zwei Gemälden, die sie selbst einst besessen hatte? Die sie in München gekauft hatte? Ungläubig schüttelte sie den Kopf und trat ein paar Schritte zurück. Nun nahm sie auch die Eleganz und Kraft der leuchtenden Farben wahr, die dem Bild seine Dynamik und Tiefe gaben. Ganz anders als beim eben gesehenen Kandinsky ging es hier nicht um Konstruktion, sondern um emotionale Hingabe an die schier unendliche Vielfalt von Rot-, Blau- und Gelbtönen sowie alle nur möglichen Nuancen dazwischen. Und aus dem Farbenrausch des Bildes leuchtete ganz unten rechts deutlich die Signatur des Künstlers heraus: "Arnold Stollberg."

Dorothee war erschüttert. Sie konnte es nicht glauben. Das fünfte Bild - so lange verschollen - und hier war es nun! Wie war das möglich? Hatte Jan-Josef Stollberg also doch Recht gehabt? Aber wieso war das Bild dann hier im Appelt-

Schmitz und nicht bei den Bellheims? Hatten sie es dem Museum geschenkt, wie sie es damals auch mit den beiden anderen Bildern gemacht hatten?

Sie musste sich erneut setzen, die Gedanken jagten ihr durch den Kopf. Nicht im Traum hatte sie gedacht, jemals das fünfte Bild des *Theorems* zu Gesicht zu bekommen. Dorothee öffnete ihre Handtasche und nahm ein Taschentuch heraus, um sich die Stirn abzutupfen. Ihr war plötzlich heiß, und eine leichte Übelkeit überfiel sie. Der Wärter, der an der Tür stand, beäugte sie mit einer Mischung aus Misstrauen und Sorge. Als Dorothee ihn wahrnahm, stand sie auf und wandte sich brüsk an ihn.

"Ach, bitte, sagen Sie, seit wann hängt dieses Bild denn hier?" Dabei zeigte sie auf das Gemälde Stollbergs.

Der Wärter, ein kleiner, beleibter Mann mit schütterem Haar, wich ein wenig vor der resoluten Dame zurück. Er räusperte sich.

"Schon seitdem ich hier arbeite. Seit über einem Jahr", antwortete er knapp.

"Und woher kommt es? Wurde es dem Museum geschenkt?"

Der Wärter räusperte sich erneut und hustete kurz in die rechte Faust.

"Das kann ich Ihnen nicht sagen. Bitte wenden Sie sich an die Museumsverwaltung."

Dorothee nickte, ihr wurde klar, dass der Mann ihr keine Auskunft geben konnte. Sie sah sich um und hatte das Gefühl, das Museum sofort verlassen zu müssen. Mit einem letzten Blick auf das fünfte Bild strebte sie an dem Wärter vorbei und verließ das Kabinett. So schnell es ihre lädierte Hüfte erlaubte, durchquerte sie die angrenzenden Räume zurück zum Aufzug, vorbei an Alexander Kanoldts Kakteen, vorbei an dem grandiosen Kandinsky.

Zurück ließ sie einen verdutzten Wachmann, der leicht mit dem Kopf schüttelte und sich die offensichtliche Aufgewühltheit der Besucherin nicht erklären konnte. Warum war sie auf einmal so aufgeregt gewesen? War denn dieses Bild so berühmt? Da er ganz allein im Kabinett war, trat er an das Gemälde heran, dem er noch nie etwas abgewinnen konnte, wenn er Dienst in dieser Abteilung hatte, und studierte es ein paar Sekunden. Und wurde in seinem Urteil bestätigt: Er mochte keine abstrakte Kunst. Und von dem Maler Arnold Stollberg hatte er noch nie etwas gehört.

2

Brief von der Direktion des Appelt-Schmitz-Museums in Köln an Dorothee Suhl vom 14. Dezember 1977:

"Sehr geehrte Frau Suhl,

vielen Dank für Ihren Brief vom 13. November d.J., auf den ich sehr gerne antworte.

Das von Ihnen angesprochene Gemälde ist seit nunmehr ungefähr zwei Jahren Eigentum des Appelt-Schmitz-Museum bzw. Eigentum der Stadt Köln, da es sich bei dem Museum, wie Sie vielleicht wissen, um eine städtische Einrichtung handelt. Das Gemälde ist seinerzeit käuflich im Kölner Kunsthandel erworben worden und seitdem in den Räumen des Museums ausgestellt. Leider bin ich aufgrund der Vereinbarungen im Kaufvertrag nicht befugt, Ihnen über Einzelheiten des Ankaufs Auskunft zu erteilen, insbesondere nicht über die gezahlte Summe und über den vorigen Eigentümer. Ich füge aber einen Presseartikel des Kölner Stadtanzeigers vom 27. April 1975 bei, in dem über den Ankauf berichtet wird und dem Sie alle Details entnehmen können. Zu dem Anlass sind weitere Pressebeiträge erschienen, die Sie sicher leicht über örtliche Büchereien oder Archive ausfindig machen können.

Ihrer Vermutung, das Gemälde sei möglicherweise illegal in das Eigentum des Museums überführt worden, muss ich widersprechen. Der Kauf ist ein juristisch einwandfreier Akt gewesen und nicht zu beanstanden. Dass das Bild früher einmal in jüdischem Besitz gewesen ist, ist ein bekanntes Faktum. Jedoch sind keine Gründe ersichtlich, die einen eventuellen Anspruch der Erben des ehemaligen Eigentümers rechtfertigen. Ein solcher Anspruch ist auch zu keiner Zeit erhoben worden. Die Umstände des Erwerbs vom unmittelbar vorherigen Eigentümer wurden rechtlich geprüft und führten zu keinen Beanstandungen.

Ich hoffe, Ihre Fragen hinreichend beantwortet zu haben. Wir freuen uns sehr, Sie bald wieder in unserem Haus begrüßen zu dürfen und erlauben uns, diesem Brief eine Freikarte für Ihren nächsten Besuch beizulegen.

Hochachtungsvoll

Dr. Peter Weilenburg

stellv. Direktor"

Dorothee Suhl nahm ihre Lesebrille ab und ließ den Brief sinken. Sie saß in ihrem Lieblingssessel, gleich am Wohnzimmerfenster, und blickte auf die Straße hinaus, auf der es an diesem Vormittag so ruhig zuging wie an allen anderen Vormittagen auch.

Dann entfaltete sie die beiliegende Fotokopie des Zeitungsartikels, der im Brief erwähnt war. Sie überflog die schlecht leserlichen Zeilen, die von dem Ankauf des Gemäldes berichteten und in denen von einer "sechsstelligen Summe" die Rede war, vom Kölner Auktionshaus Wiegand, das den Verkauf abgewickelt hatte und vom Eigentümer, der "ungenannt" bleiben wolle. Alles sehr nichtssagend, wie Fräulein Suhl befand. Genau wie damals, fiel ihr plötzlich ein, als sie 1950 die zwei Gemälde ersteigert hatte und aus der Expertise kein Wort über die Herkunft zu entnehmen war. Schließlich nahm sie noch die Eintrittskarte in die Hand und wendete sie hin und her. Wirklich nett vom Appelt-Schmitz, aber eine erschöpfende Auskunft auf ihre Fragen wäre ihr lieber gewesen. Sie war so schlau wie vorher und ärgerte sich über sich selbst, dass sie so naiv gewesen war zu glauben, man würde ihr einfach so Details und Umstände des Ankaufs nennen. Dorothee hatte nicht vor, den Rat des stellvertretenden Direktors, weitere Zeitungsartikel zu Rate zu ziehen, zu befolgen. Sie war sicher, darin würde auch nichts Anderes stehen, es wäre reine Zeitverschwendung. Sie seufzte und überlegte, was sie noch tun könne. Sollte sie überhaupt noch etwas tun? Ihr Neffe, der in großen Abständen aus Pflichtgefühl nach ihr sah und dem sie bei seinem letzten Besuch von ihrer Entdeckung erzählt hatte, war der Meinung, sie solle die Sache auf sich beruhen lassen und hatte sie dabei ein wenig spöttisch angeschaut. "Die alten Geschichten, wen interessiert das denn noch? Du solltest dir Ruhe antun, anstatt solchen Hirngespinsten nachzugehen." Das waren seine Worte.

Wahrscheinlich hatte er Recht, dachte Dorothee widerwillig, denn sie hatte kein inniges Verhältnis zu ihrem Neffen. Und doch - einen Versuch wollte sie noch wagen, um Klarheit darüber zu erlangen, wie das fünfte *Theorem*-Bild in das Kölner Museum gelangt war. Sie erhob sich schwerfällig aus ihrem Sessel und holte das Telefonbuch aus dem Regal. Nach kurzem Blättern hatte sie die Nummer gefunden, die sie suchte. Dorothee Suhl schaute auf die Uhr: Es war knapp zehn Uhr dreißig, und sie fand, dass es eine gute Uhrzeit sei, um diesen Anruf jetzt zu tätigen.

Und so kam es, dass sie am Montag drauf mit Dr. Bernd Groga am Nachmittag bei „Kramphövel" am Prinzipalmarkt bei Kaffee und Kuchen saß. Ihr Tisch befand sich in einer gemütlichen Ecke, weit genug entfernt von den anderen Gästen, sodass sie sich in Ruhe unterhalten konnten.

Dorothee Suhl musterte ihr Gegenüber. Bernd Groga war unverkennbar gealtert, wenn auch moderat; aus dem jungen Wissenschaftler war ein richtiger Gelehrter geworden, wie sie fand, mit gewählter Sprache, gesetztem Auftreten und konservativ-gepflegter Kleidung. Auch sein Haar war merklich ausgedünnt, was ihr gerade jetzt auffiel, obwohl sie ihn im Laufe der Jahre immer mal wieder bei Veranstaltungen im Museum, zu denen sie stets eingeladen wurde, gesehen hatte. Seine jungenhafte Art von früher war nicht ganz verschwunden, in seinen Augen blitzte es ab und zu wie eh und je verschmitzt auf. Und noch immer arbeitete er am Westfälischen Kunstmuseum, wo er offenbar eine Art Lebensstellung gefunden hatte. Die Direktoren waren im Laufe der Zeit gekommen und gegangen, doch Dr. Bernd Groga hatte sie alle überdauert. Sie musste an jenen Abend denken, als sie nach Eröffnung der Stollberg-Ausstellung alle bei "Brinkmüller" saßen. Über zehn Jahre war das her, und auch damals drehte sich das Gespräch um das fünfte Bild. So wie an diesem Nachmittag. Dorothee hatte dem Museumsmann am Telefon kurz erläutert, um was es ihr ging, und Groga war gleich mit einem Treffen einverstanden und hatte das Café "Kramphövel" vorgeschlagen, wo es nicht nur eine vorzügliche westfälische Küche, sondern nachmittags auch die angeblich besten Kuchen und Torten der Stadt gab. Er mochte die alte Dame und bewunderte sie dafür, wie leicht ihr seinerzeit der Verzicht auf die Gemälde gefallen war. Er wusste aus den Akten, dass sie mit großer Bereitwilligkeit der Rückgabe der Bilder an die Geschwister Bellheim zugestimmt hatte, damals, noch unter Kammerer, als Liebig Grogas Posten am Museum bekleidete. Das war lange her. Deshalb war er erstaunt, als er Dorothees Stimme am Telefon gehört und sie ihm in kurzen Worten ihr Anliegen geschildert hatte. Erstaunt und interessiert, aber auch ein wenig vorsichtig.

Hier am Tisch im Café erklärte ihm Dorothee in einfachen Worten, was sie von ihm wissen wollte. Sie war etwas nervös und spielte dauernd mit dem Verschluss ihrer altmodischen goldenen Armbanduhr mit dem winzigen Zifferblatt, und ihr faltenreiches Gesicht unter dem sorgsam frisierten weißen Haar war leicht gerötet. Als sie geendet hatte, blickte sie ihr Gegenüber erwartungsvoll an.

Dr. Bernd Groga nahm einen Schluck aus seiner Kaffeetasse, tupfte sich den Mund ein wenig geziert mit einer hauchdünnen Papierserviette ab und schob den inzwischen leeren Kuchenteller ein Stück zurück.

"Nun, Fräulein Suhl", begann er, "Sie haben mit Ihrer Anfrage an die Kölner Kollegen ja alles richtig gemacht", sagte er und faltete die Hände über seinem Bauch.

"Mag sein", entgegnete sie, "aber ohne jeden Erfolg. Ich habe nichts erfahren."

Groga schien zu überlegen.

"Sie müssen das verstehen. Denen sind natürlich die Hände gebunden. Bei derartigen Ankäufen wird in der Regel Stillschweigen vereinbart, für alle Parteien. Das ist bei uns am Museum nicht anders. Wir dürfen keine Auskunft geben."

Dorothee nickte.

"Natürlich, das verstehe ich. Aber in diesem Fall... in diesem besonderen Fall..." Sie schüttelte ungeduldig den Kopf. "Ich meine", fuhr sie fort, "das Bild sollte den Bellheims gehören, oder etwa nicht?"

Der Wissenschaftler machte eine skeptische Mine.

"Nicht unbedingt, Fräulein Suhl. Wir wissen ja nichts darüber, was mit dem Bild geschehen ist in all den Jahren. Es kann mehrmals ganz legal den Besitzer gewechselt haben, und dann ist es schwierig für die Erben, einen Anspruch nachzuweisen. Außerdem haben ja, wie es scheint, weder Fräulein Bellheim noch Herr Bellheim das Gemälde für sich gefordert."

"Vielleicht wissen sie gar nicht, dass das Bild - ihr Bild, wie ich meine - in Köln im Museum hängt."

Dr. Groga schüttelte den Kopf.

"Das glaube ich doch. Ich vermute, dass die Kölner Kollegen - oder das Auktionshaus - sich vor drei Jahren bei den Bellheims gemeldet haben, um den Verkauf anzuzeigen. Schließlich war ja die Provenienz bekannt, nachdem das Bild identifiziert war. Wir jedenfalls haben eine entsprechende Nachricht erhalten, und die Bamberger auch."

Dorothee sah ihn mit großen Augen an.

"Und Sie haben die Bellheims nicht informiert?", fragte sie ungläubig.

Groga schaute skeptisch zu ihr herüber.

"Wir? Nein, dazu bestand für uns keine Veranlassung", sagte er knapp.

"Aber das Bild war doch gestohlen... weggenommen von den Nazis! Das war doch Unrecht!"

"Auch das ist nicht sicher. Damals, 1937, wurde ja, soviel ich weiß, ein Preis für die Bellheimsche Kunstsammlung gezahlt -"

"Ein läppischer Preis!" unterbrach Dorothee und lachte kurz auf.

Groga lächelte gewinnend.

"Mag sein", sagte er leise, "aber es wurde gezahlt. Von Raub kann zunächst gar nicht die Rede sein."

"Herr Dr. Groga, das ist lächerlich. Außerdem - außerdem habe ich ja damals meine beiden Bilder auch abgegeben, und Herr Meininger seine ebenfalls. Weil wir anerkannt haben, dass den Bellheims damals Unrecht angetan worden war."

"Ja, aber Sie haben es völlig freiwillig getan. Übrigens sehr ehrenvoll von Ihnen, wie ich Ihnen ja immer wieder versichere, liebes Fräulein Suhl. Es gab damals keine Forderung der Bellheims." Und weiter: "Und heute hätte eine Forderung auf Herausgabe des Kölner Bildes kaum eine Chance, genauso wie vor drei Jahren. Die Ansprüche sind verjährt. Jedenfalls nach meiner Kenntnis."

Dorothee schwieg. Ihr Kaffee war inzwischen kalt geworden, und das Stück Linzer Torte auf ihrem Teller war erst zur Hälfte gegessen.

"Ah so, verjährt ...", sagte sie leise. "Dann kann man wohl nichts machen. Aber wieso verjährt denn so etwas überhaupt?" Sie musste an ihren Neffen denken. Die alten Geschichten, so hatte er gesagt.

Groga machte eine wegwerfende Handbewegung. "So sind nun mal die Gesetze. Das alles ist viel zu lange her inzwischen. Es muss ja auch mal ein Schlussstrich gezogen werden. Natürlich ist das im Einzelfall manchmal bitter, aber..." Seine Stimme erstarb. Er spürte, wie sehr das Thema die alte Dame mitnahm. Sie war wirklich an dem Fall interessiert, das war offensichtlich.

"Sagen Sie, Dr. Groga", wandte sie sich erneut an ihn, "ob Sie wohl für mich in Köln nachfragen könnten, wer der letzte Besitzer des Bildes war? Ich meine, vor dem Verkauf?"

Er schaute sie mit einer Mischung aus Mitleid und Abwehr an.

"Sehen Sie, Fräulein Suhl", sagte er dann, als spräche er mit einem Kind, "das geht doch nicht. Das verstehen Sie doch, nicht wahr? Ich kann da nicht einfach fragen, das geht mich und uns als Museum einfach nichts an. Sie haben doch gelesen, dass es eine Klausel im Kaufvertrag gibt..."

"Schon gut, Herr Dr. Groga. Sie können mir nicht helfen. Sehr schade." Ihr Tonfall wirkte resigniert, als Sie ihre nächste Frage stellte:

"Dann sehen Sie wohl keine Chance, dass ich - oder sonst wer - jemals herausfinde, wie der Verkauf vor drei Jahren zustande kam?"

Groga schüttelte den Kopf.

"Nein, ich fürchte nicht. Nein. Der Fall ist erledigt. Abgeschlossen und erledigt."

Dorothee Suhl nickte stumm. Sie hatte verstanden. Und plötzlich keine Lust mehr, hier im „Kramphövel" zu sitzen. Sie wollte gehen. Bernd Groga merkte, dass die alte Dame das Gespräch für beendet ansah und fühlte sich ein wenig unbehaglich. Er machte der Kellnerin ein Zeichen, dass er zahlen wollte - "Nein, nein, das übernehme ich, Fräulein Suhl", sagte er gönnerhaft - und versuchte, sein schlechtes Gewissen zu unterdrücken. Ihm war klar, dass er Dorothee durchaus hätte helfen können, eine Nachfrage in Köln wäre sicher beantwortet worden, schließlich kannte er die Kollegen dort gut. Aber er wollte nicht. Diese Auseinandersetzungen um Rückgaben an ehemals jüdische Besitzer machten nichts als Ärger, auch im Westfälischen Museum hatte man sich schon einmal damit herumschlagen müssen. Meistens kam eh nichts dabei heraus außer Streit und Unfrieden. Und wenn doch einmal der Fall eintrat, dass ein Bild oder eine Skulptur abgegeben werden musste, hatte man im Museum eine Fehlstelle, eine bedeutende womöglich. Im Fall des *Theorem*-Gemäldes wäre es sicher eine gravierende Lücke für das Appelt-Schmitz. Wollte man das? Nein, das wollte man nicht. Dr. Groga zahlte, half Fräulein Suhl galant in ihren Mantel und verließ mit ihr das Café. Während sie sich auf den Heimweg machte, ging er in Richtung Museum, er hatte noch zu arbeiten. Und auf dem Weg dorthin verflogen seine dunklen Gedanken wie von selbst.

3

Während Dorothee Suhl im Bus saß, mit dem sie vom "Kramphövel" zurück nach Hause fuhr, ging ihr das Gespräch mit Dr. Groga nicht aus dem Kopf. Sie konnte einfach nicht verstehen, dass die Angelegenheit mir nichts dir nichts im Sande verlaufen sollte und es niemand wirklich kümmerte, dass hier offensichtlich Unrecht geschehen war. Mehrmals schüttelte sie den Kopf und schien leise mit sich selbst zu sprechen, wobei sie nicht merkte, dass die anderen Fahrgäste sie verstohlen anschauten. Dafür war sie viel zu sehr mit ihren Gedanken an das fünfte Bild und an die Bellheims beschäftigt. Noch bevor sie ausstieg, hatte sie den Entschluss gefasst, die Geschwister über den Verbleib des Bildes zu informieren. Entgegen Dr. Grogas Annahme, dass sie bereits längst wussten, dass das Gemälde im Kölner Museum hing, war Dorothee der Meinung, dass Dagmar und Gregor völlig ahnungslos waren. Wenigstens das konnte sie jetzt noch tun: Den beiden mitteilen, dass sie das Bild zufällig im Appelt-Schmitz-Museum gesehen hatte. Noch etwas anderes nagte an ihr: Sie fragte sich, was damals geschehen war, als der junge Stollberg sie angerufen hatte um ihr mitzuteilen, dass er das Bild aufgespürt hatte und sie um Rat fragte, was er tun solle. Sie hatte deutlich den Konflikt gespürt, in dem Jan-Josef gesteckt hatte, das war sozusagen durch das Telefon zu hören gewesen. Und sie hatte ihm dringend empfohlen, auf die Bellheims zuzugehen, sie wusste es noch ganz genau. Was war geschehen? Hatte er es getan? Und was war dann mit dem Gemälde passiert? Wieso besaßen es die Bellheims nicht? Eine Kontaktaufnahme mit den Geschwistern würde ihr Klarheit verschaffen, dessen war sie sicher.

Aber vorher galt es, noch etwas anderes zu tun. Dorothee Suhl musste seit dem Treffen mit Groga im "Kramphövel" auch an Gerhard Meininger denken. Ihr lag daran, seine Sicht auf die ganze Affäre zu erfragen, auch wenn sie in den zurückliegenden zehn Jahren nichts von ihm gehört hatte. Schließlich war Meininger ein erfahrener Mann, er kannte sich in der Kunstwelt aus und war zudem ja irgendwie involviert; immerhin hatte er einmal, wie sie selbst, zwei der *Theorem*-Bilder besessen, kannte die Bellheims und die ganze Geschichte, die sich um die Bilder rankte. Außerdem — das fiel ihr wieder ein — hatte sie ihm vor zehn Jahren von Stollbergs Anruf erzählt... Bei diesen Überlegungen wanderten ihre Gedanken zurück an jene fernen Tage in München, als sie Gerhard bei der denkwürdigen Auktion kennen gelernt hatte. Eigentlich, so gestand sie sich ein, war er immer ein feiner Mann gewesen.

Doch ihre Hoffnungen zerschlugen sich schnell. Dorothee hatte noch die alte Bamberger Telefonnummer von Meininger, doch als sie dort anrief, meldete sich ein Herr Baumgarten, der ihr kurz angebunden mitteilte, dass er keinen Gerhard Meininger kenne; auf Dorothees Nachfrage nach dem Geschäft wusste er auch keine Antwort, also bedankte sie sich und legte auf. Am folgenden Tag führte ihr Weg sie ins Hauptpostamt am Domplatz, dort waren sämtliche Telefonbücher und Gelben Seiten der Bundesrepublik verfügbar. Zunächst sah sie im Bamberger „Örtlichen" nach, aber ohne Erfolg, der Name "Meininger" war nicht verzeichnet. Dann nahm sich Dorothee die Gelben Seiten Bambergs vor und suchte nach dem Antiquitätengeschäft. Sie war erstaunt, es gab für eine so kleine Stadt eine erstaunliche Menge an Kunsthandlungen aller Art, sodass sie eine Weile brauchte, bis sie alle durchgesehen hatte. Auch hier war kein Geschäft unter dem Namen "Meininger" zu finden. Sie wollte schon entmutigt aufgeben, als sie auf folgenden Eintrag stieß: "Voswinkel, Kunst und Antiquitäten, ehem. Meininger."

Das musste es sein! Sie notierte die Nummer und verließ das Postamt mit dem guten Gefühl eines Erfolgs, obwohl sie sich fragte, was die Namensänderung bedeuten mochte. Doch als sie nachmittags allen Mut zusammennahm und die Nummer wählte, wurde sie abermals enttäuscht. Am anderen Ende meldete sich eine junge Frauenstimme, deren Name Dorothee nicht verstand. Auf ihre Frage nach Gerhard kicherte die Frau zunächst, wurde aber sofort ernst und erklärte, Meininger sei gestorben, schon vor gut vier Jahren. Er habe zuvor noch sein Geschäft an Herrn Voswinkel verkauft, mit allem Inventar, und von dem Geld habe er noch eine Weltreise gemacht. Das war sein Wunsch gewesen, bevor er starb. Verwandte? Nein, von Verwandten wusste sie nichts, davon war nie die Rede. Wer sie sei? Na, Frau Voswinkel, die Ehefrau des jetzigen Besitzers.

Dorothee bedankte sich förmlich und legte auf. Sie war nachdenklich geworden und fühlte eine unbestimmte Angst in sich aufsteigen. Sie hatte nicht gewusst, dass Gerhard krank gewesen war. Aber das war er ja vielleicht vor zehn Jahren noch nicht. Sie hatte Frau Voswinkel fragen wollen, woran Herr Meininger denn gestorben war, aber die Frage war ihr unpassend und unhöflich vorgekommen, also hatte sie es gelassen. Er war deutlich jünger als sie gewesen. Dorothee seufzte. Jedes Mal, wenn jemand aus ihrem Bekanntenkreis schwer erkrankte oder starb, beschlich sie ein mulmiges Gefühl, weil sie stets dachte, sie sei die nächste. So auch jetzt. Und außerdem tat Meininger ihr leid. Er war nie verheiratet gewesen, so viel sie wusste, und wie es schien, hatte er auch keine Verwandten gehabt, die sich um ihn hätten kümmern können. Sie stellte sich seine letzten Tage und Wochen vor, vielleicht in einem Krankenhaus oder Heim, mutterseelenallein... Aber dann dachte sie daran, dass er noch eine große Reise gemacht hatte, und das war tröstlich für Dorothee, es versöhnte sie ein wenig mit Gerhards Ende. Außerdem fand sie, dass sowas zu ihm passte: Ein Abgang mit großer Geste. Ja, unter einer Weltreise hätte er es vermutlich nicht gemacht, und wenn ihm die Mittel dazu in den Schoß gefallen waren, war es das Beste, was er hatte tun können.

Trotzdem war Dorothee bezüglich des fünften Bildes keinen Schritt weiter gekommen. Ihr blieb nur noch eins: Sie wollte die Bellheims über ihre Entdeckung in Köln informieren. Sie brauchte ein paar Tage, um einen entsprechenden Brief an die Geschwister zu formulieren. Es war nicht leicht, den richtigen Ton zu finden, denn sie kannte Dagmar und Gregor ja kaum und hatte eine halbe Ewigkeit keinen Kontakt mehr zu ihnen gehabt. Doch dann hatte sie den Brief geschrieben und an die Adresse der Berliner Galerie geschickt, von der sie wusste, dass Dagmar sie leitete.

Als Dorothee schon glaubte, sie würde keine Antwort erhalten, fand sie einige Wochen später – es war schon Mitte Januar – einen Brief mit Berliner Absender in ihrem Briefkasten, als sie vom Einkaufen nach Hause kam. Er war von Dagmar Bellheim. Ein wenig nervös stellte sie die Einkaufstasche in die Küche, zog den Mantel aus und setzte sich mit schmerzender Hüfte schwerfällig in ihren Sessel am Fenster, bevor sie den Brief öffnete. Sie las:

Liebes Fräulein Suhl,

haben Sie vielen Dank für Ihren netten Brief, es war schön, von Ihnen zu hören. Und herzlichen Dank, dass sie sich solche Gedanken wegen des Gemäldes machen. Um Ihre Frage zu beantworten: Nein, mein Bruder und ich wussten nicht, dass das Bild jetzt in Köln hängt. Uns hat niemand verständigt, und da mein Bruder schon seit fünf Jahren nicht mehr hier in Berlin am Museum arbeitet, sondern seitdem mit mir zusammen die Galerieleitung innehat, hat er auch keinen Kontakt mehr zu ehemaligen Kollegen. Sie kennen ihn etwas, er ist seit jeher ein wenig menschenscheu, und dieser Zug hat sich verstärkt.

Wir waren aber doch überrascht, vom jetzigen Standort des Bildes zu erfahren. Das letzte, was wir und Herr Stollberg über das Bild gehört hatten, war, dass es im Besitz von Herrn Meiniger war; das ist jetzt aber über zehn Jahre her, wir haben ihn seinerzeit deswegen gemeinsam aufgesucht. Wie es von Herrn Meininger in das Eigentum des Kölner Museums gelangen konnte, ist uns unbekannt.

Es ist sehr, sehr nett von Ihnen, dass Sie sich so rührend kümmern. Wir wissen Ihr Eintreten für unser Recht wirklich zu schätzen. Doch ich darf Ihnen sagen: Wir haben jegliches Interesse an dem Gemälde verloren. Wir wollen nicht mehr kämpfen, denn ein Kampf ist aussichtslos. Und wir vermissen es auch nicht: Wir haben jetzt unser eigenes Leben, hier und heute, und die Vergangenheit wirkt in uns weiter, aber dafür brauchen wir das Theorem nicht, und wir brauchen schon gar nicht die Fortsetzung des Unrechts, das man uns angetan hat. Es würde wieder geschehen, glauben Sie uns. Deshalb ganz ehrlich, liebes Fräulein Suhl: Wir wollen nicht, dass das Bild weiter und weiter unser Leben bestimmt. Es ist gut, wir haben einen Schlussstrich gezogen. Wenn wir mal in Köln sind, werden wir es uns aber sehr gern ansehen.

Und falls Sie nach Berlin kommen, müssen wir uns unbedingt treffen. Das wäre schön! Unsere Galerie läuft prächtig, auch wenn sie schon lange nicht mehr vom Senat unterstützt wird. Wir sind jetzt ein richtiges kleines Unternehmen und haben einen treuen Kundenstamm, der die jungen Künstler, die wir vertreten, sehr schätzt. Und die Räume der alten Galerie Reim sind einfach fabelhaft. Wir haben im letzten Jahr noch einen Anbau hinzugefügt, sodass wir mehr Platz haben. Und nach wie vor ist Dodos rekonstruiertes Fresko (kennen Sie es eigentlich? Ich lege ein Foto bei) der Hingucker - neben den Werken unserer Künstlern, natürlich.

Liebes Fräulein Suhl, nochmals vielen Dank! Wir bleiben in Verbindung, mein Bruder hat herzliche Grüße aufgetragen.

Auch von mir herzliche Grüße,

Ihre Dagmar Bellheim

PS: Ich hoffe, es geht Ihnen gut?

Im Umschlag war noch ein Farbfoto gewesen, dass das Fresko zeigte, von dem Dagmar in dem Brif sprach: Eine Straßenszene der zwanziger Jahre, eindeutig im Art-Déco-Stil gemalt. Auf die Rückseite hatte Dagmar geschrieben:

Dodos Fresko, 1930 entstanden im Auftrag Herbert Reims. Die Malerin hieß Dörte Clara Wolff, Künstlername Dodo. 1934 weitgehend zerstört, aber wir haben es rekonstruieren lassen. Ist schick, oder?

Dorothee legte Brief und Foto beiseite. Das hatte sie nicht erwartet. Und Gerhard Meininger hatte das Bild besessen? Wie war das nur möglich? Ob das überhaupt stimmte? Plötzlich erinnerte sie sich: Jan-Josef Stollberg hatte bei seinem Telefonat mit ihr vor zehn Jahren Gerhards Vater erwähnt... Was hatte der damit zu tun? Sie schüttelte ungläubig den Kopf. Die Bellheims hatten aufgegeben, endgültig, wie es schien. Sie versuchte, Dagmars Worte zu verstehen, aber es gelang ihr nur schwer, und sie wusste nicht, ob sie es jemals konnte.

Drei Wochen später saß Dorothee Suhl im Wartezimmer ihres Hausarztes und blätterte in einer Zeitschrift. Das tat sie immer, wenn sie hier war und warten musste, und es war stets dieselbe Zeitschrift, ein Magazin, das ein wenig Politik brachte, ein wenig Kultur, ein wenig Tratsch - kurz, eine bunte Mischung, nicht gerade niedriges Niveau, aber eben auch nicht DIE ZEIT. Nachdem sie zunächst einen Artikel über die Gründung der Charta 77 in Prag überflogen hatte, stieß sie auf eine grell aufgemachte Nachricht, in der der Anschlag auf ein amerikanisches Militärlager in Gießen analysiert wurde – alle Zeitungen und das Fernsehen hatten Anfang Januar davon berichtet.

Missmutig blätterte sie weiter. Sie wollte das nicht lesen, die Welt war schrecklich genug. Ein paar Seiten weiter stieß sie plötzlich auf einen Namen, den sie kannte: Jan-Josef Stollberg. Der Künstlersohn wurde in einem Artikel erwähnt, in dem es um Tendenzen der Fotografie in den sechziger und siebziger Jahren ging, halbseitige Fotos bebilderten den Beitrag. Unter mehreren anderen Fotografen, die Dorothee nichts sagten, war auch von Jan-Josef die Rede, von seiner Arbeit, seinen Erfolgen und Misserfolgen, seinem berühmten Vater, seinem Leben. Und da, ganz am Ende des Satzes, las sie, dass Jan-Josef Stollberg seit mehreren Jahren als vermisst galt, als verschollen; man vermutete, er habe Selbstmord begangen, obwohl seine Leiche niemals gefunden worden war. Kurz wurde noch darauf hingewiesen, dass er privates Pech gehabt und zuletzt in Köln gelebt habe, dann war der Artikel schon bei einem anderen Fotografen.

Dorothee Suhl schaute aus dem Fenster. Für sie schloss sich ein Kreis. Meininger: Gestorben. Die Bellheims: Aus dem Spiel gekegelt. Stollberg: Verschollen. Das fünfte Bild: Im Museum in Köln. Und sie selbst: War mal stolze Besitzerin von zwei Gemälden des berühmten Arnold Stollberg gewesen. Hat sie dann aber abgegeben. Freiwillig, wie Groga gesagt hatte? Nach außen, ja. Aber in ihr drin sah es anders aus. Insgeheim hätte sie die Bilder nur zu gern behalten, zu gern. Aber ihr Gerechtigkeitssinn hatte scheinbar gesiegt, auch wenn sie nie wirklich verwunden hatte, die Gemälde verloren zu haben. Und Meininger war es ebenso gegangen, da war sie ganz sicher. Herbert Reim, der kam ihr auch plötzlich in den Sinn, dieser legendäre, ja visionäre Kunsthändler. Er war es, der Stollberg berühmt gemacht hatte, damals, 1932. Dem war es dann auch schlecht ergangen, wie sie wusste. Hätte er nicht auch Gerechtigkeit verdient?

Sie seufzte. Alles für die Katz, wie ihr schien. Recht oder Unrecht, Gerechtigkeit oder nicht, Wiedergutmachung und Verantwortung – wen interessierte das schon? Letztendlich ging es um etwas ganz anderes, wie immer.

In dem Moment öffnete sich die Tür zur Praxis. Die immer so nette Arzthelferin steckte den Kopf ins Wartezimmer, lächelte gewinnend und sagte: "Fräulein Suhl, bitte!"

Nachwort

Ein paar Zeilen zum Schluss:

Nach wissenschaftlichen Beiträgen zur mittelalterlichen Kunst, Kurzgeschichten und ein wenig Lyrik zum ersten Mal einen Roman zu schreiben, war für mich eine Herausforderung. Der Plot allerdings brannte und brennt mir auf den Nägeln. Unter dem in Deutschland herrschenden Nazi-Terror sind im 20. Jahrhundert zahllosen Menschen jüdischen Glaubens Hab und Gut entrissen worden, an dem sich sowohl NS-Parteimitglieder als auch Mitläufer des Regimes schamlos bereicherten – von anderen Repressalien und der Todesgefahr, in der Millionen Menschen in Europa schwebten, ganz zu schweigen. Unter den geraubten Besitztümern waren nicht selten Kunstwerke von hohem Rang. Viele dieser Werke blieben nach 1945 verschwunden, was auch damit zu tun haben mag, das in der jungen Bundesrepublik die Nazi-Ideologie keineswegs völlig verschwunden war.

Seit einigen Jahren wird in vielen öffentlichen und privaten Sammlungen gezielt Provenienzforschung betrieben, wodurch bereits viele Kunstwerke den rechtmäßigen Besitzern bzw. deren Nachfahren zurückgegeben werden konnten. In der Bundesrepublik Deutschland kümmert sich die Stiftung *Deutsches Zentrum Kulturgutverluste* seit den 1990erJahren (zunächst unter anderem Namen und anderer Trägerschaft) mit der Datenbank *Lost Art* dankenswerter Weise um das Aufspüren und die Rückführung von NS-

Raubkunst. Gleichwohl tun sich sowohl hierzulande als auch anderswo immer noch viele Häuser schwer damit, ihre Sammlungen konsequent zu durchforsten, um zweifelhaften Erwerbungen auf die Spur zu kommen; man denke nur an die jahrelange und entwürdigende Weigerung der Republik Österreich, das zwischen 1903 und 1907 von Gustav Klimt gemalte Porträt der Adele Bloch-Bauer an die Erbin des früheren, 1938 von den Nazis enteigneten Besitzers zu restituieren. Erst 2006 konnte das Gemälde per Gerichtsbeschluss zurückgegeben werden.

Noch ein Wort zur Veröffentlichung: Die Erfahrung zeigt, dass es für junge Autoren („jung" im Sinne von „Anfänger") nahezu unmöglich ist, einen Roman in einem Verlag zu veröffentlichen. Die von mir bei rund zwanzig Buchverlagen gestellte diesbezügliche Anfrage wurde von einem einzigen (!) beantwortet, wenn auch negativ. Alle anderen zogen es vor, gar nicht zu reagieren, was hier nur als Tatsache berichtet und nicht als Vorwurf verstanden werden will, da die meisten Unternehmen schon auf ihrer Website einen entsprechenden Vermerk platzieren. Die Bestseller-Kultur ist in zahlreichen Verlagshäusern allgegenwärtig und prägt entsprechend das, was in Buchhandlungen und anderswo verkauft wird und demnach auch das, was letztendlich auf den heimischen Büchertisch gelangt. Das mag man bedauern, ist aber eine Realität, der man sich als Autor – und Leser – stellen muss. Deshalb habe ich mich entschlossen, dieses Buch per *self publishing* zu veröffentlichen, was unter den geschilderten Bedingungen eine praktikable Alternative darstellt.

Danken möchte ich all den Menschen, die mir mit Rat und Tat zur Seite gestanden und bei der Recherche und Niederschrift wichtige Unterstützung gewährt haben. Zu danken habe ich auch zahlreichen historischen und kunsthistorischen Internetportalen, ohne deren Inhalte die Arbeit am Roman ungleich mühsamer und zeitraubender ausgefallener wäre. Zuletzt gilt mein herzlicher Dank Friedhelm Zühr, der das Manuskript durch sorgfältiges Korrektorat und Lektorat „lesefähig" gemacht hat.

FSC
www.fsc.org
MIX
Papier | Fördert
gute Waldnutzung
FSC® C083411

Druck:
CPI Druckdienstleistungen GmbH
im Auftrag der
Zeitfracht GmbH
Ein Unternehmen der Zeitfracht - Gruppe
Ferdinand-Jühlke-Str. 7
99095 Erfurt